SV

Zygmunt Haupt
Ein Ring aus Papier

Erzählungen

Aus dem Polnischen übersetzt
und mit einem Nachwort von Esther Kinsky
Mit einem Essay von Andrzej Stasiuk

Suhrkamp

Die Originalausgabe erschien 1963 u.d.T. *Pierścień z papieru* als
Band 86 der Biblioteka »Kultury« des Instytut Literacki (Institut
Littéraire), Paris. Die Erzählung *Totenmahl im Winter* wurde dem
Band *Szpica* entnommen, der 1989 am gleichen Ort erschienen ist.
Der Essay von Andrzej Stasiuk (Übersetzung: Renate Schmidgall)
erschien 1997 u.d.T. *Zygmunt Haupt* als Vorwort zur ersten in
Polen erschienenen Ausgabe von *Pierścień z papieru* bei Czarne,
Gladyszów.

Die Übersetzung wurde gefördert vom Literarischen Colloquium
Berlin mit Mitteln des Auswärtigen Amtes und der Senatsverwal-
tung für Wissenschaft, Forschung und Kultur Berlin.

Die Übersetzerin dankt dem Deutschen Übersetzerfonds e.V. für
die freundliche Unterstützung ihrer Arbeit.

Satz: TypoForum GmbH, Seelbach
Druck: Nomos Verlagsgesellschaft, Baden-Baden
Printed in Germany
Erste Auflage 2003
ISBN 3-518-41429-1

2 3 4 5 6 – 08 07 06 05 04

Ein Ring aus Papier

Totenmahl im Winter[*]

Er öffnete die Tür zum Klassenraum der Tertianer, groß, ausdruckslos, mit Borstenschnitt. Sein ganzes Leben hatte er in einem kleinen Raum an der Pforte verbracht, und im Grunde kannte ihn niemand.

Er sagte, mein Vater warte auf mich.

Ich lief hastig durch den Korridor und die Treppe hinunter, und unterhalb des Treppenhauses war hinter einer Glaswand der Warteraum für Besucher, mit glattgerutschten dunklen Stühlen, einer bemalten Madonnenfigur aus Gips und einem Weihwasserbecken neben der Tür.

Hinten im Zimmer, unter der Lampe, stand der Vater, groß und behäbig in seinem Wintermantel, und das Gesicht hatte er im Schatten, und das Licht schien nur auf seine hohe Stirnglatze. Den Schal und den von schmelzenden Schneeflocken feuchten Mantel hatte er über die Armlehne des Sessels geworfen.

Im Warteraum war es kalt.

Ich sah den Vater fragend an, und der Vater tat einen Schritt auf mich zu und schaute forschend, als suchte er etwas in meinem Gesicht, als wollte er dort etwas erkennen. Er nahm mich bei beiden Händen und zog mich ungeduldig an sich. Dann sagte er: »Hol deine Sachen. Ich nehme dich mit. Die Großmutter ist gestorben, du kommst mit zum Begräbnis.«

Dann fügte er hinzu:

»Ich habe schon mit dem Rektor gesprochen, daß du vom Unterricht befreit bist.«

Dann setzte er sich auf den Stuhl, den er herangezogen hatte, und betrachtete mich wieder. Die merkwürdige und ungewohnte Weichheit des Vaters, die er so zum Ausdruck brachte, befremdete mich. Bei uns zu Hause wurden keine Zärtlichkeiten zur Schau getragen, jeder respektierte die Sphäre des anderen und verletzte sie nicht, es gab einen unausgesprochenen

[*] s. Anmerkungen am Schluß des Bandes

Code der Annäherung und Verständigung, und deshalb kam es, daß mich Vaters angedeutete Bekundung von Rührung, Kummer und Schmerz über den Tod der Großmutter verlegen machte und mir die Freude, ihn wiederzusehen, verdarb.

Aber ich versuchte mich taktvoll auf die Situation einzustellen. Zuerst einmal begann ich, mir die Tatsache des Todes der Großmutter bewußt zu machen und zu vergegenwärtigen. Ich hatte die Großmutter kaum gekannt, an ihr Gesicht, das dichte Netz von Runzeln, die schwarzen, sehr schwarzen Augen und an die Hände, die Hände mit den sich verzweigenden Adern auf dem Handrücken, konnte ich mich nur schwach erinnern.

Ich empfand einen gewissen Zwang, mich auf die Situation einstellen zu müssen, und lehnte mich ein wenig dagegen auf, konfrontiert mit dieser Tatsache, mit dieser Todesnachricht, ließ man mich ja kaum Luft holen, gleichzeitig aber fühlte ich mich geehrt, daß ich schon als erwachsenes Familienmitglied angesehen wurde, dem die Teilnahme an dem offiziellen und feierlichen Begräbnisgottesdienst gebührte. Das war eng mit der Abreise, dem Abschiednehmen von der Schule, dem Kloster verbunden. Ich hatte auch Mitleid mit dem Vater, der doch sehr verändert und gebrochen wirkte.

Zuerst ging der Vater mit mir zu einem späten Mittagessen bei Naftula, wo wir uns satt essen sollten, bevor wir den Nachtzug in Podzamcze nahmen. Man setzte mir einen Teller mit einem riesigen Schweinskotelett vor, auf dem Tisch lagen Pappdeckel, die unter die Bierkrüge gelegt wurden, Senf stand da und Pfeffer in verschiedenen Farben, der Vater trank ein, zwei, drei Gläser Wodka, und erst jetzt, im grellen Licht des Lokals sah ich, wie müde seine Augen waren. An den Wänden hingen, in Rahmen aus Mahagoni, große Bilder, die brünstige Hirsche darstellten, die Wintermäntel wölbten sich an den Kleiderhaken in der Ecke, dicke Männer tranken Bier und Wodka an der Theke, und der Kellner wischte mit der Serviette über das fleckige Tischtuch.

Die Droschke brachte uns nach Podzamcze, und wenig später saßen wir im Zug. Der Dampf zischte aus den Verbindungsrohren zwischen den Waggons, und in der Wolke, dicht wie Watte, konnte man den Türgriff des Waggons kaum finden. Der Waggon war voller Menschen, und es war angenehm warm nach der Kälte draußen. Die Pfeife des Schaffners ertönte, die Lichter des Bahnsteigs zogen an den Waggonfenstern vorbei, und dann schwebten die bunten Lichter der Signale und Weichen heran und davon und wieder heran und wieder davon, weiter weg dann die Lichter und Lichtlein der Häuser in den Vororten, und Rhythmus und Stampfen des Zuges wurden stärker.

Mir fiel eine andere Reise mit dem Vater ein. Das war um die letzte Weihnachtszeit gewesen, vielleicht auch kurz danach. Der Vater hatte bereits im Sommer in Domagały, einem etwa zwanzig Kilometer entfernten Städtchen, bei dem dortigen Wagenbauer eine »Phaeton«-Kutsche bestellt.

Nach den Feiertagen traf dann unerwartet ein sehr lakonischer und nota bene orthographisch nicht ganz korrekter Brief jenes Wagenbauers ein:

Sehr Verehrter Herr Rat. Der Faiton ist schon fertig.

Hochachtungsvoll
Wincenty Papierski

Am nächsten Tag wurden die Pferde vor die alte Kutsche gespannt, der Vater holte mich ab, und nach dem Frühstück fuhren wir los.

Nach Domagały nahm man die Landstraße, die pfeilgerade in südöstlicher Richtung verlief. Es herrschte Tauwetter vor dem nächsten Schneefall, und der Altschnee, der im Laufe der letzten Tage schnell geschmolzen war, zerfloß zu beiden Seiten der Straße zu riesigen Wasserflächen zwischen den Feldern, und die Weidenbäume, die entlaubt und borstig die Raine säumten, spiegelten sich im schwarzen Wasser der ausgebreiteten Fluten. Im Nachtfrost gefror dieses Wasser zu Eisflächen, die glatt und gläsern die Schollen und Furchen der Felder überzogen, und es war sonderbar, auf diese Öde, diese Gläsernheit zu blicken, unter der so viel, so viel Wintersaat lag.

Das Fuhrwerk ratterte geschwind über den Schotter der festgestampften Straße, und die Pferde gingen im Trab, lustig war das, manchmal scharf und im Einklang, manchmal so, daß das Klopfen und Schlagen der Hufe durcheinandergeriet, weil der Wallach auf der Innenseite im Halbtrab kürzer trat.

Krähen und Raben spazierten über das glatte Eis oder stiegen mit schwerem Flügelklatschen auf, um sich auf den Zweigen der Pappeln am Wegrand niederzulassen und die dort sitzenden Vögel zu vertreiben. Die Telegrafenmasten zogen gleichförmig heran und summten wie Harfen. Links hinter einer Hügelwellung tauchten die Dachspitzen von Katen auf, ein unbefestigter Weg zweigte von der Landstraße zu dieser Siedlung ab, und wo er in die Landstraße einmündete, war ein Pfosten mit einer Tafel: Weiler Dolęż, Gemeinde Batjatycze.

Der Vater fragte mich:

»Weißt du, woher der Name Batjatycze kommt?«

Ich wußte es nicht, und der Vater erklärte es mir. Einmal hat der König Sobieski hier gejagt – denn früher waren hier Wälder, Junge, Junge, so was gibt's heute nicht mehr – und verirrte sich. Man suchte ihn überall, in alle Richtungen zog man aus, konnte ihn aber nicht finden, bis schließlich so ein junger Kosak Glück hatte und ihn aufspürte, und dabei wurde der junge Mann so erregt und gerührt, daß er beim Anblick des Königs in Tränen ausbrach. Das nun ergriff den König sehr, wie man sich vorstellen kann, und zur Belohnung machte er ihn zum Adligen, er nobilitierte ihn, wie es damals hieß, und sagte zu ihm, er dürfe sich von diesen Wäldern so viel Grund und Boden als Eigentum nehmen, wie er im Laufe eines Tages in einem geschlossenen Kreis umschreiten konnte. Und da nahm sich dieser Kosak sein Pferd, auf ein zweites setzte er so einen alten Knakker, und ein Packpferd nahm er mit, das mit Stöcken und Stekken beladen war, zum Abstecken der Grenze, und dann aber, heißa, ging es los. Während er ritt, rief der Kosak seinem Helfer immer zu: »Großväterchen! Ein Stecken!«, und dieser schlug eine Markierung ein, und weiter ging's. Und von diesem Ruf ›Batja! Tyczy!‹ kommt der Name Batjatycze. Verstehst du?«

Ja, das verstand ich. Aber eigentlich war es so, daß ich es verstand und auch nicht verstand. Der Aufbau und der Rhythmus der Erzählung machten mir Spaß, aber gleichzeitig wurde ich mißtrauisch. Das ist nicht das Leben, dachte ich. Das ist nicht die Wahrheit. Das Leben kann nicht eine fortlaufende Kette schön komponierter Phrasen sein, das wäre zu einfach und sicher auch zu langweilig, das Leben ist nicht eine Reihe von Ursachen und Folgen, eine Serie von Prämissen, aus denen hübsche runde Schlußfolgerungen entstehen, es ist auch kein Material, das einer bestimmten Funktion dient und auch nicht eine Art Monogramm. Nun, dann war es also Kunst. Ich fürchtete mich vor dem Zwang, der aus der Kunst entstand. Weil ich auf eine bestimmte Weise erzogen war, weil ich bestimmte Dinge gelernt hatte, weil man mir nicht dies, sondern nur jenes gezeigt hatte, da ist man wie ein Pferd im Geschirr, in Deichsel und Kummet und mit Scheuklappen, die sein Blickfeld so einschränken, daß es nur geradeaus schauen kann.

Rechts von der Straße und parallel dazu begann in einer Entfernung von etwa zwei Kilometern der niedrige Hügelzug der Woroniaken, die in der Ferne bewaldet waren, in der Nähe aber kahl, durchzogen von Steilhängen und Weißdornbüschen. Ihre ruhigen, unsymmetrischen Rundungen wölbten sich unter dem Himmel und warfen blaßblaue Schatten, wie es ihnen die tiefstehende Wintersonne vorgab, wie mathematische Flächen vierten Grades, leer und unbewohnt, gleichgültig und kalt, fern und nah, man verspürte den Wunsch, dorthin zu gehen, über die flachen Hänge zu wandern und zu sehen, was sich hinter ihrem Horizont-Rand befand, einen weiteren Horizont, in Dunst gehüllt, zu entdecken und bergab darauf zuzugehen und weiter zu gehen, in der Kehle die Sehnsucht nach dem Unausgesprochenen, das hinter diesem neuen Horizont liegt, der wie verhext immer weiter fortrückt.

Das Fuhrwerk ratterte einschläfernd, der Schlamm spritzte,

und das Wasser taute unter den klackenden Pferdehufen auf, den Berg hinauf verlangsamte sich die Fahrt, und dann erschien, als habe jemand den Deckel von einer Schachtel genommen, das Städtchen Domagały, und wir fuhren in scharfer Fahrt bergab darauf zu.

Und dann kam die Werkstatt von Herrn Papierski, und zwischen Hobelspänen, Sägemehl, Brettern, die zu Stapeln von fertigem und teils bearbeitetem Material aufgeschichtet waren, stand der neugeborene Phaeton, frisch, nach Firnis, Lack, Schmelzeisen, Lederriemen, lackiertem Leder, Manchestersamt und Pferdehaar duftend, mit dem Glanz von Laternenglas und Kupferbeschlägen, elastisch, mit schön gebogenen Rädern, Radspeichen, in denen sich die Sonne spiegelte, den Muscheln der Naben, dem geigenförmigen Wagenkasten und der edlen Polsterarbeit der Sitze, der Walze auf dem hohen Kutschbock – ein Phaeton.

Auf der Rückfahrt zollten uns die Gaffer auf dem ärmlichen Markt von Domagały Beifall, weil es in der Alltäglichkeit und Einförmigkeit des Städtchens einen hübschen Anblick bot. Ein Seiler, ein magerer Jude, ging langsam rückwärts durch den engen Schlund der Straße, und aus dem Hanfwerg in einem Sack an seinem Gürtel zog er, zerrte er silbrige Strahlen aus Flachs, die er in den Fingern zu einer Schnur drehte, sie wand sich und wuchs, während er rückwärts ging, das andere Ende war am Haken eines primitiven Rads befestigt, das ein kleiner Jude langsam drehte, er hatte zarte Gesichtszüge und Pejes, die unter seiner Kippa hervorkamen und über seinen Ohren hinabhingen. Dieses von einer Kinderhand gedrehte Rad erschien mir als der einzige Sinn, als der Mittelpunkt aller Dinge, die weder Anfang noch Ende hatten und deren Logik nur darin bestand, daß sie näher oder ferner lagen und sich zur Achse des ärmlichen, mit Juchtöl geschmierten und von der Hand eines Kindes gedrehten ärmlichen Seilerrads konzentrisch verhielten.

Der Vater erwachte aus seiner Versunkenheit und fragte:
»Nun, wie geht's dir bei den Resurrektionisten?«
Und ohne eine Antwort abzuwarten, fragte er:
»Weißt du eigentlich, wer diese Anstalt gegründet hat?«
»Ja, natürlich«, sagte ich. »Priester Hieronim Kajsiewicz und
Priester Semenko.«
»Hm, nun gut.«
Und dann setzte er noch hinzu. »Nun ja, Mickiewicz wäre ja
auch, wenn es nicht …«
Dann schwieg er wieder, und wir fuhren schweigend weiter.
Mit dem Vater führte ich nie lange Unterhaltungen.
Im Abteil war es sehr heiß und grell von den brennenden Gas-
lampen und eng von den vielen Reisenden. Aber ich konnte
nicht einschlafen und betrachtete die Mitreisenden, ein paar
Intellektuelle, Frauen mit Körben und kauderwelschende Ju-
den. Hinter der Fensterscheibe war die schwarze Nacht, die an
dem rasch fahrenden Zug vorbeiraste, in ihr spiegelten sich die
Lichter und das Innere des Waggons.
Der Vater saß schweigend da, mit fast geschlossenen Augen,
und schien halb zu schlafen. Später beugte er sich vor und legte
den Kopf auf meine Beine, es sah aus, als sei er eingeschlafen.
Irgendwie schnürte es mir die Kehle zu, wie der Vater so mit
dem Kopf auf meinen Beinen lag, ich sah seine ergrauenden
Haare und die Adern an seinen Schläfen. Es war mir ein wenig
zuwider und seltsam, zwischen uns hatte es ja nie irgendwelche
Gesten der Zärtlichkeit oder Nähe gegeben. Aber ich war sehr
müde und von der Reise benommen.
Ich weiß gar nicht, wann wir den Bahnhof erreichten, wo wir
aussteigen mußten. Es war schon sehr spät in der Nacht, und
vor uns lag noch ein langer Weg mit der Kutsche.
Bei der Auffahrt zum Bahnhof wartete ein Schlitten und daneben ein Bauer in Lammfellmütze und Pelz und mit einer knorrigen Peitsche, und noch jemand stieg zu uns, der auch mit auf
die Reise kam. Draußen war es schwarz vom Himmel und weiß
vom Schnee. Ich wurde in Mäntel von Erwachsenen gehüllt,
mehrere solcher Mäntel und Pelzjacken, der Vater zog sich

einen gewaltigen Schafspelzrock über, er sah darin aus wie ein Berg. Am Fuß der Sitze grub man mich in Stroh ein und deckte mich bis zur Nasenspitze zu.

Im nächsten Moment ruckte der Schlitten an, und wir fuhren los. Vom Bahnhof aus fuhr man zuerst über die Chaussee, jetzt weiß vom Schnee, auf das Städtchen zu, die Telegrafenmasten und Zaunpfosten glitten in die Nacht. Dann kurz durch das Städtchen, sehr spärlich beleuchtet um diese späte Stunde, dann ging es an einer Mühle vorbei über einen zugefrorenen Teich, und die Straße wurde zu einem krummen Feldweg. Es war mächtig kalt, ein scharfer Frost, aber es war windstill, und nur von der raschen Fahrt des Schlittens im Trab wehte es eisig über die Wangen und stach in der Nase. Neugierig schaute ich unter meinen Decken hervor, der Schlaf war mir inzwischen völlig vergangen. Die Pferde liefen im Trab, ich erkannte sie nicht, sie waren braun und zottelig und fremd. Sie rochen nach Pferdestall. Es war komisch, sie von hinten zu betrachten, nur die Hinterteile und die X-Beine, die sich in raschem Wechsel vom Boden lösten, nur die gespitzten Ohren darüber, und das Schnauben. Kleine Schneebrocken sprangen von den hochgezogenen Hufen und stoben nach hinten fort, ein dumpfes Stampfen auf die Schneefläche, als liefen sie in Filzpantoffeln, und nur ab und zu streifte der Wallach, der auf der rechten Seite lief, irgend etwas mit dem Hinterhuf, schlug einen Funken aus dem Hufeisen, und das Hufeisen hallte trocken. Manchmal geriet der Schlitten ins Schlingern, wenn das glatte Eis unter dem Schnee den bloßen Kufen keinen Halt bot, und ein oder zwei Mal rutschte er quer über den Weg, und dann gab der Kutscher den Pferden mit der Gerte eins über den Rücken und fluchte: »Daß ihr mir jetzt aber ...« und zwang die starre Deichsel wieder in eine gerade Spur. Das Stroh, in das ich gebettet war, kitzelte mich in den Ohren.

So sehr man auch in die Nacht starrte, man sah nichts. Oben war der Himmel, schwarz und dunkelblau und entweder sehr hoch oder so niedrig, daß man die Hand ausstrecken und an diese niedrige Wölbung rühren konnte. Das Land verschwand

14

nach wenigen Metern im Dunkel, dann sah man nichts mehr.
Von Zeit zu Zeit ragte schwarz ein Hagedornstrauch am Wegrand auf, stachlig und kahl. Von Zeit zu Zeit passierten wir eine
steinerne Figur, kalkgeweißte Kreuze, so tief im Schnee, daß
man sie fast nicht sah, und die im Stein eingemeißelten Einzelheiten erst recht nicht. Ich rief mir in Erinnerung, was ich dort
zu anderen Zeiten gesehen hatte, eine Kalvarienszene, unbeholfen in den Stein gemeißelt, auf der Christus seinen Kopf mit der
Dornenkrone zur Schulter neigt, die Köpfe – seiner und der
von Maria und vom Apostel Johannes, die auf gleicher Höhe
mit ihm stehen, – sind unverhältnismäßig groß im Vergleich
zum Rumpf, und die vertrockneten Blumen von Betenden im
Sommer, und die schiefe Inschrift, die mühsam in den Sandstein gehauen ist.
Bäume waren keine da, es gab keine in dieser baumlosen Gegend. Von Zborów über Cecowa, Glinna, Płaucza Mala, Płaucza Wielka, Taurów, Kozowa, Końskie und Popławy lag das
Land flach wie ein Schild unter dem Himmelsbogen, offen und
leer, es lag da wie ein einziges weites Feld, aus einem Guß, so
weit die Hand einen Kreis beschreiben, soweit das Auge schweifen konnte. Hier und da brach die Ebene zum Abhang einer
Schlucht ab, durch die ein Fluß strömte, der Jahrtausende zuvor
diese Schlucht ausgewaschen hatte und jetzt in seinem mutwil-
lig ausgesuchten Bett daherfloß, bis er sich mit der nächsten
Flut ein anderes Bett graben und mit Schilf und Kalmus über-
wuchern würde. An die Ränder der Schluchten klammerten
sich Dörfer wie eine Gänseschar, die ans Wasser geflüchtet ist.
Im Sommer lagen sie zwischen Hanffeldern versteckt, und die
runden Kirchenkuppeln und Birnbäume mit ihrem espenhaf-
ten Laub ragten empor.
Ja, es war eine sehr baumlose Gegend. Die Hütten waren aus
Strohbündeln und Lehm, und die Wände der Scheunen, die
waren aus Reisig geflochten, und anstelle von Zäunen und Ein-
friedungen wurden Wälle aufgeschüttet, auf denen dorniges
Gebüsch wuchs, wilde Rosen, Hagedorn und Brombeeren.
Bäume gab es keine, und Bauholz wurde mit Fuhrwerken aus

fernen Gegenden hergefahren und auf der Goldwaage gewogen, und die Strohseile verheizte man im Ofen. Deshalb waren die Fichten vor dem Haus meines Großvaters in der ganzen Gegend berühmt. Mein Großvater hatte sie gepflanzt, als er sich hier niederließ und das Haus errichtete, und diese kleinen Fichtenweihnachtsbäumchen wuchsen mit den Jahren zu schwarzen, einsamen Fichtenpyramiden heran, die schon von weitem am Horizont zu sehen waren; im heißen Sommer schwarz und trauernd, im Herbst vom Wind wie Fahnen gezaust, standen sie Wache, eine schwarze Säge inmitten der Felder, wie zum Hohn auf die blattlose Ödnis dieses Landes.

Nach einiger Zeit kamen wir vom Weg ab. Der Kutscher hielt die Pferde an, »haalt!« rief er, stieg vom Schlitten und ging nach vorne, und die Pferde verdeckten ihn; das zuvor so eifrige Glöckchen am Ende der Deichsel klagte ein- oder zweimal einsam und kristallklar in der Dunkelheit der Nacht. Der Vater lehnte sich aus seinem Sitz, er suchte mit der behandschuhten Hand den Schnee ab und sagte: »Schollen«. Dann nahm der Kutscher die Pferde beim Maul, und wir kehrten langsam um, im Schritt fuhren wir ein paar Dutzend Meter, dann drehte er den Schlitten wieder um neunzig Grad. Es war so schwarz, daß man nicht weiter als zehn Schritte sehen konnte.

Der Vater befahl mir, mich aus dem Stroh zu wühlen und neben dem Schlitten herzulaufen. Hier lag nicht viel Schnee, gerade so viel, daß er die Ackerschollen bedeckte, und ich stolperte, und mir war kalt, aber der Vater sah sich nach mir um und rief, los, mach schon, und plötzlich begann er, den Knecht zum Teufel zu wünschen, aber der tat, als wäre nichts, und führte bloß die Pferde am Maul. Jetzt stiegen wir einen Berg hinauf, und das mit dem Berg kam mir merkwürdig vor, denn die Gegend war sehr flach, ja völlig flach, wo kam da plötzlich ein Berg her?

Erst als der Vater in seinem langen Schafspelz sich in die Schöße der Jacke verhedderte und in den Schnee fiel, bekam ich Angst. Plötzlich kam mir die schreckliche Erkenntnis: Wir hatten uns verirrt! Bis jetzt hatte es mir nichts ausgemacht, aber nun, wie ich den Vater sah, der, so groß, so riesig in seinem Pelz, eine Verkörperung der Kraft, in den Schnee fiel, war ich sehr erschüttert. Ich zitterte vor Schüttelfrost und Kälte, die ich erst jetzt spürte.

Dann kam es zu einem Zwischenfall, den ich nie verstanden habe. In der Ferne hörten wir eine Stimme aus der Tiefe, und wenn man die Augen sehr anstrengte, konnte man weiter hinten in der Dunkelheit etwas sehen, einen dunklen Flecken, wohl ein anderer Schlitten, und einen Menschen konnte man sehen, die Gestalt eines Mannes, der uns etwas zurief und gestikulierte. Ich war müde und schläfrig und konnte es nicht verstehen und nicht fassen. Vielleicht irrte da noch ein anderer Mensch durch die Nacht, oder es war jemand, der uns den richtigen Weg zeigte und erklärte, etwas anderes ließ sich schwerlich darin erblicken, trotzdem kam es mir vor, als stoße dieser Mensch Drohungen und Verwünschungen gegen uns aus, doch einen möglichen Grund für diese Drohungen und Verwünschungen gegen verirrte Reisende, den kann ich bis heute nicht begreifen. Vielleicht war es nur die Ausgeburt der Phantasie eines unausgeschlafenen und erschöpften Hirns.

Danach wurde ich so müde, daß ich nicht mehr genau weiß, was geschah und wie wir uns hinaus wurstelten. Ich weiß nur noch, wie der Schlitten quer über die Schollen und Raine rutschte und über die mit einer dünnen Schneeschicht bedeckte Wintersaat schleifte, wie die Pferde in Gräben versanken, bis zum Bauch im Schnee standen, wie wir mühsam wieder in den Schlitten kletterten, und wie schließlich ganz spät in der Nacht die mit Schnee bestäubten schwarzen Zweige der Fichten dunkelten, und wie die Hunde vor dem Haus anschlugen.

Im Haus war es geheizt und unerträglich heiß, und Verwandte und alle möglichen Leute waren da, das Licht war grell, und ich wurde sofort ins Bett gesteckt, ich hatte ein wenig Fieber von der Fahrt, und mir war wohl bei dem Fieber und der Wärme, der Kopf sank mir irgendwohin nach unten hinab, und unmerklich wurde ich vom Schlaf übermannt.

Und in der Frühe, noch bevor man mich aufgeweckt und bevor

ich mich angezogen hatte, ging alles schon dem Ende zu. Sogar der schwarze Sarg stand schon draußen vor dem Haus auf der Bank vor den schwarzen Fichten, die das Haus vom Weg abgrenzten, und vor dem Sarg stand der Pope, in einem großen schwarzen Umhang über dem Chorgewand, das sich über den Pelz spannte, und er las aus dem Gebetbuch mit goldenen Rändern und tauchte den Sprengel in ein Gefäß aus Kupfer, das der Kirchensänger hielt. Auf der Treppe zum Haus, im Durchgang, im Tor und auf dem Weg war es schwarz von Menschen, Bauern in Pelzen und Frauen in Kopftüchern, die sich um ihre Köpfe schmiegten. Im Tor selbst stand ein Alter, der mit beiden Händen den Stock einer hohen Fahne hielt, schwarz, bestickt, mit silbernen Quasten eingefaßt, und auf ihren schwarzen Hintergrund war ein Totenkopf aufgenäht und zwei gekreuzte Knochen, wie ich sie aus Piratenbüchern kannte, da hieß diese Fahne »Jolly Roger« und weckte die Vorstellung von allerlei Abenteuern und Fährnissen, diese Fahne jedoch, die aus einem Winkel der Sakristei herbeigetragen wurde, ließ man im Wind knattern, wenn ein Leichnam auf den Friedhof getragen wurde.

Der Friedhof, bucklig von den Bauerngräbern unter dem Schnee, war gleich nebenan. Auch hier stand schon eine Gruppe Bauern, kleine Jungen schlitterten von den Hügelchen und schubsten sich gegenseitig, um besser sehen zu können. Die schwarze Erde, die von der Schaufel des Totengräbers fiel, vermischte sich mit dem Schnee. »Heeerr, erbaaarme dich!« begann der Pope gedehnt, und die Krähen stiegen von den Akazienbäumen neben der Kirche auf. Der Himmel war weiß wie Milch und dunkelte, wo er sich über den verschneiten Strohdächern der Hütten dem Horizont zuneigte.

Danach gingen wir den Weg entlang zum Haus zurück, und das war eine Erleichterung, nach diesem Wintertag.

Im Haus wurde auf einem Tablett Wodka herumgereicht. Zuvor hatte jemand die Flasche mit dem silbernen Stopfen entkorkt und den Wodka in die Gläser geschenkt, es waren so viele, doch nicht alle waren gleich groß, deshalb floß ein wenig Wodka daneben. Auf einer Platte war aufgeschnittene Wurst ange-richtet, und Gabeln lagen da, und jeder, der wollte, nahm sich Wurst auf die Gabel.

»Warum stößt man auf Neujahr an?« fragte Herr Fałdzinski, der Landvermesser von Taurów, die dicke Frau des Postmeisters. Herr Fałdzinski hatte einen Bart und schelmische schwarze und etwas triefige Augen, und er stocherte mit einem Streichholz Reste der Wurst aus seinen schadhaften Zähnen und betrach-tete dabei schelmisch die Brust der Frau Postmeister. »Weil im Jänner die Wölfe zusammenstoßen, haha!«

Es war laut und eng mit all den Menschen, die Öfen waren schwer geheizt, aber nach jenem düsteren Moment war das behaglich und fröhlich, und obwohl ich doch noch ein Junge war, allein unter all diesen laut redenden Menschen, ging ich umher und vermied den Blick meines Vaters.

»Ho-ho-ho« lachte in seinem tiefen Baß der Priester Czmola, der Pope, der auch, nachdem er seine ganze kirchliche Appara-tur abgenommen hatte, dick und schwer war, selbst ohne Pelz, aber in seiner am Bauch abgewetzten Soutane, mit seinem roten Gesicht und dem lachenden Mund war er irgendwie anders und menschlich.

»Das hieß ganz elegant ›Pudrette‹, aber es war nichts anderes als geriebene getrocknete Scheiße. Einmal hatten wir es im Sack, als wir draußen auf dem Feld waren, und der Regen hatte es ein bißchen naßgemacht, da kam Iwan, langte mit der Hand in den Sack und sagte: Da hat jemand in den Sack geschissen, Herr Rat.«

»Wie bitte, Szynda, sagen Sie? Da hätt ich aber, wenn ich Sie gewesen wäre, hätt ich Ihren Szynda bei den Beinen genommen und ihm den Kopf auf den Boden geschlagen, da wär Ihrem Szynda, dem wär da schon Hören und Sehen vergangen, das sag ich Ihnen ...«

»... dem stinkt schon die ganze Hütte, und bei mir stinkt es nicht, deshalb geb Gott, daß mit Ihrem Iwan ...«

»Ich würde Ihnen nur zu Czarnomski raten. Andere fahren von einem Arzt zum anderen nach Lubień oder Busk, Vermögen gehen dabei drauf. Was ist denn mit Staś von den Jaworowskis passiert? Nichts und niemand konnte ihm helfen, was haben sie an Meilen zusammengefahren, in die Klinik nach Krakau, ja sogar nach Wien sind sie. Und Czarnomski hat ihm nur Einreibungen und Diät verschrieben, und er sollte im Garten liegen und ins Grüne blicken. Und so hat er ins Grüne geblickt, meine Liebe ...«

Mein Onkel sprach mit gedämpfter Stimme mit der alten Stahremberg aus Groß-Płaucza: »Diese Gitter hab ich hinterm Stall aufbewahrt, und sooft die Mutter sie dort gesehn hat, Herr im Himmel, da hat sie mir doch zugesetzt, daß ich sie noch nicht angebracht habe. Beim Lenartowicz hab ich sie ja bestellt, in Zborów, fünf Jahre ist das wohl her. Aber jetzt werden sie angebracht, untermauert, und ein Kreuz stell ich auf ...«

»De Sau liebt de Dreck« – der Witz ging dem Priester Czmola daneben, als er sich Kohl und Kartoffeln zu dem gekochten Selchfleisch auf seinem Teller knetete.

Die Luft war schwer von Tabakrauch und Essensgeruch. Oben an der geschnitzten Uhr tat sich die kleine Tür auf, und ein hölzernes Vögelchen sprang heraus, und in dem Lärm konnte man nur erraten, daß es ein Uhr ausrief. Draußen vor den grünen Fensterscheiben sah man den Schnee.

Wie einzigartig ist der Winter. Einzigartig und wunderbar, wenn auf den roten, violetten, sepiabraunen und brachschwarzen, den fuchsroten Herbst eines Tages der Schnee folgt. Ich erinnere mich an eine Gelegenheit, ich war damals in der Kadettenschule, und am Morgen nach den Übungen hatten wir im Vorraum vor dem Eingang zur Kaserne die Schuhe vom Schlamm gereinigt, beziehungsweise andere hatten sie saubergemacht, denn ich hatte Dienst. Es war genau am ersten Dezember. Draußen war es schwarz vor Schlamm, Kälte und Herbst. Und die roten Ziegelmauern der Kaserne und der schwarze Asphalt des Bodens und der Kasernengestank und die Qual und der Zwang und die verlogene Romantik des Militärdienstes. Der Kommandant der Einheit trat auf mich zu, und aufgeregt, mit beklommenem Herzen, meldete ich mich vorschriftsmäßig zur Stelle. Der Hauptmann, ein steifer Preuße mit fest zugeknöpftem schwerem Mantel, Monokel im Auge und verbissenen, speichelfeuchten Lippen versuchte steif und kalt ein Gespräch anzuknüpfen, frostig und kälteschaurig war es an diesem eisigen Tag. Und da begannen draußen vor der weit offenen Tür, die auf irgendeinen Kasernenhof hinausging, vor dem Hintergrund der Öde dieses Hofes und dem Zinnoberrot anderer Ziegelgebäude, die ersten Schneeflocken jenes Winters zu wirbeln. Und wie sie in der Luft kreiselten und sich vor dem Hintergrund des hellen, milchigen Himmels wie Rußflöckchen drehten und vor dem dunklen Hintergrund des Hofes und des schlammigen Exerzierplatzes wie Staub, Puder, weißer Flaum schwebten, da wurde es zu einer Prophezeiung und Botschaft von irgendwoher, wo man uns gewogen ist, wo man uns achtet und an uns denkt und weiß, daß das Schlimmste, was man hier durchzumachen hat, die Aussichtslosigkeit des Immergleichen ist, und weise und wohlwollend und lindernd, doch zugleich kräftig streute man nun so verwegen Faschingskonfetti über uns aus. Wie anders wurde jetzt alles, wie vielversprechend und fröhlich.

Der Primus und Schleimer der Einheit nahm dienstliche, aufrechte Haltung an, und da es gerade der erste Dezember war, meldete er diensteifrig:

»Der Winter hat vorschriftsmäßig begonnen, Herr Hauptmann.«

»So ist es!«

Ich stand auf der Seite, in meinem schweren Mantel, in der Taille mit einer Schnalle zugehalten, mit einem Riegel unter dem Kinn, und es war mir so wohl und so tröstlich von dem Schnee.

Aber dann, man weiß ja, wie es so ist mit dem Schnee. Manchmal fällt er launisch und mit Bedacht, verheißungsvoll wirbelt er vor den Fensterscheiben und verwandelt sich in Haufen aus feinen Eiskörnchen und fließt zu Regen auseinander. Oder er klumpt zu großen Flocken zusammen, setzt sich mit einem kalten Kuß auf den Mantelkragen, auf die feuchten Trottoirplatten, auf die vom Herbst glitschigen Zäune und Schindeln, auf die Baumrinde, die Schollen des Weges, auf die verwelkten Überreste der städtischen Gartenbeete, auf die graublauen, rostbedeckten Dächer der Häuser. Oder er kommt so, daß es hartnäckig und ohne Ende immer weiter zu schneien beginnt, und wenn man das Gesicht an die kalte Scheibe drückt, sieht man nichts als das Stieben und Wimmeln der Flocken, die da launisch kreiseln, hier und da und überall, man verliert das Gefühl dafür, ob sie vom Himmel herunterfallen oder von unten nach oben, man verliert den Sinn für den Raum, bin ich hier? bin ich dort? wo ist das, was weiter weg ist? sie wirbeln nebeneinander, gegeneinander, die einen weiß, die anderen schwarz, die Umrisse der Gegenstände, der Bäume und Häuser verwischen sich, verschwimmen, die Menschen huschen wie Verschwörer über die Straße, aber sie entkommen ihm nicht, denn er drückt ihnen sein Zeichen und seinen Stempel auf und setzt sich ihnen auf Schultern und Buckel, umgibt sie mit einem Mantel und Überwurf komischer Würde, hängt ihnen als tauender Tropfen an der Nase, stirnt ihnen die Wimpern, benetzt ihnen die Schnurrbärte mit ungesüßtem Schneeeis, und den Verwunderten offenbart er, wenn sie nach Hause kommen, einen schmelzenden Kaleidoskopstern auf dem Ärmel, jeder anders und verschlungen kristallisiert und unaufhaltsam in seiner schmelzenden Unbeständigkeit.

Möge man mir diesen Lobgesang auf den ersten Schnee nicht als Schwäche auslegen, zu der uns Solipsismus, Narzißmus, Selbstliebe verführen, denn diese treten jedesmal zutage, wenn wir uns uns selbst zuwenden, wenn es uns scheint, daß auch das nichtigste Thema wichtig und wertvoll ist, solange es nur unsere inneren Empfindungen betrifft. Ich strecke die Hand aus und streiche über die von meinem Atem beschlagene Scheibe und lasse den Schnee, der draußen vor dem Fenster fällt, durch die Ritzen zwischen meinen Fingern rieseln, den Schnee, der durch eine von unsichtbarer Hand gedrehte Sanduhr rinnt. Aus allen Fenstern, Höfen und Orten blickend, an die uns das Schicksal gestellt hat, suchen wir in dieser betörenden Bewegung uns selbst. Betört und bewegt schaue ich in die oberflächliche, monotone, langweilige, banale Welt des Schnees, der in Zauberflocken fällt. Stille sinkt vom Schnee herab und umhüllt uns, der offensichtliche Vergleich mit Watte drängt sich auf. Wir treten auf die Schwelle hinaus, und die Stimmen bei den Nachbarn, das Bellen des Hundes am Ende der Straße und das Pfeifen einer Lokomotive auf der anderen Seite der Stadt sind von einer flaumigen Schicht bekannter Neuheit umsponnen und abgesondert. Wenn wir die Luft einziehen, warum läßt uns dann irgend etwas daran denken, daß sie jetzt einen anderen Geruch hat, nach Wildnis, wenn man jetzt an eine Einöde denkt, an die Stellen, wo sich der Wind fängt, den leeren Feldrain, den Waldrand, die verlassene Trift und den vergessenen Hain im Brachland. Dieser Geruch drängt uns neue, über sich selbst verwunderte Gedanken auf, wie im Rausch, wenn man schnell, Schlag auf Schlag zwei Gläser Wodka trinkt.

Erstaunt und erfreut gehen wir die Stufen hinunter, der Schnee liegt kaum ein paar Zentimeter hoch, aber unsere Füße hinterlassen schon Spuren, scharf und dokumentarisch abgebildete Abdrücke, und wir betrachten sie überrascht und beunruhigt wie Robinson Crusoe die menschlichen Fußabdrücke im Küstensand.

Die Gäste sind abgefahren, und wir wollen uns auch auf den Weg machen. Durch die kahlen Büsche sieht man schon ein Paar Brauner, das vor den Schlitten gespannt ist, auf dem höchstens eine Handvoll Stroh liegt, trockenes Bohnenstroh.

Die Pferde, flauschig in ihrem Winterfell, setzen unwillig einen Fuß vor den anderen, und manchmal knirschen die Schlittenkufen und rutschen über das gefrorene, schneebestäubte Ackerland.

Der Onkel und die Tante fahren beide mit. »Wenn ihr Glück habt, also wenn ihr gut hinkommt und er nicht scheu wird, dann bekommst du einen Fuchs, gnä Herr.«

Dieses »Gnä Herr« ist die Abkürzung für »gnädiger Herr«, und der Onkel macht sich damit spöttisch zum Krautjunker nach altpolnischer Manier, in anderen Dingen verleugnet er das, aber im häuslichen Kreis spottet er gern, und wenn er bei Laune ist, nennt er seine Frau sogar »Seelchen«. Das soll auch als etwas gutmütig Altpolnisches durchgehen.

Überhaupt sind sie bei diesem Totenmahl irgendwie anders und nicht so wie sonst, ich finde es schon zum Lachen. Heute, vorhin, habe ich sie sogar im Anrichtezimmer erwischt, wo die Leckerbissen vom Totenmahl kalt in den Schüsseln standen, und zu zweit schnitten sie sich hier und da etwas ab und aßen in Schweigen vertieft, und das war unglaublich und ungewöhnlich, denn normalerweise gaben sie nicht viel um Gaumenfreuden, und während des Totenmahls hatten sie sich eher darum gekümmert, daß die Gäste aßen, und ihre schweigende Eintracht vor diesen Schüsseln nun, ganz allein, die kam mir lustig vor, aber auch so, als hätte ich sie bei etwas überrascht, ein unfreiwilliger Zeuge einer ehelichen Vertraulichkeit.

Und dann kam auch jemand vom Hof, vielleicht der Verwalter, oder der Flurhüter oder eine der Mägde, und erzählte von diesem Fuchs. Erstaunlich war es, auf welchem Weg die Nachrichten ins Haus gelangten. Man konnte meinen, daß das Haus bei unserem Reden oder Schweigen von Sprüchen, Neuigkeiten, Bemerkungen widerhallte, die fünf Kilometer weit weg ausgesprochen wurden; wenn etwas »auf Popławy« passierte oder bei den Getreidespeichern, oder wenn sie in Zborów auf dem Abstellgleis Rüben in die Loren verluden, oder wenn einer im ruthenischen Pfarrhaus etwas sagte, dann trug der Wind die Kunde davon herbei, und sie trafen auf die Membran des Schindeldaches oder brachen sich an den Wagenkästen in der Remise oder prallten klirrend von den Kupferkesseln in der Brennerei ab oder heulten in der Zentrifuge oder atmeten im Balg der Schmiede, und so gerieten diese Nachrichten und Mitteilungen, vermischt mit den beiläufigen Gesprächen, in unser Bewußtsein.

Jemand kam und sagte, ein Fuchs sei aus der Schlucht gekommen und mache jetzt bei den Schobern, hinter dem »Schwarzen«, Jagd auf Mäuse. Schwer und schwarz standen sie da unter ihren Dächern aus Schnee auf einem vom Westwind aufgeworfenen Buckel. Mitten auf den Feldern, die fertig gepflügt oder geeggt in Wintersaat standen, hinter den Furchen und Rainen der langen Streifen der Bauern, hinter den großen quadratischen Äckern der Gutsherrenfelder. Der Schnee lag unregelmäßig auf den Feldern, das Schwarz der Schollen war in langen Streifen sichtbar, ein wenig Schnee lag in den Bruchstellen, und dahinter war es weiß und frostig, und trotz des weißen, heiteren Tages neblig oder eher dunstig, und in der Ferne stand die Wand des Horizonts.

Wir fuhren los, in Erwartung meiner Belohnung stellte ich mir vor, wie der Fuchs in dieser Ödnis bei den Schobern auf Beute ging, wie er »mauste«, ein einziges Wort, bei dem ich mir vorstellte, wie er mit der Nase am Boden zwischen den Schobern daherlief, die Rute hinter sich herziehend. Die einzigen Spuren dort von kleinen Vögeln, die zu ungewissen Zeiten herkommen, jetzt ist alles still, die Spuren ihrer Füße wie Abdrücke kleiner Zweige im Schnee, und die Schalen ausgespieener Körner und Strohhalme, und keine Spur von einem Menschen, so wild und unberührt ist es dort.

Aber vorläufig male ich mir das nur aus, und jetzt fahren wir, die Pferde laufen im Trab, der Schlitten gleitet zischend dahin, der Weg ist ziemlich glatt und der Schnee darauf zu Eis poliert und da, wo Pferdeharn und -mist ihn verfleckt haben, ist er gelb, und eisverkrustete Strohhalme liegen darauf, und in den Weißdornbüschen am Wegrand schlagen Saatkrähen gegen die kahlen Zweige, noch unentschlossen, in welche Richtung sie sich zum Nachtmahl wenden sollen.

Was gibt es Neues im Kino?

Es ist schon viele Jahre her, daß sie hier war. So viel schon ist mir aus dem Gedächtnis entschwunden, und ich jage fieberhaft und verzweifelt der Vergangenheit hinterher, um sie diesem Vergessen zu entreißen. Wo bist du, Elektra? Elektra, ach Elektra!

> *Der König hat davon gehört,*
> *davon gehört,*
> *Mit zwölf Pferden macht er kehrt ...*
> *Liebe mich, schöne Krakauerin ...*

sang Elektra vor sich hin.

Ich stellte mir vor, wie meine Tante, kerzengerade und steif in ihrem schwarzen Kleid, die schmalen Lippen zusammengekniffen, über einer Handarbeit im Sessel saß und langsam den Kopf hob.

»Das ist vulgär, was du da singst«, hörte ich.

Unser Haus in der Stadt stand für sich und einsam wie ein düsterer Felsen an einem flachen Ufer. Wir pflegten mit niemandem Umgang.

Der Vater saß den ganzen Tag in der Bank und ging sogar an den Abenden dorthin; wenn ich auf der Straße vorbeikam, konnte ich im Schein der Lampe seine Stirn sehen, er saß, über seinen Schreibtisch voller Papiere gebeugt, hinter dem vergitterten Fenster. Das war die einzige Strecke, die er zu Fuß zurücklegte – von zu Hause zu seiner Bank. Alle anderen Wege machte er mit dem Pferdewagen.

Wir hatten kräftige Pferde, ein Paar, ein hellbrauner Wallach und ein Apfelschimmelhengst, dazu einen schweren Wagen mit ratternden Radnaben und einem aschgrauen Bezug aus »Manchestersamt«. Es lenkte der Kutscher, Michał Okszański hieß er, ein wortkarger, etwas dumpfer und scheuer Bursche, der beim letzten Einfall nach Litauen bei Żeligowski in der Artillerie gewesen und aus diesem Krieg als Invalide zurückgekehrt war.

Hinter dem rechten Ohr hatte er ein Loch, aus dem es manchmal tropfte, und diese nicht verheilende Wunde war auch der Grund einer gewissen Taubheit. Mein Vater mochte diesen Michał nicht, gelegentlich wurde er ihm gegenüber handgreiflich, was den schwerfälligen und stumpfsinnigen Fuhrmann nicht gerade munterer machte.

Mein Vater meinte, wenn ich schon zu nichts taugte, so sollte ich doch wenigstens bei der Bankarbeit helfen, und er brachte dicke Geschäftsbücher mit nach Hause, die ich in Rubriken unterteilen, oder Papier, aus dem ich sparsamkeitshalber Umschläge kleben sollte. Ich haßte diese Arbeiten, und gedemütigt und verbittert linierte ich Blatt um Blatt, dicke Bücher voll, oder schnitt im Zimmer oben die Briefumschläge zurecht, und dort hörte ich auch die Stimmen Elektras und der Tante.

> *Der Henker kam in Rot,*
> *in Rot ...*
> *Die Krakauerin in Grün ...*

sang Elektra weiter.

Die Tante unterbrach ihre Arbeit und setzte zu einer Tirade an:

»Das ist vulgär, was du da singst. Bildest du dir etwa ein, ich wüßte nicht, daß du heute morgen bei den Domerecki-Fräulein gewesen bist? Gefällt dir das, die Gesellschaft von Kleinbürgermädels mit ihrem Provinzmief? Mußt du deshalb diese Atmosphäre hier einschleppen?«

Die Fräulein Domerecki in mädchenhafter Blüte mit ihren eigenhändig bestickten, hohlsaumverzierten Unterröcken waren die Töchter des geachteten Wurstmetzgers und Kleinviehhändlers, die Elektra sehr bewunderten.

Sie versuchte heldenhaft, einen verlorenen Posten zu verteidigen.

»Das sind anständige Mädchen, und wieso soll ich etwas Besseres sein als sie, nur weil ich bei den Benediktinerinnen im Internat bin? Weil ich Seidenunterwäsche trage und keine gestärkten Unterröcke ...«

Die Tante blieb hart.

»Vulgär ist, daß du zu dieser lähmenden Kleinstadt-Atmosphäre wäschegestärkter Jungfernhaftigkeit und schmachtender Sentimentalität tendierst. Das ist unwürdig und unangemessen, und« – die Tante war ganz aufgebracht – »führe das bitte nicht hier ein, darum möchte ich dich bitten, das ist alles äußerst oberflächlich, für die gute Erziehung, die du bekommen sollst, sind Selbstdisziplin und Gewähltheit die oberste Bedingung.«

»Gewähltheit?«

»Gewähltheit im Stil. Diese Erziehung soll dir Stil beibringen.«

»Stil – ist das etwa das Leben?«

Die Tante versetzte ohne Zögern und mit eiserner Konsequenz.

»Ja. Das Leben ist Stil.«

»Ich will keinen Stil ... Es ist völlig gleichgültig, was für einen Stil ich mir zulege ...«

»Das ist keinesfalls gleichgültig. Wie kann es denn gleichgültig sein, ob du ein Fräulein aus gutem Hause bist, ein Kleinbürgerdämchen oder ein Straßenmädchen ...«

Aus dem Garten drang das Gekläff von Mazgaj und übertönte ihr Gespräch. Dann hörte ich:

»Bitte beleidige mich nicht ...«

»Sei nicht lächerlich ...«

»Ich weiß sowieso, daß ich ein unerwünschtes Kind war ...«

»Werde nicht hysterisch.«

Ich ließ meine Arbeit im Stich und ging hinunter, auf der Treppe kam mir Elektra entgegen. Um jeder Einmischung meinerseits zuvorzukommen, nörgelte mich die Tante gleich an:

»Du hast Mazgaj von der Kette gelassen, und jetzt wird er sich wieder im Gemüsegarten herumtreiben und die Tomatensträucher verwüsten, der Vater hat dich gewarnt, daß er ihn erschießt.«

Mazgaj war ein Mischling, seine Mutter war eine Vorstehhündin, der Vater irgendein Straßenköter. Von ihr hatte er seine schöne Gestalt, vom Vater sein ordinäres rauhes Fell und den Galgenhumor eines Gauners.

Am Morgen hatte er gejault und an der Kette gerissen, und durch irgendein Wunder hatte sich der Schnappverschluß des Halsbands geöffnet, war aber dann durch einen ähnlich wundersamen Zufall um seine Hinterpfote zugeschnappt, genau dort, wo sich die Achillessehne des Hundes befindet. Er hätte sich die Pfote abgerissen, wenn ich ihn nicht festgehalten hätte, obwohl er mich blind vor Schmerz in die Hand biß, und jetzt tummelte er sich glücklich und ohne einen weiteren Gedanken an die jüngste Verzweiflung im Garten und scheuchte die Perlhühner herum.

Wir hingen sehr aneinander, dieser Mazgaj und ich, aber das wies ich von mir, ich wollte keine Freundschaft zwischen Mensch und Hund, das kam mir geradezu widerwärtig vor, schließlich war es ja nur ein Tier! Das hatte zur Folge, daß mein Verhalten ihm gegenüber wechselhaft war, mal freundschaftlich, mal abweisend, und den verwunderten Ausdruck in den Augen Mazgajs, des treuen Mazgaj, wenn er bei mir auf diesen Wankelmut, diese Unzulänglichkeit des Menschen stieß, werde ich wohl nie vergessen.

Wir saßen oben in meinem Zimmer. Ich wollte ein Gedicht schreiben. Ich hatte bereits gewisse vage Grundzüge im Kopf, und es störte mich gar nicht, daß Elektra auf meinem Bett lag und respektvoll zusah, wie ich über ein Stück Papier gebeugt dasaß.

Aber das Gedicht wollte mir nicht geraten. Ich hatte nicht viel mehr als den Titel und die letzte Zeile und ein paar Alliterationen, die mir nicht behagten.

Das Thema sollte ein Traum sein, jemand schläft und träumt, er habe sich mit Blausäure vergiftet, mit Zyankali. Und dann wacht er auf, noch ganz unter diesem schrecklichen Eindruck. Wie war das noch mit dieser Blausäure? Ein wahnsinnig tödliches Zeug! Angeblich reichen wenige Milligramm aus, um einen Menschen zu töten. Wieviel war es noch? 0,005? Das war der Titel des Gedichts: »0,005 Zyankali«. Das sollte in seiner pedantischen Sachlichkeit sofort als modernistisches Gedicht ins Auge springen: die exakte Zahl, die Magie der arabischen Ziffern mit dem Komma. Das Gedicht sollte mit dem Erwachen aufhören und das sollte sich für ihn, denjenigen, dem diese Suizid-Ideen im Traum kommen, so anhören, wenn er erwacht und

> ... *ahnend*
> *Bittere Tränen, bitter wie Zyankali* ...,

und für den Anfang des Gedichts hatte ich den folgenden plumpen Reim:

> ... *und der Sonnen rasende Trajektorien*
> *stoßen mich und die Welt in tiefe Agonien* ...

Diese »Trajektorien« und »Agonien« waren mir selbst ein bißchen suspekt, und ich kam keinen Zoll weiter.

Elektra verlor langsam den Respekt, sie hatte zuviel Humor, um die schwere Geburt lange mit ansehen zu können, und langweilte sich.

»Lies mir doch mal vor, was du geschrieben hast.«

»Stör mich jetzt bitte nicht ...«

»Die sind doch leicht, solche Gedichte ... auf dem grauen Tuch des Himmels der Perlmutterknopf des Mondes«, neckte sie mich.

Aber ich konnte ihr nicht böse sein, es gefiel mir, daß sie bei mir saß, und ich gab mich geschlagen.

Ich knüllte das Papier zusammen, formte einen Ball daraus und begann, Augen, Mund und Nase darauf zu schmieren, und die Tinte floß darüber, und was schließlich herauskam, sah aus wie ein »Tsantsas«, ein präparierter Kopf der Indianer vom Amazonas.

»Wo hast du das gesehen, hast du wirklich schon mal solche Tsantsas gesehen?« fragte Elektra.

»Beim Rittmeister Rupp habe ich sie gesehen«, sagte ich. »Der war mal in Ecuador und hat sie von dort mitgebracht. Sie sind richtig niedlich, ein Köpfchen so groß wie eine kleine Faust, die Augen geschlossen, die Lippen mit buntem Faden zugenäht und Haare, Indianerhaare, schwarz, mit wunderhübschen eingeflochtenen Papageienfedern. Das Köpfchen ist so klein, daß man es im Knopfloch tragen kann.«

»Wie machen sie das, sind die wirklich echt?«

»Sie ziehen richtig fachmännisch die Haut vom ganzen Kopf ab, so einen Skalp vom Gesicht, dann trocknen sie ihn, stopfen ihn mit etwas aus, präparieren das Ganze, und es schrumpft zusammen.«

Elektra schauderte.

Ich wollte sie noch mehr erschrecken, das war mir so eine dumme Genugtuung.

»Das machen die Jivaros Indianer. Aber da die Nachfrage gestiegen ist, gibt es auch Schwindler, die imitieren diese Arbeiten hervorragend, selbst ein Experte kann kaum erkennen, daß es ein Schwindel ist, daß so ein getrockneter Tsantsas einmal der Kopf einer weißen Frau war.«

»Ach George! Wie entsetzlich!«

Meine Worte hatten ihre Wirkung nicht verfehlt, und die Schlingpflanzenexotik von Amazonas, Orinoko und Rio Negro wogte wie ein grüner Dschungel über die Zinkblechdächer und den Mittagsstaub der Kleinstadtstraßen heran.

Plötzlich hörten wir auf dem Hof zwei Pistolenschüsse und ein kurzes Aufjaulen. Ich stürzte zum Fenster.

Auf der Außentreppe stand mein Vater. Er trug kein Jackett, nur die Weste. In der herabhängenden Hand hielt er eine Pistole. Am anderen Ende des Hofes, in einem Sonnenflecken neben der Gartenpforte lag Mazgaj. Unter ihm kroch ein blutiges Rinnsal hervor und versickerte schnell im Sand. Auf der Betontreppe lagen die fortgeworfenen Hülsen der verschossenen Pistolenpatronen, sie waren gelb und rußig vom verbrannten Pulver.

Wir hörten die Köchin weinen. Mein Vater stand noch eine Weile da und lächelte bitter – das war ein guter Schuß! auf diese Entfernung –, dann hob er die Pistole hoch, sicherte den Abzug und ging ins Haus.

Elektra lag auf meinen Bett, von Schluchzen geschüttelt, zwischendurch stieß sie immer wieder aus:

»Ich hasse ihn, ach, wie ich ihn hasse!«

Auch ich war sehr erregt, versuchte aber, mich zu beherrschen.

»Ach, was hat der arme Mazgaj ihm getan ...« schluchzte sie fast hysterisch, »ich hasse ihn ...«

»Nun beruhige dich doch«, sagte ich. »Der eine ist eben empfindlich mit Hunden, der andere mit Tomaten.«

Sie hörte auf zu weinen.

»Ach, bin ich dumm«, sagte sie und stand schon vom Bett auf, ihre Augen waren gerötet und vom Weinen feucht, und durch die Tränen hindurch lächelte sie mich entschuldigend an.

Das Haus stand am Rande der Stadt. Es stand für sich, nur auf der anderen Straßenseite zog sich die lange Reihe der einstöckigen Stall- und Kasernengebäude des soundsovielten Ulanenregiments hin.

Es war ein Holzhaus, in Grundriß und Äußerem merkwürdig, ein dilettantisches Projekt meines Vaters, eine Mischung aus Schweizer Chalet, Bürgervilla und Empireschlößchen. Es war nicht alt, aber die tiefe Lage, der feuchte Boden, das wuchernde Grün des Gartens und die Witterung hatten es altern lassen, und es sah aus, als sitze der Schwamm schon darin, als zerfalle es langsam, als zerfalle es, von zersetzenden Bakterien angefressen, in den langen dunklen Nächten zu Staub.

Mein Vater war ein genialer Dilettant auf allen Gebieten. Unter anderem auch auf dem Gebiet von Gartenbau und Obstzucht. Lange vor dem Bau des Hauses hatte er bereits im Garten nach und nach etliche Obstbäume gepflanzt, manche davon erlesene Züchtungen, und an ihren Zweigen waren mit rostigem Blumendraht kleine Holztäfelchen befestigt, auf denen in säuberlicher Schrift die lateinischen Namen verzeichnet standen.

Ungeachtet aller sorgfältigen Düngung, Pflege und Besprengung mit »Blaukorn« nisteten sich jedoch bald Würmer ein, und jeden Herbst hatten wir eine herrliche Ernte riesiger rotbackiger Äpfel, die innen von Würmern zerfressen waren.

Über den Zaun wucherte eine Hecke aus Flieder und Himbeeren, die eine grüne Mauer zwischen Haus und Straße bildete.

Auf dem teils mit Natursteinen gepflasterten, teils mit Sand bestreuten Hof waren Ställe, Remise und Waschküche aneinandergebaut, der Schweinekoben und ein großer Brunnen aus Betonrohren standen für sich. Den Brunnen hatte man gebohrt und dann die Rohre nach und nach angesetzt, und der stümperhafte Brunnensetzer legte ihn schließlich schief an.

Zum Wasser war es nicht weit. Das Haus und die Kasernen lagen tief, gleich hinter der Kaserne strömte der Fluß durch ein abschüssiges Bett, und der Wasserspiegel im Brunnen hatte das gleiche Niveau wie der des Flusses, Grundwasser, das dem Gesetz der kommunizierenden Röhren folgte. Der Wasserspiegel in unserem Brunnen stieg und fiel mit dem Wasserstand des Flusses, und das Wasser im Brunnen unterschied sich in nichts von dem Flußwasser, es war warm, trüb und schmeckte süßlich, und im Haus brauchte man es für alles – zum Kochen, Waschen und Trinken.

Wenn wir frühmorgens im Garten saßen, in der Sommerhitze, dann waren wir hinter der grünen Wand aus Pflanzen vollkommen von der Welt abgeschnitten. Die herzförmigen, dunkelgrünen, glänzenden Blätter des Flieders spiegelten den blauen Himmel wider, die Rosensträucher auf dem Rasen waren stachlig von Dornen, und der süßliche Duft der Rosenblüten wehte zu uns herüber. Wilder Wein rankte sich an der Hauswand empor, und ich hatte das Gefühl, daß durch dieses Grün, durch die Kapillarröhrchen der Kletterpflanzen, die Feuchtigkeit aus der Erde aufstieg und in die Hauswände eindrang.

Morgens saß Elektra nachlässig gekleidet herum, sie trug eine

Art Morgenmantel, aber das war bei ihr keine unangenehme Nachlässigkeit, sie war so rosig und so weggetreten, daß es gut zu ihr paßte.

Unter den vorspringenden Dachtraufen bauten die Schwalben ihre Nester aus Lehm, tschilpend kamen sie aus dem offenen Himmelsraum herbeigeflogen, und die Hauswände waren mit ihren heruntertropfenden Ausscheidungen gesprenkelt.

Wir saßen unter dem Baldachin der grünen Blätter, ich las Carlyles *Helden*, aber eigentlich las ich gar nicht, sondern sah immer wieder von den Buchseiten auf, um einen raschen Blick auf ihre Brust zu werfen. Sie nähte etwas und saß vornübergebeugt, und ihre Haare fielen auf die Handarbeit, und der Morgenmantel klaffte etwas auf, und man konnte den oberen Teil ihrer Brust sehen und die Vertiefung dazwischen und ihre frischen Wangen.

Wir unterhielten uns. Mit einem Schlüssel, den ich in der Tasche gefunden hatte, zeichnete ich ein Muster auf den Wildlederbesatz meiner Reithosen, man konnte es ganz leicht wegwischen, indem man nur mit der Hand darüber streifte, so weich war das Wildleder.

Auf der Straße, in einer Wolke aus Staub und Hufschlägen, kehrte die Schwadron der Maschinengewehrschützen von ihrer Übung zurück. Die Drillichuniformen der Ulanen waren fast weißgewaschen, quer über dem Rücken hatten sie Flecken von den geölten Gewehren. Durch die Fliederzweige sah ich sie vorbeireiten, in Dreiergruppen, oder zwei Pferde zusammen, wo der Pferdeführer ein Packpferd mitführte. Auf der einen Seite des Packsattels ein Maxim-Maschinengewehr mit Kühlrohr, auf der anderen ein dreibeiniger Schwarzlose-Ständer, obenauf Kisten mit Munition. Sie sangen:

> *Woran hast du mich erkannt,*
> *Umtaria-ra*
> *Umtaria-ra*
> *Daß du mich gleich Herr genannt*
> *Umtaria-ra*

Die Schwadron zog weiter, die Staubwolken senkten sich, und Hitze erfüllte die Luft. Noch ein Fetzen von ihrem Lied drang an unsere Ohren:

> *Wie soll ich dich denn lassen*
> *Umtaria-ra ...*
> *Ich bin so arm und du ein Herr*
> *Umtaria-ra ...*

Von der Bank aus sahen wir in der Ferne, am anderen Ende des Gartens, wo die Himbeersträucher am Zaun besonders dicht wuchsen, Franciszek Salezy Stuż, den Gärtner, der ein Grab für Mazgaj grub.

Diesen Gärtner, Franciszek Salezy Stuż, nannten wir den Kamtschatler. Wir hatten unsere eigenen Namen und Spitznamen für jeden in unserer Umgebung, und deshalb hatten meine Unterhaltungen mit Elektra etwas von einer Geheimsprache. Der Prokurist und einzige Angestellte in der Bank meines Vaters hieß Reyowski, aber wir nannten ihn Reiher, den Vater nannten wir Paul, obwohl er Stefan hieß, den Weihbischof Izydor Kunaszowski »Tertium non datur« und den Doktor Goldfisz »Solange«.

Dieser Franciszek Salezy Stuż also war den ganzen letzten Krieg über als Kriegsgefangener auf Kamtschatka gewesen. Ganz am Anfang jenes Krieges, im August 1914, wurde er bei der Mobilmachung dem österreichischen Landsturm zugeteilt und rückte nicht mal aus der Stadt aus. Als sich die Russen der Stadt näherten, zog sich die kleine Landsturmabteilung in die umliegenden bewaldeten Hügel zurück, und an einem heißen, schwülen Tag schickten die Kameraden den einheimischen Franciszek Salezy Bier holen, und dort, in seinem Heimatort, wurde er von der ersten Kosakenpatrouille gefaßt und zwangsweise nach Kamtschatka geschickt. In vier Jahren jenseits des Polarkreises hatte Franciszek Salezy durch den Skorbut sämtliche Zähne verloren und sah, obwohl er noch gar nicht alt war, wie ein verhutzelter Greis aus. Wegen Kamtschatka nannten wir ihn dann Kamtschatler.

Der Kamtschatler hob ein Grab für Mazgaj aus. Im Prinzip war er Gärtner, aber vor ein paar Jahren hatte er eine Offenbarung gehabt: Er entdeckte den Portland Zement. Jetzt befaßte er sich weniger mit dem Grünen als damit, im näheren Umkreis alles mögliche zu betonieren. Er luchste meinem Vater das Geld für einen halben Sack Zement der Marke »Firlej« ab, mischte ihn und betonierte und zementierte. An den Treppen, Rinnen, Kanälen, Brunnen und Fensterbänken, die zu unserem Haus gehörten, wurden fortwährend Reparaturen, Verbesserungen und Umbauten vorgenommen. Ungehobelte Bretter bedeckten die frischen, aushärtenden Konstruktionen, und wenn er sie abnahm, trat das Antlitz des Betons hervor, auf dem sich die Maserung des Holzes haargenau abgezeichnet hatte, als sollte ein versteinerter Wald rings um unser Haus errichtet werden.

Als einmal schwere Regenfälle einsetzten, standen Elektra, ich und der Kamtschatler verblüfft da und sahen enttäuscht und mißmutig zu, wie das Regenwasser infolge der von Franciszek Salezy nicht berücksichtigten Gesetze der Nivellierung und der Denudationskraft in den Kanälen und Rinnen seines Bewässerungssystems wie zum Hohn in die entgegengesetzte Richtung floß und in der schlammigen Erde kreuz und quer Canyons und Colorados schuf, gegen die Betonrohre klatschte und Gras und Pflanzen fortriß, um an unerwarteten Stellen zu Pfützen und Tümpeln zusammenzuströmen. So weit ich mich erinnern kann, lernte er die Launen des Wassers nie richtig deuten.

Klatschend klopfte der Spaten Mazgajs Hügelgrab fest. Bald würde das Grab abflachen und sogar einsinken, und das verwesende, von Würmern zerfressene Fell des fröhlichen Mazgaj würde sein Hundegift und seine Hundesäfte in die Erde und den Garten abgeben und den schiefen Brunnen vergiften und durch die Pflanzenranken am Haus hinaufklettern, in die Hauswände einsickern und den Schlaf der Bewohner mit Hundegejaul vergiften, aus Rache für den Tod, den man ihm zugefügt hatte, als es Tag war und die Sonnenschatten Himmel und Erde miteinander vereinten.

»Der arme Mazgaj«, sagte Elektra. »Sag mal – haben Tiere eine Seele?«

Und ohne eine Tiefsinnigkeit meinerseits abzuwarten, sagte sie:

»Der Tod, er ist schrecklich – der Tod ...«

Elektra tat mir leid.

»Ach, Unfug«, sagte ich. »Ob es uns gibt oder nicht, das ist doch bloßer Zufall. Weißt du, wie zufällig das Leben ist? Stell dir vor, die Fische legen Millionen Eier, damit nur ein einziges überdauert und den Lebensfunken in sich aufnimmt. Und weißt du, wie viele Spermatozoen der Mensch ...«

Aber da fiel mir ein, daß sie ja noch ein junges Mädchen war, und brüsk sagte ich:

»Aber dafür bist du noch zu jung.«

Und wieder tat sie mir leid, denn sie hatte Tränen in den Augen

»Überhaupt nicht, du grausamer, selbstsüchtiger ...« Und dann brach sie in Tränen aus.

Bei uns war es nicht üblich, seinen Gefühlen freien Lauf zu lassen. Wir benutzten zu Hause keine Koseworte und hatten für Küsserei nicht viel übrig, und ich wußte nicht, wie ich ihr antworten sollte. Unbeholfen legte ich meine Hand auf ihre, und da lächelte sie und sagte:

»Zeig mir die Hand. Da hat dich Mazgaj gebissen, tut es weh? Weißt du, mir ist bei den Benediktinerinnen so was passiert, aber ich habe zu Hause davon nichts erzählt, und die Fräulein bei den Benediktinerinnen haben auch den Mund gehalten – aber was hab ich mir alles anhören müssen! Sie haben schreckliche Hunde dort, Wolfshunde, und nachts werden die von der Kette gelassen, dann jagen sie außer Rand und Band um die Klostermauern herum und bellen. Und weißt du was – sie hatten Junge, die wurden im Klosterkeller gehalten, und ich war so dumm und habe zu Maryśka Zuberówna gesagt, ich hätte überhaupt keine Angst, zu den Welpen hinunterzugehen, und Maryśka war so dumm und hat mir das geglaubt und hat es den anderen ausgeplaudert, und die haben mich dann auf die Probe gestellt. Sie natürlich in Sicherheit im ersten Stock hinter den Fenstern, und ich allein auf dem Hof, und ich hatte schreckliche Angst und steige die Treppe hinunter, es ist dunkel, und bevor ich noch das Winseln der Welpen höre, stürzen sich diese Wolfshunde schon auf mich, und ich gehe rückwärts die Treppe hoch, schleife die beiden Ungeheuer mit, ich wundere mich selbst, daß ich nicht den Verstand verloren habe, und oben bin ich dann ohnmächtig geworden. Danach habe ich wochenlang mit dicken Verbänden im Bett gelegen, und meinst du, irgendeine hätte Mitleid mit mir gehabt – nichts dergleichen, ganz verlogen haben sie noch vor den Fräulein gesagt: ›Siehst du, da bist du selber schuld‹ –, wozu haben sie solchen Spott mit mir getrieben, George?«

»Aber die Benediktinerfräulein haben doch nichts verraten«, sagte ich tröstend.

»Die sind nicht so, die sind alle aus gutem Hause, um da einzutreten, mußte man eine Mitgift mitbringen, und heute macht das kaum noch jemand. Sie sind sehr alt.«

»Was sind das denn für welche? Haben sie sehr strenge Regeln?« fragte ich.

»Stell dir mal vor, unsere Oberin, die ist ganz alt und hat in ihrem ganzen Leben noch keine Eisenbahn gesehen, denn als sie ins Kloster eingetreten ist, gab es noch keine Eisenbahn, und danach ist sie nie wieder draußen gewesen. Oder doch, vor ein paar Jahren ist sie nach Prohebyszcz gefahren, um sich das Vorwerk anzusehen, aber in einer Kutsche mit zugezogenen Vorhängen.«

»Ach, solche sind das ...«

»Sie tragen so Hauben auf dem Kopf, wie man sie hier in der Kollegienkirche auf der Grabplatte der Belsker Woiwodin sieht. Und bei besonderen Anlässen stützt die Oberin sich auf einen Bischofsstab. Und zu Mittag essen sie Wacholderdrosseln«, lachte Elektra.

»Was, diese harmlosen Wacholderdrosseln, die sich nur von Schlehen ernähren und nicht mal ausgenommen werden, bevor man sie brät?«

»Angeblich ja. Und Maryśka und ich, wir haben uns auch einmal heimlich in eine Einkleidungsfeier geschlichen. Wir hatten große Angst und haben uns auf dem Chor versteckt, und da sind die Krallen des Teufels auf der Kanzel eingebrannt – als beim Gottesgericht über den Fähnrich von Krasiczyn der Satan selbst die Hand auf das Zeugnis legte, ich glaube ja nicht an solche Folklore, aber ich habe mich sehr gefürchtet. Und diese Einkleidung, das war schrecklich, sie im weißen Schleier, wie eine junge Braut, und lag mit ausgebreiteten Armen auf dem Boden, und dann wurde sie mit einem schwarzen Sargtuch zugedeckt, und an den Ecken standen Kerzenleuchter wie bei einem Katafalk, und der Priester sang das *Requiem*, und diese Gesänge … nach diesem irrsinnigen Abend habe ich gedacht, ich müßte wieder ins Krankenzimmer. Das ist ja der Tod bei lebendigem Leib …«

»Worüber redet ihr Mädchen denn so, wenn ihr unter euch seid?« fragte ich listig.

Elektra lachte. »Worüber? Ach, weißt du … eigentlich meistens über Jungen. Manchmal ist es mir richtig peinlich …«

Wir schwiegen, und es war still und heiß in der Mittagssonne.

Auf dem Gartenpfad, im hellen Sonnenschein, tauchte eine Katze auf. Sie war aus einem Geschlecht, dessen Generationen nahtlos aufeinander folgten, und dieser Übergang von einem Leben zum anderen vollzog sich vor aller Augen. Zuerst war es ein flauschiges Junges, das sich über die Teppiche wälzte und für das die Welt ein einziger aufregender und widerspenstiger Gegenstand war, mit dem es spielte und von dem es sich herausfordern ließ, dann wuchs es heran zu der kühlen und ungerührten Miniaturausgabe eines Tigers, der sich federnd bewegte und nervös den Schwanz kreisen ließ oder ein Bündel war – jedenfalls den größten Teil des Tages –, ein Knäuel aus Schlaf, Träumen und verschlossenem, in sich zurückgezogenem Leben. Eine weibliche Katze wurde dann trächtig, eine Auswahl aus dem Wurf behielten wir, den Rest ersäufte Franciszek Salezy auf eine Art und Weise, die allen Euthanasievorstellungen der Tier-schutzliga spottete. Und dann wuchs eine neue Generation heran, und der Stammbaum dieser Familie trieb einen neuen Zweig.

Im hellen Sonnenschein verengten sich die Pupillen in den Sta-chelbeeraugen der Katze zu dünnen Strichen. Uns dort im Schatten kam es vor, als wüchse die Katze, die sich über den Gartenpfad näherte, ins Riesenhafte, es wirkte, als schwellten die zarten Beinchen mit den weichen Pfoten zu Löwentatzen an und als tue sich in dem runden Kopf das Maul eines Höhlenti-gers auf. Der Maßstab – wie kann er in die Irre führen! Man soll sich nie vom Maßstab auf Abwege leiten lassen! Wer kommt dir zu Hilfe, wer mißt die Proportionen, wenn ein Urwaldtiger über dir die gelben Zähne fletscht!

Oder ein Leopard! Hüte dich vor dem gefleckten Leoparden! Das ist das Symbol der Ausschweifung, des Gifts der Begierde. Sieh nur! In seinen zynischen Bewegungen liegt soviel Wollust, sieh nur, im weichen, begehrlichen Aufsetzen der Pfoten, in der lauernden Bereitschaft zum Sprung, im Flimmern des Fells, wenn die Haut das Spiel der Muskeln verbirgt, steckt der plötz-liche katzenartige Sprung.

»Pussi, Pussi, komm …« Elektra neigte sich vor und klopfte leicht mit den Fingern auf den Pfad, um ihren Liebling herbei-zulocken.

Ich tat einen Seufzer der Erleichterung.

Die Katze sah sich träge nach uns um, und mit einem flachen, geschmeidigen Satz war sie auf dem Zaun, der den Garten von der Straße trennte.

Auf dem weichen Wildlederbesatz meiner Reithosen zeichnete und schraffierte ich jetzt ein Leopardenmuster. Wie leicht ließ sich das mit einer Handbewegung wieder wegwischen …

Und da fiel Elektra in Ohnmacht. Sie sagte einfach Ah! und rutschte von der Bank auf den Boden.

Das war, nachdem der symbolische Leopard erschienen war.

Und vorher hatte ich über ein von ihr gestelltes Thema gesprochen.

»Ich habe Angst«, hatte Elektra gesagt. »Erzähl mir etwas über Indianer ...«

»Du brauchst keine Angst zu haben. Weißt du was, ich habe einen Film von Eisenstein gesehen, über Mexiko. Genauer gesagt über einen mexikanischen Feiertag, das mexikanische Allerseelen. Es ist der fröhlichste Feiertag, den man sich denken kann – es geht um den Tod. Stell dir das mal vor: Jahrmarkt, Karneval, Jahrmarktsmusik, Alte, Junge, Kinder tanzen, drängen sich um die Buden, alle Kirchenglocken läuten. Aber die Pappmachémasken auf den Gesichtern der Paare, die sich da amüsieren, stellen Totenschädel dar; die Puppen und Marionetten, die an den Stangen der Buden schaukeln und hüpfen, sind Skelette; an Schnüren tanzende Spinnen erweisen sich als urkomische, ironische Gerippe. Dieser Eisenstein ist ein Meister der Kinomontage, er hat die Szenen und Nahaufnahmen zu einer phantastischen Komposition zusammengefügt. Da siehst du Indiokinder, ganz verzaubert von einem Spielzeug, das ›Mein kleines Begräbnis‹ heißt, es hat Priester, Leichenwagen und kleine Püppchen als Trauernde, der Sargdeckel öffnet sich wie bei einer Tabakdose, und darin sieht man – ein Skelettchen. Ein kleines, pummeliges Indiobaby ›mümmelt‹, frißt sich durch eine riesige Süßigkeit in Gestalt eines mit Zuckerguß und buntem Zuckerzeug verzierten und geschminkten Totenkopfes. Und die Erwachsenen sind betrunken von ihrem Nationalgetränk, dem Pulque, der, glaube ich, aus Agaven gewonnen wird, sie tanzen und singen und lachen diesen Tod an, vor dem man sich, wie sie meinen, nicht zu fürchten braucht, der Tod ist ihnen nah und freund, sie sind mit ihm vertraut, mit seinen Darstellungen auf den Steinskulpturen der Maya und Azteken, und weißt du, Elektra, das hat seinen Sinn, diese Vermischung von Leben und Tod, denn wo ist die Grenze ... deshalb brauchst du keine Angst zu haben, Elektra ...«

Elektra runzelte lächelnd und nachdenklich die Stirn, und dann fiel sie wie gesagt in Ohnmacht.

»Elektra, was ist los?« Ich war erschrocken und stand wie versteinert da, und dann riß ich mich zusammen und sprang davon, um Wasser zu holen. Ich war so aufgeregt, daß ich das ganze Wasser aus dem hastig herbeigeschleppten Krug auf sie schwappen ließ, und ihr Morgenmantel rutschte zur Seite, und das feuchte *nightdress* legte sich eng um ihre Figur.

Ich hatte griechische Statuen gesehen, herrliche Säulen von Frauen, Karyatiden, Niken und Parzen, Dianen und Persephonen und Nioben und Kanephoren, von den Griechen in Marmor gemeißelt, eingehüllt in enganliegende Gewänder, die sich glatt an ihre Schenkel, Brüste und Hüften schmiegten und sich in den Beugen und im Fall des Stoffes in Falten und Kannelüren legen wie erstarrte Honigbäche und erfrorene Wasserfälle. Ein griechischer Bildhauer drapierte und arrangierte einfach feuchten Stoff an den weiblichen Modellen, und die Form der im feuchten Tuch entstandenen Falten übertrug er auf den Marmor und kopierte sie darin.

So leblos wie eine griechische Statue mit feuchten Falten, die an ihren Füßen zusammenliefen, und ihren rosigen Brüsten, die wie Marmor durch den Musselin schimmerten, und mit ihren runden Formen von Bauch und Schenkeln und dem gelösten goldenen Haar sah Elektra aus wie ein griechisches Standbild aus Chryselephantin.

Ich konnte sie nicht hochheben, so schwer war sie, und Franciszek Salezy kam herbeigelaufen, und mit vereinten Kräften (»So was, Gott steh uns bei«, murmelte er, »nun ja, ist ja nichts passiert ...«) setzten wir sie auf die Bank, sie öffnete die Augen, blinzelte ins Sonnenlicht und suchte nach Worten und sagte dann : »Jetzt habe ich keine Angst mehr.«

Die Farbe kehrte in ihre Wangen zurück, und sie lachte glücklich, ach, so glücklich!

Aber am Nachmittag sagte Doktor Goldfisz, der gerufen worden war, um Elektra zu untersuchen, auf der Treppe zum Haus sagte er besorgt, wobei er sich mit den Fingern in die dicke Unterlippe kniff:

»Diese Ohnmacht? Das ist gar nichts, das sind solche Geschichten bei jungen Damen, habe ich etwa gesagt, daß es etwas Ernstes ist? Aber um ganz sicher zu gehen – warum schicken Sie Elektra nicht zum Brustspezialisten?« Mit diesen Fragen beschloß er seine Visite.

Coup de grâce

Man erzählte mir ein Bruchstück einer Begebenheit, die in ihrer Tragik und Sinnlosigkeit außerordentlich erschütternd ist. Es ist die Geschichte von einem aus unserem Kreis, wie man mir mit einem Seufzer des Mitleids erklärte, sie wurde erzählt, wie man eben so erzählt, doch kann sie jeder für sich auf die eine oder andere Weise bis ins letzte Detail wirklichkeitsgetreu rekonstruieren. Da war also ein Ehepaar, vermutlich noch jung, ich kann sie mir gut vorstellen, vielleicht waren sie Lehrer, möglicherweise war er auch Zollbeamter oder Advokatssekretär, und sie kann man sich auch vorstellen, bestimmt war sie ein sehr polnischer Frauentyp, graue Haare, leicht vorstehende Wangenknochen, und so ein Kleid, vielleicht noch aus alten Zeiten, und dazu auch ein Hut mit einer großen Hutnadel und geflickte Handschuhe. Er muß jung gewesen sein, sicher hatte er einen gepflegten Schnurrbart und einen ehrlichen Blick, vielleicht trug er einen »Bürstenhaarschnitt«, und sie hatten Gepäck, einen Koffer der Marke Gladstone und einen Henkelkorb mit einer Klammer aus Weidenrohr und einem Vorhängeschloß, dazu einen Wintermantel und ein paar österreichische Kronen, die in den Kragen des Gehrocks eingenäht waren, und eine Uhr mit Kette, Manschettenknöpfe in Form von Hufeisen, und sie reisten in diesen Kriegszeiten aus irgendwelchen privaten Gründen, vielleicht zur Familie der Frau, vielleicht gab es andere Schwierigkeiten, kurzum, sie waren gezwungen, ihr Zuhause zu verlassen, und fuhren in dem gemieteten Fuhrwerk eines gewissen Salewicz, ein Paar Pferde vorgespannt, mit ausladendem Hinterteil, in grobem Zaumzeug aus Werg, so holpert das Fuhrwerk über die Kotklumpen auf der Straße, die Brettchen des Leiterwagens klappern, und das Stroh, das auf den Sitzen aufgeschüttet ist und während der langen Stunden der Fahrt absackt, dieses Stroh ist mit einem groben Filzstoff bedeckt. Die Erschöpfung von der vielstündigen Fahrt, wenn vom Geholper des Wagens jeder Muskel einzeln schmerzt.

Wenn man den Buckel des Kutschers vor sich sieht und seinen rötlichen Bauernkittel, die Peitsche und das Klacken der Pferdehufe, die Telegrafenmasten an der Chaussee, die zerfallenden Katen am Wegesrand, die Ödnis der Kriegsstraße. Den tiefhängenden Himmel mit Wolken, die Pfützen auf den Feldern wie ein in Stücke gerissener zweiter Himmel, die Feuchtigkeit, die an den Weidenzweigen hängt, die fernen Krähen auf den Feldern, eine Landschaft, weder freundlich noch unfreundlich.

Sie haben dann irgendwo angehalten, vielleicht war es eine Kleinstadtschenke, vielleicht eine Absteige, ein kleines Hotel, oder vielleicht auch ein Laden, wo Verpflegung gekauft werden mußte. Und dort widerfuhr ihnen das Unglück, auf Soldaten zu stoßen, vielleicht Donkosaken, vielleicht Tscherkessen, vielleicht aber auch irgendwelche Husaren, die auf einer offiziellen Patrouille oder auf Lebensmittelbeschaffung waren oder sich von den Ihren abgesetzt hatten, oder einfach Marodeure. Das ist nicht so wichtig. Das Wichtige daran ist, daß es Menschen waren, die den Boden unter den Füßen verloren hatten, der Krieg hatte sie ans Ende der Welt verschlagen, sicher waren es lauter junge Leute, denen im scharfen Wind des Krieges der Instinkt der Seßhaftigkeit und die Bequemlichkeit, einem Ort verhaftet zu sein, abhanden gekommen waren, sie waren Hülsen, aus denen dieses Gefühl herausgekocht worden war.

Was kann sich dort abgespielt haben? Vermutlich ist es so gewesen, daß die Angreifer, die voller Verachtung und Furcht, voller Verachtung für die Angegriffenen, bei der ersten sich bietenden Gelegenheit die Reisenden zur Rede stellten, daß nun diese Angreifer, also bewaffnete Menschen, die in ihrem Haß auf andere in der Lage waren, Macht über Wehrlose auszuüben, auf primitive Weise das im Krieg herrschende Recht zum Verhör und das Gebot, den Menschen und sein Eigentum zu achten, derart durcheinanderwarfen, daß sie es fertigbrachten, der Frau brutal die Uhr zu entreißen, die sie an einer Kette um den Hals und unter den Gürtel ihrer Bluse gesteckt trug, und dem Mann, als er sich unbeholfen dagegen zu wehren versuchte, einen Schlag ins Gesicht versetzten.

Ein Mensch schlägt einen Menschen ins Gesicht. Zu bestimmten Zeiten und unter bestimmten Umständen, in bestimmten Gesellschaftsformen stellt das eine hochsymbolische und krasse Brandmarkung dar, eine Abweichung von den eingefahrenen Anstands- und Ehrenregeln; bei den Südländern, den Italienern und Franzosen, erfolgt es ganz impulsiv und ist der einfachste Weg, sich im Zweikampf Genugtuung zu verschaffen. Die Französin ohrfeigt ihr Kind, wenn es etwas angestellt hat, uns erscheint das zu drastisch, ihnen jedoch verständlich. Ich kann mich auch erinnern, daß es im russischen Heer eine andere Bedeutung hatte, wo der ohrfeigende Feldwebel und der geohrfeigte Gefreite dies als eine feststehende Form erzieherischer Züchtigung betrachteten. In diesem besonderen Fall aber hatte es eine andere Bedeutung. Es hatte eine vielschichtige Bedeutung. Der ohrfeigende Kavallerist, nüchtern und wendig, in seinen von den Steigbügeln abgescheuerten Schaftstiefeln, die Gerte ums Handgelenk, mit vor Erschöpfung eingefallenen Wangen und der Härte des Kriegers, suchte dieselbe Art der Konfrontation, wie er sie in der Bewegung im Sattel unter dem Kugelhagel auf dem Schlachtfeld erlebte, und wahrscheinlich war das seines Erachtens eine sehr rasche, knappe, männliche Art, die Sache zu erledigen: Man schlug einen Menschen ins Gesicht, einen Mann aus dem unterworfenen Land, wobei man ihm in dieser Kurzlektion in Gestalt einer Ohrfeige gleichzeitig den Triumph des Angreifers einbrannte.

Der ins Gesicht geschlagene Mensch hatte andere Empfindungen. Abgesehen von der nicht unwesentlichen Tatsache des körperlichen Schmerzes – ein Schlag ins Gesicht ist ja schmerzhaft –, abgesehen von dem heftigen seelischen Schock des Schlags in Anwesenheit der geliebten Frau, abgesehen von der Wehrlosigkeit des Unbewaffneten, gefangen und im Angesicht einer Übermacht, hatte er auch das gewaltige Problem zu verarbeiten – und zwar schnell zu verarbeiten –, daß er hier auf etwas stieß, was ihm noch nie zuvor begegnet war. Einen körperlichen Schmerz, eine Strafe verabreicht zu bekommen, gehörte nicht zu seiner praktischen Erfahrung, es ist kein alltägliches Phänomen, kein alltäglicher Vorgang, daß man ins Gesicht geschlagen wird, es steigt aus den Abgründen der Welt empor, und unter diesem Schlag stürzt fast alles ein, bricht auseinander und fällt zu einem Trümmerhaufen zusammen. Man stelle sich das vor – ein einziger Schlag ins Gesicht!

Danach setzten sie ihren Weg mit demselben Fuhrwerk fort. Es war Abend. Vielleicht hat sie zu ihm gesagt: »Stach, das macht doch nichts; Stach, Staaach … Ich werde dafür beten, daß Gott es von uns nimmt, daß wir es vergessen, Stach …« Er sagte nichts. Vielleicht starrten sie in die Abenddämmerung, zwei unglückselige Auserwählte eines Schicksals, das ertragen werden mußte. Vielleicht hielten sie einander bei der Hand, aber auch das hat die Mauer nicht überwinden können, die an diesem Tag zwischen ihnen emporgewachsen war, als sie dort zu zweit von einem Augenblick heimgesucht wurden, der genauso gut das Los eines anderen hätte werden und an ihnen vorübergehen können, es hatte durchaus die Chance gegeben, daß es an ihnen vorüberzog, aber nein! Sie waren es, die diesen Augenblick erleben mußten, und dann diese verhängnisvolle Mauer, die niemals, niemals weichen würde! Vielleicht fiel sie in unruhigen Schlaf, der nichts mit diesem Geträume zu tun hatte, und er wird wohl gebeugt dagesessen haben, wie ein Hainbuchenbaum, der, einmal gebeugt, sich nie wieder aufrichten kann, betäubt vom Schmerz seines Auserwähltseins wird er da gesessen haben. Und der Kutscher in seinem abgetragenen Kotzen schlief wahrscheinlich, gekrümmt saß er auf dem Deichselbrett, denn als die Straße leicht zu einem Bahnübergang anstieg, wo der Stumpf einer nicht mehr betriebenen Schranke in die Luft ragte, kam gerade eine lächerliche kleine Rangierlokomotive mit hoher Geschwindigkeit herangefahren, und mit einem entsetzlichen Stoß überfuhr sie den armseligen Wagen und die müden Klepper an seiner Deichsel und die magere Besatzung, und das alles geschah in einem einzigen Augenblick, und auf diese Weise, mit diesem *coup de grâce* setzte das Schicksal dieser Tragödie eines Herbsttags ein Ende. Das geschah damals in jenem Krieg.

In Paris und in Arkadien

In der Innentasche meines Jacketts, in einem Fach meines zerrissenen Portemonnaies, bewahrte ich einen doppelt gefalteten
Scheck auf, den ich von Elektra bekommen hatte, einen Scheck
über fünfhundert Franc, ausgestellt auf die Westminster Bank.
Vom vielen Anschauen und Wiederanschauen und Überprüfen
war der Scheck zerknittert, die Ecken des Scheins rollten sich
ein und vergilbten, aber von seinem Wert hatte er nichts verloren. Manchmal ging ich zur Place Vendôme, wo sich die Nie-
derlassung der Westminster Bank befand, und vergewisserte
mich, daß die dicken, soliden Mauern der Bank unversehrt an
ihrem Platz standen, und mit Befriedigung konstatierte ich den
Namen der Institution auf den mächtigen Tafeln aus polierter
Bronze.

Wenn ich mal kein Geld hatte, auf dem Tisch die leeren, unge-
spülten Milchflaschen standen (im Laufe von zwei Tagen hatten die Fliegen unsichtbare Eier gelegt, und jetzt waren winzige
Maden geschlüpft, die sich an den Milchresten labten und über
die schlierige Wand des Gefäßes krochen), und wenn das Um-
herstreifen in den Straßen, vorbei an den ausgelegten und aller
Welt offen dargebotenen Viktualien, Gemüsen, Fleischklößen
und den folternden Pâtisserieauslagen zu qualvoll wurde, dann
erging ich mich oben bei mir in fetischistischen Betrachtungen
des Schecks von der Westminster Bank.

Dieser Scheck war für mich ein magischer Paß, ein Garant für
die Rückkehr, doch er bürgte auch für mein Lebensfiasko, für
die Niederlage bei meiner Eroberung der Welt, wenn ich mich
schon in Vergleichen verliere, dieser Scheck ...

Ich versaß die Zeit im Jardin des Plantes, und die Schatten der
Platanen lagen um mich, der Kies knirschte unter den Sohlen
der Provinzler, die, von Paris und der Hitze erschöpft, auf die
Zeit des *déjeuner* warteten, und hinter den Maschen des Zauns
scheuerte sich ein haarendes Antilopengnu an einem staubbe-
deckten Baum, und geschäftige, golden-, rot- und indigoblau-

gefiederte Enten watschelten auf ihren krummen Beinen vorbei, und zarte rosafarbene Flamingos stelzten ernst durch das seichte Wasser der Teiche im Park. In meinem Rücken waren die Mauern des anthropologischen Museums, wo zig Tausende gelbliche und mit kleinen Nummern beschriftete Menschenschädel in den Regalen aufgereiht lagen, ein monotones Muster, wie in den Kapuzinerkatakomben in Neapel. In der Luft meinte man den feinen, fernen Geruch der alten Fässer aus den Weinhallen wahrzunehmen.

Oder ich ging, von der Stadt zermürbt, über den Wall, der vom Louvre bis zu dem grauen Gebäude der Salle de Jeu de Paume führte, ein Weg, der an Werktagen menschenleer, sonntags jedoch von Gruppen Pariser Polen bevölkert war, die hier vor dem Gottesdienst in einer nahegelegenen Kirche an der Rue St. Honoré wie in Polen auf dem Dorfkirchhof in Gruppen herumstanden und tratschten, sonntäglich gekleidet, mit Geschwatz und Gefühl die Treue zur Sonntagsgeselligkeit bekundend. An Werktagen war es leer, nur manchmal brummte ein tief im Wasser liegender Schleppkahn und klappte seinen qualmenden Schornstein vor den Brückenbögen herunter.

Oder ich fuhr mit der Metro bis zur Porte d'Orléans und ging ein kleines Stück weiter, da hört Paris wie mit dem Messer abgeschnitten auf, am »Octrois de Paris«, und gleich dahinter begann eine Stadt aus Apfelsinenkisten, Blechdosen, Lappen und Lumpen, ohne Straßen, Kanalisation und Licht, ein Niemandsland, ein Shanghai, ein Marrakesch des Drecks, ein Chinatown voller Exotik, ein *no man's land* zwischen Reichtum und dem Rest der Welt.

Oder ich wanderte, vor Fremdheit und Langeweile niedergeschlagen, zum Slawischen Institut in der Rue Michelet, wo man in einer alten Nummer des *Illustrierten Kuriers* über den Prozeß der Gorgonowa lesen oder mit einem Ukrainer aus Lemberg diskutieren konnte, einem Menschen mit vor Hunger eingefallenen Wangen, der mich sarkastisch lächelnd beruhigte: »... und euer Problem, Millionen Polen in der Westukraine?

Das Problem ist erledigt! Wir murksen sie alle ab! ...«, und sich dann 70 Centimes für die Metro lieh.

Oder ich kehrte nach Hause zurück und ging davor noch auf einen *bock* Wein in ein kleines Bistro an der Rue Cujas, das war der Treffpunkt der Südamerikaner, der Iberoamerikaner, junge Leute, von denen jeder in seiner Republik etwas auf dem Gewissen hatte, jeder einen Revolver in der hinteren Hosentasche trug und jeder schwarze, mit »Gomina« pomadisierte Haare hatte. Der Eigentümer in Schankwirtsschürze, ein großer, beleibter Mann mit hochgekrempelten Hemdsärmeln, bewegte sich trotz seines Fetts wie eine Katze in seinem mit Sägespänen ausgestreuten Bereich hinter der Theke und schenkte blitzschnell farbige Pernods und Quinquins aus, gleichzeitig verfolgte er die aus dem Fernschreiber ratternden Rennergebnisse, und trotz des Lärms und der alles übertönenden »Cojones« und »Hombre« antwortete er immer, wenn man ihn ansprach. Er gab auch kurzfristige Darlehen, wenn einem das Geld ausging.

Oder ich ging über die Boulevards, an den Schaufensterauslagen entlang, im dichten abendlichen Menschengewühl, streifte die Tischchen der Cafés auf dem Trottoir, blieb vor Juwelierauslagen stehen, exklusive Firmen mit merkwürdigen Namen wie »Kepta«, dabei war *kepta* bei uns ein Unkraut, das die Bäuerin im Morgen- oder Abendtau mit einer krummen Sichel mähte, gleich in ihren groben Leinenbeutel hinein, um es der Kuh unters Futter zu mischen, wenn diese beim Melken unruhig war, doch hier war *kepta* die Scheibe und der vernickelte Rahmen eines Juwelierschaufensters mit einem Brillantcollier und zwei Perlenschnüren auf hellblauem Samt.

Oder ich ließ den Blick schweifen, drängte mich durch die Menge auf dem Jahrmarkt bei Saint Sulpice oder vor dem Invalidendom, Zelte und Buchläden, Glücksräder und Buden, in denen man auf Tonpfeifen schoß oder mit einer Angel einen Wecker oder eine Flasche »Mousseux« fischte, oder dort, wo es noch mehr Gaffer gab, und da hatte jemand ins Schwarze getroffen, über einem Bett, wo eine echte Frau im rosaroten Negligé unter der Decke lag, und da stand: *Ne laissez pas la belle dormir* ..., und der Strom der Jazzmusik und die Ziehharmonika aus den Lautsprechern grölten und übertönten alles. Da sah ich auch, wie ein kleiner, zerknitterter, pomadisierter Typ am Revers gepackt wurde und einen in die Fresse bekam, noch bevor man die Polizei gerufen hatte, weil er im Gedränge neben einem Glücksrad, als die Eltern gerade gebannt darauf schauten, die Gelegenheit genutzt hatte, daß ein kleines Mädchen ... aber im Grunde weiß ich selbst nicht, wie es genau war.

Oder wie ich am Gare de Lyon in die Metro einstieg. Da ruckten und knallten die Türen, und der Zug schob sich durch die Tunnel. Neben mir saß ein junges Paar auf der Bank. Unter dem orangefarbenen Licht der Lampen betrachteten sie engumschlungen irgendwelche Negative, wahrscheinlich die auf Zelluloid gebannten Augenblicke durchlebten Liebesglücks. Sie hatten den Blick nach oben gerichtet wie zur Anbetung der verlebten Zeit und lasen aus den schwarz-durchsichtigen Flecken, was gewesen war.

Ich stieg an der Haltestelle Châtelet aus und ging über die *quais* am rechten Seineufer. Unzählige Geschäfte und Tierhandlungen mit Käfigen und Futtertüten für alle möglichen Papageien und Kanarienvögel reihen sich dort aneinander. Verträumte Ornithologen und *fantassins* mit ihrer über die Schulter gehängten *musette* betrachteten die draußen in der Sonne, in Käfigen ausgestellten exotischen Exemplare der Papageien, Fasanen und Zeisige.

Im Straßenstaub des Trottoirs balgten sich unbekümmerte Mischlingswelpen.

Paris war ruhig.

Der *patron* war launisch, oder er hatte seine eigene Finanzstrategie, denn manchmal lehnte er ab, und dann kehrte ich in mein Zimmer zurück, bemüht, dem Blick der Concierge auszuweichen, die mein *bonsoir* aus ihrer Loge mit einem »*M'sieu*!? ...« beantwortete.

Oben bei mir befand ich mich wieder in meiner einsamen Welt schiefer Mansardenwände mit abblätternden Tapeten, dem tropfenden Wasserhahn am Waschbecken und dem sonderbar abschüssigen Fußboden, der roten Bodenkacheln, die unter dem abgeschabten Linoleum zum Vorschein kamen. Das Fenster ging auf den engen Schlund der Straße hinaus, und mit dem eigentümlichen Pariser Geruch, in dem sich auf dem Asphalt zerriebener Gummi und Wein mischten, drangen die Melodie des Akkordeons und die Stimmen der Trinkenden aus dem kleinen Bistro herein.

In der Nacht war die mondsüchtige Landschaft der Dächer in ihrer Monotonie von Schornsteintöpfen und -rohren, den Graten und Gipfeln der Dachziegel mit den grellen Punkten ferner Straßenlaternen und den orangefarbenen Rechtecken der Fenster durchsetzt.

Ich hörte die Kirchturmglocken von St. Etienne du Mont, wie sie gläserne Kaskaden und Klänge in den Raum verströmten, wenn sie die Viertelstunden und die vollen Stunden schlugen. Sie ließen Couranten und Triller erklingen, die wie Skalen der Verdammnis in meine Mansarde drangen, von den schiefen Wänden widerhallten und wie eiserne Hämmer an meine Schläfen klopften.

Ich preßte die Augen zusammen, und da kamen mir die bei meinem ziellosen Streifen durch die Straßen wahrgenommenen unzähligen Reklamen wieder in den Sinn und suchten mich heim, Erreger, die ich an Wänden und Mauern aufgelesen hatte und die jetzt in meinem Hirn herumkrochen ...

... AU PRINTEMPS ... PNEUX MICHELIN ... DEFENSE EXPRESSE DE CRACHER ... PARC DES PRINCES ... SALON ... VU ... LU ... SUD ... CA VA BIEN! ... LIBERTE! EGALITE! FRATERNITE ... MEX-SHELL ... MEUBLES CHARPENTIER ... VICHY CELESTINS ... DUBO DUBON DUBONNET ... VISITEZ COTE D'AZUR ... GRAND ... PHARMACIE ... CREDIT LYONNAIS ... GALA DE BIENFAISANCE ... DEFENSE D'AFFICHER LOIS DU 29 DECEMBRE 1882 ... PENSION DE FAMILLE ... CIRQUE D'HIVER ... FLEURS ... CHEMINS DE FER D'ETAT ... LIQUEURS COINTREAU ... L'ENSEIGNE-

MENT AUX DRAPEUX . . . PATOU . . . 100 000 CHEMISES
. . . L'AUBE . . . BOUCHERIE CHEVALINE . . . FIRESTONE
. . . GOOD YEAR . . . SOCIETE LAITERIE MAGGI . . .
CITOYENS! . . . PIRELLI . . . BAR AMERICAIN . . .
L'INTRANSIGEANT . . . LA COUPOLE . . . DEFENSE DE
FUMER . . . (MEME GITANES) . . . ROND POINT DES
CHAMPS ELYSEES . . . METRO CADET . . . COTY . . .
LUMIERES . . . JACOPOZZI . . . PARIS-LYON-MEDITER-
RANEE . . . BOULEVARD ARAGO . . . CLOTURE ANNU-
ELLE . . . LA BELLE JARDINIERE . . . SIX JOURS, SIX
JOURS . . . CA BON BANANA! . . . MUTUALITE . . . AIR
FRANCE . . . VIEUX COLOMBIER . . . CHOCOLAT MEU-
NIER . . . BIERE DE LA COMETE . . . AVIS AUX CITOY-
ENS! . . . BAINS-DOUCHES . . . SI GIT GUY . . . YSSAC
DUC DE LA . . . CHEFOUCAULT (in verwitterten Buchsta-
ben auf einem Grabstein aus Marmor auf dem Friedhof Mont-
parnasse) . . . A BAS LES CURES (mit Bleistift auf der Wand
eines Pissoirs) . . . LA SALLE DES PAS PERDUS . . . GAULOI-
SE JAUNE ET CAPORAL BLEU . . . DE LA ROQUE AU
POTEAU!!! . . . VINS CHARBON . . . PAVILLON MARSAN
. . . QUINQUINA . . . PERNOD FILS . . . BANANIA . . .
ODOL . . . ODOL . . . SAMARITAINE . . . XVII ARONDIS-
SEMENT . . . ARMEE DU SALUT . . . TINO ROSSI . . .
N'URINEZ PAS AU LONG DE CE MUR S.V.P . . . TOUT
EST BON CHEZ DUPONT . . . VAUCLOS . . . SUZY . . .
ANTANT . . . BRICABRAC . . . CHOUX . . . PONT . . . S'IL
. . . BRES . . . ACY . . . AUX . . . und KEPTA . . . KEPTA . . .
was ist das nur, *kepta*?

Aber die Buchstaben der Reklamen gehen weiter, sie nehmen
Aufstellung in Reihen, schärfen sich zu Schneiden wie an spitzen Bajonetten, branden auf wie die Bajonette in den Händen
der Infanterie.

Wenn die Turmglocken schwiegen, hörte man das leise, gläserne Plätschern des Wassers aus dem undichten Wasserhahn,
wie das Sprudeln der Fontänen in den Gärten Persiens, gläsern
und dünn.

Wenn ich nicht einschlafen konnte, half ich mir, indem ich mich daran erinnerte, wie die Infanterie dahergezogen war, und die Erinnerung und die Ferne ... und gegen Morgen schlief ich dann schließlich ein ...

Die Infanteriekolonne kam die Straße entlang, in Staub und Glut und Hitze des Sommers. Die Leute trugen Eimer mit Wasser hinaus und stellten sie an den Straßenrand, und die vorbeiziehenden Soldaten schöpften daraus, oder so ein Infanterist trank auch mal direkt aus dem Eimer, und man konnte sehen, wie ihm der Kehlkopf beim Schlucken auf und nieder ging und wie ihm die von der Hitze rote Haut auf dem Gesicht brannte und der Schweiß in schmutzigen Rinnsalen unter den Kragen der verschwitzten und vom Staub grauen Uniform strömte.

Wenn damals die Soldaten auf der Straße vorbeizogen, waren es nicht nur wir Kinder, sondern auch die Erwachsenen, die herauskamen und liefen und schauten, trotz des Krieges, der sich über Jahre hingezogen hatte, und trotz der vielen Armeen und Soldatentrupps aus allen Himmelsrichtungen, die durch unsere Gegend gezogen waren, trotzdem rannten wir immer hinaus und guckten, es mochte Flucht vor der Langeweile, der Monotonie des Alltags gewesen sein, oder die Leute meinten, mit der Soldatenkolonne, mit dem Straßenstaub, der sich auf die Zäune, das Laub der Bäume und die Kletten legte, mit diesem Kriegsstaub, der die Sonne wie mit einem rostfarbenen Hochnebel überzog, zöge ein neues, unverhofftes Leben ein, und deshalb kamen sie gelaufen und rannten zur Straße und schauten.

So zog die Infanteriekolonne vorbei, nicht im Gleichschritt, sondern ungeordnet, Soldaten mit schwerem, schleppendem Schritt, hinkend, mit zusammengestückelter Ausrüstung, die Mütze in den Nacken geschoben, hier und da trug einer einen französischen Helm. Unter ihnen sah man einzelne ukrainische Kriegsgefangene, auch staubig und abgerissen, sie trugen Handmaschinengewehre über der Schulter oder Kisten mit Munition.

Die russische Infanterie zog wie eine schwere Woge vorüber,

durch den grauen, vom Regen aufgeweichten Matsch der Chaussee, die Soldaten in losen Dreiergruppen, mit rostfarbenen langen Überröcken, die Decke fest aufgerollt, mit Riemen oder Draht zu einem O geformt und über die Schulter gehängt, daran hingen Kessel und Napf aus verbeultem Kupferblech, innen mit Weißblech geweißt, dazu hatten sie noch Taschen und trugen die Einzelteile ihrer Zelte, der »palatkas« mit den in Teile zerlegten Zeltstangen, und diese Ausrüstungsteile ragten ihnen über die Schultern und die schräg geschulterten Karabiner, eine Hecke, ein Wald von Gewehren, die *ružja* mit den dreizackigen Spitzen der Bajonette, zahllose Bajonette, wie Tüllen auf die Karabinerläufe gesteckt, manche umgekehrt, so daß die Klingen am Gewehrschaft auf den Verschluß zeigten. Sie gingen und gingen, sahen beim Marschieren desinteressiert und erschöpft auf die Menschen und Häuser und zogen an den Blicken dieser Menschen hier vorbei, denen sie nie wieder begegnen würden, und so folgte eine Rotte der anderen, weiter und immer weiter.

Auf die Infanterie folgten die Trains, zweirädrige Wagen mit Verdeck, vorschriftsmäßige Militärwagen, aber dazwischen befanden sich auch beschlagnahmte Wagen und »Vorspänner« aus aller Welt, angefangen mit den hohen und für unsere Augen seltsamen »Tarantasy« aus Großrußland mit aufgemalten Blumen auf dem Wagenkasten und einem Pferd in der Gabeldeichsel und mit einem schiefen Kummetbügel und einem zweiten Pferd, das vorgespannt war, Pferdezügel aus gelbem Rohleder und in Knoten geschlungen, und der Kutscher, der *izvoščik*, mit einer steilen Feldmütze auf dem Kopf und einem bunten, gegürteten Barchenthemd, oder die uns schon bekannten Fuhrwerke aus dem benachbarten Distrikt und die spitzigen Hinterteile der mageren Pferde, die sich mit einer gewissen Tragik und schmerzlichem Pathos ins Sielengeschirr legten, wenn sie die vor Schwere ächzenden halboffenen Karren mit fremdem Kriegsgut nach Westen, immer weiter nach Westen zogen.

Und dahinter wieder Infanterie und der Wald schiefgelegter Bajonette unter dem grauen Herbsthimmel und der Matsch aus zerriebenem Kies, der in die Straßengräben rann, an den Schuhen und Filzstiefeln und den sich langsam drehenden Reifen und Speichen kleben blieb.

Und dann im Sommer, in der Hitze, die deutsche Infanterie, die wieder nach Osten zog, menschliche Gestalten mit Ausrüstung beladen, das Mausergewehr vorn um den Hals gehängt und mit einer Hand gehalten, und kurze Stiefel mit der Naht an der Seite, die Uniformen schmutzig grau, sackartig, bayerische Regimenter mit der Krone auf den olivfarben oxydierten Knöpfen, die Gürtel schwer von Munition in Patronentaschen, die an Haken angenäht in den Achselhöhlen der Uniformen hingen, und die Spatel, an einer Seite gezahnt wie eine Säge und mit dem Bajonett zusammengeschnürt, und Gürtel mit einer Schnalle, darauf kreisförmig in das Metall gestanzt *Gott mit uns*, eine pathetische und Gott verletzende Aufschrift. Und Helme mit einem schweren Schirm, Helme wie bei den Landsknechten auf den Kupferstichen von Dürer.

Die Kompanie hielt an, und sie machten Rast. Sie ließen sich in den Graben fallen, ins staubbedeckte Gras am Straßenrand. Manche knöpften mit dem ihnen eigenen deutschen Hang zum Exhibitionismus die Jacken und Hemden auf und zogen sie aus und zeigten ihren deutschen Körper, der weiß und rosig war. Ein junger Bursche mit kurzgeschorenen Haaren und weißen Wimpern hatte von den Tornisterriemen tiefrote Streifen. Wir standen an der Gartenpforte, und ich sagte großmäulig zu meiner Mutter: »Mama, wenn ich groß bin, werde ich auch Soldat!«, worauf dieser Deutsche, der es vielleicht verstanden, vielleicht auch nur aus der Intonation erraten hatte, ungehalten und heftig protestierte: »Nee! Nee!«, und das sollte später eine Familienanekdote werden, wie ich Soldat werden wollte und jener Deutsche so scheinheilig dagegen Einspruch erhoben hatte.

Ganz gleich, ob die Infanterie im Kriegsschritt der Russen oder verbissen wie die Deutschen daherkam, wir gingen zur Straße und guckten. Die Zäune der Häuser waren schon lange verschwunden, längst abgerissen und fortgetragen von den biwakierenden Abteilungen, und die Grenzen von Grund und Boden hatten sich verwischt, und die Leute sahen mit leeren Blikken den durchziehenden Armeen zu, sie blickten ohne die Begeisterung, aber auch ohne den Haß der ersten Tage, als sie noch zu Flüchen aufgelegt gewesen waren: »... die erste Kugel soll dich nicht verfehlen ...«

Am Schluß kam dann die eigene Infanterie, während unseres eigenen Bürgerkrieges, und da gab es nicht einmal mehr bürgerliche Begeisterung für den versilberten Vogel auf der barokken Kartusche oder, wie andere es lieber haben, auf dem klassischen Rücken der römischen Axt. Aber wie Kinder so sind, wir fanden immer eine neue Art, uns zu vergnügen und der Monotonie der Kleinstadtlangeweile zu entfliehen.

Es war noch Nacht und früher Morgen, als der Bürgerkrieg kam. In der Nacht saßen wir auf den Stufen der Veranda, und die Frösche im Teich quakten, und in dieses Quaken mischten sich die Salven aus einem Maschinengewehr. Eine lange Salve, danach ein langes Dröhnen des Echos von der Wand des Waldes, und dann wieder eine Stakkato-Salve und wieder das Dröhnen des Echos von den Wäldern her. Danach das Krachen eines Geschützes und eine ferne Explosion, und wieder ein Schuß und wieder ... Wir zählten die Schüsse aus dem Geschütz, und im Laufe der Nacht kamen wir auf einundfünfzig.

Es war ein armer Krieg, dieser Bürgerkrieg, und es gab nicht viel Munition zu verschwenden. Eine einzige ukrainische Skoda-Haubitze gab es, die schoß, sie war neben der Eisenbahnstation aufgebaut, und geschossen wurde mit Granaten-Schrapnell, einer Erfindung des österreichischen Artilleriegenerals Rozwadowski (als ich später erwachsen und endlich selbst Soldat war, sprach unser Unterweiser Leutnant Kopacz voll Anerkennung von dieser Erfindung. »... sehr demoralisierend, zuerst den Schrot ins Kreuz und dann die Granate in den A..., aber viel Schaden richtet das nicht an ...«).

Mein Vater schnallte sich den Gürtel mit dem schweren österreichischen Steier-Gewehr um die Jacke, das hatte ihm jemand von der italienischen Front mitgebracht, und noch vor dem

Morgengrauen führte er voller Enthusiasmus eine Schützenkette durch die Gärten zum Bahnhof, von wo die Haubitze geschossen hatte. Die Mutter bekam vor Sorge um ihn Migräne, aber wir Kinder waren ganz begeistert vom Durchmarsch der Infanterie.

Auf dem Eisengitter unter der St.-Rochus-Statue vor der Kirche (der heilige Rochus war dort nach einer Pockenepidemie aufgestellt worden, und das mußte sehr lange her sein, denn der Heilige sah von all dem Regen und Schlechtwetter selbst ganz pokkennarbig aus, und ein steinerner Hund leckte ihm die Knie), auf diesem Eisengitter also hing, die Achseln auf die Spitzen der Eisenstäbe gespießt, mit zerfetztem Hemd und bis auf die Hüften heruntergezogener Hose, seit vorgestern der Leichnam eines Spions, der erschossen worden war. Das verkündete ein abgerissenes Stück Pappe, das ihm auf der Brust hing, und darauf stand in kyrillischer Schrift: »Schpion«. In der herausgereckten Brust, an der die Rippen hervortraten wie bei Christus am Kreuz, klafften mehrere schwarze, eingetrocknete Löcher, Einschüsse, in denen sich gierig grünliche Fliegen sammelten.

Ich erinnere mich daran, wie sich diese drastischen und pathetischen Episoden des Krieges mit der Langeweile und Idylle der Kleinstadt verquickten.

Im Garten unter dem Fliederbusch las ich *Die Abenteuer des Huckleberry Finn* von Mark Twain, und dieses verheißungsvolle Buch hatte mir der Rat Vogler mitgebracht. (Der Rat Vogler war unser Kostgänger, weil das Fräulein Janka Cholodecka zu uns kam, und ich mußte ihm versprechen, daß Elektra und ich nicht im Apfelbaum sitzen und völlig sinnloserweise rufen würden: »Fräulein Janka Cholodecka hat Liebestöter an«, sobald sie erschien, was sie übrigens gar nicht übelnahm.)

Und dann lief ich wieder auf die Straße hinaus, um die Soldaten anzuschauen. Auf dem Platz neben der Straße rastete eine Kompanie. Einer stand an die Mauer gelehnt und spielte etwas Schwungvolles auf der Mundharmonika, und zwei andere stampften, aller Müdigkeit zum Trotz und noch mit der ganzen Ausrüstung beladen, schwer mit den Füßen, um einen Tanz zu imitieren, was wahrscheinlich sehr ironisch und ein Hohn auf die Flottheit und den Schwung an sich sein sollte. Ein paar luden an einer speziellen Maschine Patronen in die Gurte ihrer Maschinengewehre. Einer setzte sich neben einen ukrainischen Kriegsgefangenen, der im Gras lag, und führte eine sehr einseitige Transaktion durch. Er zog seine metallene Tabakdose, die sogenannte »Tjutjunierka«, aus der Tasche und befahl dem Gefangenen, seine Tabakdose vorzuzeigen. Die Dose des Gefangenen war in ihrer Form und banalen Billigkeit der ersten ganz ähnlich, doch um ein Winziges besser in der Verarbeitung, auf dem Deckel, der sich mit einem Klicken schloß, befand sich sogar das Konterfei eines Mädchens, wie gemalt, mit roten Wangen und schmachtendem Blick. Es erfolgte ein Zwangsumtausch, und das war etwas so Logisches und Natürliches und Selbstverständliches, daß ich auch im Blick des Kriegsgefangenen keinerlei Groll wahrnahm.

Während dieses Krieges ging mein Vater jeden Tag zur Bank, und obwohl es dort nichts zu tun gab, saß er seine Bürostunden ab, im Rücken den halbgeöffneten Kassentresor, der ostentativ die Leere seines Innenraums darbot. Die Innenwände waren grau, die Außenwände waren so gestrichen, daß sie nach Mahagonimaserung aussahen. Wieder zu Hause, war mein Vater immer noch ganz in Träumereien versunken, die das wahrhaft Rowlandsonsche Interieur des einzigen Zimmers, das uns nach der Einquartierung der Soldaten verblieben war, samt Kindern, Utensilien des alltäglichen Familienlebens und eines bis zum Äußersten geheizten Kachelofens nicht zu trüben vermochte. Mein Vater stand an die Kacheln gelehnt, die ihm die Schultern rösteten, und blickte aus dem Fenster in die niedrigen Horizonte der winterlichen Sonnenuntergänge.

Aber jetzt war sein Tag gekommen. Er kehrte von der morgendlichen Exkursion zur Eisenbahnstation zurück, wo man die Skoda-Haubitze erobert und gefangengenommen hatte, und trug ein österreichisches Manlicher-Gewehr über der Schulter. So nahm er mich und Elektra an der Hand und promenierte durch die Stadt, es war heller Tag, die Sonne schien, und alle sahen uns, und an dem um die Jacke geschnallten Gürtel baumelte der schwere Steier.

Im Garten neben unserem Haus hatte sich der Priester Czmola zwischen den Himbeerbüschen versteckt. Ein großer Mann war er, dieser Czmola, er war ein griechisch-katholischer Pope und Freund meines Vaters, vor allem deshalb, weil mein Vater einen uralten Streit mit dem Weihbischof Kunaszowski hatte und sie sich seit vielen Jahren schon ignorierten und nicht mehr grüßten und mein Vater, als ich unmittelbar nach der Geburt infolge des Ungeschicks der städtischen Hebamme, die mich als erste auf den Popo schlug, *in articulo mortis* war, jenen Priester Wasyl Czmola hatte rufen lassen, damit er mich taufte, und daher rührte diese Verbundenheit.

Der Priester Czmola war einer der sogenannten Altruthenen, die wiederum eingeschworene Feinde der Nationalisten Galiziens oder, wie andere lieber sagen, der Westukraine, des ukrainischen Piemont waren. Trotz seiner mächtigen Gestalt und seines Stiernackens war Czmola voller Furcht und Ängstlichkeiten.

Wenn eine Infanterieabteilung durchzog, versteckte er sich, von Angst getrieben, in unserem Garten, als trage er persönlich die Verantwortung für den pyromanischen Demiurgen, der die Welt in Brand gesteckt hatte. Groß, breitschultrig und rotgesichtig, in seine speckige Soutane gekleidet, deren kleine Knopflöcher völlig ausgefranst waren, sagte er mir mit einem Herostratos'schen Schimmer von Schuld und Angst in den Augen laut flüsternd, ich solle meiner Mutter Bescheid geben, und trat zurück in den Schatten der Nacht. Und er erweckte in mir große Furcht und gab mir ein Gefühl der Mitschuld daran, daß die Kompanien und Bataillone der verschiedensten Armeen über die graue Chaussee zogen, angefangen von den österreichischen Landsturmregimentern mit ihren Kalbsledertornistern, den schlammbespritzten langen Uniformröcken und dünnen Pelzmützen aus Baumwollwebpelz, bis zu den sibirischen Schützen und Ulanenschwadronen in roten Hosen und dem Roßhaarschmuck der Parade-Tschakos (die Ulanen, das waren schwarzhaarige Bosniaken, die Flüche ausstießen wie »Fick dir die

Seele«), und beim Rückzug saß einer dieser Ulanen staubbedeckt und verwundet auf der Treppe unseres Hauses, und das Blut rann ihm übers Gesicht und sickerte in die roten Hosen, und da sah man es gar nicht, bis sie ihn schließlich aufsammelten und mitnahmen, und das vergossene Blut hinterließ auf der Schwelle unseres Hauses einen Fleck, der sich später nie mehr entfernen ließ.

Und dann wieder die Donkosaken mit Borten an den Hosen, die Krummsäbel in hölzernen und mit schwarzem Leder bezogenen Scheiden hinter sich herschleiften – sie banden die Pferde an die Apfelbäume in unserem Garten, und die höckrigen Donpferde, die die Rinde bis auf das wunde, rosige Fleisch der Bäumchen abnagten (die Rinde wuchs nie wieder nach, und die nackten, schlüpfrigen und wie vom Aussatz geschwärzten Stämme behielten ein Andenken an jenen Krieg) – und die hohen Sitze der Kosakensattel, die Kosaken besänftigten die schnaubenden und schnappenden Pferde mit ihrem »Stoj! Pastoj!«, indem sie sie mit süßem Maisrohr fütterten, das sie mit ausholenden Säbelhieben in unserem Garten schnitten.

Und die deutschen Husaren des Todes hatten Hauben, verziert mit einem glänzenden, faustgroßen Totenkopf über gekreuzten Knochen, das Zeichen der Totenhusaren, in hölzernen Halftern automatische Mauserpistolen, eine solche Pistole wurde an der hölzernen Scheide befestigt, die dann als Kolben diente, die Helme waren mit einer Tarnhülle überzogen und alle Metallteile der Ausrüstung matt angelaufen, die Pferde waren Warmblüter und gestutzt, aber diese deutsche Kavallerieaufmachung war nur Schein, die Soldaten, kleine, sehnige Typen, die bei feigen Patrouillen und Proviantrequisitionen die wehrlosen und verängstigten Bauern mit dem Ochsenziemer prügelten und sich in Grausamkeiten ergingen, die waren die schlimmste Sorte von Marodeuren, eine Randerscheinung des Krieges, sie schlugen einem mit ihren Mauserkolben die Zähne ein, fraßen gebratenes Geflügel, das sie kaum gerupft hatten, und die bittere Grimasse auf ihren sadistischen Visagen spottete aller Menschlichkeit.

Dazu gehörten zahllose Trains, Artillerien, Pontonboote auf Rädern, Feldlazarette, Etappen, der hinter den Truppenkolonnen herziehende Gestank, verrostete Konservendosen an den Rastplätzen, verfaulte Zeltbahnen, leere Munitionskisten, der Abfall der Feldküchen, Schlächtereien, Feldbäckereien, die blutgetränkte Watte und Näpfe der Verbandstellen, Fußlappen, Haferspreu und Stroh, »Tankstelle«, »ETAPPENKOMMANDO«, die Riemen der Revolver um den Hals der Gendarmen, die Kabinen der hohen Packard-Lastwagen, wenn sie über die von Kirschbäumen und sirrenden Telegraphenmasten gesäumte Landstraße von Horizont zu Horizont zogen, die Waffen zu Pyramiden aufgebaut, und die Wachtposten mit Wollkapuzen und Bajonett im Frost, die Krankenschwestern der russischen Lazarette und die goldenen Schlingen auf der linken Schulter des Waffenrocks der österreichischen Wiener Lackerln von der Kavallerie, die weißen Gurte und Rosetten an den herzförmig ausgeschnittenen Stiefeln der russischen Gardehusaren, auf dem Feld jenseits des jüdischen Friedhofs und zitternd auf den dünnen Rädern des Fahrgestells ein Farman-Doppeldecker, mit einem Spinnennetz von Spannseilen umwoben, und russische Flieger in Lederjacken und wattierten Hauben, und einer von ihnen halb verbrannt in den Resten seines abgestürzten Aeroplans, und Verwundete in Lazarethemden, die Machorka rauchen, und Stümpfe und Kirgisen und Soldatenräte mit roten Kokarden an den Mützen.

Aber das alles verdeckte der Staub, den die durchmarschierende Infanterie aufwirbelte.

Dann schlich sich der Priester Czmola in unseren Garten und versteckte sich zwischen den Himbeerbüschen. Später, als ich erwachsen war und verschiedene psychologische Abhandlungen las, da erschien es mir einleuchtender, daß die ironische Natur sich solche Kapricen gestattet und große baumlange Kerls sich fürchten, während die kleinen, unauffälligen in widrigen Situationen besonderen Mut zeigen.

Zum Beispiel mein Vater ... Nur eines verdarb ihm seinen morgendlichen Triumph und Sieg. Als wir an der Hand des

Vaters durch die Stadt gingen, zeigte Elektra, die auf der anderen Seite neben ihm hertrippelte, auf seinen kurzen Schatten und rief:

»... Sieh mal, wie klein dein Schatten ist ...«

Der Vater war, wie alle kleinwüchsigen Menschen, von dieser Feststellung des Offensichtlichen tiefer getroffen, als man hätte annehmen wollen.

»Du hast mir den Tag verdorben«, sagte er zu der unschuldigen, nichtsahnenden Elektra.

Es stellte sich heraus, daß der Tag wirklich verdorben war, aber nicht wegen Elektra. Das Infanteriebataillon, das in diesem Krieg zu weit vorgestoßen war, kam am Nachmittag zurück. In aller Eile packte man die schwerer Verwundeten auf quietschende Fuhrwerke, am Teich ertönten Maschinengewehrsalven, der Vater hatte sich so weit kompromittiert, daß ihm nichts anderes übrigblieb, als sich für eine gewisse Zeit von uns zu verabschieden und westwärts zu ziehen. Aber das tägliche Leben wurde dadurch nicht allzusehr aus der Bahn geworfen. Die Hühner scharrten in dem sonnenüberfluteten Hof, aus dem Garten, wo das Fräulein Janka Cholodecka Elektra Klavierstunden gab, waren Tonleitern und Fingerübungen zu hören, die Mutter vergaß trotz ihrer Migräne nicht, dem Vater Wegzehrung herzurichten. Der Vater meinte, uns vor dem Abschied noch eine Lehre erteilen zu müssen, er befahl mir, Elektra zu holen, und fing damit an, wir sollten die Mutter nicht plagen, wir blieben nicht zum Vergnügen, sondern aus traurigem Anlaß hier ...«, aber wir kamen gar nicht mehr dazu, ihn anzuhören, denn vom Damm her war schon ein Schußwechsel zu hören, und der Priester Czmola versteckte sich wieder in unserem Garten.

Irgendwann, schon als reifer Mensch, bin ich noch einmal in diese Gegend gefahren, und es war merkwürdig, wieder dort zu sein. Die großen Bäume neben der Bahnstation waren gefällt, der Teich mit Binsen überwuchert, das Städtchen wirkte geschrumpft, es war schwer, sich im engen Netz der Hecken und Zäune zu orientieren, aber vor allem hatte ich den Eindruck, als wären die Häuser, die Dinge und die Landschaft kleiner geworden, wie wenn man durch ein umgekehrtes Fernglas schaut, ein Eindruck von Ruhe und Traurigkeit.

> *Da ist mein armes Haus*
> *Und die geweißten Wände*
> *Der unglasierte Herd*
> *Und die schiefen Fenster ...*

Ich war wie vergiftet von meiner Niederlage, und gleichzeitig bebte ich vor Freude. Ich vergewisserte mich, daß der Scheck der Westminster Bank an seinem Platz war.

Aber einmal sollte ich den ukrainischen Nationalisten mit der sarkastischen Visage noch treffen. Natürlich hätte ich ihm um keinen Preis etwas von meinem Entschluß und meiner Niederlage gesagt.

»Aus reiner Neugier«, erzählte er mir, »bin ich mal bei Podwoloczyski auf die andere Seite gegangen, da haben sie mich erwischt, mir eins aufs Maul gegeben, mich auf der Wache behalten, gefragt, wer, wozu, warum, auf wessen Befehl, und dann stießen sie mich wieder zurück. Ja, und auf dem Posten der Polnischen Grenzwache hab ich wieder eins aufs Maul bekommen, sie haben mich gefragt, gewürgt ... Aber mit den Zähnen haben sie nicht gerechnet ...«

Quatsch dich gesund, dachte ich, was soll's ... mein Milchbruder, und konnte mich eines gewissen Neidgefühls nicht erwehren.

Ich dachte: Das ist doch bloß ein Ruthene mit einer bösen Zunge.

Er trug immer einen Mantel, sogar im heißen Sommer, um die Löcher an den Ellbogen seiner sagenhaft verschlissenen Jacke zu verdecken, seinen Hut von unbeschreiblicher Farbe hatte er in den Nacken geschoben, das Hutband war durchgeschwitzt und speckig, und seine Hosen beulten sich an den Knien aus.

Dieser Ukrainer vom Slawischen Seminar an der Rue Michelet.

Sein ewiges »Ihr, Euch, Euer, Eure« ärgerte mich, und ich wollte ihm etwas Bissiges sagen, und ich sagte:

»Von eurer Ukraine kann man dasselbe sagen, was Joyce über Irland geschrieben hat, daß Irland eine Sau ist, die ihre eigenen Jungen frißt ...«

Darauf grinste er wirklich sehr schief und zeigte seine prächtigen weißen Zähne in dem mageren Gesicht. Ein kleiner Junge, der vor der Bank neben uns spielte, wo seine Mutter saß, fühlte sich von diesem Grinsen ermutigt, seinen bunten Ball in unsere Richtung rollen zu lassen. Mein Begleiter bückte sich, drehte den Ball unsicher zwischen den Fingern und warf ihn schließlich ungeschickt dem Kind zu.

Es war sehr heiß, und nachdem ich alle meine Möglichkeiten abgewogen hatte, schlug ich vor:

»Sollen wir ein Bier trinken gehen ...«

»Ein feines Bier«, sagte er. »Ich habe gesehen, wie das hergestellt wird, als ich in der Brauerei Bière de la Comète in Fresnes gearbeitet habe, bis sie mich rausgeworfen haben. Eine Hitze, halbnackt steht man an brodelnden Bottichen, und mit einem schmutzigen Besen fegt man alles vom Boden auf, was herumliegt, Abfall, Auswurf, bis zu den Knöcheln in Holzpantinen, und alles kommt in diese Bottiche. *Non! merci* ... Aber vielleicht könnten Sie mir siebzig Centimes für die Metro leihen?«

Er ging die Allee hinunter, zwischen den Cafés und Volièren des Jardin des Plantes. Unter den Maschendrahtkuppeln, unter den Bögen und Gewölben aus Netzen flatterten, spreizten Gefieder und Schwänze, schwirrten die Paradiesvögel, Papageien, Falken, Geier, Tukane und Pfefferfresser – sämtlich Gefangene.

Am nächsten Tag löste ich den Scheck auf der Westminster Bank an der Place Vendôme ein und kaufte mir bei Cook einen Fahrschein. Ich packte meine Habseligkeiten in den Koffer. Als ich am Gare du Nord ankam, hatte ich noch viel Zeit. Es war Abend, und die Straßenlaternen am Boulevard Magenta brannten. Ich ging noch einmal den Boulevard entlang. Ich trat in ein grell erleuchtetes Geschäft, eine »Boîte à musique« und kaufte mir Wertmarken für den Grammophonautomaten. Ich schob sie in die Maschine und hörte mir die zerkratze Platte an:

> *L'amour ne sera pas venu*
> *si l'on n'y était pas connu ...*

Danach fuhr ich mit dem Zug durch die Nacht, die Fensterscheiben des Waggons klirrten rhythmisch, und wir rasten an der nächtlichen Landschaft vorbei. Als es schon hell war, kam Charleroi, dann Aachen, Essen, Hamm, Stendal, ein fremdes Land. Die Fabrikschornsteine und Zäune waren mit Hakenkreuzen beschmiert.

Im Abteil saß eine Emigrantenfamilie, die zurück nach Polen fuhr, *chômeurs*, es waren noch etliche andere im Zug, in Frankreich war kein Platz für sie. Er war Bergarbeiter gewesen, sie hatte in einer Textilfabrik gearbeitet, ihre kleine Tochter sah aus dem Fenster und rief den Eltern zu:

»Vois tu ... Drôle comme çà ...«

Ich dachte darüber nach, wie es sein würde, wenn man zurückkehrt, ob es so ist, wie wenn man umgekehrt durch ein Fernglas schaut.

Am Bahnhof in Zbąsyzn wartete ein Hilfskomitee mit Essen für die Emigranten. In der Menge wurde auch ich mit einem vollen Teller Wurst und Kohl willkommen geheißen ...

Von Stefcia, Chaim Immerglück
und den skythischen Armreifen

Und warum, Fräulein Stefcia?«

Das junge Fräulein saß auf der Fensterbank, alles sehr sittsam, sie hatte sich den Rock so gezogen, daß er ihre Knie bedeckte, daß ich, Gott bewahre, nicht weiter hinauf sehen konnte, dahin, wo ihre Schenkel zusammenliefen. Dabei war ich gar nicht neugierig, bestimmt sagte ich mir, daß sie nicht mein Typ war. So weißlich blond, mit leichten Sommersprossen und blassen Lippen, und die Wangen und das Kinn fast wie aufgeblasen, und die Hände, als wüßte sie selbst nicht, was sie mit ihnen anfangen sollte. Das schien nur so, denn im allgemeinen wußte sie, was sie tun sollte oder vielmehr, sie wußte, was sie nicht tun würde.

Ich sitze ihr gegenüber auf dem Stuhl, schaue sie an. Sie hat sehr helles Haar, das mal fettig, mal zu trocken wirkt. Ihr Kleid, das war so ein Kleidelchen, ganz amateurhaft irgendwie zusammengestoppelt, in Falten gerafft, wo es auf Figur geschnitten sein sollte, und es hätte einfach so an ihr gehangen, wenn es nicht oberhalb des Bauchs und oberhalb der Brust ein wenig zusammengesteckt gewesen wäre. Aber das machte Eindruck, diese Amateurhaftigkeit, die das Kleidelchen an sich hatte. Alles an ihr war amateurhaft, diese Mädchenhaftigkeit in dem Kleidchen.

Ein bißchen habe ich Angst, daß mir die Stimme zittert, aber da ich schon angefangen habe …

»Aber, aber, Fräulein Stefcia, wie konnten Sie denn …«

Es ist seltsam und komisch, aber wenn ich jetzt an Stefcia denke, an jene Zeiten damals, dann kommt es mir vor, als wäre es gar nicht wirklich gewesen, als hätte ich vor vielen Jahren etwas darüber gelesen, und die Erinnerungen selbst bildeten irgendwie etwas allzu absichtsvoll Komponiertes. Das einfachste kompositorische Element, das Material, das sich aus der Vergangenheit aufdrängt, ist bekanntlich die Erinnerung an angenehme Augenblicke und Ereignisse, die die Seele liebkosen, und nicht die Erinnerung an Schmerz, Verletzung und Erniedrigung. Und wenn ich jetzt an Stefcia denke, so fürchte ich, all dem Schrecklichen, das geschehen ist, zum Trotz, daß ich mich selbst betrüge.

Denn wenn ich mich an Stefcia erinnere, so wie sie mir aus den Begebenheiten entgegentritt, dann biege ich mir diese Erinnerungen wahrscheinlich zurecht, ich wähle Licht und Schatten so, daß es wirkt, als erteilte Stefcia jenem entlegenen Leben wohlwollend ihre Zustimmung. Das kann man sich sehr hübsch so vorstellen, ich bin hier, in der Ferne verloren, zwischen anderen Angelegenheiten und Menschen, während es sich einst zugetragen hat, daß ein Mädchen ins Koedukationsgymnasium ging, das Gesicht von der Pensionatskappe beschattet, einen Packen Bücher unter dem Arm, und damals hat sie mir gehört und niemand sonst, sie dachte an mich und wollte sich mir hingeben im trägen Leben des Städtchens. Und dabei sollte sich alles zu meinem Ruhme gestalten, das Schloß und die Kollegienkirche reckten ihre Türme und Spitzen in den Himmel, die himmelhohen Silberpappeln waren nur deshalb gepflanzt worden, damit sie emporragten und ihre Zweige über den Himmel breiteten, damit dieser seinen Mantel anlegte, sich in diesen Umhang hüllte, um meiner Eitelkeit zu schmeicheln.

Gewiß bin ich deshalb zu dieser Ferne verurteilt, wegen dieser Dinge …

Dabei kann ich doch durchaus bescheiden sein. Schließlich bin ich doch in der Lage, an jene Zeiten zu denken, als hätten sie nur um ihrer selbst willen existiert, ich bin in der Lage, mich zu beugen und einzusehen, daß es ohne mich dort auch so gewesen wäre. Ich bin fähig, mich selbst zu verneinen, um Atem und Leben an jenes dort abzutreten. Ich bin fähig, mich zurückzuziehen und aufzugeben, allen Gütern zu entsagen, um jenem dort ein Leben zu sichern. (Habe ich mich denn nicht schon damals aufgegeben und verneint? Wenn ich zum Beispiel am Abend vor die Stadt hinausging, um einen banalen Spaziergang zu machen, wenn ich die feuchten Felder betrachtete, die Wolken, die sich schwer im Westen türmten, die Weiden, die sich über den Feldrainen spreizten und wanden, die rost-, tief- und fuchsrote Farbe, das Violett und Karottenrot und die Asphaltfarbe des Herbstes betrachtete, mochte es den Anschein haben, als ob ich das alles eigennützig in mich aufsöge. Doch kehren wir den Prozeß um, dann war ich es, der sich dieser herbstlichen Landschaft hingab, ich verfeuerte mich an den Horizont wie Schrot aus einer verschossenen Patrone. In einem einzigen Augenblick machte ich mich zugunsten des Sichtbaren zunichte.)

Und jetzt sammle ich die Bruchstücke aus jener Zeit mit der größten Gier und Eilfertigkeit und setze sie wieder zusammen, ich habe das volle Recht dazu, ein wahres Servitut auf jene Zeiten, ich nehme zurück, was mein ist, und was ich zurücknehme und wiedergewinne, sind Bruchstücke meiner selbst.

Manchmal denke ich – wie wäre es, wenn man die Zeit einfach zurückdrehen könnte, umdrehen, so wie man denkt, man könnte beim Spiel eine unter schlechten Vorzeichen begonnene Partie noch einmal von vorne beginnen. Natürlich ist das absurd, und es ist nur so ein Einfall. Selbst wenn ich es Stefcia anvertrauen könnte, sie würde, fürchte ich, über eine so ausgefallene Idee nur lachen. Denn als sehr nüchtern denkender Mensch würde sie sofort instinktiv sagen, eine solche Wiederholung hätte einen falschen Klang, wie wenn man auf ein gesprungenes Blech schlägt. Aber vor allem hätte ihr dazu die Phantasie gefehlt.

Doch wenn ich jenes Unwiederholbare aufschreibe – ertappe ich mich dann nicht selbst bei der Ausführung von Zauberkunststückchen, bei der Geisterbeschwörung, ist es nicht etwas, das in die Kategorie Jahrmarktspanoptikum gehört, auf die Bühne, zu einem reisenden Magier und Meister der Autohypnose bei der Gastvorstellung? Ich benutze authentisches Zubehör, damit es echter wirkt, ich beschwöre in meiner Erinnerung ein echtes Astloch in einem Brett herauf, als Zauberer entbiete ich die gleichen Wolken der untergehenden Sonne, das gleiche »glühende Hufeisen«, das vor so vielen Jahren im von Westen heranziehenden Regen zischte, ich wechsle banale und formel-hafte Worte mit Chaim Immerglück, dem Besitzer des Läd-chens mit Eisen, Farbe und Ketten in der kleinen Straße, die vom Markt abzweigt, als wollte ich mit diesen Ketten Vergan-genheit und Gegenwart fesseln und aneinander binden.

Ich sage immer wieder: So war es, so war es, als könnte mich die Vergangenheitsform daran binden, obwohl mir das Muster des Kleids entfallen ist, das Stefcia damals trug, als sie auf der Fen-sterbank saß; so war es, aber ich erinnere mich nicht einmal an den Monat oder gar das Jahr, in dem es war, so war es, denn wenn es nicht gewesen wäre, würde mir der Zauber nicht gelin-gen.

Jemand könnte fragen: Aber wozu diese Vorbehalte dagegen, daß man das, was war, wieder aufleben lassen will? Nehmen wir Stefcia. Du hast doch dieses Mädchen im Grunde gar nicht gekannt, wie kannst du dann mit solcher Selbstgewißheit sagen: So war es.

Also, erstens einmal haben wir uns, allen Widrigkeiten zum Trotz, öfter getroffen, als es den Anschein haben mochte. Zum Beispiel kam Stefcia aus der Leihbibliothek, unter dem Arm die ausgeliehenen Bücher. In dieser Leihbibliothek waren wir uns begegnet, die Köpfe über ein Buch gebeugt. Stefcia legte das Buch auf die glattpolierte Tischplatte in der Leihbibliothek, und über ihren gebeugten Nacken mit den sich ringelnden Haarsträhnen hinweg blickte ich in den Schlund des Buches, und wenn sie die Augen auf mich richtete, sahen diese dem Abgrund des Buches zum Verwechseln ähnlich … Also ist es wahr, und diese Reminiszenz verschafft mir große Genugtu-ung. Und andere tun sich jetzt auf, der Reihe nach, und schie-ben sich unter- und übereinander, noch eine und noch eine Erinnerung, und bleibt das Auge an einer Einzelheit haften, dann ist es so, als habe das Auge sie geschaffen, aus dem Nichts heraus entsteht sie neu, genauso, nur erträumt. Es war nicht, aber ist jetzt, genauso, erträumt in der Sehnsucht, die ich mir selbst nicht eingestehe, nach Gott …

Stefcia ist achtzehn Jahre alt. Im Mai dieses Jahres macht sie ihr

Abitur, das weiß ich, und wenn ich es nicht wüßte, dann wüßte ich auch nicht, wie ich sie anreden soll. War sie noch ein Mädchen oder schon ein erwachsenes Fräulein? Wenn ich Stefcia sage, dann handelt es sich ganz selbstverständlich um ein Mädchen, aber wenn ich das Fräulein davor setze, befördere ich sie schon in die junge Damenhaftigkeit.

Sie nennt mich Herr Soundso, und ich nenne sie Fräulein Stefcia. Dabei haben wir als Kinder zusammen gespielt. Nun, ehrlich gesagt kam das nicht oft vor, denn zwischen uns bestand ja ein Altersunterschied. Einmal – wie alt mag ich da gewesen sein? dreizehn, dann war Stefcia also sieben –, erinnere ich mich, sind wir zum Schloß gegangen. Das Schloß erhob sich auf einem steilen Abhang über dem Fluß, mit vorspringenden gewaltigen Fundamenten und Mauerstreben. Das Schloß diente zu Teilen noch irgendwelchen Zwecken, aber die Dinge veränderten sich. Sie veränderten sich, als ein Teil des Schlosses ausbrannte, ein anderer wurde neu gedeckt, und dort richtete und nistete sich etwas ein. In unserer Kindheit gab es in einem Flügel noch eine, allerdings nicht mehr in Betrieb befindliche Zigarren- und Zigarettenfabrik, der andere war verfallen. Damals kam es umgekehrt, so viel ich weiß: Die Tabakfabrik war eine Ruine, und in dem neuen, renovierten Teil war das städtische Gericht untergebracht.

Als Stefcia und ich uns dieses eine Mal dorthin aufgemacht hatten, zwischen den Steinen und Nesseln herumstöberten und in die abbröckelnden Mauerlöcher spähten, passierte es irgendwo, daß Stefcia in einen herunterhängenden Stacheldraht trat und sich die nackte Fußsohle aufriß. Daran war nichts Außergewöhnliches, aus der Fußsohle, die vom Laufen über die bloße Erde schwarz war, trat ein Blutstropfen aus, wie eine Koralle. Stefcia war blaß und hielt sich an meinem Nacken fest, als sie da auf einem Bein stand, während ich mein Taschentuch zu einem kunstvollen Knoten knüpfte.

Nach diesem einen Mal aber war es mit unserer Vertrautheit eigentlich vorbei. Denn danach machte sich der Altersunterschied sehr bemerkbar, ich war im Gymnasium und Stefcia noch ein kleines Mädchen, und später, als ich auf die Universität ging, begegnete ich ihr auf dem Schulweg mit einem Packen Bücher unterm Arm und der Baskenmütze auf dem Kopf, die ihre Stirn und Haare bedeckte. Ich tat dann so, als sähe ich sie nicht, denn es kam mir komisch vor, mit einem halbwüchsigen Mädchen, überhaupt mit einem Mädchen, so vertraut zu tun. Aber ich hatte den Eindruck, daß Stefcia mir das nach jenem unschuldigen Abenteuer in dem zerfallenden Gemäuer des Schlosses irgendwie übel nahm, als wäre zwischen uns etwas gewesen, als hätte sich etwas ereignet, als messe sie dem eine besondere Bedeutung bei, einmal hatte sie sich gebeugt, und das war genug, und als hätte ich sie kompromittiert, mußte ich jetzt die Konsequenzen tragen.

Doch jetzt, zum ersten Mal seit jener Zeit, sind wir unbefangen. Ich komme zu jeder Tageszeit, seelenruhig empfängt sie mich, wir unterhalten uns stundenlang. Wenn ich nachmittags nichts zu tun habe, mache ich mich auf zum anderen Ende der Stadt, zu Stefcia. Ich komme an, die Köchin Krystyna sagt zu mir: »Warten Sie dorten …«, und ich warte im kleinen Salon, betrachte die Nippesfigürchen auf dem Bord, sehe mir das Buch aus der Leihbibliothek an, *Der Fall Maurizius* von Wassermann, an der Wand eine große Wyspiański-Reproduktion, die Heilige Salome auf Glas, hinter den Büchern im Regal stehen Gläser mit Erdbeermarmelade. Dann höre ich Schritte auf der Treppe, und Stefcia sagt: »Warum setzen Sie sich denn nicht?« Stefcia hat nämlich einen Verlobten. Das ist bereits allgemein bekannt, der Verlobte ist ein junger Arzt, Internist im Bezirkskrankenhaus, und jetzt, da der Chefarzt nicht da ist, ruht tatsächlich alles auf seinen Schultern, und er hat überhaupt keine Zeit, zu Besuch zu kommen. Aber im Frühling, als er noch mehr Zeit hatte, ist er nachmittags mit Stefcia spazierengegangen, allerdings immer mit der Mama als Anstandsdame, sie war immer dabei, aber um die beiden nicht zu stören, ging sie immer drei Schritte hinter ihnen, und jeden Nachmittag sah man die Gruppe zum Fluß hinuntergehen, zuerst Stefcia und der junge Äskulap, und drei Schritte hinter ihnen die Mama mit einem echten Sonnenschirm bei jedem Wetter.

Jetzt hatten die Spaziergänge ein Ende gefunden, der Doktor Zawichowski, denn so heißt der Anwärter auf Stefcias Hand, ist entsetzlich beschäftigt. Ich habe ihn getroffen, Stefcia machte uns miteinander bekannt, und der kleine Doktor gefiel mir sogar, er war jung, hatte graue Augen und einen gestutzten schwarzen Schnurrbart und war ganz und gar nicht dumm, er sprach sehr frei heraus, hatte großes Interesse an seiner Arbeit, großes Interesse an Stefcia, ihre, Gott sei's geklagt, gesellschaftliche Stellung imponierte ihm ein wenig, das Töchterchen eines Provinzadvokaten, und sie hatten eine kleine Mitgift für sie und ein zweites Haus, der Doktor war belesen, seine Manieren waren allerdings nicht ganz einwandfrei, er kaute an den Fingernägeln, doch das ließ keineswegs auf eine Charakterschwäche schließen, denn er war selbstsicher und wußte, was er wollte.

Manchmal kam Franek Wójcicki. Aber Franek zählte nicht, er konnte gar nicht zählen. Denn Franek Wójcicki war ein kleiner Kerl mit rundem, rosigem Gesichtchen und Ringellöckchen wie ein Amor, und er bereitete sich aufs Abitur vor, danach wollte er Flieger werden. (Er ging tatsächlich zu den Fliegern, stürzte mit einem Jagdflugzeug ab und kam zu Tode, und dann gab es ihn nicht mehr. Franek Wójcicki, der sogar in Pilotenuniform das Puttengesicht eines kleines Amors und blaue, strahlend blaue Augen hatte.)

Auch andere kamen. Eine lustige Gruppe von Schulkameraden aus dem Koedukationsgymnasium, der eine oder andere sang gern, weil er gerade den Stimmbruch hinter sich hatte. Sie waren auch an jenem Tag dagewesen, vor mir. Nach dem Autounfall mußte Stefcia ein paar Tage zu Hause bleiben, zu sich kommen, nach dieser Geschichte mit dem Auto sollten sich die Wogen glätten, deshalb kamen sie solidarisch, um sie zu besuchen, sie benahmen sich so, als seien sie ganz unbefangen, aber das war aufgesetzt. Sie neckten einander. Mietek Schabowski trug sein Haar in der Mitte gescheitelt, und einer hatte ihm

Veilchen auf den Mittelscheitel gestreut, die er eigentlich Stefcia hatte mitbringen wollen, aber dann war es ihm plump vorgekommen, diese Veilchen zu überreichen, er drückte sie lange in den Händen herum und streute sie dann schließlich Mietek Schabowski auf den Mittelscheitel.

Diese Grünschnabelstimmen der Abiturienten, ihr Schülerjargon: »... ich pfeif auf den Magistrat ... Penne ..., du, die haben es versiebt ...«, endlich machten sie sich auf und gingen.

Damals saß Stefcia auf der Fensterbank. Und damals fragte ich: »Wie war es denn?«

»Ich bitte Sie, ich stehe doch vor dem Abitur ... Haben wir etwa nicht genug philosophische Propädeutik gemacht? Wie viele tausend Jahre vor Schopenhauer gab es die ›Eleaten‹? Wozu das alles? ... Warum? ...«

Ihre Lippen zitterten. Aber sie versuchte zu lächeln.

»Der Fahrer war ganz rot im Gesicht und böse und erschrocken, er hat mich sogar verwünscht. Das wundert mich auch nicht, er hat ja Frau und Kinder, wie er sagte.«

Ich konnte mir diesen Fahrer mit dem roten Gesicht gut vorstellen, ich höre das Quietschen der Bremsen, als er Stefcia sah, die im Straßenstaub vor seinen Autorädern lag, dort auf dieser Kleinstadtstraße. Stefcia hatte sich die Wange geschrammt, das war eine Geschichte, die jene Grenze überstieg, die die Kleinstadtkonflikte im Extremfall erreichten, und man ließ es dann lieber unausgesprochen, unbelegt und unerörtert in dem bescheidenen Wirkungsbereich der Dinge, die sich unter dem Himmel zwischen Schloß, Kollegienkirche und den Wipfeln der Silberpappeln auftaten.

Als es aber mir zu Ohren kam, mir, der alle Situationen durchschaute und die raffiniertesten Rhythmen, Rhythmen wie bei Baudelaire und Huysman, zu erfassen vermochte, da wußte ich nicht, was ich davon halten sollte. Ich empfand Bewunderung, aber auch Ärger und Zorn darüber, daß Fräulein Stefcia mir jenes Leben hatte wegnehmen wollen, als könnte sie es mit ihren Heften und Büchern unter dem Arm davontragen, wenn sie auf die andere Seite ging.

Ach, Stefcia, Stefcia, gehört sich das denn, so etwas? Daß du dich in der sogenannten Blüte deiner Jahre, im Frühling deines sogenannten Lebens auf die andere Seite davonmachen wolltest? Zu Unrecht würfe man dir Neugier vor, denn es war aus Überdruß am Leben, an dem, was dir begegnete – aber wohin? Ins Nichts? Und was weißt du über das Nichts? Und was weißt du davon, wie es dort ist? Und weißt du, daß es, wenn du es aus anderen Regungen getan hättest als aus Mädchenartigkeit, eine Sünde gewesen wäre? Eine Sünde des Unbewußten, eine Sache, die doch wohl unter moralische und ethische Paragraphen fällt. Schließlich wolltest du den ganzen Kreis der Dinge rechts und links von dir mitnehmen, alles hättest du mit dir reißen können. Was hast du, Stefcia, denn bloß tun wollen? Lach nicht über diese Frage voller Drohung und Rhetorik. Ich weiß gar nicht warum, aber ich empfinde Bewunderung für dieses Lachen. Du warst dort und bist zurückgekommen, du hast einen Blick auf jene Seite geworfen und bist umgekehrt und bist jetzt eine andere, als wärest du weise und fast böse geworden von dieser Weisheit.

Ich zähle an den Händen ab, wie viele Jahre es her ist – zwei Jahre? drei? –, seit ich dort gewesen bin. Der Markt, auf dem Markt derselbe Brunnen mit der Statue der Mutter Gottes, und im Sockel schießt aus zwei Rohren Wasser, das aus Quellen im Gebirge hierhergeleitet wird, und der gepflasterte Platz ringsum und die Ritzen zwischen den Steinen sind immer feucht, und neben dem Brunnen der städtische Wasserträger, ein Halbidiot mit dem immer gleichen idiotischen »a-ga, a-ga«. Das Schloß ragt über den Akazienbäumen auf und dahinter die Türme der Kollegienkirche und die Zwiebelkuppeln der orthodoxen Basilianerkirche. Auf der anderen Seite, gegenüber, ist der Tabakladen zertrümmert, die Fensterglassplitter funkeln am Boden, und leere Zigarettenschachteln liegen überall verstreut.
Am anderen Ende des Marktes traf ich Chaim Immerglück, ich erinnerte mich noch an ihn aus früheren Zeiten, er hatte einen

Laden mit Eisenwaren und Farben und Werkzeug, Kordeln und Ketten, und er erkannte mich sofort wieder, obwohl es doch eine ganze Reihe Jahre her war, seit ich dort gewesen war. Er erkannte mich mit einem kurzen, einvernehmlichen Aufblitzen in seinen Augen. Ein Einvernehmen, mit dem er mich akzeptierte, und daß ich mit diesem Krieg aufgetaucht war, in gewissem Sinne hatte ich den Krieg mitgebracht, ich war einer seiner Schöpfer, seiner Götter. Dieses Einvernehmen in Chaim Immerglücks Augen kann ich kaum erklären. Ich hatte den Eindruck, er stellte sich plötzlich vor, daß wir beide auf einem Faschingsball wären, daß er mich in meiner Verkleidung erkennen würde, daß er Verständnis dafür hätte, ja, als wäre es sogar komisch – ich in dieser Verkleidung, mit dem Stahlhelm auf dem Kopf und einer ganzen Kollektion Handgranaten am Gürtel, mit dickem Staub auf den Stiefelschäften, den Taschenklappen, den Wangen, der Nase, bis zu den Augenbrauen hinauf.

Vielleicht ist dieses aufschimmernde Verständnis in Chaim Immerglücks Augen eine Täuschung, vielleicht soll es einen Gegensatz darstellen, sagen, daß nichts mehr wichtig ist. Daß die Menschen, die ich auf dem Markt sehe, ein Gewimmel stumpfer Gesichter sind, ihr Atem vermischt sich mit der Luft, es läßt sie ganz ungerührt, ob ich ein Bote guter oder schlechter Nachrichten bin. Sie sind entpersönlicht wie das Rascheln, das Scharren der Ratten hinter der Hauswand, das unbeseelte, leblose Klatschen des Wassers, das sich an den Steinen im Bachbett bricht, das Ächzen der Äste, die ein Windstoß biegt.

Wie ich so langsam, ganz langsam durch die Straßen des Städtchens gehe, ist es, als wollte ich das nicht aufstören, was hier ist und wozu ich nicht mehr gehöre. Obwohl diese paar Menschen hier sind, erscheint es leer. Diese paar Menschen, sie sind wie Fliegen auf dem Gesicht eines Toten. Surrend steigen sie von den Mundwinkeln auf, von den Augenwinkeln, und gleich darauf setzen sie sich wieder hin, *mouches* auf einem gepuderten Gesicht, sie fliegen auf und lassen sich nieder.

Ich ging bis zu Stefcias Haus. Das Haus war leer. Niemand war da, sie waren vor dem Krieg geflohen. Ich ging durch die Zimmer des Hauses, als ginge ich durch ein Museum. Die Fußböden waren wunderbar gebohnert, und alles stand wie mustergültig da. Kein Aufbruchsdurcheinander, nichts lag herum, nichts war umgeworfen, keine Schublade, die offen stand. Es war sehr feierlich, und ich warf sogar einen Blick auf meine Schuhe, um zu sehen, ob ich nicht etwa Schmutz hereintrug. Nein, es war ja trocken draußen, ich gehe durch die Zimmer, weder Gast noch Eindringling, noch Bewohner, ich bin wie ein Geist, der alte Orte aufsucht, der durch Wände und Türschlösser dringt. In den Fenstern stehen Geranien in Töpfen, in der Küche eine frische Kleberolle für die Fliegen, es sind noch gar nicht viele Fliegen daran hängengeblieben.

Aber jetzt wollen wir den Ereignissen vorauseilen. Und jetzt erst mag es erlaubt sein, daß wir uns am Akt des Schaffens begeistern. Jetzt wollen wir uns ausdenken, wie es wäre, wenn es gewesen wäre. Mit großer Genugtuung und allen anderen Möglichkeiten und Widrigkeiten zum Trotz, da es uns schon vergönnt ist, am großen Abgrund der Dinge, ihrer Chancen, Varianten, Zufälligkeiten zu stehen, an dem großen Wasser, das schwarz von undurchdringlichem Geheimnis ist und zäh von den darin konzentrierten, hineingemischten und von Urteilssprüchen schweren Begebenheiten, wollen wir mit Schwung das Netz unserer Träume hineinwerfen. Mit einem solchen Schwung, mit solch herrlicher Gebärde!
Da sinken sie hinab in die Tiefe, stürzen in den Abgrund, die Maschen meines Netzes, tauchen ein, verschwinden im Wasserschlund. Das Netz versinkt und ist verloren. Sie ziehen es in die Tiefe, meine schweren, in Blei und Eisen eingefaßten Gedanken. Das Wasser hat sich für sie aufgetan und hat sie verschlungen, die Wasserkreise darüber haben sich geschlossen, und die Wogen haben sich geglättet.
Ich fürchte mich vor diesem Fang und verzweifle daran. Ich fürchte mich vor der Lächerlichkeit, die auf gewisse unwiderrufliche Weise mit meiner düsteren Fischerei, meinem Fisch-

fang verbunden ist. Ich fürchte mich vor Lächerlichkeit, Hanswurstigkeit und Albernheit des öffentlich zur Schau gestellten Liebespathos.

Schamrot blicke ich in die Fluten hinab, in diesen Ozean der Zufälligkeiten.

Wie wäre es gewesen? Es wäre anstatt war, anders als es war, als es gewesen ist, als das Vergangene und Verlaufene. Es wäre erwartet und unerwartet gewesen. Es wäre so, daß es weder war, noch daß etwas blieb, denn es wäre gewesen, die Bedingtheit trennt mich von dem, was war, und gestattet mir das feige Nichtübernehmen einer Verantwortung für Dinge, die wirklich gewesen sind.

Aber ist man nicht verantwortlich für Fiktionen, für Zustände, die man selbst erschaffen hat, für Verbrechen zum Schein, Begeisterungen zum Schein, zum Spaß. Dafür ist man genauso verantwortlich wie für jugendverderbenden Einfluß, für enttäuschte Hoffnungen, für nicht eingehaltene Versprechen, für die Erwägung einer Veruntreuung des Vermögens von Waisen oder öffentlicher Gelder.

Bevor ich also in die schweren, vom Schlamm glitschigen Netze blicke, gebe ich mir deshalb ein Ehrenwort, ich gelobe, die Verantwortung dafür zu übernehmen.

Da tauchen die nassen Leinen und Maschen wieder auf, die Instrumente meines Fangs, die Netze, und ich gebe mir das Ehrenwort, ich gelobe, die Verantwortung dafür zu übernehmen.

Und was erspähst du dort in deinem Netz, du Kleinstadt-Romeo, Student der freien Künste mit nicht bestandenen Semesterprüfungen, gereift an Kavalierskrankheiten, einer unbezahlten Schneiderrechnung und einer mitternächtlichen Prügelei in der Tanzhalle, sich arrogant etwas auf die Lektüre von Sören Kierkegaard einbildend, doch im Grunde krank an dieser kierkegaardschen Feigheit?

Ist die Wasserleiche, die das Netz beschwert, mit ihren aufgedunsenen Lippen, den vom Flußkies ausgescheuerten Augen, den vom wässrigen Aussatz gesprenkelten Händen, ist das Stefcia?

Nimm diese Ertrunkene bei der Hand und führe sie zum Altar, die Hand noch in die geweihte und geküßte Stola eingehüllt. Geleite sie über die Kirchenschwelle, sollen sich die Federn der Kutsche mit ihren hochzeitsgeschmückten Klappergäulen biegen. Laß die letzten Quietscher und Dudler des georgelten »Veni Creator« hinter dir!

Führe sie voran, über das feingewienerte Firmament des Parketts, den Furnierflor der Möbel, die faschierten Fritüren der Küche, die Fiorituren von Modefrisuren, die Fatamorganen der Schlafzimmervorhänge hinweg…

Und am nächsten Tag, am ersten Ehemorgen, ist sie kaputt wie ein Spielzeug, wie eine Puppe, in der etwas überdreht ist und die jetzt nicht mehr »Mama« sagt, und wenn man sie hinlegt, dann schließt sie ein für allemal die Augen und kann sie nicht mehr öffnen.

Stefcia, die sich nicht mir hingibt, sondern dem Mond, und der launische Satellit, der als Sichel unerwartet durch das abendliche Fenster blickt, hat mehr mit ihr zu tun und macht sich meine ehelichen Rechte zu eigen…

Am Abhang des Hügels, zwischen Schneeballbüschen und im Schatten von Buchen, Eichen und Ebereschen und Silberpappeln liegt das Grab einer skythischen Prinzessin. Darüber flakkert früh morgens die Sonne hin, an dem vom Regenwasser reingewaschenen und vom blutigen Morgenrot überglühten Himmel.

Die fernen Wiesen am Fluß ächzen vom Hufschlag der Pferde, die vor Hunderten von Jahren darüber hinweggingen. Der Hahnenklee auf den Wiesen leuchtet gelb wie ins Gras gesteckte Kerzen. Die vom Pflug umgegrabene Erde schimmert wie Fischschuppen und schillert. Wenn es Frühling ist, rieselt Blütenstaub von den Bäumen und pudert das Grab der skythischen Prinzessin, wenn Herbst ist, legen sich die Blätter darauf, die noch saftig, aber vom Tod schon gelb sind.

Wollte man das Grab der skythischen Prinzessin besuchen,

käme man langsam und verstohlen heran, um die Ruhe dort nicht zu stören. Dort liegt sie in ihrem skythischen Diadem aus goldenen Plättchen, und an den Handgelenken hat sie goldene Armreifen.

Das Echo der Pferdehufe über den weiten Flußwiesen ist schon lange verstummt. In uns schlägt noch das Herz wie ein Echo jenes Hufschlags vor Hunderten von Jahren. Es klopft kurz in uns, und wir erinnern uns, aber dann beginnen die Gedanken von etwas Unbedeutendem zu zwitschern, und wir hören den Hufschlag nicht mehr.

Soll ich die skythische Prinzessin vergessen, soll ich die Erinnerung an sie untergehen lassen im Lärmen jener großen und leeren Volière, im Aviarium meines unruhigen Bewußtseins?

Meine liebe Mutter, sei stolz, ich trage die Fahne

Es waren einmal drei Schwestern, Stanisława, Maria und Lala. Ich will nicht behaupten, daß mir der Name Stanisława besonders gefiel, Maria war mir lieber und erst recht Lala, weil er unbestimmt war und diese Wiederholung hatte, dieses la-la, das war sehr nach meinem Geschmack. Aber Lala habe ich nie kennengelernt, und Stanisława, die älteste, war außerordentlich schön.

Also diese Älteste, von ihr werde ich schreiben, denn zufällig war ich ein paar Mal bei ihr, bei ihr und ihrem Mann. Es war in der Gorlicer Gegend, aber schon in den Bergen, da wo ethnographisch die Sprache der Lemken bis nach Beskid Wyspowy reicht. Der Ort hieß Szymbark, genauer, Szymbark-Bystrzyca. Szymbark selbst war polnisch, sogar sehr polnisch. Man sprach dort, wie überall in solchen Randgebieten, ein fast literarisches Polnisch. Wenn jemand kam, dann verbeugte er sich zur Begrüßung, jawohl! Er legte die Hand aufs Herz, und indem er sich bückte, vollführte er mit dieser Hand eine Grußgeste von seinem Herzen bis zu den Füßen des Begrüßten. Ich hatte sogar vorher darüber im *Illustrierten Kurier* gelesen, über diese Grußgepflogenheiten in der Gorlicer Gegend, und hier bestätigte es sich. Einmal wurde ich sogar diskret in die Küche gerufen, denn man erwartete die alte Kazimierzowa, hier könnte ich mich selbst überzeugen und sehen, wie man grüßte. Ich wurde übrigens auch bei einer anderen Gelegenheit gerufen, da sollte ich Zeuge sein, wie Trefl, die Bulldogge, beleidigt war. Trefl – von dem wird später noch die Rede sein.

Bei Gorlice hatte eine der blutigsten Schlachten jenes Weltkriegs stattgefunden, und man hatte mir geraten, die Gegend näher in Augenschein zu nehmen, wenn ich einmal nach Gorlice käme. Nun, viel habe ich nicht gesehen, nur Soldatenfriedhöfe, Friedhöfe, Friedhöfchen, die sogar ganz gut in Stand gehalten wurden. Ich ging hin, damals war Frühling, und es erfüllte mich mit Genugtuung, daß es so frühlingshaft war und die Felder voll mit grüner Wintersaat, und daß von diesem Krieg, von der schrecklichen Schlacht nichts geblieben war, nichts mehr über einen Sieg triumphierte, Vergessenheit hatte sich ausgebreitet, und dort, wo diese Schlacht sich abgespielt hatte, wo sich Schicksale entschieden hatten und dergleichen, dort war alles wieder grün, und wenn sich diejenigen, die hier auf diesen säuberlichen Friedhöfen lagen, überhaupt noch an etwas freuen mochten, dann wohl nur daran, daß jemand diese Genugtuung empfinden konnte, eine Genugtuung darüber, daß ihnen von dieser Eruption, diesem Aufeinanderprallen menschlicher Leidenschaften, von diesem Krieg, der Fortsetzung der Politik, kein anderes Denkmal geblieben war als dieses Frühlingsgrün.

In Szymbark wohnte ich in einem winzigen Hinterhaus, die Türen hingen schief, aber es war sehr sauber, das eine oder andere antike Möbelchen stand darin, Musselinvorhänge an den Fenstern, Kerzen im Kandelaber aus blau emailliertem Blech, die Zündhölzer gratis dazu, das Bett gemacht und sogar duftend (nach Lavendel?), und das Frühstück wurde doch wahrhaftig ans Bett gebracht, und man hielt sich dort snobistisch etwas aufs englische Frühstück zugute, weichgekochte Eier in Eierbechern, Konfitüren, Butter, Zwieback, ein wenig von diesem, ein wenig von jenem.

Und abends lagen wir, ja, wir lagen buchstäblich nebeneinander vor dem Kamin im Salon, im Kamin brannten Kloben aus Buchenholz, und es knisterte und knackte darin, und auch in den Kastanien, den »Maronen«, die wir zwischen den Holzkloben rösteten, knisterte es, was das Zeug hielt. Man wartet eine Zeitlang, und dann bläht sich so eine Kastanie auf und zerplatzt zischend, und Dampf steigt empor, und dann wird es lustig, wenn man versucht, sie mit den Fingern herauszuangeln, weil gerade ein anderer die Zange hat. Stanisława, Frau Stasia, lag in ihrem Abendgewand da, und vor allem sie war es, die für uns dieses Kastanienrösten veranstaltete, während uns das Wasser im Munde zusammenlief. Kastanien sind natürlich etwas sehr Fremdländisches, sie sind süßlich im Geschmack, ein wenig wie

Süßkartoffeln. Dort, an diesem Holz- und Gasfeuer, hörte ich von einem weiteren Mädchen, einer Bieta. Bieta, Bietka, das ist bestimmt eine Abkürzung von Elżbieta, aber ich bin nicht sicher, das denke ich mir jetzt, damals habe ich an sie nur als Bieta gedacht. Dieses Bieta hört sich sehr fraulich an, wie eine Abkürzung von *kobieta* selbst.

Das Feuer war, wie Feuer eben so ist, Scheite brannten, keine Kloben, wie ich vorhin gesagt habe, Kloben sind zwar sehr malerisch, aber wo sollten die herkommen, es war ein kleines, niedriges Haus, wo sollte da Platz für Kloben gewesen sein? Und es war natürlich auch ein Kaminchen, kein Kamin, sondern ein Kaminchen, eine quadratische Nische in der Wand, wo die Scheite mehr zur Dekoration lagen, die Hauptflamme dieser Vorrichtung war nämlich die bläuliche, zischende Erdgasflamme, mit Erdgas wurde ja das ganze Haus geheizt und auch überall in der Umgebung, in den fortschrittlicheren Häusern, denn dies alles lag in einer Gegend mit Erdgas- und Ölvorkommen. Ganz in der Nähe brannten Tag und Nacht die elektrischen Sternbilder von Wygnanka, wo neue Bohrungen vorgenommen wurden. Dieses bescheidene Haus also hatte solche Einrichtungen, und die Leute in Szymbark sagten: »Auf dem Hof ist ein Knipser (Strom, der allerdings nicht bis ins Hinterhaus gelegt war), das Wasser fließt aus der Wand (der Wasserhahn), und geheizt wird mit Gestank.«

Frau Stasias Mann hatte die ganze Wirtschaft im Griff. Während bei uns in Podolien ein Gutsbesitzer von Tagesanbruch an im Sattel saß und seine Morgen und Ackerhufen in der Ebene abritt, trat Frau Stasias Mann früh morgens vor sein Haus und schaute hinauf. Er sieht, daß sie dort Heu machen, wo sie sollen, daß drüben die Lupinen entsprechend der Anweisung abgedeckt werden und weiter hinten der Knecht Salz fürs Vieh, für die roten Bergkühe bringt, und in der Ferne, auf dem Kamm grünt der Hafer, und damit ist die Visite des Anwesens vorüber.

Frau Stasia und ihr Mann hatten einen Sohn, ihr einziges Kind, einen sechzehnjährigen braven Jungen, er hieß Janusz, aber um ihn zu necken nannten wir ihn January, und January nahm das ganz gutmütig hin. Es waren Weihnachtsferien, deshalb war January zu Hause, und so spazierte er über den Hof in seiner nach Schülermanier verwegen aufgesetzten dunkelblauen Gymnasiastenkappe, streichelte sein Reitpferd, die Stute Basia, störte in der Küche beim Mohnmahlen und Tortenausrollen, und wie eine Rauchfahne folgte ihm überall der diskrete, stolze, verlegene, verliebte, sorgenvolle, klebrige, vor Rührung sprachlose Blick der Eltern. Natürlich herrschte zwischen den beiden dieses geheimbündlerische, unausgesprochene Einvernehmen zweier Menschen, die sich lieben, die halben Worte, ein halbes Lächeln, die Sprüche, Abkürzungen und Zwinkereien, die ganze Verschlüsselung, die der vulgäre aufdringliche Gast, der Hinzugekommene, nie und nimmer verstehen kann.

In diesem Szymbark-Bystrzyca war ich nur zwei- dreimal, es ist so viele Jahre her, daß ich nicht mehr genau weiß, wie oft. Die Erinnerung daran – sehr deutlich abgegrenzt, denn die Gegend liegt weit von meiner Heimat entfernt – ist wie ausgeschnitten, eine ganz gesonderte Erinnerung, wie eine Amateurfotografie in einem Album. Ein paar vereinzelte amateurhafte Lebenstage. Und so erinnert man sich daran anders.

Aber sicher erinnere ich mich noch genau an den Abend im Salon, den Abend, an dem wir in einer Reihe auf dem Boden lagen und am Gasfeuer Kastanien rösteten. Und ich erinnere mich auch an das Gespräch, das wir dort führten, in allen Einzelheiten, an das Gespräch und seine Themen, wie man eben ein Gespräch so führt, und wenn man nachher in Gedanken zurückkehrt und ihm nachgeht, ist es geradezu sonderbar, wie man von einem Thema aufs andere kommt.

Wir sprachen von Bieta, besser gesagt, sie erzählten mir von Bieta, eine Geschichte, die inzwischen etwas verschwommen ist, aber der Sinn hat sich mir bis heute bewahrt. War Bieta vielleicht eine weitere Schwester? Die vierte? Vielleicht sollte ich diese Geschichte damit anfangen, daß einmal vier Schwestern waren? Bieta hatte also einen Freier, aber dann gab es Schwierigkeiten, und es kam zum Bruch und zur Trennung, eine Tragödie im stillen, und das alles sollte wie begraben sein und der Vergessenheit anheimfallen, aber eines Abends, es war der Neujahrsabend (zu Neujahr kommen hier frühmorgens Leute sogar bis ins Schlafzimmer und streuen, rieseln, werfen Saat, Körner und Erbsen und Gerste auf uns, vermischt mit Kornraden und Mohn, und dazu skandieren sie: »Viel Glück und Gesundheit und ein gutes neues Jahr!«), doch die Geschichte ereignete sich am Vortag, an Silvester. Da saßen sie abends beisammen, und das Gespräch kam unverhofft auf ihn, den fernen, verstoßenen, dem Vergessen anheimgegebenen, Bietas Träume kreisten immer noch um ihn, unbelehrbar. Wie sie mir das erzählten, konnte ich mir so richtig vorstellen, wie es in Bietas Brust und Schoß plötzlich aufwallte, wie ein Impuls sie überkam, ein Entschluß. Es war Abend, es war spät, aber das machte alles nichts, lange kurbelte man den Motor in dem alten Buick an, und in der dunklen Nacht fuhr man aus der vereisten Einfahrt hinaus, brach auf, um an den Ort zu gelangen, wo nur ein rotes Licht einsam in einem Fenster brannte, und daß er vergessen war und tragisch, hatte plötzlich gar kein Gewicht mehr, er saß in dieser Nacht einsam da (über Holzrechnungen?), und es war so romantisch mit dieser plötzlichen Wendung, der Weg zum Glück, und das alles fand in dieser Dezember-Januarnacht mit dem Seufzer einer plötzlich vom Überschwang erfaßten Brust sein Ende.

Wie hübsch war es, davon zu hören, aber da waren wir schon bei einem anderen Thema, es ging jetzt um Trefl, Trefl die Bulldogge, reinrassig und häßlich, mit einer eingedrückten Nase, die in den Falten der Hundeschnauze verschwamm, mit einem quadratischen Brustkorb und krummen Beinen, und darum, daß Trefl, der asthmatische Trefl, reizbar, nervös und hysterisch war wie ein Fräulein, darum, daß Trefl seufzte und eifersüchtig auf Frau Stasia fixiert war, daß er grollte, empfindlich, hysterisch, zitternd wie ein Welpe, Trefl der Einzige, der Wachsame, Trefl, der an Herzrhythmusstörungen litt.

Und dann ging es schon wieder um etwas anderes, es ging um Losie. Nur um Losie. Also nicht um die Lemken, die über die

Bieszczaden bis hierher ziehen, das ist ethnographisch unglaublich interessant, aber für die Lemken interessieren sie sich gar nicht, man redet nur von Losie. Dieses Losie, das ist ein einzelnes Dorf, eine Absonderlichkeit, eine Enklave, eine Insel, keiner weiß, woher die Leute von Losie kommen. Das Dorf liegt in der Nähe, ein Dorf voll sonderbarer Menschen, die in ihre Pferde verliebt sind, die Pferde züchten, Pferde stehlen und mit Pferden leben. Monatelang verdingen sie sich als Kutscher mit Fuhrwerken und Gespannen. Wie die Walfischer von Nantukket und New Bedford können sich die Leute von Losie rühmen, daß so wie jenen der ganze Ozean gehört, der die Erde umspannt, ihnen die ganze Welt gehört, über die die Räder ihrer Fuhrwerke rollen und die Hufe ihrer Pferde laufen. Die Leute von Losie mit ihrer Liebe zu Pferden.

Wovon redet man nicht alles an einem Frühlingsabend, vor dem knisternden Feuer im Kamin! Sogar von der Maul- und Klauenseuche, denn Frau Stanisława züchtete rote Bergrinder, die gegen alle Seuchen unvergleichlich resistent waren, aber trotzdem hatte man viel Mühe damit, und man redete von Weideland, Milchertrag, Blähungen, Spritzen, vom Kalben und der Rinderpest. Die Scheite verbrannten, nur die böse Gasflamme zischte noch und warnte, daß es Nacht wurde.

Bevor ich mich von Szymbark verabschiede, bevor sich die grünen Hügel hinter mir schließen und das Haus, die Bäume, die Erdölschächte von Wygnanka, der Fluß und die Brücke dahinter verschwinden, nehme ich eine kurze Gewissenserforschung vor und gehe in mich. Die ganze Sache ist so einfach und unkompliziert, in der Erinnerung wird sie aussehen wie eine Reihe von Ideogrammen, wie ein Muster. Es waren einmal drei Schwestern (oder vielleicht vier?), ein Haus, Bäume, Hügelkämme und -rücken, die Ruhe und Bewegtheit für sich lebender Menschen, doch muß man nur leicht daran rühren, nur mit dem Finger diese durchsichtige Kugel antippen, in der sie leben, und sie erklingt, sie erbebt, und in mir antwortet ein Widerhall. Man kann alles vergessen, nur eine Einzelheit behalten, einen kleinen Beleg, eine Katalogziffer, eine Garderobenmarke, die ich nur in der Garderobe vorzeigen muß, und sogleich bekomme ich mein ganzes Gepäck heraus, alles, was ich in der Ablage des Vergessens abgegeben hatte.

Nehmen wir zum Beispiel Janusz, January in seiner Gymnasiastenkappe, sechzehn Jahre alt, und ihm auf den Fersen die verliebten, benebelten, vor Liebe feuchten Blicke seiner Eltern. Etwas, was ganz für sich existiert, etwas ohne Geschichte und ohne Zukunft, was war und nicht mehr sein wird.

Als Beweis will ich heranziehen, wie wir, als die Szymbarker Kutsche mich zum Bahnhof nach Gorlice brachte und noch etwas Zeit blieb, anhielten, um einen der Soldatenfriedhöfe der schrecklichen Schlachten jenes Krieges zu besichtigen.

Irgendwo mitten auf diesem Friedhof stand ein einzelnes Denkmal aus Sandstein, der Sandstein war an einer Seite von Flechten schwarz geworden. Daneben wuchs ein Schneeballstrauch, eindeutig ein Schneeball, und umfing das Denkmal mit seinen Zweigen, als wollte er es selbstsüchtig in seinem alleinigen Besitz halten. Im oberen Teil des Denkmals war ein mit Lorbeerzweigen umkränztes Schwert oder ein Degen eingemeißelt. Die Augen suchten sogleich begierig nach einer Aufschrift, so wie es ja den Blick immer begierig und rücksichtslos zu Straßenaufschriften zieht, zu den Schlagzeilen einer Zeitung auf dem Straßenpflaster, zum Herstellungszeichen auf einem Gegenstand »Made in USA«, zu allen Buchstaben. D.O.M. stand da oder »Ci gît«, daß hier der Fähnrich Soundso in Frieden ruhte, ein aristokratischer Name Von Zu, und daß er siebzehn Jahre alt geworden war.

Was bleibt erhalten von einem solchen siebzehnjährigen Leben, dem da der Grabstein errichtet worden ist? Was konnte sich in diesem Zeitraum angesammelt haben? Wieviel davon war wirklich Leben gewesen, wieviel Traum im Kinderzimmer, wieviel Unruhe des Heranwachsens, die Routine vollgestopfter Tage, welche Träume hatten schon Gestalt annehmen können? Waren all die ungeduldigen Erwartungen, all die Schauder mit siebzehn vielleicht nur Bitterkeit gewesen, nicht mehr als ein Stich im Herzen, und als das alles plötzlich und ohne die Gelegenheit, etwas zu begreifen, aufhören sollte – wo blieb da Platz für das Leben? Es war gerade genug Zeit, um ihn einzuberufen, ihn mit einem Wort zu belegen, ihn mit diesem Wort von anderen zu unterscheiden, um diesem Wort eine entfernte Bedeutung zu verleihen, ihm dieses Wort wie eine Lanze mit Wimpel in die Hand zu drücken, ihn Fähnrich zu nennen und ihn aus Chaos und Zeit herauszurufen.

Ich schaute mich um, kehrte zum Grabstein dieses fremden Kindes zurück. Etwas dort machte mich empfänglich für einen Stimmungsumschwung, für Gedankenversunkenheit und Rührung. Wohl nicht die kalte Eleganz und die abgeschiedene Einsamkeit, in der er hier im zersplitterten Schatten der Blätter des Schneeballstrauchs stehen muß, im Herbstplüsch, in der Frühlingssonne, zwischen den grünen Hügeln, grün wie die Farbe, die eine Bäuerin anrührt, um Ostereier zu bemalen. Mir schien, als wäre mit diesem Stein meine eigene Jugend auf immer und unwiderruflich zugedeckt worden und bliebe damals wie jetzt fremd und unverständlich für mich selbst. Nur der Degen im Lorbeerkranz bezeugte diese Unwiderruflichkeit, wie ein Schlüssel, mit dem die Vergangenheit auf immer weggesperrt wurde und lebendig eingemauert blieb.

Madrigal für Anusia

Aber Anusia, kleine Anusia, Anusialein, das war vielleicht eine, und diese Begeisterung! Ich wollte es mir nicht eingestehen, ich fürchtete mich davor. Manchmal sah ich ihr heimlich zu, wie sie ans Fenster sprang, wie ihr Rock sich dabei wie eine Fahne ausbreitete, wie die Falten eines Chitons, und sie den Fuß so solid auf den Boden aufsetzte, als sei sie aus Marmor. Manchmal rutschte ihr eine Haarsträhne in die Schläfe, und die Wimpern senkten sich auf ihre Wangen, und sie wandte die Augen von dem ab, womit sie gerade beschäftigt war, und blickte sich um, und das war, als biege sich der Zweig eines Stachelbeerstrauchs.

Und ihre Hände und Arme, bis zum Ellbogen waren sie unschuldig wie bei einem Kind. Was sie auch in die Hände nahm, dem wurde ein ganz besonderes Glück zuteil, ganz gleich, wie trivial es auch sein mochte. Was sie in die Hand nahm, das wurde kostbar. Ihre Hände waren irgendwie besonders.

Einmal saßen wir am Strand, am Fluß Stryj, so ein Kleinstadtstrand ist das, geradezu lächerlich, Sand, ein bißchen Sand, mit den Dellen der Fußstapfen, die die Leute hinterlassen, und Gras, das in Büscheln wächst, und das wilde Flußbett des Stryj, ganz seicht, bis zur halben Wade, aber weiter hinten fällt es tief ab, so ein albernes zahmes Wasser, das Stecken und Stöckchen an Land schwemmt; Wasserweiden stehen am Ufer, und da, wo man an den Strand geht, sind Pfade ins Gras getrampelt. Und die zusammengewürfelte Menge der Badenden aus der Stadt, komisch ist es, und es hat nichts mit den Gepflogenheiten in anderen Bädern gemein, ulkige Kleinbürger und kleine Jüdinnen promenieren, die raffiniertesten Badeanzüge, so bunt, daß es in den Augen fast wehtut. In den Büschen zieht man sich aus, so gehört es sich am Stryj.

Ich liege da, und meine Anusia läßt aus ihren rosigen Händen Sand auf mich rieseln wie aus einer Stundenuhr und schüttet mich ganz zu mit dem weißen Sand. Ich liege da und sehe sie von unten, wie sie im Sand kniet, ihre Waden, unterhalb der Kniebeuge, rund und fest, und ihre Knie mit der fast weißen gestrafften Haut, und den Badeanzug, der sich eng um ihren Bauch spannt, und diese zauberhafte Vertiefung zwischen den Brüsten, wie eine Verheißung, und sie lacht, und als sie den Kopf vor dem aufgewirbelten Sand zur Seite wirft, geht ihre Wange fließend ins Kinn über, und die ganz unordentlich aufgesteckten Haare fallen kreuz und quer über ihren Hals und Nacken.

Ich selbst komme mir dabei so abstoßend und ordinär vor, daß mir das Blut vor Scham ins Gesicht steigt, ich denke insgeheim, daß das doch jeder, jeder sehen muß, daß ich mich zu so etwas nicht eigne, woher auch. Mich verblüfft meine eigene Schamlosigkeit, daß ich hier bin, bei ihr. Ich will mich ein wenig aufrichten, mich wieder fangen. Ich sage mir, so ist es eben, man soll sich nicht, ich soll mich nicht davon aus der Fassung bringen lassen, in ihr ist alles so glücklich zusammengetroffen, hat in diesen mädchenhaften, weiblichen, fraulichen Proportionen die Mitte gefunden, so hat es sich ergeben, und das mit den Haaren, nun ja, die Sonne bricht sich ja auch in tausend Farben des Regenbogens, und daß sie sich so gibt, nun ja, man weiß doch, wie das bei den Frauen ist, das geht doch wie geschmiert, also bleib gelassen.

Aber Anusia läßt den Sand rieseln; wo er sich sammelt, bildet sich ein kleiner Hügel, ein Kegel, rieselig und kläglich, unstet, aber es wird immer mehr, und meine Beine sind zugeschüttet, und ich fühle den Sand unter den Armen, unter einem Hügelgrab verschüttet liege ich.

Mir wird fast angst, und ich will mich dagegen wehren, irgendein, wie heißt das noch, wie nennt man das noch – so ein Instinkt befiehlt mir, mich plötzlich dagegen zu sträuben. Denn wenn ich mich zu sehr »engagiere«, wenn ich mich darauf einlasse, wenn mir das, verdammt noch mal, unter die Haut geht, was mache ich dann? Wo werde ich dann enden? Wohin soll ich den schwankenden Kopf wenden, wenn Krise und Umbesinnung kommen, wenn es in ihrem Lächeln keine Grübchen mehr gibt und diese zauberhaften Kinderhände an meinem Zwerchfell reißen, mir die Gedärme, die Leber, die Milz herausrupfen und -zerren und -schleifen, um mir das Herz herauszureißen. Hüte dich vor Anusia!

Aber Anusia lacht breit bis zu den Backenzähnen und ahnt nichts von meinen Lästerungen und meinem Verdruß. Nichtsahnend hat Anusia übrigens auch ganz recht, wie immer, wozu auch jetzt, jetzt, da alles anders ist, mit Sonne und Wasser und Lachen, wozu jetzt ein solcher Ausflug, eine Reise ins Mögliche, Andere, Unwahre, Schreckliche. Wie immer ist bei ihr alles wunderbar und einzig, so und nicht anders. Das bestätigt mir wieder, wie wenig ich zu ihr gehöre, wie grob ich bin, so neunmalklug und ihrer nicht wert. Und mich überkommt wieder das wütende, heftige, demütigende Gefühl, wie sehr ich ihrer nicht wert bin.

Aber manchmal wiederum meine ich, daß ich mehr wert bin, und sei es auch nur deshalb, weil ich mehr verstehe, weil ich universaler bin. Denn Anusia, die kleine Anusia ist ja nur regional, regional in ihrer Weiblichkeit. Das ist ein Paradox, aber so ist es, trotz all ihrer Gaben, trotz ihrer beispiellosen Flinkheit, ihrer phantastischen Talente, ihrer Fähigkeit, sich anzupassen. Sie hat immer eine treffende Antwort bereit, und ich kaue an meiner Bitternis oder Wut, als hätte es mir die Sprache verschlagen, oder die Freude zerspringt mir einfach in der Hand, und ich sitze trüb und düster da und weiß nicht, wie ich es sagen soll, aber Anusia schießt die Worte heraus und lacht auf, ersprießt vor Lachen.

Sie ist doch so einseitig in ihrer ganzen gelungenen Weiblichkeit. Es liegt etwas sehr Beschränktes, etwas Endliches darin, und wenn ich an diese Endlichkeit rühre, ist es, als stieße ich mit dem Kopf an eine Wand. Sie ringelt sich zu einem Kreis wie eine Schlange, zu einem Ring, sie geht aus sich selbst hervor, das bringt mich zur Raserei. Sie ist wie Io, die göttliche Kuh, die tritt und schreitet, das ganze dorische und ionische Meer umschreitet, wohlgestaltet und kuhhaft, sanft und endlich, Io von jenseits der Wiesen und Bäche.

Auch hier ist sie beschränkt, denn sie kann mich nicht verstehen, sie bringt es nicht fertig, sie bringt es nicht einmal fertig, etwas zu ahnen, sie ist immer dieselbe. Deshalb wird es sicher zu Ende gehen, und es wird mir leid tun, ach, wie wird es mir leid tun. Aber ihr wird es nicht leid tun, denn das liegt in einer anderen Dimension.

Und wie soll ich sie nun fassen, wie sie ergreifen, meine Io, wenn sie flieht und mich dabei mit einem Hagel aus Ösen, Druckknöpfen, Döschen und Stopfen von Eau-de-Cologne-Flaschen überschüttet. Wie soll ich sie fassen, wenn sie mir zwischen den Händen entschlüpft, verschwitzt in ihrem weiblichen Schweiß, nach Moschus und Straßenbahnfahrscheinen duftend. Wo soll ich sie festhalten, wenn sie zwischen meinen Händen die Besinnung verliert und ihre Haare mir in Mund und Augen geraten? Was soll ich ihr geben, was ihr aufgeben, damit sie sich verwandelt, wenn sie wie eine Raupe in ihrer Tarnung verschwindet, die sich als Hintergrund gibt, als ein Fliederblatt, eine Wickenblüte, Ruß aus dem Kamin oder eine zufällige Glasscherbe.

Sie betet, und ich beneide sie geradezu um diese Gleichgültigkeit des Gebets, diese Konzentration auf sich, als betete sie zu sich selbst.

Sie sagt die Wahrheit und sagt sie nicht, auch wenn das, was sie gesagt hat, woran sie sich berauscht hat, wenn das die wahrhaftigste Wahrheit ist, ist es trotzdem die Unwahrheit, die Wahrheit selbst ist zu leicht, um als Wahrheit ausgesprochen zu werden, und deshalb zu schwer, und es ist leicht, so leicht zu meinen, daß es die Wahrheit ist. Die Wahrheit ist schwer, sie ist beinahe unaussprechlich.

Sie lacht, und ihr Lachen ist wie ein aufgedrehter Leierkasten. Sie lacht mechanisch, denn irgend etwas in ihr kitzelt und kurbelt, aber wenn ich stehenbleiben würde, wenn ich den Mut hätte, sie anzusehen, sie mit dem Blick zu bannen, dann würde ihr die Schamröte ins Gesicht steigen.

Deshalb ist das alles zwischen uns nur Schein und auf Sand gebaut. So wie dieser Sand, der aus der Hand rieselt und mich zuschüttet. Wir passen uns vielleicht einander an wie eine Form und das, was sie umgibt.

Manchmal spielen wir Tennis, obwohl unser Tennisspiel dort auf dem Tennisplatz zwischen den ehrwürdigen Kastanienbäumen zum Schieflachen ist. Ein wenig schäme ich mich dieses unschuldigen Snobismus, meiner Unfähigkeit, meiner prätentiösen Aufmachung in Tennisschuhen und mit einem Slazenger-Schläger, aber in Anusias Begleitung hat man keinen Grund, sich zu genieren, sie verleiht Stil. Wenn sich die kleine Anusia bückt, um ihre Schuhbänder zu binden, dann schlägt ihr Faltenrock hoch, und das Blut schießt ihr in die Wangen. Dann gibt sie einen energischen Aufschlag und stürzt zu dem herüberhüpfenden Ball, erwidert und lacht zurück. Ich bin zwar ein arger Stümper, aber manchmal gelingt es mir doch, den Ball so zu schlagen, daß sich meine Dame quer über den Platz strecken muß, aber ohne Erfolg, und mich überkommt dann eine sagenhafte Zufriedenheit, daß ich sie bezwungen, sie unterworfen, ihrem rosigen Körper in der Sonne Gewalt angetan habe, und das Herz bleibt geradezu bei angehaltenem Atem stehen.

Es ist herrlich und köstlich, und besonders auf dem Geviert des Tennisplatzes, von der Welt mit Maschendraht abgegrenzt, kann man alles vergessen, die Welt ist auf der anderen Seite, und wir sind allein, nichts, niemand sonst ist dort, wo wir von diesem gleichmäßigen Rechteck umschlossen sind, nur wir, wir allein sind da, und alles dort drüben ist wie mit dem Messer abgeteilt. Das Drüben zählt nicht, es gibt es nicht. Es ist eine künstliche Abgrenzung, aber es ergibt sich so, daß sie günstig ist und zur Genugtuung beiträgt. Immer wenn ich mit ihr dort war, habe ich solche kleinen, Genugtuung bereitenden Situationen erlebt. War der Himmel wolkenlos, erschien er in ihrer Anwesenheit noch strahlender. Hatte man Durst, schmeckte das Bier in ihrer Anwesenheit zweimal so gut. So war sie eben.

Dann sind wir müde und sitzen zusammen auf der Bank in einer Ecke am Zaun und sind wieder glücklich, es ist wieder schön mit ihr, keine neuen Spieler sind aufgetaucht, und die viereckige Welt gehört uns. Ich reibe mir ein Auge, denn wir haben das Spiel unterbrochen, weil mir Anusia mit soviel Schwung den Ball ins Auge geschlagen hat, daß ich Sternchen sah und es sehr weh tat. Es tat so weh, daß ich nicht einmal Zeit hatte, mich über mich selbst zu ärgern, denn was war das für eine ungeschickte Position gewesen, direkt in der Schußlinie des Balls hatte ich gestanden. Na ja, so bin ich nun mal, es geht bei mir nicht so glatt wie bei anderen, ich stelle mich immer in die Schußlinie. Sie kam direkt ans Netz gelaufen, ganz außer Atem war sie, und vor lauter Sorge sah sie jetzt selbst schon Sternchen, und um sie zu beruhigen, lächelte ich säuerlich und sagte, es sei gar nichts passiert.

Jetzt sitzen wir da, ich reibe mir das Auge, in Wirklichkeit ist auch gar nichts passiert. Anusia gräbt mit dem Fuß eine Kuhle in die Erde, sie beugt sich wieder vor, ihr Nacken, ihre Schultern.

Sie ist in Gedanken versunken, hat die Stirn gerunzelt, und plötzlich durchfährt es mich: »AN WAS MAG SIE DENKEN ...«, und dann sage ich mir: Das ist doch nicht wichtig. Ich sehe sie doch hier und dort, wir sind zusammen, und danach ist sie weg, sie geht fort, denn sie hat ihre weiblichen Angelegenheiten, es gibt ja tausend dumme, alltägliche Angelegenheiten, und wenn sie zu mir kommt, dann allein meinetwegen, und das andere spielt dann keine Rolle. Wie eine Nixe, die zur bestimmten Stunde erscheint, aus dem Teich steigt, wobei hier in dieser Metapher das Wasser für diese unbestimmte Welt der vielen kleinen, unwichtigen, aber unvermeidlichen Dinge steht. Und ich schäme mich, daß mir die große Frage, an was sie wohl denken mag, eigentlich gar nicht wichtig ist. Ich schäme mich, weil mir das gleichsam die Unwichtigkeit der ganzen Sache offenbart. Daß ich Anusia, dieses Wunder, dieses facettenreiche und herrliche Schauspiel in meiner Gleichgültigkeit auf eine Rolle reduziere, auf ein Schema, eine Maschine, als ob alles in Ordnung wäre, kein Anlaß zum Nachdenken, so ist sie eben, alles in ihr funktioniert gut, sie hat die Intelligenz einer Rechenmaschine, Reaktionen, die so korrekt und klangvoll sind wie bei einem gut geölten Automaten, so ist sie einfach.

Daß sie mich manchmal mit ihrer zauberhaften Naivität in Verlegenheit bringt, das ist auch in Ordnung, gewiß, denn das ist das beste daran, wenn sie sich wundert oder auflacht, das ist so einzigartig an ihr.

Mich beschäftigt die Frage, was sie ist, was für eine Person, wer ist Anusia? Als ich sie das erste Mal sah, noch bevor ich sie kennenlernte, vielleicht war es im Vorübergehen oder auf dem Bahnhof, verflixt noch mal, ich weiß doch tatsächlich nicht mehr, wo ich sie das erste Mal gesehen habe, aber bestimmt war es so, daß mir vor allem ihre Figur auffiel, oder ein Teil ihrer Figur, der mir ganz normal in die Augen sprang, vielleicht sah ich ihre Waden, als sie aufs Fahrrad stieg, und das Tuch, das ihr auf die Schultern rutschte, und eine Haarsträhne. Das ist ganz normal, wenn man ein Mann ist und von der Weiblichkeit begeistert. Und dann war es wohl so, daß alles an ihr so wohlgeraten und so aus einem Guß war. Und danach, irgendwo hab ich sie dann kennengelernt, wahrscheinlich über die rothaarige Freundin, und wir standen Auge in Auge, und da war es die Art, wie sie den Kopf neigte, und natürlich auch diese bemerkenswerten Hände und Arme, die in aller Unschuld bis zu den Ellbogen hinauf schmutzig waren.

Sie muß auch damals etwas Treffendes und Witziges gesagt haben, ob es nun gescheit war oder dumm, vielleicht hat sie gesagt, daß sie »auf die Behörden pfeift«, oder etwas weniger Triviales, vielleicht hat sie, ohne nachzudenken und zu überlegen, etwas so Treffsicheres gesagt, daß man doch unwillkürlich innehielt und sich fragte, Teufel noch mal, wer hat ihr das zugeflüstert?

Danach sind wir einmal einen trinken gegangen. Sie verstand es, den Fuß auf die Stange am unteren Rand der Theke zu setzen und, bevor sie ihr Glas leerte, aus halbgeschlossenen Augen zu blicken oder freundschaftlich und passend zu lachen, während ich, wütend auf mich selbst und verlegen, nicht wußte, ob ich es mir an diesem Abend leisten konnte, sie zum Tanzen einzuladen.

Sie sang eigentlich nie, aber dann gab sie bei irgendeiner Gelegenheit mit solcher Selbstsicherheit etwas von sich und mit einer so reinen Stimme, die vor lauter Richtigkeit ganz unpersönlich klang, es war eine Art Volkslied, das sie sang, aber nicht aus unseren Breiten, sondern aus der Miechówer Gegend.

Lilien wachsen im Gärtchen, hinter dem Gärtchen Salbei,
Die Mädchen sitzen und flechten, flechten Kränze fein
aus Rauten aus Rauten aus Raaauuuten ...

Später erzählte sie mir, sie hätte angefangen, Medizin zu studieren, es aber aus gesundheitlichen Gründen aufgeben müssen.
Wie gesagt, einmal sang sie mit reiner Stimme, ein Volkslied, aber das soll nicht heißen, daß sie andere typisch weibliche Angewohnheiten gehabt hätte. Sie hatte weder etwas vom Dämchen mit den Händen im Schoß und Schmollmund noch von dieser schablonenartigen Koketterie junger Fräulein, sie war auch kein Typ für »Mädels sind eben so, hocken immer zusammen«, mit ihr gab es kein Händchenhalten beim Spazierengehen im Park, keine Telefonate, sie ließ nicht alles stehen und liegen, sobald das Telefon klingelte, keine mißlungenen Fluchtversuche auf Knopfdruck, kein Gezwinker, keine überspannten Anwandlungen, weder Angst und Zurückweichen noch Frauenzimmerei, Pingelei und Jiddelei: Etwas an ihr war so anders, daß es fast farblos erschien, aber das ist auch wieder ein Paradox, denn gleichzeitig war Anusia wie ein Gewirr bunter Bänder und wie ein Spiel.
Schneide sie dir aus, fein ziseliert, roll ihr Bild in deinen Händen wie Ton, und doch wirst du nie ein ganzes Bild haben. Das liegt bestimmt nur an mir, weil es mir nur so vorkommt, daß sie so ist. Manchmal hätte ich Lust, die Augen, denen ich nicht traue, zuzumachen und wie ein Blinder mit den Händen über ihr Gesicht zu tasten, um es wirklich zu kennen, um sie wirklich zu erlernen, ich habe das Gefühl, daß sie wahrhaftiger ist, wenn sie durch Berührung erkundet wird, daß sie »ertastbar« wäre, ich wüßte dann, daß es sie gibt. Anstatt ihre Stimme zu hören, würde ich manchmal gern die Hand auf ihren Kehlkopf legen,

wie es die Stummen machen, um das Zittern ihrer Kehle zu erspüren, ihre Stimme in die Hand zu nehmen und wie eine aufgeschreckte Taube zu halten. (So zauberhaft Anusia auch sein mag, es graust mir doch ein wenig davor, die Hand auf ihren Kehlkopf zu legen, auf diese lebende Harfe.)

Der Tag des Idioten.

Meine Anusia ist wie ein Jahrmarkt. Alles dreht sich mit ihr und ist voller Lachen, alles ist mit Flaggen, Wimpeln und Girlanden verziert. Überall ist es interessant, doch gleich zieht es einen weiter, denn da raschelt eine Affiche am Zaun, tanzen die Lämpchen wie Perlen an der Schnur, trappelt es wie auf den Brettern einer Bühne, hüllt uns wie Flügel der Schatten des Zeltes ein, wo aus den Händen gelesen, aus Kristallkugel und Kaffeesatz die Zukunft vorhergesagt wird. Aber schon springen wir wieder ins Freie, und überall ist etwas verheißen, und überall winkt Lachen und das Tirili der Musik. Meine Anusia, die ist Clown und Kunstreiterin im Trikot und eine sentimental auf der Gitarre geklimperte Ballade im Schatten von Kastanien. Meine kleine Anusia, die ist auch ein Panoptikum kurioser Gestalten, wenn man den Mut hat, sie anzuschauen, Dame mit Bart, Menschenäffin. Anakonda, vier Zentner Lebendgewicht (denn sie liegt mir schrecklich auf der Seele, hängt mir wie ein Mühlstein am Hals), tätowiertes Monstrum, ein Unikum, Madame Viola und Tierbändigerin.

Einmal habe ich auf dem Jahrmarkt einen Idioten gesehen. Einen Idioten, einen Schwachkopf, einen Blöden, den man an der niedrigen, gefurchten Stirn erkannte, an den dicht über der Kopfhaut abgeschorenen Haaren, den mongoloiden, aufgedunsenen Gesichtszügen, der nachlässigen, aber sauberen Kleidung, den gekrümmten Schultern und vor allem an seinem verschlagenen, idiotischen Lächeln. Dieser Wasserkopf, dieser Hydrocephalos streifte mit großem Vergnügen, doch auch unsicher und voller Mißtrauen durch diese phantastische Welt. Seine bemühten Betreuer hatten ihren Schutzbefohlenen und Liebling mit Taschengeld, ein paar Münzen ausgestattet, und jetzt wanderte er durch diese wirbelnde Budenstadt mit der

Vorsicht und dem Bedacht eines Philisters und Kleinbürgers. Er fuhr eine Runde auf dem Karussell, genehmigte sich eine bunte Limonade, blieb am Glücksrad stehen, trotz seiner Idiotenwürde ließ er sich von einer kleinen Eisenbahn durch Tunnels und über Brücken fahren und klopfte sich sogar den Staub von den Knien nach einer Partie auf der Rolltreppe. Die ganze Zeit mit gerunzelter Stirn, verschlagen in sich hinein lächelnd, allein, ohne eine Ahnung seiner Einsamkeit, listig, lächelnd übertrumpfte er sich, wenn er so allein, idiotisch, mißtrauisch lächelnd den Rahm des Vergnügens von oben abschlürft, inmitten der lärmenden, vergnügten, trillernden, zwitschernden Kinderscharen, allein, idiotisch, mißtrauisch lächelnd, ohne die Qualen, Krämpfe und Hysterien der Freude.

Wenn ich jetzt durch Anusias Jahrmarkt streife, wenn ich an die Verrücktheit, die Musik, die Trommeln, Pfeifen, Schnarren, Lauten, das Singen, die krähenden Hähne, die heulenden Sirenen, das Konfetti, die Feuer, die chinesischen Laternen ihres Jahrmarkts denke, dann kommt es mir so vor, als wäre ich dort mit der verfluchten Anmut und den buckligen Schultern des Idioten umhergelaufen. Bis heute kommt es mir so vor, als ob ich auf dem Gesicht die erstarrten Furchen des idiotischen, listigen, neunmalklugen »wir-haben-einen-Mordsspaß«-Lächelns eines Idioten spüre.

So war es immer mit Anusia, sie war immer sie selbst, und ich wurde immer ein anderer. Mal mache ich mich zum Idioten, mal zum Impotenten, und dann wieder zu einem Borotra, immer stehe ich quer und schief zu ihr. Verdammte Verstellerei.

Und sie trägt daneben ihre einzigartige, geniale Weiblichkeit zur Schau, ihre Mädchenhaftigkeit, ganz echt, man möchte meinen, daß sie der Maßstab ist, an dem ich alles messe. Einerseits »meine Mascha sitzt am Samowar«, andererseits *smart as a whip*, Landpomeranze und Komsomolzin von der Krakauer-Vorstadt-Straße und Rabbinertochter. Es wollte mir aber nicht gelingen, es funktionierte nicht. Wenn ich jetzt darüber nachdenke, wenn ich mich zwinge, fällt es mir wirklich schwer, eine

Antwort zu finden. Sofort stürmt eine Unmenge fertiger, vorge-faßter, angelernter Vergleiche, Parallelen und stereotyper Umschreibungen auf mich ein. Was mir auch einfällt, sogleich drängt sich mir ein Wort wie »Infantilismus« auf oder die ausge-zupften Wimpern von Greta Garbo oder das »Ich bitte um Gehör« auf einer Versammlung der »Odrodzenie«.

Und jetzt, da ich aus Schaden klug geworden bin, weiß ich auch nicht mehr. Vielleicht war es der Schock im Spätstadium der Adoleszenz, sozusagen hier bin ich, und das da ist ein Mädchen. Hier bin ich, und da ist etwas Seltsames, Unerklärliches, unsere Großeltern wußten nicht mal, wie sie das benennen sollten, sie sprachen irgendwie so unbestimmt davon, sie sagten, das Jung-fräulein und das Jungfräuliche, das stürmte hinaus, brach in Tränen aus, ließ die Haare im Wind wehen, aber wozu diese Unbestimmtheit, ein Mädchen ist schließlich ein Mädchen! Was hat sie da so gehemmt, was für eine Scheu hatten sie. Und wie haben mir diese Scheu und Hemmung zugesetzt.

Sie ist gleichsam so, wie sie ist, denn so ist es nun mal. Sie neigt den Kopf, und im Nacken ringeln sich ihre Haare, der Nacken geht in die Schultern über, die Schultern in den Rücken. In die-ser Neigung, in diesem Bogen liegt soviel Ausdruck, es ist ein ganzer Strang von all dem, das mir bedeutend und unbegreif-lich erschien. Manchmal läuft ein Zittern darüber hin, wie vor Grausen oder Angst, wie durch die Baumwipfel vor einem Gewitter. Wie ein Krampf, als wäre sie vor etwas erschrocken, so daß mir ganz merkwürdig wird, und ich gehe um sie herum und schaue ihr ins Gesicht, was ist los? Aber sie hebt die Augen verwundert zu mir auf, was ist los? Und ich sage nichts, tue so, als wäre nichts! Aber vielleicht hätte man sie um diese Schultern fassen sollen und festhalten und fragen, vielleicht war wirklich etwas los, vielleicht wartete sie gerade darauf? Und ich, ich Esel hatte Angst, daß ich damit Schwäche zeigen könnte. Alles maß ich an ihrer Art, daran, daß sie kreiselte wie eine Spindel. Viel-leicht mochte es als ihre Schuld erscheinen, daß sie so tat, als sei sie ein wirbelnder Kreisel. Aber damit würde man die Schuld ja auf sie abwälzen, und dabei müßte es doch anders sein.

Wir sitzen zum Beispiel in einer Bar und trinken ein Gläschen. Anusia sieht mich an und lacht, und ich lache, aber das ist nicht die Wahrheit! Ich habe schon den Finger ausgestreckt, habe schon angefangen, damit durch die Luft zu fahren, um mir die Frage vorzuzeichnen, bevor ich sie ausspreche – aber nichts, gar nichts tue ich! Und Anusia, voller Würde, fragt nicht einmal und nimmt mein »Herr Staś, geben Sie uns noch was aus der Flasche da!« einfach hin.

Dann flicht sie zum Beispiel ihre Haare zu einem Zopf, und schon weiß ich nicht mehr, wo mir der Kopf steht, die Zöpfe verjüngen sich hübsch, sind dick, wo sie hinter dem Ohr ansetzen, und verjüngen sich dann, irgendwie fett vor Straffheit und Kompaktheit. Dann läuft der Zopf weiter, legt sich um ihren Kopf, windet sich darum und steckt fest. Das ist so ganz anders, so ungewöhnlich und besonders, daß allein durch das Anschauen alles übrige zum Verschwinden gebracht wird. Das will ich nur als Beispiel bringen, als Überlegung. Wenn ich nachdenke, wenn ich mir gleichsam diesen Zopf der Veranschaulichung um den Gedanken winde, dann ist es, wie wenn ich mir den Zopf um die Hand lege. Anusias Zopf ist etwas so Solides, daß man nur daran zu denken braucht, und schon ist für nichts anderes mehr Platz. Scheinbar solide, aber aufs Nichts zusammenschrumpfend.

Oder zum Beispiel, ihr fällt etwas aus der Tasche, ein Mädchenzettel rutscht heraus, eine Notiz auf einem Zettel, aus dem Notizbuch gerissen, und ihre Schrift, schräg und weiblich, anders als meine, anders als irgendeine Handschrift, die ich kenne, und es ist egal, ob ich diese triviale Notiz lesen kann, vielleicht ist es ein Zettel aus der chemischen Reinigung, vielleicht die Telefonnummer und Adresse von Bekannten, vielleicht der Titel eines Buchs, das sie lesen will, ihre Schrift ist wie Hieroglyphen, wie eine unleserliche, unverständliche Inschrift auf einem Stein, der im tropischen Urwald entdeckt wurde, wie Runen, die sich der Gutsaufseher ins Holz kerbt, wie Chiffren und Scharaden.

Oder zum Beispiel, sie setzt ihren Fuß, wie wir schon erwähnt haben, sie setzt ihren Sportschuh auf die Stange am unteren Rand der Bar, einen eleganten Schuh, der seinen Chic und Stil hat, fast neu aus dem Geschäft ist das Paar, aber sie hat die Spitze schon leicht abgestoßen und ganz mikroskopisch auch den Absatz, solide wie ein Kothurn, und es wundert mich, wo sie sich damit schon herumgetrieben hat, auf welchen Wegen, was für eine Rastlosigkeit sie dazu bringt, gestern hier und vorgestern dort gewesen zu sein, so wie ich sie kenne, ist alles bei ihr wichtig und richtig, woher also diese Rastlosigkeit. Sie ist doch in allem das Gegenteil von mir. Ich kann nie sagen, was für mich am wichtigsten ist, ich kann mich nicht entscheiden, ich bin nie sicher, daß das, was ich im jeweiligen Augenblick habe, das Wichtigste und Erhabenste ist.

Deshalb verwundert und verschüchtert mich diese Andersartigkeit in allem, in Geschlecht, Charakter, Glanz der Augen, den Bewegungen der Hand, der Neigung des Kopfes. Was für eine verteufelte Antithese! Nun ja, sage ich mir, so soll es ja sein, *les contradictions se touchent*, wie es heißt, oder so ähnlich, diese Exogamie bei allem, was ist daran so verwunderlich?

Einmal hatte ich ein ganz seltsames Erlebnis. Ich war zu Hause, aber nicht bei mir, sondern bei einem Bekannten, im Stockwerk über mir. Meine Fenster gingen auf den Hof, aber aus der Wohnung meines Bekannten schaute man auf die Straße, sie lag sehr hoch, eine Mansarde, und um die ganze Straße zu sehen, mußte man sich weit hinauslehnen, geradezu halsbrecherisch. Mein Bekannter war nicht da, aber wie üblich konnte ich mich bei ihm ganz wie zu Hause fühlen.

Ich bin also dort und höre in der Stille des Hauses meine Wohnungsklingel. Jeder Mieter hatte unten seine eigene Klingel. Um mir den Gang zur Tür zu ersparen, lehnte ich mich oben aus dem Fenster, wollte sehen, wer dort klingelt. Es war Anusia!

Ich hatte sie gar nicht erwartet, und nichts hätte ich jetzt lieber gewollt, als sie zu sehen. In meiner halsbrecherischen Stellung aus dem Fenster gebeugt, zitterte ich vor Erregung über diesen erfüllten Wunsch. Und damit hatte es sich. Ich brachte es nicht fertig, mich vom Fenster zu lösen. Ich hätte nur hinunterlaufen und die Tür weit öffnen brauchen. Ich hätte nur rufen, von dort oben »Anusiaaa! …« schreien und ihr ein Zeichen geben brauchen. Aber nichts. Die Klingel schrillte nach einiger Zeit noch einmal. Und ich wie blöd dort oben, als ob ich sie schamlos und lüstern belauern wollte wie Susanna im Bade, dabei gab es bei Gott ja nichts zu belauern, ich sah nur ihren grauen Hut, den ich nicht kannte, und die Hand im Handschuh auf dem elektrischen Klingelknopf.

Das dauerte nicht lange. Dann wandte sie sich ganz ruhig von der Tür ab und ging in Richtung Straßenbahnhaltestelle. Ich sah von oben, wie sie dicht am Rand des Trottoirs ging, es sah aus, als hielte sie den Kopf gesenkt, obwohl sich das von oben schlecht feststellen läßt. Sie war völlig gleichgültig. Sie ging dahin, ohne sich noch einmal nach der Tür umzudrehen. Plötzlich wollte ich ihre Gedanken erraten. Was mochte sie denken? Sie hatte etwas Sonderbares an sich, etwas Bekanntes und Vertrautes, aber was war es? An was mochte sie denken? Was für eine Ähnlichkeit mochte das sein? Und plötzlich stand ich ganz baff da, denn mir wurde klar, daß das nicht sie war. So war sie nie gewesen. Sie ging immer so, als ob sie an dem Ziel, auf das sie zusteuerte, irgendeine Erleuchtung erwartete oder eine Wiedersehensfreude oder das achte Weltwunder. Als lenkte sie mit ihren Bewegungen Scheinwerfer in jede Richtung, die sie einschlug, wie ein Auto mit voll aufgeblendeten Lampen. Wem sah sie ähnlich? Und dann die plötzliche Erleuchtung, daß ich das selbst war. Ich ging doch immer so nah am Bordstein, was meine jeweiligen Begleiter auf Spaziergängen regelmäßig ärgerte. Ich war es doch, den nie etwas erwartete, jeder sah gleich, daß mich da, wo ich hinging, nichts erwartete, so ging niemand, der erwartet wurde.

Ich wollte rufen, es war höchste Zeit, trotz des Straßenlärms hätte sie mich noch hören können. Ich hätte nur »Anuuusiaaa!« rufen brauchen, und sie hätte sich umgedreht, einzigartig, wie sie war, und wäre gerettet gewesen. Aber das brachte ich nicht fertig. Über das Fensterbrett hinausgereckt, schaute ich ihr hinterher. Da geht sie an der Bordsteinkante entlang, weicht einer

Laterne aus und ist schon wieder scharf am Rand des Trottoirs. Jetzt sehe ich, daß sie den Kopf gesenkt hat. Noch ist Zeit, noch kann ich hastig nach unten rennen und an den Häusern entlang. Aber ich sehe ihr hinterher, als schaute ich mir selbst von hinten zu, wie ich meines ziellosen Weges gehe. Rasch! Noch ist Zeit! Das sagt sich leicht, aber es sind nur Worte. Was heißt denn rasch? Was heißt denn – noch ist Zeit?

Ich trat vom Fenster zurück, ging durch die alberne, fremde, gleichgültige Wohnung und wußte selbst nicht, was los war. Ich stellte mir die Frage: Was war das? Alles an ihr war so anders, alles war so mädchenhaft, weiblich, energisch, zielstrebig, phantasievoll, und was hatte sich geändert? Hatte ich mich selbst belogen, oder was war es?

Was war es?

Eine gute Weile später stürmte ich Hals über Kopf die Treppe hinunter. Die Straße war leer, ich lief noch bis zur Ecke, aber da war niemand mehr.

Das war das Ende der Geschichte. Offen gestanden gab es noch etwas, eine Episode, aber die war jämmerlich und peinlich. Ihre rothaarige Freundin rief mich an, »Um Gottes Willen komm, sie tut sich sonst etwas an ...«

Weniger aus eigener Sorge, als von der aufgeregten Stimme der Rothaarigen getrieben, fuhr ich mit der Straßenbahn dorthin, wo sie allein lebte. Ich klingelte, keine Antwort, ich also durchs Tor, sie wohnte im Parterre, man ging durch die Küche vom Hof aus hinein, die Tür war immer offen. Ich rannte durch Küche und Flur, im Wohnzimmer war sie nicht, die Tür zu dem kleinen Zimmer ist zu, verschlossen? Ich drückte nur einmal dagegen, und sie gab nach, denn der Riegel war unten nicht vorgeschoben.

Da hatte sich meine Anusia den Toilettentisch in die Mitte des Zimmers geschoben und stand schwankend darauf, versuchte einen Seidenstrumpf an einem Haken an der Decke festzubinden. So wie sie stand, hob ich sie vom Tisch und setzte sie in den Sessel. Alles in mir krampfte sich zusammen, ich bekam kein Wort heraus, hatte Angst, ich müßte mich übergeben. Und

Anusia verlor völlig die Fassung, und schniefend weinte sie bitterlich auf den Kragen meines Hemdes, sie weinte und weinte, und ich wußte nicht, was ich mit ihr anfangen sollte. Mir war grauslich und seltsam zumute, sie tat mir verdammt noch mal leid, und mir war angst wegen dem, was hätte passieren können, und zum Lachen wegen des Seidenstrumpfs, aber das alles zusammen war sehr oberflächlich.

Aber das war das Ende, nur um den Schein zu wahren, gab es dann noch so eine Szene. Diese Szene bei Lintner im »Oberstübchen«, im Frühstückszimmer, da hatten wir uns für ein letztes Treffen verabredet. Unglücklicherweise war es nach dem Mittagessen, und das war schon irgendwie falsch, denn da oben wurde nur zu Mittag serviert, und da es schon nach Mittag war, sah man uns nicht sehr gern. Ich ließ mir ein Bier bringen, einen Krug auf einem Bierdeckel, und Anusia sagte:

»Einen schwarzen Kaffee, bitte.«

Aber sie ignorierten ihre Bestellung demonstrativ, ich trank von meinem Bier, aber es war bitter. Anusia strengte sich nach Kräften an, mich zu siezen.

»Bitte bestellen Sie mir einen Kaffee.«

Anusia, kleine Anusia, sage ich, das ist doch unmöglich, das ist irgendein schlimmes Mißverständnis, ich weiß nicht, was ich mir ausdenken soll, und zuletzt werde ich mit diesem Mißverständnis davonfahren.

»Bitte einen kleinen Schwarzen.«

Weißt du noch? würde ich gerne zu ihr sagen. Aber nein, ich schäme mich, soll ich sie daran erinnern, wie sie mich mit Sand bestreut hat, wie sie mich am Strand des Stryj zugeschüttet, im Sand vergraben hat? ... Daß wir so oft zusammen ... Alles, was war, das war doch, es ist jetzt nicht mehr ... Jetzt sitzen wie bei Lintner im »Oberstübchen«, ich habe einen nagelneuen maßgeschneiderten Anzug an, frisch von der Nadel bei Lopatowski gekauft, sehr schick, und ich geniere mich wegen dieser neuen eleganten Kluft, sie kommt mir wie der Ornat vor, der den Verurteilten angelegt wird, die zum Autodafé geführt werden, zur Verbrennung auf dem Scheiterhaufen ...

»Kann man hier keinen Kaffee bekommen?«

Plötzlich wird mir schwindlig, mir wird irr bei dem Gedanken, der mich durchfährt, daß es das letzte Mal ist, daß es nichts wiedergutzumachen, nichts wiederherzustellen gibt, ein schrecklicher Jammer, aber was denn, vielleicht ist das nur eine ganz idiotische Gewohnheit, vielleicht wird mir einfach das Vorgestanzte, das Geleier dieser aufgeputzten Leidenschaft fehlen?

So war es, als wir uns zum letzten Mal sahen, bei Lintner im »Oberstübchen«, als ich sie verließ, ohne mein Bier ausgetrunken zu haben, als sie endlich ihren kleinen Schwarzen bekam, als ich den neuen maßgeschneiderten Anzug von Lopatowski trug, als ich aufstand und wir steif und merkwürdig Abschied voneinander nahmen, und danach habe ich sie nie wiedergesehen ...

Regen

Manche Dinge bleiben einem das ganze Leben lang in Erinnerung.

Ich erinnere mich zum Beispiel an einen Regen. Ich mußte einen Tag lang an diesem fremden, mir bisher völlig unbekannten Ort verbringen, den ganzen Tag war ich da, und den ganzen Tag regnete es, und erst am Abend hörte es auf.

Ich kam am Morgen an, es war früh, und es regnete schon, als ich ankam. Es war Sommer und warm, und eigentlich war nichts an jenem Tag auszusetzen, bis auf den Regen. Es war grün, das helle Grün des Frühsommers, hell, silbrig, und silbrig deshalb, weil es vom Grau dieses Regens überzogen war. Am Bahnhof mußte man warten, vielleicht darauf, daß es nicht mehr so regnete, denn gegen diesen Regen half nichts, es war ein steter, strömender Regen.

Da ich nun mal den ganzen Tag dort verbringen mußte, habe ich mich dann an den Regen gewöhnt, als gehörte er zur Landschaft, als sollte es hier niemals etwas anderes geben als bloß diesen Regen. Denn ich war weder vorher dort gewesen, noch kam ich später wieder hin. Ich konnte mir vorstellen, wie es dort bei trockenem Wetter war, bei schönem Wetter und Sonnenschein, aber damals, als ich dort war, war da nur Regen und Grün. Ich erinnere mich an das Grün dieses Ortes, als hätte dieses Grün wie eine von dem Regen verdünnte Farbe alles grünlich eingefärbt.

Ich habe vorhin »Grau« gesagt. Aber das stimmt nicht, es war kein Grau. Es war etwas Frisches, Lebendiges an diesem Regen, er fiel gerade herab, er peitschte nicht, er schlug nicht gegen die Fenster und Wände, doch überall, wohin das Auge schweifte, lag er auf eine beharrliche, entschlossene Weise senkrecht über dieser ganzen grünen Landschaft aus Bäumen.

Den ganzen lieben langen Tag bin ich damals dort gewesen. Und es war leer, denn es regnete ja, dann verkriechen sich die Leute, und außerdem war noch Nebensaison, deshalb waren ohnehin nur wenige Leute da. Menschenleer die kiesbestreuten Wege, die »Trampelpfade«, die aber gar nicht mit Kies, sondern mit Asche bestreut waren, daran kann ich mich noch erinnern, die Lattenzäune der Häuser, die Villen, der Schatten der Bäume, die jene Straßen säumten, die Rinnsteine, in denen das Regenwasser gurgelte, die feuchten Blätter. Manchmal flog ein kleiner Vogel stumm vorüber, und das war alles an Leben, der schräge Flug eines Vogels von einem feuchten Unterschlupf in den anderen. Ich kann mich nicht einmal mehr daran erinnern, was dort für ein Himmel war, denn überall waren Bäume, und die verdeckten ihn. Es rührte sich auch kein Lüftchen, vielleicht hatte es sich ganz mit Wolken zugezogen, und die mußten sich erst ausregnen, und danach würde es damit vorbei sein, mit diesem Regen.

Ich kann mich nicht mehr daran erinnern, weshalb ich damals dort an diesem Ort gewesen bin. Das ist sonderbar, ich erinnere mich an den Regen, ich erinnere mich an den Hintergrund dieses Regens, aber abgesehen davon erinnere ich mich an nichts mehr. Warum ist mir dieser Regen so in Erinnerung geblieben? Einer von Tausenden, die in meinem Leben gefallen sind. Vielleicht bin ich in einer wichtigen Sache dort gewesen, aber ich habe diese Sache vergessen und erinnere mich nach einem Gedankensprung statt dessen nur noch an diesen Regen.

Vielleicht habe ich dort jemanden gesucht, der mir Geld versprochen hatte? Er hatte es versprochen, aber dann war etwas dazwischengekommen, man hätte sich nicht auf ihn verlassen sollen, vielleicht hatte er den Mund zu voll genommen und mich dadurch dem morgendlichen Gerüttel im Zug und diesem Regen ausgesetzt. Vielleicht hatte er geschwindelt, oder vielleicht hatte ich ihn beschwindelt, und er hatte das Vertrauen zu mir verloren, vielleicht hatte ich ihn auch mißverstanden, vielleicht hatte ich sein Geschwätz für bare Münze genommen? Ich weiß es nicht mehr.

Aber vielleicht ging es auch um dieses Mädchen, das mir einen Monat zuvor gesagt hatte, dies sei nun wirklich das letzte Mal, und wir müßten wieder zum »Sie« zurückkehren. Doch ich konnte mich damit nicht abfinden und war aufgebrochen, um sie noch einmal zu sehen und an Vergangenes zu erinnern und die Dinge richtigzustellen, denn ohne sie war es düster, so düster, und es war einfach nicht zu fassen, daß sie sich nicht überzeugen lassen wollte, nicht zur Tür kommen und sagen wollte, das sei alles nur ein Mißverständnis gewesen. Sie würde herauskommen und lachen, sie würde herauskommen, und da wäre sie etwas verlegen, und nach einem Monat der Trennung würde sie immer noch dieselbe sein, sie würde ihren Hut festhalten und so von der Seite her schauen, im Profil, wie früher.

Aber vielleicht hatte man mich auch geschickt, um einen Menschen zu töten. In der Tasche meines durchnäßten Gabardinemantels lag vielleicht schwer eine Pistole, deren Hahn ich mechanisch immer wieder von *safe* auf *fire* stellte. Man hatte mich dorthin geschickt, damit ich wartete, bis er aus dem Gartentor der Pension kam, und dann, wenn die verschossenen, rußbedeckten Patronenhülsen in der Asche auf dem Gehsteig liegen würden, selbst dann würde ich das Gesicht des von mir erschossenen Menschen nicht sehen, der mit dem Rücken nach oben und komisch verdrehten Beinen da liegen würde.

Es könnte also eine sehr wichtige, besonders folgenschwere Sache gewesen sein. Aber was mir aus jener Zeit in Erinnerung geblieben ist, ist allein der Regen. Grün, silbern, wie Quecksilber aufspritzend, das Weißliche dieses Regens ist mir in Erinnerung geblieben, inmitten des Grüns, die Gleichmäßigkeit und eine merkwürdige Frische dieses Regens, aber sonst kann ich mich an nichts mehr erinnern.

Später, am Abend, hörte der Regen auf. Es war Nacht, in den Pfützen spiegelten sich die Straßenlaternen und die Lichter der Häuser, und ich mußte immer noch irgendwo unter den nassen Bäumen auf etwas warten, in der schwarzen Nacht und in dieser unvergleichlich frischen Regenluft, und danach ging ich zurück zum Bahnhof, zum Zug, und habe diesen Ort nie wiedergesehen. Nur der Regen ist mir in Erinnerung geblieben.

So habe ich mir also diese Geschichte zurechtgelegt und betrachte nun mein Werk. Wovon soll sie erzählen? Welche vermaledeite Botschaft soll sie enthalten? Soll es nur eine Art

Signal sein, dessen Empfänger sich die Geschichte vervollständigen kann, oder ist diese Erzählung meine persönliche, künstliche Sprache, eine Art Volapük, das allein mir verständlich ist? Enthält sie auch nur eine einzige Regung, die durch die Zeiten hindurch Bestand haben wird? Wird sie verständlich sein? Soll sie von den Unzulänglichkeiten der menschlichen Verständigung reden oder von ihrem Reichtum, der alle Möglichkeiten, alle Variationen in sich trägt? Was soll sie sein? Vielleicht nur eine Art Anordnung von Elementen, damit sie sich in einen Rhythmus oder eine Komposition einschwingen, damit sie irgendwelche vorgegebenen, gleichsam physiologischen Reizpunkte anspricht, sie stimuliert, damit sie, wie soll man es sagen, einen gemeinsamen Resonanzboden in Schwingung versetzt?

Regen, von alledem soll nur Regen bleiben, das heißt, daß fast alles unbeständig ist, *matajotes matajoton, ta panta matajotes*, das verlangt geradezu nach einer Moral, denn was auch immer wir erleben, im Bereich der Dinge gilt es nichts, und allein der Regen bleibt. Aus einem heimlichen Komplex, einer Anarchie heraus fülle ich demnach mein Leben mit der eingebildeten Wichtigkeit eines Zwanzig-Złoty-Geschäfts aus, das mich durch die Provinz und mitten im Regen dazu treibt, vor Ungeduld an den Nägeln zu kauen. Oder daß der schmerzliche Stachel und die abgrundtiefe Verzweiflung über jenes Mädchen, das sich aus den selbstverliebten Umarmungen der Gegenwart gewunden hatte, imstande wären, einen Regentag zu etwas Einzigartigem zu machen, das der Aufnahme in eine Sammlung der tragischsten Ereignisse seit Bestehen der Welt würdig wäre. Oder daß es der Tag der Selbstlosigkeit schlechthin war, da ich es im Namen von etwas, dieser oder jener Sache wegen, an einem feuchten Tag unter den nassen Blättern einer Allee in einem Kurort zur Nebensaison fertiggebracht habe, hinterrücks einen Menschen zu töten, dessen Gesicht ich nie gesehen hatte, und auf meine Hände zu schauen, bis mich die Panik wie einen Trinker überfiel und zwischen den Wänden der Welt hin- und hertaumeln ließ.

Ich weiß es nicht ... Ich erinnere mich nur daran, daß es diesen Tag gegeben hat und daß er zu Ende ging und daß ich auf den Bahnhof, zum Zug zurückging und daß ich diesen Ort nie wiedergesehen habe. Nur der Regen ist mir in Erinnerung geblieben.

Auf der Jagd mit Maupassant

Wir begannen die Treibjagd immer am östlichen Ausläufer des Waldes oder besser gesagt des Jungforstes. Im Norden grenzte er an die dichte Wand der Wälder von Poddębce, im Süden fast an das kleingestückelte Weideland der Bauern. Es war ein seltsames Gelände, einzelne Birken- und Kieferngruppen, hohes gefiedertes Gras, Buschwerk ohne Blätter. Schnee lag jetzt in einer nicht sehr dichten Decke über allem, und der Frost hatte die Pfützen im Wald mit einer unbeständigen Haut überzogen. Der Weg verlief unentschlossen in Biegungen und Windungen, ein Labyrinth, in dem sich ein uneingeweihter Neuling verirrte.

Die Treibjagd rückte vor. Wir im Gänsemarsch hinter dem Gastgeber, auf sein stummes Nicken hin blieben wir nacheinander jeder auf seinem Posten stehen. Ich kannte diesen Teil des Waldes, eine Treibjagd begann immer in so trostlosem Ödland, da war nichts Außergewöhnliches zu erwarten, dennoch wurde man sogleich vom Jagdfieber ergriffen. Ich stand abwartend an dem den Treibern zugewandten Rand der Schneise und suchte mir ein Vorfeld aus, das Einsicht gewährte. Vor mir gabelten sich unregelmäßig die kahlen Stellen im Forst, manche gaben einen schmalen Durchblick frei, so daß man ein paar Dutzend Meter geradeaus sehen konnte. Ich warf einen Blick nach rechts und links und konnte die geschrumpften Gestalten meiner gespannt abwartenden nächsten Nachbarn erkennen und am Saum der Schneise entlang geradewegs bis zum fernen Waldrand sehen, wo die Pferde mit gesenkten Köpfen standen und die Schlitten warteten. Ich stecke die Patrone in den Lauf, der kalte Stahl klirrt. Es ist beißend kalt, trotz der Handschuhe sind meine Finger wie erstarrt, ich nehme die Flinte unter die Achsel. Es ist so unglaublich leise, daß es in den Ohren dröhnt. Und dabei völlig still. Alles ist in Unbeweglichkeit erstarrt. Kein Lüftchen regt sich. Das Netz der Zweige vor mir ist starr wie Draht.

Meine normale Phantasie, die mir beim Anstand auf der Pirsch immer zu Hilfe kommt, läßt mich die unterschiedlichsten Möglichkeiten ersinnen, Situationen und Reaktionen fallen mir ein, und ich beginne zu tagträumen. Langsam, vom Jagdsport berauscht, kreiselt das Denken aus mir heraus und schweift umher. Im diffusen Licht, das vom Weiß des Schnees restlos in die Welt zurückgeworfen wird, sind keinerlei Kontraste zu sehen. Das befördert solche Gedanken, es ist wie ein Traum. Wie eine unsichtbare Stimmwelle strahlt das Denken sphärisch aus, die Schwingung wird flacher, stößt Erinnerungen an und verbindet sich mit ihnen, läßt neue Kreise entstehen, neue Assoziationen.

Ich sinne über das Dorfleben nach. Wie fern ist diese Welt von dem in den Ballungsräumen der Städte gefangenen Leben. Hier unterliegt der Raum anderen Gesetzen, von der Zeit einmal ganz zu schweigen. Entfernungen werden hier weniger in den konventionellen Maßeinheiten gemessen als vielmehr danach, was sich innerhalb eines bestimmten Raumes ereignet oder zuträgt. Nach Brzeźniaki ist es ganz unterschiedlich weit, je nachdem, ob man in vergnügter Gesellschaft nach dem Mittagessen oder nach Sonnenuntergang zu einem Spaziergang dorthin aufbricht, oder ob vor einer Woche die Kartoffelernte begonnen hat und man die umgestülpten Schütten zählt, und wieder ganz anders ist es, wenn man Waffen dorthin schleppt, oder wenn ich im blauen Dämmer am Feldrain entlang gehe, um heimlich die Rehe mit den biegsamen Hälsen und den bangesten Herzen der Welt zu beobachten. Auch die Arbeit im Dorf ist anders, und auch die Grundsatzdebatten der lokalen Schwadroneure, und anders ist auch die trivial-naive Pornographie des Sexuallebens. Allem ist der typische Humor und die Philosophie der Dorfleute eigen.

Auch als mein eigenes Leben mich zu verschlingen drohte, konnte ich nicht anders, als das Leben der Dorfleute neben mir mitzuerleben. In seiner Exotik mochte es sehr attraktiv wirken. Wenn ich die Erinnerungen indessen wieder heraufbeschwören will, erscheinen und erstehen sie in ganz chaotischer Form. Aus dem Nebel der Erinnerung tritt das eine oder andere Gesicht hervor und kippt dann ins Nichts. Kam es mir nicht fast wie ein Nichts vor, ihr Leben, und ihnen selbst vielleicht auch? Natürlich sind sie etwas, und wenn schon nicht als Individuen, so doch vielleicht als Masse? Aber als Masse habe ich sie nur selten, fast nie gesehen. Höchstens auf dem Markt oder an einem Feiertag.

Der Montagsmarkt diente eher geselligen Zwecken, denn bei den damaligen wirtschaftlichen Verhältnissen des Landlebens kann man sich schwerlich vorstellen, daß rationale Kalkulationen einen Bauer veranlassen können, ein Ferkel zwanzig Kilometer weit über Straßen zu schaffen, die sich in denkbar übelstem Zustand befanden. Die Fuhrwerke strömten über die Landstraße zum Markt. Es war ein chaotisches Gewimmel von Menschen, die sich auf dem Viehmarkt und auf dem Hauptplatz drängten. Ein einziges Wogen von einem jüdischen Kramladen zum anderen. Dazwischen trieben sich Gauner und Borstenviehhirten herum, sagenhaft gerissene Typen, die sich den strengen Formen und Gepflogenheiten dieser Form von Massenansammlung jedoch angepaßt hatten.

Religiöse Praxis und Vorschrift gaben Anlaß zu anderen Zusammenkünften. Aber nicht dieses Gewimmel herrschte, sondern eher Erstarrung, wenn man sich nach den Sonntagsgottesdiensten auf dem Friedhof der orthodoxen Kirche versammelte.

Manchmal kam sie mir schrecklich vor, diese Art des Zusammenlebens, eine kleine Gemeinde auf einem kleinen Gelände, einem Stück Land. Es gibt bei ihnen im Grunde keine Geheimnisse, sie leben wie Motten in einer hellen Lampe, vor allem in ihren Schwächen kennen sie einander in- und auswendig und nutzen das aus. Sicher haben sie auch ihren Bereich der eigenen Träume, die anderen verschlossen bleiben, teilen Tabus und Bedingtheiten, die mit Schweigen, Heimlichkeiten und im äußersten Fall einem primitiven Zynismus verteidigt werden.

Sie sind sehr dumpf, man könnte meinen, daß vielleicht der Schmerz für sie die einzige tiefere Erfahrung war. Obwohl sie auch dagegen ziemlich abgehärtet waren. Ich persönlich hegte für den sogenannten einfachen Menschen gewisse sentimentale, manchmal ins Rührselige übergehende Regungen, aber womöglich war das der Neid auf das unverfälscht Primitive ihres Lebens, der mich da leitete, denn das mochte einem eine größere Leichtigkeit im Erdulden des Lebens verleihen, es hatte den scharfen Geruch von Schweiß und Rauheit, fern von Hysterie und Spitzfinderei, die unweigerlich beschämen. Andererseits erscheint derselbe Primitive insektenhaft; nicht die räumliche Enge, sondern der Mangel an Gedanken, die Konfrontation mit der elementaren Leere, dem Vegetativen des Menschen in der wilden chaotischen Welt, die noch nicht Welt ist, (wir leben in einer Welt des Alluvium, derselben geologischen Phase wie dem Silur) sind es, die als Enge und Extremzustand erscheinen. Ich war weit von pathetischem Aufruhr, von inneren Kämpfen entfernt, und vielleicht war das um so schlimmer für mich, denn so hatte ich nicht einmal etwas, was – wie ich es für mich zu benennen versuchte – Entkräftung und die körperliche Erschöpfung nach einer Anstrengung hätte verursachen können.

Wie ein Blitz aus heiterem Himmel weckt mich der Schuß des Nachbarn. Die hohe Wand der Poddębcer Wälder antwortet mit einem Stentorecho. Wahrscheinlich hatten sich zuerst ein paar Hasen blicken lassen, und jemand hatte die knappe Anweisung des Gastgebers vergessen: »Den ersten Schuß nicht auf einen Hasen ...« Aber augenblicklich sammelt sich alles in mir, ich habe die unumstößliche Sicherheit, daß gleich etwas geschehen wird. Und dann passiert es auch, eins nach dem anderen, als hätte ich es schon einmal erlebt, in aller Klarheit, ich spüre das Lächeln auf meinem Gesicht und handele so mechanisch, als schaute ich mir dabei zu. Durch das Dickicht der schneebestäubten Fichten bricht mit großer Hast etwas hervor, das geschieht in Sekundenbruchteilen, und im nächsten Moment sehe ich zwanzig Schritte entfernt den grauen Körper eines Wildschweins, das mit einem Satz über den Waldgraben springt, der die einzige Lücke vor mir bildet.

Aber das alles geschieht zu schnell, und ich reagiere nicht, obwohl der Eber kaum zwei Dutzend Schritte von mir entfernt vorbeiläuft. Ich spüre, was kommen wird. Er ist schräg bis zum Saum der Schneise gelaufen und wird jeden Moment auf den Weg setzen! Ich warte diesen Augenblick ab und versuche, den Kolben an die Wange gepreßt, mich zu beherrschen. Da ist er! Eine Sekunde lang halte ich den Abzugshahn, dann drücke ich ab. Scharf und trocken läßt der Knall die Luft erzittern. Das Tier pflügt im Galopp durch den Schnee, die Wendigkeit und Genauigkeit seiner Bewegungen sind erstaunlich. Das geschieht schon in größerer Entfernung, sechzig, siebzig Schritte weit weg, und die Distanz wird blitzschnell größer. Ich werfe die Hülse aus dem Repetierwerk und lade wieder. Ich zittere vor Aufregung und wilder Freude. Ich schicke der grauen Silhouette, die hier und da kurz zwischen den Stämmen auftaucht, noch eine Kugel hinterher, und als ich wieder repetiere, ist nichts mehr zu sehen.

Kurz darauf, in der Stille, die nach diesen wenigen Schüssen eintritt, als alles den Atem anzuhalten scheint, kommt Herr Ł. Er sieht mich fragend an und begreift sofort. Dann erklärt er mir, was bei ihm geschehen ist. Das Tier ist schräg auf seinen Anstand zugelaufen, hat dann eine Kehrtwendung gemacht, und erst danach kam er auf die Idee zu schießen. Er hörte meine Schüsse, und mit dem untrüglichen Ohr des erfahrenen Pirschers wußte er, daß sie nicht viel ausrichten würden. Wir folgen der Spur. Ein gutes Dutzend Schritte weiter die ersten Blutströpfchen, über den Schnee versprüht. Frisch und grellrot. Wir beiden hegen im stillen einen Groll auf den, der das verschuldet hat. Eine Kugelspur im Schnee! Paweł geht ein Stück weiter und sagt: »Aaah, eine Kugel!« Man sieht die Furche, wo das glühende kegelförmige Geschoß den Schnee gestreift hat. Solche detaillierten Untersuchungen aber helfen uns auch nicht weiter.

Wir gehen das letzte Treiben vorsichtig und weiträumig an. Ein paar Treiber gehen schweigend vorbei – nichts, rein gar nichts. Aber mir brennt der Himmel über dem Kopf, und insgeheim muß ich lachen. Heute morgen, bevor ich zum Schlitten hin-ausging, hatte ich das Fräulein aus ihrem Zimmer gerufen und mit einer plötzlichen Verbeugung ihr Knie umarmt, eingedenk des Aberglaubens, demzufolge das Knie eines Mädchens dem Jäger Glück bringt. Das Fräulein stand einen Augenblick lang verdattert da, dann trat es mit einem Schrei in sein Zimmer zurück. Ich lachte darüber und gratulierte mir zu dem Einfall und der Kühnheit, die mich selbst überrascht hatten, doch ein bißchen sorgte ich mich auch wegen der Reaktion des Fräu-leins.

Jetzt kam es darauf an, wie sich die weitere Spur zeigen würde, die das Tier zweifellos hinterlassen hatte. Da war sie! Im tiefen Schnee ist die Anstrengung des Galopps sichtbar und die Blut-spur, die hier noch greller und größer ist. Aber sie verläuft zur nahen Grenze und verliert sich dort. Stop! Dahinter ist fremdes Eigentum, und das ist heilig. Wir blicken auf die unbekannte Landschaft, die mir mit dem entschwindenden angeschossenen Keiler noch exotischer erscheint.

Wir kehren nach Hause zurück. Herr Ł. legt seinen Smoking an, altmodisch und komisch, und begibt sich zu den Nachba-rinnen, zwei Schwestern, alte Damen, bei denen er um die Erlaubnis ersuchen möchte, auf ihrem Gelände das angeschos-sene Tier zu stellen. Ich habe das Fräulein ganz vergessen, spa-ziere an den Flinten vorbei, die, in Tücher eingewickelt und nach dem Frost schwitzend, darauf warten, geputzt zu werden. Ich sehe ungeduldig dem Morgen entgegen. Jetzt ist es bereits dunkel, und die Dienstmädchen zünden nacheinander alle Lampen in den Zimmern an. Niemand stört mich in meiner Hochstimmung. Auch nicht das Fräulein. Sie hat einen ausge-prägten natürlichen Respekt vor der Exklusivität von Männer-sachen, sie denkt nicht darüber nach und befürwortet sie gleichsam gedankenlos. Ich wiederum bin in gewisser Weise zufrieden, daß mich diese Männersachen von ihr trennen und mir einen eigenen, unabhängigen Bereich sichern. Außerdem bin ich im Vollgefühl meiner Männlichkeit, was mir allerdings nur dadurch möglich ist, daß ich in meiner privilegierten Lage in den Genuß der Wohltaten der Zivilisation komme: einer warmen, geheizten Wohnung, regelmäßiger Mahlzeiten, die an einem solchen Frosttag die erforderliche Kalorienzahl zuführen. Die Zivilisation gibt mir ein präzises, mit einem Gewinde versehenes Gewehr in die Hand, eine schnell repetierende Waffe, die explosive Geschosse abfeuert, welche die Arterien eines Tieres zerreißen und sein Knochengewebe zerschmettern.

Am nächsten Tag ist Herr Ł. unerwartet beschäftigt, und ich fahre allein mit Paweł in die Poddębcer Wälder. Das Fräulein ist schon ganz ungeduldig und besorgt um ihren neuen Besitz. Sie gibt mir das zwar nicht in Worten zu verstehen, aber ich spüre ihre Mißbilligung. Heute würde ich ihr Knie nicht berühren, obwohl mir diese Geste am Vortag noch ein lachendes Funkeln ihrer Augen beschert hat.

So breche ich also auf, und gleich sind wir mitten im Sonnenschein, dieser herrliche Sonnenschein, wie es ihn nur an einem solchen kurzen Wintertag mit fast zwanzig Grad Frost geben kann. Wir fahren auf einem niedrigen Schlitten durchs Dorf, zwischen den verstreuten Katen umher, den verstreuten und unter Schneewehen begrabenen Häusern mit den hochaufragenden Besen der Bäume und den lustigen Gestalten winterlich vermummter Kinder. Dann kommt das offene Feld, wie Einschnitte darin die Raine, Schollen und dunkelnden schwarzen Flecken, wo der Schnee weggeweht ist. Schließlich verlassen wir den Weg und fahren auf die Wand der Poddębcer Wälder zu, wo die Försterei sein soll.

Das Forsthaus stand früher einmal am Waldrand, aber inzwischen liegt zwischen ihm und dem Wald die weite offene Fläche einer Rodung. Das Haus ist dem Wind ausgesetzt und von einer schneeverwehten Umzäunung umgeben. Als wir eintreten, schlägt es uns heiß aus der Stube entgegen, der Dunst von Armut, Kindern und lebendem Getier, das dort drinnen gehalten wird. Der Förster von Poddębce ist jung und gutaussehend. Er hat sich gerade die Stiefel angezogen, man hat ihm unseren

Besuch und seinen Zweck schon angekündigt. Seine Frau ist auch jung, sie hält einen quengelnden Säugling auf dem Arm und riecht nach Milch, zwei weitere Kinder sitzen fast nackt auf dem Bett, sie haben ihr Spiel unterbrochen und sehen uns mit großen Augen an, voller Staunen und Neugier. Sie sind klein, deshalb haben sie im Leben noch nicht viel gesehen, und unser Auftauchen in dieser Abgeschiedenheit ist für sie ein geradezu elektrisierendes Ereignis. Ihre Neugier macht mich verlegen, ich werde immer verlegen, wenn ich vor Kindern die erwachsene Gesellschaft repräsentieren soll. Die Stube ist offensichtlich mehrmals geweißt worden, jedenfalls an den Stellen, wo die Wände der größten Verschmutzung ausgesetzt sind. Ein paar grellbunte Heiligenbilder hängen an der Wand, ordinäre Jahrmarktsdrucke, hinter einem steckt ein Osterpalmzweig in Papier, das die Sommerfliegen mit ihrem Dreck gesprenkelt haben. Noch ein paar Fotografien, Familiengruppen oder Erinnerungen ans Militär. Auf dem Tisch liegt eine schlecht gewartete Doppelflinte, wie sie Jagdaufseher haben, daneben die Reste des Frühstücks, die mit einem übelkeitserregenden Geruch zum Duftbukett der Wohnung beitragen.

Der Förster ist höflich, macht fast einen etwas spöttischen Eindruck, seiner Frau ist die Unordnung im Haus ein wenig peinlich, aber nicht sehr. Wie es der gute Ton und die Gepflogenheiten vorschreiben, absolviert unser Paweł die banalen Plaudereien über dienstliche Dinge und die neuesten kleineren Begebenheiten, die im Umkreis von dreißig Kilometern vorgefallen sind, dann brechen wir auf. Erst als wir es uns auf dem Schlitten bequem machen, kommen wir auf den eigentlichen Gegenstand und Zweck unsres Hierseins zu sprechen, die beiden hantieren sogleich mit Namen und Topographie des mir unbekannten Geländes, ich verstehe kein Wort. Jedenfalls traben wir in die eindeutig richtige Richtung davon. Die Pferde laufen gut, der bis zu den Sprossen der Sitzfläche im Schnee eingesunkene Schlitten gleitet sanft dahin, und der Schnee, den die Pferdehufe aufwirbeln, funkelt in den Sonnenstrahlen wie ein zerstäubender Regenbogen.

Dann kommen sie auf Themen zu sprechen, die mir fremd sind, und ich denke über das Leben dieses jungen Mannes nach, dieses Leben, in das ich soeben einen kurzen Einblick genommen habe. Seine Grundlage muß etwas ganz Physisches sein. Von allem abgeschieden, am Rand der Wälder, allein mit ihrer Liebe, machen sie Kinder. Nur das Himmelsgewölbe über ihnen verändert sich und bildet den Hintergrund für die einzelnen Tage und Nächte. Ich versuche mir, mich selbst und das Fräulein in einem solchen Leben vorzustellen, jeglicher anderer Wünsche, Ansprüche, Träume und Beschäftigungen ledig. Wäre es nur wie ein Tag oder eine ganze Ewigkeit?

Dabei kommt mir eine Novelle von Maupassant in den Sinn, die ich irgendwo, irgendwann einmal gelesen habe, sie handelt von der Tochter eines Kavallerieoberst, die mit einem Unteroffizier durchbrennt. Sie leben auf Korsika, und der Autor hört die Erzählung von ihr, als sie unter dem Einfluß der Jahre und Lebensbedingungen bereits verroht und aufgerieben ist, verdummt und vulgär lebt sie an der Seite des Mannes, der nur noch als menschliches Überbleibsel in der Primitivität ihrer Umgebung dahinvegetiert. Aber nach dem Wesentlichen ihres Lebens befragt, rafft sie die Reste ihrer verkümmerten Intelligenz zusammen, um in verzücktem Rückblick sagen zu können: »Ich war unermeßlich glücklich ...« Das ist Literatur, aber sie bringt mich zum Nachdenken, es fehlt mir nicht an Phantasie, um mir das Fräulein und mich selbst so vorzustellen, von allem abgeschieden, allein, in Schlichtheit und Eintönigkeit und einer solchen Primitivität, in der das Glück der Liebe wirklich wahr wäre. So sitze ich und grüble lange, bis ich mich wegen solcher Überspanntheiten über mich selbst ärgere.

Der Weg ist ein Forstweg, er macht eine Biegung und bricht unerwartet ab, es ist ein ausgedehnter Forst, der aber im Rahmen der zugelassenen Grenzen als Nutzwald ausgebeutet wird, und es sind kaum Spuren von Leben zu sehen, nicht so wie in den Wäldern von Herrn Ł., der sie mit Hingabe und Kenntnis als Jäger bewirtschaftet. Hierher kommt das Wild auf der Suche nach besseren Lebensbedingungen oder, wie in unserem Fall, wenn es verletzt ist. Der Weg hat uns schließlich an die Grenze gebracht, und an einer Stelle sehen wir alle drei gleichzeitig die Spur, die den Weg kreuzt. Wir springen vom Schlitten. Die Sonne mit ihren Strahlen sieht am tiefblauen Himmel zottig aus. Den beißenden Frost spüren wir nicht. Wir beratschlagen. Und beschließen, daß der Poddębcer Förster im nächsten Quartier den Weg abriegeln soll, während Paweł und ich der Spur folgen werden. Die Pferde ziehen sich zurück, um an einer bekannten Stelle zu warten. Die Jagd beginnt. Ich gehe voran, das Repetiergewehr in den froststarren Handschuhen, in angemessener Entfernung hinter mir geht Paweł. Wir geraten in unwegsames Unterholz, das alte Kahlschläge überwuchert. Die Spur ist von gestern, blutig. Ich gehe voran in dem vagen Bewußtsein, daß ich einem verwundeten Keiler auf der Spur bin, was nicht gerade die beste Lebensversicherung ist. Ich bin mir keines besonderen Mutes bewußt, ich glaube nicht, daß ich im eigentlichen Sinne des Wortes zu den Mutigen gehöre, eher ist es eine Art Trance, während Situationen, bei denen Mutmaßungen, Einbildungen und Aufregungen im Spiel sind, bei mir Zaudern hervorrufen, was mir wiederum die Röte ins Gesicht treibt.

Jetzt jedenfalls, da ich mich durch Gebüsch und Gezweig schlage, halb blind von dem allenthalben rieselnden und heruntergeschüttelten Schnee mit einer Sichtweite von bestenfalls fünf Schritten, setzt mir weniger der Gedanke an die Begegnung mit einem verletzten, wutentbrannten Keiler zu als die unangenehme Gegenwart von Paweł gleich hinter mir, in meinem Rücken, mit der angespannten Zündnadel des alten, verrosteten Armeegewehrs, das zu seiner Dienstausrüstung gehört.

So legen wir das erste und das zweite Quartier zurück, jedesmal, wenn wir wieder an den Waldrand hinaustreten, schüttele ich mir ganze Berge von Schnee aus dem Kragen. Die Spur verschwindet und taucht wieder auf. Die Sonnenstrahlen sickern durch das Muster aus schneebedeckten Zweigen. Das Fieber der Hatz ergreift mich und teilt sich ansatzweise auch meinen Gefährten mit.

Endlich stoße ich in einem schneeverwehten Gehölz auf die Stelle, wo er eben noch gelegen hat. Hier hat er die Nacht verbracht, und eine Blutlache sowie der zu einer Kuhle plattgedrückte Schnee markieren den Ort seines unruhigen Schlafs. Unser Näherkommen hat ihn vor kurzem wieder auf Trab gebracht. Vor kurzem hat er hier noch gelegen und die Chancen von Angriff und Flucht gegeneinander abgewogen. Als ich vor einer halben Minute kaum zwanzig Schritte von hier meine Waffe umklammerte, die in diesem Dickicht und bei dieser Blindheit so nutzlos und ungeeignet war, muß er sich zu einem plötzlichen Ausfall angeschickt haben, mit seinem dreihundert-Kilo-Körper, seiner instinktiven Intelligenz und Entschlossenheit in einer Situation, die ihm fremd war und ihm Angst einflößte, eine Angst, wie sie nur der Tod in der Natur einflößen kann.

Aber dann hatte er sich aufgerappelt und war nach Nordosten davongegangen, in die für Wildschweine typische Richtung, die er unfehlbar und gelassen allen anderen vorzog. Noch ein paar Tropfen Blut markierten seine Spur, dann nichts mehr. Wir blieben zurück, und auch wenn es uns noch nicht ganz klar geworden war, wußten wir doch, daß alles umsonst gewesen war und daß dies alles war, was wir wußten.

Aber der Tag war herrlich, und auf dem Rückweg war ich wie berauscht. Was mir in der Tasche klimperte, teilte ich mit meinen Peripatetikern, und zufrieden mit uns selbst verabschiedeten wir uns am Rand der Felder voneinander.

Erst jetzt sah ich, daß der kurze Wintertag zu Ende ging.

Der weiße Masur

Zuerst muß man sich ganz verlieren, sich selbst vergessen, den Ehrgeiz des Tages, den Ehrgeiz des Monats und den Ehrgeiz des Jahres vergessen. Einen indischen Yogi spielen, der mit gekreuzten Beinen sitzt, die Fußsohlen flach unter den Waden und mit flacher, vom Atem kaum gehobener Brust, die Augen starr geradeaus gerichtet, die Haare matt und mit Büßerasche bestreut, und in den ratlosen, ausgebreitet emporgestreckten Handflächen trägt er dieses Nichts, dessen er sich entledigt hat und dem er jetzt fernbleibt.

Zuerst also muß man sich aller Dinge entledigen, den Augapfel nach innen drehen, um nichts zu sehen, weder die Ameisen, die hastig und winzig und flink über ihren gewundenen Hin- und Herweg aneinander vorbeihasten, noch zehn Schritte weiter, wo einer seinen Nächsten erschlägt und ihm langsam wie in einem Zeitlupenfilm das Messer in den Hals stößt, direkt über dem Schlüsselbein, wo dann das Blut hervorquillt, und die Messerklinge in einem schwarzen Schwall herauswürgt und -drückt, und um auch eine Meile weiter nichts zu sehen, wo Gruben gegraben werden zur Gewinnung von Ton und ein Bursche mit schweißnassem Rücken, die Hosenbeine hochgekrempelt, unten in der Grube auf einem glitschigen Brett steht und mit einem Spaten den Ton sticht und ihn hinaufreicht, wo auf einem anderen schlüpfrigen Brett ein zweiter steht und den zugereichten Ton mit dem Spaten aufnimmt und weiter hinauf gibt, und oben mischen die Ziegelstreicher den Ton mit den Füßen, als preßten sie Wein, und formen und streichen ihn zu Ziegeln, die später aus grabkammerartigen Öfen kommen, rot und rieselnd von zinnoberfarbenem Ziegelstaub, und dann geben sie sie den Maurern, und wie Freimaurerbrüder tragen die Maurer Schürzen um die Hüften und Kellen und Dreiecke und Senkbleie und Wasserwaagen und betten sie in den feuchten, sandigen, kalkigen Mörtel und klopfen mit Hämmern daran und legen sie zu »Kopf« oder »Wagen« oder »Amboß«, und so wächst die Mauer, steht als Wand, und immer höher wächst sie, ragt wie eine steile Felswand empor, die Kanten scharf und erbarmungslos, die senkrechten Rohre eisern, so wächst die Zahl der Schichten, wächst, strebt von der Erde fort, hängt hoch oben, weint unten die rußigen Tränen der Isolierschicht, bekränzt ihre Simse mit Tauben, schneidet ihren Umriß in den Himmel, stemmt die Brust den Winden und Stürmen entgegen, wirft ihren blutigen Schatten auf die Erde, schwarz beim Untergang der Sonne und golden bei Sonnenaufgang.

Und um auch tausend oder zwanzigtausend Meilen weit nichts zu sehen, wenn vor uns Landkarten aufgerollt werden, wenn man vor uns den Mohn der Statistiken ausschüttet, die teuflischen Register, wenn man uns die Gespenster des Spektroskops zeigt und babylonische Karteien und es uns in Stein ritzt und auf Filme bannt und Menschenschädel öffnet, um die Falten der grauen Hirnmasse zu zeigen, wenn man uns ein Wort sagt und noch ein Wort und tausend weitere Worte und noch zweihunderttausend weitere Worte und uns sagt, daß das alles schon gewesen ist, daß dies jetzt nur die Wiederholung dessen ist, was schon war, daß die Vergangenheit sich in die Gegenwart hineinfrißt, daß hier der Kreis ist und da die Grenze, daß dieses gut ist und jenes schlecht, daß dies eine Kugel ist und jenes eine Pseudokugel, daß dies der Vater ist und das der Sohn, daß dies der »Komm Heil'ger Geist, erleucht uns Herz und Sinn ...« ist und jenes »Hochachtungsvoll, Ihr«, dies »Erfahrener Westenschneider ab sofort gesucht. Bedingungen nach Vereinbarung« und das »Tanzen wir Ringelreihn, mein liebes Schätzelein«.

Und um auch beim Hinschauen nicht die wohlbekannte Form zu sehen, so glattgeschliffen in ihrer Bekanntheit, Alltäglichkeit, so blankgewetzt vom Schauen wie die Füße des Christus in der Vorhalle der Kirche, glattgewetzt von Berührungen, Küssen und Seufzern der Frommen. Um nicht zu sehen und nicht an die Gewohnheit gebunden zu sein, anders zu schauen, sich dazu zu zwingen – es ist schwer, aber sich dennoch zu zwingen, so wie sich die Impressionisten zwingen konnten, die uns so verdienstvoll bei der Hand nehmen und »ins Freie« führen und uns zeigen, daß der Schatten, ein Netz aus Blättern, eine Palisadenwand aus Stengeln, eine Schuppenhaut auf der vom Wind gekräuselten Wasseroberfläche, die knorrigen Äste der Bäume aus einem Fleck hier und einem Fleck dort bestehen, das haben sie gezeigt, aber vorher hatte sie irgendein chinesischer oder persischer Pinselschwinger bei der Hand genommen, denn von nichts kommt nichts, und hatte es ihnen gezeigt. Aber geben wir acht, daß wir nicht ins Chinesische verfallen, denn wir sollten uns doch gegen alles abgrenzen. So wollen wir also weiter achtgeben und uns gegen die vertraute Berührung der Zaunlatten abschirmen, wenn wir uns über das schlammigste Sträßchen im Dorf begeben, wo in der Mitte Schlamm und allerlei Unrat schwappen und darin ein hellblauer oder grauer Strudel, und unter den Kirschzweigen her, die über den Zaun hängen, und die krumme Dorfstraße entlang halten wir uns an den schwankenden Zaun, in den Mauern sind die Fenster mit Lappen ausgestopft, ein Lumpen, zu einem Ball gerollt und an die Stelle der ausgeschlagenen Scheibe gepreßt, doch wir sind so entschlossen und so kalt in unserem Vorsatz, daß wir uns den folgenden Vergleich leisten: Also die Pfütze, der Strudel quer über die Dorfstraße, vom Zaun auf der einen Seite bis zur anderen, mit den Höckern der Wagenrinne darin, die aus dem mit Abfall und Strohhalmen überzogenen Wasser ragen, und den zerklüfteten Graten der Dreckschollen, wie kommt mir das vor, wenn ich die Zaunpfähle loslasse, um zur anderen Straßenseite vorzustoßen? Es kommt mir so vor, als sei jeder Maßstab verloren, als wären dies die Magellanstraße, Kap Horn und Tierra del Fuego. Und es soll mir erlaubt sein. Und es soll mir auch erlaubt sein, mich aufzumachen, um ein Päckchen türkischen mittelfeinen Tabaks zu kaufen, im jüdischen Laden, wo es nach Lakritz riecht, nach Schmutz, nach Zichorie von Franck und Sohn, Viergroschensemmeln und »Schwarzem« und Peitschenleder, so wie es irgendeinem dahergelaufenen Magellan oder Kapitän Cook möglich war, zu den Gewürzen Kathays vorzustoßen, auch ich kann mir eine Grille erlauben, wenn Coleridges Alter Seefahrer sich so weit versteigen durfte, daß er durch seinen Schuß auf den segelflügligen Albatros das Schicksal über sich brachte; und Kap Horn mit seinen pyramidenartigen Felswänden steht knöcheltief im grauen, stahlfarbenen, schmutzig-aschenen bösen Gewoge des Ozeans, und durch die Meeresnebel fegt mit Eis, Hagel und Schneestürmen der Wind einer menschenleeren Einöde, der einem das Blut gefrieren läßt, und durch diese Schleier und Flore hindurch halte ich mich an die eisbedeckten Masten, und in verzweifelter Verlassenheit und Hoffnungslosigkeit blicke ich durch die Wasserschollen des Ozeans auf die harten, unzugänglichen, starren, selbstischen Felsen von Kap Horn.

Danach kehre ich nach Hause zurück, diesmal auf dem Feldweg, das heißt, eigentlich kein Weg, sondern Durchgänge zwischen den Bauernhöfchen und Scheunen, gut ausgetretene Pfade, die jedermann nimmt, um die Schlammflut auf der Straße zu umgehen und zu meiden. Man muß vorsichtig die menschlichen Ausscheidungen umgehen, denn dorthin kommen die Dörfler, um ihre primitivsten Bedürfnisse zu verrichten, dort treffen sich auch die Liebespaare im Dunkeln oder in der Abenddämmerung, dort stiehlt sich der Dieb mit seinem Viertel Hafer vorbei, das ihm der Stallknecht vom Kornboden geholt und übergegeben hat, dort entlang flüchtet blindlings der Dorfmörder, das Brenneisen, das aus einer Sense gefertigte Brenneisen, am Rockschoß seines Pelzes abwischend, dorther tollt das Kalb, das sich verirrt hat, über diese Pfade jenseits der Katen gehen in Reihen die Dorfmädchen mit ihren steifen kurzen Röcken und den überkreuz gewickelten Tüchern zur orthodoxen Kirche, und der Emissär im verschossenen Trenchcoat und schmutzverkrusteten Halbschuhen, der UNR-Delegierte aus der Stadt, zu dem vereinbarten Treffen, dort entlang kommen die beiden Polizisten, die *Schendarn* mit den spitzen Bajonetten auf den geschulterten Gewehren und dem dressierten Wolfshund, der sich von der Leine losreißt, und der humpelnde Paweł, um die »Jungchen« für die Treibjagd zu holen, und die Pächterin Judka, die schmutzbespritzt zu ihren zahlreichen hungernden Kindern eilt, dorther begibt sich der Kater auf das Stoppelfeld, um Mäuse zu fangen, dort spukt es um Mitternacht, gefrieren die Erdklumpen am weißbereiften Morgen, sammeln sich die Krähen, dort spiegelt sich so trüb die Sonne in den Pfützen unter schweren Wolkensäcken, mein Gott, wie schrecklich und nah und fern ist dieser Corso, die Promenade, *la salle des pas perdus* auf dem Land im Rawer Bezirk, auf der einen Seite Felder, Raine und Gräben und die sanft gewellte Hügellandschaft und die sumpfigen Wiesen, die zum Wasser hin abfallen, auf der anderen Seite die vor Nässe schwarzen Strohdächer, die Birnbäume, die mit ihrem Laub wie Espen zittern, die Buchen bei der orthodoxen Kirche, die Jauchegruben auf den Höfen und die Straße, die zwischen Zäunen und Weiden verläuft, mit ihren Pfützen und den Schlammaufwerfungen, die sich in diesen Ozeanen spiegeln wie die Felsen von Kap Horn.

Danach schütte ich einen Schober Tabakheu aus dem Paket mit dem türkischen Mittelfeinen auf eine Zeitung, nehme das »Maschinchen« aus Messing zum Herstellen von Zigaretten und einen kleinen hölzernen Keil, und so stopfe ich langsam die Hülsen aus cremefarbenem Zigarettenpapier, schichte systematisch einen Stapel Zigaretten auf und stutze sorgfältig die ausgefaserten Enden. Ich zünde mir eine Zigarette über dem Lampenschirm an, und seltsam ist dieser erste Zug, angeräuchert über dem Lampenschirm, und wie man auch zieht und einatmet, der Rauch ballt sich zu Wolken um den Schirm und weht dann in langen Schwaden und Schleiern durchs Zimmer. Und so sehr man auch den Atem anhält und versucht, den Rauch zusammenzuhalten, er schwebt hierhin und dorthin und dehnt sich zu lustvollen trägen Schleiern, und mein Blick folgt ihnen, bis schließlich das Pappende der Hülse zu knistern beginnt und ich es in dem glasierten billigen Aschenbecher zerdrücke, den mir die banale Welt ringsum zur Komplettierung meiner narkotischen Träumereien darbietet.

Die Birkenscheite im Ofen prasseln, durch die Ritzen in der gußeisernen Tür sieht man die unruhige Flamme, die Risse in dem aufgeplatzten Putz des Ofens sind so oft mit Kitt gefüllt und geweißt worden, aber dann splittert doch wieder ein wenig ab, und die Wärme dringt heraus und strahlt aus dem Ofen, manchmal birst etwas im Ofenholz, und ein Möbelstück im Zimmer klopft. Das schwarze Fenster geht auf den winterlichen Garten hinaus, ich kann den Baum erahnen, der hereinschaut, ein fremder, ausländischer Baum, der vor meinem Fenster wächst, fremdländisch und indiskret, wie ein Reisender aus Übersee, der kritisch betrachtet, wie die Nordländer hier leben; lange, schmale Stämme, und auch jetzt im Winter hängen irgendwelche Strünke von den Ästen wie von der Perücke eines transozeanischen Teufels.

Mein Zimmer ist die Schulstube, aber jetzt sind Weihnachtsferien, und man hat mir ein Bett hereingestellt, was die cheironische Atmosphäre des Raumes gar nicht stört. An der Wand entlang stehen verglaste, verschlossene Bücherschränke (ähnlich wie die Zuckerdosen, die man nach alter Tradition aus dem sechzehnten Jahrhundert zusperrt, weil der Zucker damals eine so erlesene und teure Seltenheit war, während es heute das billigste Allerweltszeug ist). Sie sind also zugesperrt, deshalb kann ich durch das Glas nur die Buchrücken sehen, die *Bibliothèque Rose* mit Geschichten für junge Damen, das versteht sich, Jules Vernes *Abenteuer auf der Chanceller* und *Bei den wilden Stämmen Bucharas*, Daudets *Monsieur le souspréfet aux champs*, Guy de Maupassants *Contes choisis*, Anatol France' *Létui de nacre*, Euckens *Geschichte der Philosophie*, Axel Munthes *Das Buch von San Michele*, Wassermanns *Der Fall Mauritius*, der *Kleine Larousse*, die *Mappe polnischer Malerei*, *Petit Illustration*, *Le Temps*, *Die Briefe des Fräulein von Espinasse* und *Das Leben des Mikolaj Srebrempisany,* Spaustas *Auf der Fährte* und weiß der Himmel was sonst noch alles, ein Sammelsurium, ordentlich in Packpapier eingeschlagen, Titel, Autor und Nummer säuberlich daraufgeschrieben, und langsam sucht mich der Wurm heim, gemächlich kriechend kommt er an, der Biblio-Buch-Papier-Zellstoffwurm, nagend und kauend, und der Speichel tropft ihm aus dem Maul von dem Pappbrei, die Kiemen malmen den

Häcksel und die Späne der Papiermakulatur, und sie schneidet, bohrt sich durch mein Hirn, die raschelnde papierene Welt, die sich vor mir zerfleddert und verheddert, und erdrückt die andere Welt, bis ich ganz blöd werde im Kopf, weil ich nicht mehr weiß, in welcher Welt ich mich wirklich befinde, was echter ist, das *at pulchritudinem tres requiruntur: integrites consonantia, claritas* oder *Proxima Centauri* oder ein Rezept für Gemüsesülze oder Borschtsch mit Markknochen oder die Exerziervorschriften für die Infanterie oder die Kirchenarchitektur des heiligen Prokop in Strzelno oder die Dienstverordnung für Lehrer an Hauptschulen oder das Manifest der Formisten oder das Höchstpreisverzeichnis, all das, was diese Welt in eine Ordnung fügen, benennen und zu einem harmonischen Ganzen zusammenfassen will. Deshalb sind ja gerade die, die mit eigener Hand verantwortungsvoll ein einziges harmonisches Ganzes herstellen und dafür die Verantwortung übernehmen – ich denke zum Beispiel an die Handwerksberufe, die Solidität und Zweckmäßigkeit der Schusterarbeit, daran, wie ein Schusterlein mit den Zähnen den Pechdraht zieht und das Leder klopft und hinterher mit einem ganz fertigen Stück Arbeit dasteht, oder ein Zimmermann oder ein Böttcher, der die Dauben dampft und die Reifen anpaßt, der Tischler, der die haargenau abgestimmten Winkel und Ecken klebt – deshalb also sind gerade diese, wahrscheinlich aus Überdruß an der Genauigkeit und Zweckmäßigkeit und Rundheit dessen, was sie mit ihrer Arbeit herstellen, am ehesten der Anarchie zugeneigt, und deshalb auch dieser anarchistische Schustermontag, wenn sich einer am Sonntag wie ein Schuster betrunken hat, deshalb waren die mit den raffiniertesten Dynamitsätzen und Bomben, anständigen Bomben aus der guten alten Zeit, wie man so sagt, auch die Uhrmacher.

Wozu nun schon wieder diese anarchischen Abschweifungen, dieser plötzliche Widerwillen gegen Ordnung und Harmonie, sollten wir da nicht etwas Unausgesprochenes versteckt haben, indem wir die Geister der Anarchisten und besitzlosen Aufrührer anrufen. Hier, in diesem Zimmer hatte ich doch bleiben wollen wie Herakles, in den Armen von Maruszka, da ich mir aus den Aufgaben und Heldentaten des Herakles die erste gewählt hatte, denn ich nahm an, wenn auch nur das bleiben würde, wäre es besser als der Theseus'sche Heldenweg in kleinerem, eher möglichem, aber kleinerem, privaterem Maßstab. Hier, in Maruszkas Armen also hatte ich die sich auftürmende Welt vergessen, als gäbe es sie nicht, als wäre diese Welt nur das Muster auf einer Kinderzimmertapete, auf der man mit Kinderaugen Spiele, Formen, Schrecken ausfindig zu machen sucht, alles ist erlaubt auf den Wänden eines Kinderzimmers, hier waren wir, und dort war die Welt, ausgesponnen, zusammengeschwatzt, und sogar die wartenden »Aufgaben« waren Fiktion, man konnte darüber lachen oder das Gesicht verziehen, oder man konnte sich einreden, es sei anders als die weißen runden Arme der Omphale, der Dunst ihres Atems.

Hier war es anders damals, vielfältiger, weniger wahrscheinlich, und jetzt, da die Zeit vergangen ist, da die Zeit einen Knoten nach dem anderen durchgenagt hat, da die Zeit die Kontraste hat verblassen lassen, stehe ich da, schmerzlich verwundert, daß es möglich ist, daß es möglich ist, wie ein Verurteilter, dem unter Trommelwirbeln das Todesurteil vorgelesen wird, und der sich wundert, daß es möglich ist, daß es möglich ist ...

Das Haus ist nach einem Feuer damals im Krieg wiederaufgebaut worden, Aufsicht geführt hat ein Architekt aus Zamość, ein Trinker, die Hände mögen ihm noch gezittert haben, er war in einem Stadium der Korsakowschen Krankheit oder so, oder im Delirium, er konnte den Bleistift nicht in den Fingern halten, doch das Vordach und das Pediment und die Säulen der Veranda hielten sich sehr vornehm und bestens aufrecht, dafür war allerdings drinnen alles Stückwerk, was soll man groß reden, das sind nicht die Zeiten für hochherrschaftliche Grillen, also hobelten und gestalteten der Zimmermann und der Hafner aus dem Dorf nach ihrer Art, und alles wurde dann auch ziemlich grob und ländlich, und deshalb ist der Boden nackt und grob und voller Astlöcher, und diese Astlöcher haben es mir so angetan. Wenn ich sie betrachte, in ihre vertrauten achatfarbenen Augen sehe, dann möchte ich sie auswendig lernen. Einmal ging ich hinter einem Sarg her, und den betrachtete ich auch so und lernte die Ringe der Maserungen und Astlöcher im Sarg auswendig, um sie für immer zu behalten; wenn sie schon da verrotten und verfaulen und schwarz werden würden, dann sollten sie bei mir doch aufgehoben sein, mochten sie auf meiner Seele versteinern wie Astlöcher und Maserungen in Betonverschalungen und ruhig auf ewig bei mir bleiben.

Die Hände in den Hosentaschen, gehe ich also auf und ab und lerne die Astlöcher im Fußboden auswendig, mögen sie mir in der Seele bleiben, nicht verloren gehen, und so gehe ich, greife mechanisch nach einer Zigarette und zünde sie über dem Lampenschirm an, merkwürdig schmeckt dieser erste Zug, unvergeßlich, und nur der merkwürdige, strunkige, fremdländische Baum belauert mich durch das schwarze Fenster.

Unmittelbar vor der Ausfahrt zur Jagd wurden die Anstände ausgelost, in einem Hut befanden sich die Zettelchen mit Namen, im anderen die mit Nummern. Dann fuhren vor der Veranda nacheinander die Zwei- und Vierspänner vor, die angeschirrten Arbeitspferde hatten Dünnbier zum Futter bekommen und davon dicke Bäuche, und sie dampften in der Kälte des frühen Morgens, die Wagen waren gewöhnliche Fuhrwerke, aber mit Stroh ausgelegt, und eine der Sprossenseiten war abgenommen, damit dort zwei Leute sitzen und mit den Beinen baumeln konnten. Es war sehr primitiv und improvisiert, und in der Improvisation voller Phantasie.

In der Luft stank es nach Winter, ganz herbstlich stank es nach vermodernden Blättern, dem vor Nässe glitschigen Unkraut, dem Rauch aus den Bauernkaten, es stank nach dem ganz blauen Dunst, den Strohseilen, dem Bohnenstroh, mit dem die Hütten abgedichtet waren, nach den Rüben in der Miete hinter dem Kuhstall, nach Kuhmist, nach Koks in der Schmiede, nach den Hobelspänen des Wagenbauers, nach den pulverisierten Ausscheidungen, die vom Hühnerstall heranwehten, nach der geschleuderten Milch in der Meierei, nach den Hunden, die die

Roßäpfel beschnuppern, nach den Stoppeln auf den Feldern, nach dem Leder der Hüllen und Futterale der Gewehre, nach den sprießenden Pilzen im Moos und Gras des Parks, nach den Schobern mit Stroh, das nach dem Dreschen in der Wärme verfault, aus dem jüdischen Dorflädchen nach billigen Fruchtbonbons und Tabak, nach den Hemden der Pferdekutscher und den Röcken der Mägde und den sogenannten ledernen und »männlichen« Parfums der Damen des Hauses, nach dem Eau de Cologne der frisch rasierten Herren, nach den Geschwüren in der Leiste des Aufsehers Hilek, nach dem Gerümpel auf dem Dachboden und dem Spiritus der Lampen.

Der Tag ist winterlich, aber leicht und kühl. Von dem ersten Schnee, der vor Weihnachten fiel, ist keine Spur geblieben, man wartet auf Neuschnee. Aber jetzt ist es unbestimmt, weder Winter noch Herbst, man hat das Gefühl, die Zeit sei stehengeblieben und zaudere, und dieses Stehenbleiben der Zeit bereitet eine wahnsinnige Freude. Der Himmel über den Köpfen ist perlmuttfarben, lavendelfarbene Wolken ziehen darüber, und man meint, das Himmelsblau schiene durch sie hindurch. Aber da es ein Wintertag ist, steht die Sonne tief, es ist also nicht allzu hell, aber doch genug, um frisch und fröhlich zu sein. Sicher trug das Gläschen Wodka, das man zum Frühstück getrunken hatte, auch dazu bei, Wodka, aus einer ganz alltäglichen Karaffe ausgeschenkt, nach Kaffee und Brot mit Butter schmeckt er so merkwürdig, daß man ein wenig durchwachsenen Schinken dazu knabbert.

Wie nah ist es von der warmen Bequemlichkeit des Hauses zur Erde, wenn sich die Räder der Fuhrwerke drehen, in den dikken, dichten Schlamm der Straße eintauchen und sich zuweilen kleine Schlammfetzchen davon lösen, und da, wo die Pferde in die Pfützen stapfen, spritzen kleine schlammige Tropfen auf meinen Lodenmantel. Man sitzt auf den Brettern, auf dem Boden des Fuhrwerks, die Beine baumeln ein paar Zoll über der Erde hin und her, auf einer Seite ist die Leiter abgenommen, deshalb sitzt man seitlich zur Fahrtrichtung. Der Kutscher trägt einen Gürtel um die Stoffjacke, die schon so abgeschabt und verschlissen ist, daß man die ursprüngliche Farbe kaum erraten kann, abgewetzt bis auf das weiße Untergewebe ist sie. Er kniet vorn auf dem Fuhrwerk und hält in den vom Wind geröteten Händen die knotigen Zügelstränge, und vor ihm sieht man die Hinterteile der Arbeitspferde, wie sie ihre gestutzten Schweife hin und herbewegen und ihre merkwürdigen Pferdegenitalien zeigen, die aussehen wie aus glattem, gegerbtem Leder. Die Hufe lösen sich vom festen Boden, es geht im angestrengten Trab, und im nächsten Augenblick wechseln sie zum Schritt, und in der Pfütze der ausgefahrenen Radspur neigt sich der Wagen.

Dann kommt Sandboden, schwerer Sandboden, schwer von Nässe. Auf einer Seite ragen ein paar Sonnenblumenstengel auf, dann umgepflügte Felder, und dahinter eine sumpfige Wiese, die Parzellen der Bauern lang und schmal. Darauf vereinzelte Misthaufen, wie große Maulwurfshügel. Weiter, weiter in der Ferne dann der Streifen der Poddębcer Felder.

Jetzt beginnen die Bäume und der Wald. Sofort wird klar, wie anders wir sind, wir sind aus einer anderen Dimension, so sehr wir uns an diesem Wald und dieser Wildnis gleichsam reiben, so gut wir auch jeden Weg und Steg kennen mögen, es ist nicht dasselbe. Wenn wir jetzt von den Fuhrwerken steigen und uns in diese und jene Richtung verteilen, wir sind wie aus einem anderen Stoff, wie auf den Hintergrund des Waldes gestickt. Zuweilen kommt es mir auch so vor, als sei unsere Anwesenheit hier vulgär und unziemlich und widerwärtig, wie Läuse in einem Stoffgewebe. Dabei möchte man meinen, daß man sich so leicht einfügen könnte, man müßte nur verstehen, aber was? Daß ein Stamm schief ist, daß die Blätter vom letzten Jahr sich krampfhaft an den knorrigen Zweigen festhalten, wenn ihnen der erste Schnee noch nicht hinunter geholfen hat, und rot und golden kreiseln und schrumpeln wie ein verbranntes und zusammengeschnurrtes Stück verkohltes Papier. Man möchte meinen, daß man das Atmen der offenen Pfütze im Wald hört, sauer vom schwarzen Wasser des Waldes, ein anderes Wasser als im offenen Gelände, anders als Wasser, an dem sich menschliches Leben befindet. Wenn man hinschaut, am Saum des Waldes entlang schaut, dann möchte man meinen, es wäre so, als blickte man auf den Türvorhang der eigenen Wohnung, aber das stimmt nicht. Gib nicht vor, das zu verstehen, gib dich nicht als Ornithologe aus, wenn du die kleinen Waldvögel siehst, die im Drahtgeflecht der steckenartigen Zweiglein umherhüpfen, still und schweigend, schweigend, weil betreten über unser plötzliches Erscheinen in diesem Waldzimmer, gib dich nicht als Ornithologe und jämmerlicher Naturfreund aus, denn das, was du dir da zusammenreimst, ist nur das, was du dir selbst ausgemalt und eingeredet hast, als du noch in deinem vertrauten Mief und der Stickigkeit und Klitschigkeit deines Lebens mit anderen Menschen gesessen hast.

Aber es ist hübsch so, wie es ist, ein bißchen weiter drüben, wo das hohe trockene Waldgras steht, und dunkel grünt da eine kleine Waldfichte, und weiter hinten steht eine ganze Menge davon, und dahinter ist es blauviolett vom Nebel und orangegolden von einer Schneise, und eine Palisadenwand aus Bäumen steht da und strahlt sehr schön Wildheit und Waldigkeit aus.

So klettern wir also von unseren Fuhrwerken, große und kleine, magere und fette, hier der junge Turzański, kerzengerade, er trägt eine herrliche Tweedjacke mit Schlaufen für die Patronen außen am Ärmel, und darin stecken die Messinghülsen für das Repetiergewehr, und da der Herr Grabowski, der Förster aus Wólka, mit buschigem flachsfarbenem Schnurrbart, er ist aufgeblasen und wichtig, als sei er der Gemeindeschulze von Wólka, und der elegante, stattliche Herr Romer aus Wierbica, der große, magere Herr Mormoros mit seiner hammerlosen Doppelflinte, Inspektor Nałęski von der Grenzwache, Herr Rafałowicz, klein und bucklig, aus Ułwówek, Herr Czajkowski aus Przytułow mit einer zwar roten, aber edlen Adlernase, der Fürst Sapieha von Lubycz und Herr Tym, Gesellschafter von Hochwürden Wałęski aus Wólka, ein seltsamer Typ, angeblich Russe, Emigrant, ein wunderliches Zusammenleben eines Pfarrers mit einem verschlagenen Orthodoxen, Herr Koziek aus

Pawęż, ein junger Bursche aus Dubla, der Priester Wałęski, aber er wird nicht jagen, nur zugucken, so wie die Fräulein.

Während sich das Licht im offenen Gelände zerstreut, ist hier im Wald, wo es keinen Schatten gibt, alles, ob nah oder fern, durchwirkt wie in einem Stoffmuster. Entfernungen lassen sich schwer abschätzen, denn die Birken, die weiße, abblätternde Rinde der Birken, die in Reihen gepflanzten Zwergkiefern, alles wirkt perspektivisch verkleinert, doch das erscheint unwichtig, der Schatten unter den Bäumen ist fest und dicht, die Grashalme reiben, scheuern aneinander, irgendwo springt an einer dunklen Baumrinde eine Axtspur ins Auge, frisch und weiß, wo ein Zweig abgeschlagen ist, wer war das und wann? Auf dem Holzschlag ordentlich aufgeschichtet die Klafter Holz, in verschiedene Richtungen, mit der Säge solid geschnitten, eine solide Holzfällerarbeit, daneben die Zweige zu Haufen aufgeschichtet, ordentlich zusammengelegt und mit Pflöcken zusammengehalten, wie es sich gehört.

Wir gehen auf den Anstand des ersten Treibens, »der erste Schuß soll nicht auf einen Hasen sein«, heißt es, die Treiber warten schon längst am Rand des Geländes. Alles ist sehr hübsch, ordentlich, die einzelnen Anstände sind jeweils mit einem eingeschlagenen Pflock markiert, auf den der Waldhüter mit Rötel schief die ausgeloste Nummer des betreffenden Schützen geschrieben hat. Ich habe eine kleine Wiese vor mir, man sieht weit in alle Richtungen. Ich pumpe fünf Ladungen aus der Pappschachtel unterhalb des Laufs in meine Browning und entsichere das Gewehr. Bloß hat mir das Pech den Priester beschert.

Mit den Gedanken ist es wie mit einer Spirale. Von einem Punkt, einem einzigen, geht sie aus, beschreibt einen Bogen und kehrt wieder zurück.

Der Priester schnauft und ist rot wie eine Tomate, aber glücklich. Bei anderen sehen die Fräulein zu, und ich muß den Priester unterhalten! Worüber soll ich hier mit ihm reden, beinahe hätte ich mit der Enzyklika angefangen, aber der Priester sagt sachlich: »Und die Wildschweine füttert ihr hier per Hand mit

Rüben und habt sie numeriert, was?« Was soll dieses »ihr«, denke ich bei mir, aber die Wildschweine kommen aus Rata Dzieduszyckich, wo sie tatsächlich mit Rüben handgefüttert und numeriert werden.

Ein Hase kommt herangehoppelt, setzt sich und richtet die Ohren auf. Und in der Ferne sind die Treiber gerade losgezogen, noch ist ihr Lärm schwach, man hört die scharfen Schläge der Stöcke gegen die Zweige im Unterholz, wie ein Xylophon. Dann plötzlich ertönen direkt nacheinander zwei Schüsse. Unser Hase springt auf und hoppelt gemächlich ins Unterholz zu unserer Linken. Der Priester neigt den Kopf und sagt: »Das war Mormoros, und zwar auf einen Hasen.« Die Luft ist gläsern.

Und plötzlich kommt mir der Gedanke, er überkommt mich, hier im Moos auf die Knie zu fallen und die Hand des Priesters zu küssen, die selbstzufrieden den Kragen aus Seehundpelz streichelt, wie leicht das wäre, doch es geht nicht darum, daß es leicht ist, und auch nicht darum, daß es Erleichterung verschafft, daß die sich auftürmende chaotische Welt außerhalb des Kreises bleibt, den die geweihte Kerze der Absolution beschreibt, und wie soll man sich dann bekehren und ans Weihwasserbecken der Kirche zurückkehren? Aus Widerspruchsgeist, gerade deshalb, weil er hier ist, der Abbé, weil er nicht zu der gleichgültigen, erstarrten, eisernen Natur paßt, der gottlosen, einzelgängerischen, hochmütigen, um es aus Widerspruchsgeist, im Widerspruch zu sich selbst zu tun, wenn ich mir den kleinen, buckligen, schnupftabakbefleckten Schopenhauer vorstelle, geizig, kleinlich wie ein Pedant, im Streit mit seiner Hauswirtin, bissig, der es dennoch fertigbrachte, sich von all dem abzugrenzen, anders als alle zu sein, sich trotz allem Pessimismus, aller Klugschwätzerei und allem Verdruß zu ergeben ... ja und dann? Der es fertigbrachte, hineinzufinden, hineinzufallen in die Ordnung, die gelehrte, geregelte, und sich selbst im Zweifeln auf die Gnade zu berufen, auf Opfer und Buße zu berufen, den Rücken unter die Rute der eigenen Gedanken zu beugen, sich in einen Rhythmus fallen zu lassen? Soll ich es wirklich tun, also hier auf die Knie fallen, ins Laub vom letzten Jahr, in die glitschigen Nadeln, ein Büßer, Zerknirschter, Reumütiger, ein Sühnender im Büßerhemd, ein sich Demütigender, soll ich mich wirklich noch einmal umnebeln lassen? Wird es reichen? Trete ich dann in den Steigbügel Gottes, oder spanne ich die Seele wie einen Bogen zu einer verhärteten, krummen, einzigen Form, dem Bogen, und wird die ekstatisch bebende Sehne Gebete ins Dunkel entsenden oder gezielte Pfeile in den Abgrund, der Gott ist?

Aber vielleicht ist es schon geschehen? Vielleicht ist schon alles vorbei für den, der nicht daran glaubt, es ist ja nicht die Form, die wichtig ist, sondern der Inhalt, also die Absichten, das ist so, als wäre es ... Form, Inhalt, Form, Inhalt, und wenn die Form der Inhalt ist – alles rings um uns ist doch Form – und der Inhalt nur die Beziehung zwischen den Formen, dann wird der Inhalt, der wahre, richtige Inhalt, die Wahl der Form sein, und zwar der guten, rechten Form und die Abkehr von der schlechten Form ... Aber was ist, wenn wir nicht trennen können, wenn sie ineinander übergehen wie die Form und das, was die Form umgibt, wie Schatten und Licht, wie Positiv und Negativ, es ist doch so – wenn wir sagen, daß die Sonne die Dunkelheit erhellt, dann gebiert die Sonne die Dunkelheit, oder aber die Dunkelheiten häufen sich ringsum an, verdichten sich und gebären aus ihrer Mitte das Licht, wenn es kein Dunkel gäbe, gäbe es auch kein Licht, und wenn es das Böse nicht gäbe, gäbe es auch das Gute nicht, jetzt bin ich schon so weit, daß ich alte Binsenweisheiten herunterleiere ...

Uns gegenüber werden die Treiber zwischen den Stecken der Sträucher sichtbar, jeweils zwei oder drei zusammen, statt daß sie sich ordentlich verteilen, und deshalb flucht Paweł auf sie. Ich atme erleichtert auf, und der Priester sucht sich einen umgänglicheren Gefährten für den nächsten Anstand, und beim zweiten Treiben bin ich allein.

Mein Anstand liegt einer dichten Fichtenschonung gegenüber, zwischen den Bäumchen sind die Nadeln so ordentlich und säuberlich verstreut wie in einem Salon. Und auf diesem Salonparkett trat plötzlich ein Fuchs vor mir aus und blickte mich mit seiner dreieckigen Fuchsschnauze an, klug, aber auch überrascht über meine Anwesenheit. Aber er fing sich schneller als ich, und wie drehte er da blitzartig um und machte kehrt! Ich feuerte einmal, zweimal auf ihn ab, auf kurze Entfernung, und noch einmal und noch einmal, und noch einmal so nah, daß die Fichtennadeln rieseln, aber da war er schon weg, und vielleicht habe ich mir das alles auch nur eingebildet?

Beim dritten Treiben war Teresa bei mir. Zyziu, sagt sie zu mir, die gute alte Teresa, beim ersten Anstand habe ich rechts gestanden, und du hast uns mit Schrot vollgehagelt. Teresa, sage ich, so wahr ich hier stehe, das ist unmöglich, und es ist mir unangenehm, denn die gute, brave Teresa glaubt mir nicht, ich sag es ihr noch einmal, ein Wort steht gegen das andere. Mormoros hat einen Fuchs getötet, er trat vor ihm aus, schleifte das Gedärm hinter sich her, das war sicher der, den ich angeschossen hatte, es ist eine Schande.

Das letzte Treiben war schon draußen im Freien, da dämmerte es bereits, und als wir zum Abschluß zum Kesseltreiben gerufen wurden, war es fast dunkel. Von dem mitgebrachten Bigos stieg Dampf auf in der kalten Luft, es roch nach dem Kohl, der im geschlossenen Topf gegart worden war. Wir stießen mit Wodka an, gleich wurde einem schwindlig davon, und die Augen tränten. Die kleinen Jungen von der Treibjagd, in den mit Riemen gegürteten Jacken ihrer Väter und zu großen Tretern an den Füßen, wischten sich heftig mit den Ärmeln die Nase und standen zusammengedrängt da und schauten zu, wie die »Herren« Wodka tranken. Ab und zu bückte sich einer von ihnen nach einer verschossenen bunten Patronenhülse der Doppelflinten.

Es ist ein Jammer, den Wald zu verlassen, den jetzt eine tiefe dunkelblaue Finsternis überschwemmt wie Tinte aus einem umgestoßenen Tintenfaß. Jetzt möchte man meinen, es seien nicht wir, die wegfahren, sondern der Wald entferne sich von uns und ziehe davon. Die schwarzen Bäume, starr und wie aus Eisen, ziehen fort, verstecken sich hinter den nächsten, die dann auch fortziehen, mit schwerem, tonlosem Schritt, zwischen ihnen und uns senkt sich erst ein Vorhang, ein rostfarbener, dann ein zweiter, der violett ist, dann ein dritter, hellblauer, und dann liegt ein Abstand zwischen uns, eine Leere, ein offener Raum, noch einmal schaue ich mich um, und noch einmal ordnen sich die Kolonnen und Reihen neu, angeführt von dem höher hinaufschießenden Standard, dem Samenbaum, die Füsiliernachhut der Schonungen und Jungwälder hat sich verlaufen, und das Feld ist frei, ein verlassenes Schlachtfeld, ein Niemandssieg, hier und da schimmert eine Pfütze zwischen den Schollen kalt und silbrig auf, wie die Klinge einer verworfenen Waffe, immer wieder.

Daheim geht es drunter und drüber, ein hektisches Treiben vor dem Ball. Hier sind wir nun, zum letzten Mal – und es ist noch so viel zu tun. Die Fußböden werden mit gehobelten Kerzen bestreut, aus der Kredenz bringt man Petroleumlampen, ihr gelbes Licht frisch geputzt, man mischt die hausgemachten Liköre und verteilt sie auf Karaffen und geschliffene Flaschen, es riecht nach den Fichtenzweigen, mit denen man die Simse im großen Saal dekoriert hat, die jungen Damen sind ganz aufgeregt, denn durch die Hintertür bringen jetzt die Musikanten ihre Kontrabässe und Saxophone herein, aus Rawa hat man sie kommen lassen, und von der Veranda her nähern sich schon die Lampassen (»Lampassen!« rufen die jungen Damen) der Chasseur-Offiziere vom 6. Regiment der Kavallerieschützen aus Żółkwa, die mit demselben Zug gekommen sind, auch die anderen Gäste treffen allmählich ein, ich trage den geliehenen Frack des Hausherrn, der mir unter den Armen kneift und ein wenig aus der Mode ist. Die jungen Damen sind noch grünschnäbelig und aufgeregt und reden dummes Backfischzeug daher: »Unsere Linde im Park, das ist die, wodrunter Napoleon gesessen hätte, wenn er hier lang nach Moskau gezogen wär«, oder sie lesen in den Anzeigen in der Zeitung und stellen sich naiv und fragen: »Zyzio, was soll das heißen – ›Veto schützt die Männer‹?« Man weiß gar nicht, wo die Backfische aufhören und die Weibsbilder anfangen. Alle Augenblicke fährt ein Fiat-

Sportwagen vor oder ein altmodischer Landau oder einfach ein simpler offener Kutschwagen ohne Bock, die Gäste schälen sich aus ihren Felljacken, Filzmänteln, Pelzen, Benedykt nimmt ihnen alles ab, »Benedyk«, sein Bruder ist Wagenbauer auf dem Vorwerk, und Benedykt ist bei Empfängen der Kammerdiener und zieht gewirkte Handschuhe an, und 1918 war Benedykt Vorsitzender des ukrainischen Ausschusses im Dorf und teilte der auf ihrem eigenen Gut internierten Herrschaft Hirsegrütze zu, aber nach dem Krieg hat man das vergessen, und beide Seiten hätten es schockierend gefunden, an jene Tage ukrainischer Herrlichkeit erinnert zu werden. Da ist der Herr Przegalski, »von Kościelec« schreibt er sich, so ein Weyssenhoffscher Typ, *causeur*, pariserisch, rollt nicht das »r«, auf die Jagd hat er ein paar Doppelflinten im Futteral mitgebracht, von Wojciech Radziwiłł redet er als »Aba«, aber er wechselt wunderbar zwischen den Gutsbesitzern und den Adligen hin und her, dabei sind das zwei sehr verschiedene Gattungen, erstere sind Antisemiten und letztere regelrechte Philosemiten, denn sie verheiraten sich mit reichen Jüdinnen, und da wir schon von Juden reden, die Baronessen Wattów von Niemirów sind auch da, und im Flur der Kanzlei wartet ein Geschäftsbesorger im atlasseidenen Kaftan, seit dem Morgen wartet er dort, ganz geduldig, »nu, so wart ich eben«, aber da stimmt die Musik plötzlich die erste Quadrille an, daß die Scheiben erzittern.

Noch vor Weihnachten war Maruszka zu Verwandten in die Stadt gefahren. Ihre Abwesenheit erleichterte mich sogar. Es war schon sehr kalt, und wie üblich fiel Schnee direkt vor Heiligabend. Nicht viel, nur gerade genug, um die augenblickskurzen Dezembertage aufzuhellen. Die Vorweihnachtszeit, die eigentlichen Festtage und die Tage danach verliefen nach eingeschliffener Gewohnheit. Im Eßzimmer tranken wir scharfen Wodka, kosteten die Feiertagsleckereien, veranstalteten Laienspiele, draußen vor dem Fenster lag der Park, verzuckert im vorweihnachtlichen Schnee. Dann taute es, und man wartete auf neuen Schnee. Draußen vor der Küche hing ein erlegtes Wildschwein an den Hinterbeinen aufgehängt, und die gierigen

Elstern flatterten vor den kahlen Bäumen hin und her, das Wildschwein Schrimir und eine ganze Elsternwalhalla. Von der ungewohnten Zahl der Gäste aus ihrem Dauerschlummer aufgescheucht, watschelten die Dackel mißmutig durch die Zimmer.

Heute morgen hatte mir der Fuhrmann des Verwalters einen Brief gebracht, eigentlich war es gar nicht heute, sondern schon gestern abend, aber ich ließ ihn geistesabwesend in die Tasche gleiten und machte ihn erst am Morgen auf. Es war ein Brief von ihr. Der erste Brief von ihr! Ich war so gerührt, daß ich bis heute nicht weiß und damals nicht gefragt habe, durch welches Wunder der Brief nicht auf dem normalen Weg in dem vergilbten Postbeutel ankam, den der Melker nachmittags brachte, sondern auf abenteuerliche Weise über das Vorwerk. Ich nehme an, daß Nemesis, die den gewichtigeren Dingen einen besonderen Reiz verleihen will, mit solchen seltsamen und undefinierbaren Staffagen aufwartet. Sicher deshalb, damit es um so bewegender wird.

In diesem Brief ging es um irgendeine Oma, ein »Omilein«, das mich nicht besonders interessierte, und dieses Omilein hatte für sie eine Art snobistisches Fest gegeben, irgend etwas, was in ihrem Leben ein Ereignis war, was ich jedoch in meiner Abgesondertheit für trivial und uninteressant hielt. Ihre Einmischung in meine Angelegenheiten, indem sie sich an hochgestellte, aber von ihr ganz naiv ausgesuchte Persönlichkeiten wandte, hatte mich ein wenig aufgebracht, aber inzwischen hatte ich es verwunden. Auch ein Foto ihrer werten Person lag bei, für mich, aufgenommen von einem Straßenfotograf, einem »Leica-Mann«; wie bei diesen Leica-Bildern üblich, war es ein wenig von oben aufgenommen, auf grauem Papier, ohne Licht, mit deutlich hervortretenden Trottoirplatten und ein paar dummen Gesichtern von Passanten im Hintergrund, der in perspektivischer Verkürzung gewaltsam floh. Sie sah nicht gerade gut darauf aus, aber ihre Figur und ihre phantasievolle Verwegenheit hatten ihren Reiz, trotz des Hutes, der ihr nicht besonders zu Gesicht stand. Dieses Foto hatte, wie der Brief mir erklärte, zuerst ein Geschenk für irgendeine Tante sein sollen, die da und da wohnte und einen prägenden Einfluß in ihrem Leben gehabt hatte und es mit ihrer Last beschwerte. Ein Stück von der ursprünglichen Widmung war abgeschnitten, und jetzt war ich der Besitzer dieses Andenkens.

Aus dem Saal, wo die Musik spielt, läßt sich durch das Stimmengewirr der junge Józio vernehmen, der Anführer des Tanzes, »Meine Herren, rrrrond! …«, so laut, daß die Körner aus dem vertrockneten Erntekranz in der Diele rieseln, und neben mir höre ich, wie der alte Herr Wyłżewski erzählt: »Am hellichten Tag kommt da der Erzherzog mit Offiziersgefolge ins Café Sacher in Wien, und der Erzherzog ist nackt wie Adam im Paradies, nur den Säbel hat er umgeschnallt und die Kappe auf dem Kopf, und die Offiziere springen von ihren Plätzen auf und nehmen Habachtstellung ein«; und heute früh standen die sogenannten »Wandergesellen« vor der Veranda, die »Wandergesellen«, das waren damals junge Leute, die nicht arbeiteten, nur von Dorf zu Dorf zogen und sich vor den Eingangstüren der Gutshäuser aufstellten, ohne Unterwürfigkeit und auch ohne Frechheit, nicht einmal schlecht angezogen, nur schlammbespritzt wie die Wilden, und das Tag für Tag, so eine Art Delegation, eine Mahnung jener Zeiten, so standen sie da und zogen später weiter, Sucher von Landschaftsansichten, Automaten und Roboter ökonomischer Auswüchse, und so standen sie ganz gelassen und blickten mit kalten Augen auf das Gut, und der Herr des Hauses langte ärgerlich nach seinem Portemonnaie und sagte verärgert zur Hausherrin: »Immer an den Säckel, den Säckel«; aber dafür muß man Verständnis haben, denn er ist zwei Monate mit seinen Samstagszahlungen im Rückstand, und heute morgen hat er von seinem wirrköpfigen Nachbarn eine Einladung zur Fuchsjagd auf seinem eigenen Gelände bekommen. Józio Haden mit »die Daaamen zum Körbchen!« …, und durch die offene Tür sieht man nackte Frauenschultern und einen nackten Frauenarm, einen sich verjüngenden Frauenarm, der sich beim Tanz gegen die Brust des Mannes stützt und diese abwechselnd an sich zu ziehen und wegzustoßen scheint, und das Mädchen mit einem engen Korallenhalsband, das ein Tablett mit Eiskaffee herumträgt, und von dem jungen Turzański erzählt man, der Vater sei Apotheker gewesen und habe sich ein Vermögen verdient, und der Sohn nun habe schon Fasson und Zuschnitt eines Landedelmanns und sei die erste Partie im Bezirk, und der Herr Rafałowicz aus Ułwówek, der ist von der Abstammung her Armenier, und er lebt mit der eigenen Köchin, einer Bäuerin, zwischen Hühnern, Gabeln, Töpfen und ausgetretenen Schaftstiefeln, die Pelerine von Pfarrer Wałęski und das Frackhemd vom Herrn Przegalski, »Rizpaldiza hat solche Schecken in seiner Herde«, »sechs Kartoffelmieten hat er beim Kartenspiel verspielt«, »ihr wundert euch hier, aber ich hab einen jüdischen Ökonom, der steht mit dem Wecker um vier Uhr früh auf«, »der alte Prek, den hat der Schlag getroffen, als er auf den Rehbock angelegt hat, da war es aus«, und aus dem Saal Józio Haden: »Hopp, hopp, hopp, aber lebhaft! ...« und das Poltern der zusammengeschlagenen Hacken wie tausend Teufel, im Flur auf dem Stuhl vor der Tür zur Kanzlei schläft der jüdische Geschäftsbesorger, die Fuhrleute trinken Wodka in der Backstube unter der Treppe, huuui, da schwirrt atemlos und glühend das Fräulein vorbei: »Zyziu, sei doch so lieb und richte mir das Schulterband ...«, in der Kredenz raschelt es in den vertrockneten Kränzen – Mäuse? ...

Die Musik hält einen Augenblick den Atem an ... uuuund dann legt ein flotter Masur los! Um den Kreis der tanzenden Paare verliert der Saal seine rechteckige Form und wölbt sich zum Oval, aber damit nicht genug, damit nicht genug, in die Mitte und aus der Mitte, zueinander und auseinander, aber damit noch nicht genug, die Lichter kreiseln wie in einem verrücktgewordenen Planetarium, und eins, zwei, drei und eins, zwei, drei und hopp, hopp, hopp, und die Hacken zusammengeschlagen, und noch einmal! und in die Mitte und aus der Mitte und zueinander und auseinander und zueinander und auseinander und die Hacken zusammen, und noch einmal! aber damit nicht genug, also in den Flur hinaus, in den Flur, zur

Tür, und rrrrums, die Tür geht auf, und Dampf quillt aus dem kalten Hof und über die Treppe und von der Treppe auf die frostige Erde der Einfahrt und ums Haus herum, und das Haus flackert von all den roten Lichtern wie im Feuer ...

Und über der dunkelblauen Nacht steigt langsam die Dämmerung auf, ein scharfer Rand aus Licht, und von den Bauernkaten her sieht man die Feuer der russischen Weihnacht wie ferne Feuer auf Tierra del Fuego.

PIM

»Ach, weißt du, wie soll ich dir das erklären …« sagte Herr Ł. zu mir. »Diese Liköre sind Kreditware. Wie beim Getreide. Man strengt sich an, sät, erntet, drischt und mahlt Mehl und bekommt nur Wechsel dafür, aber wenn man es noch am Halm verkauft, dann hat man Bares. Mehl ist Kreditware, und stehender Weizen ist Effektivware …«

»Ich verstehe, Spiritus aus der Brennerei ist Effektivware, doch Liköre sind Kreditware. Aber warum?«

»Das ist ein Geheimnis der Agrarökonomie«, sagte Herr Ł. »Jedenfalls sind diese Liköre nach kolossalen Investitionen in alle möglichen Maschinen in Kommission genommen worden, ich habe Wechsel dafür bekommen, dann kam die Krise, und jetzt kann ich diese Wechsel im Ofen verheizen. Das war das erste Experiment meiner besseren Hälfte, *entre nous soit dit.*«

Wir gingen am Rand eines Sandwegs entlang, auf der einen Seite wurden die Kiefern spärlicher, und als wir an eine offene Stelle kamen, trat über diesen Kiefern eine ganz blasse Sichel hervor, der über dem Horizont aufgehende Neumond.

Herr Ł. nahm seine Biberfellmütze ab und verbeugte sich ernst vor dem jungen Mond, und das kam mir sehr albern vor, dieser Aberglaube und diese Aufmerksamkeit einem gehörnten Satelliten gegenüber, aber ich ließ mir nichts anmerken. Der sandige Weg verschwand plötzlich in einem Waldtümpel und tauchte jenseits der Wasserfläche wieder auf, in der sich die Wipfel der Kiefern und ein zweiter Neumond getreu widerspiegelten. Vorsichtig suchten wir trockene Grasbüschel, über die wir auf die andere Seite gelangen konnten.

»Dieselben ökonomischen Gesetze sind der Grund dafür, daß ich jedes Jahr ein paar Morgen Land verkaufen muß, damit nicht alles in sich zusammenfällt. Dabei wird hier nicht schlecht gezahlt – die Bauern hungern nach Land.«

»Wieviel kostet ein Morgen?« fragte ich.

»Nun, in Wólka Tarnowiecka zahlt man zweihundert Złoty,

weil es Sandboden ist und parzelliert, in Werhrat sechshundert, aber bei mir müssen sie kaufen, denn sieh mal, Hujcze hat Sümpfe ringsum, und Zielona Wälder, Hołe ist eine hungrige Gemeinde. Ich bekomme tausend Złoty. Aber ich gehe nicht besonders gern hin, es ist, als schnitte mir jemand einen Finger nach dem anderen ab.«

Ich dachte darüber nach, woher dieser Hunger kommen mochte. Am selben Morgen hatten wir im Arbeitszimmer gesessen und uns unterhalten, als das Zimmermädchen, die Schwester des Kochs Jasiek, hereinkam. Rozia war rot im Gesicht, und man sah gleich, daß sie ein außergewöhnliches Anliegen hatte, denn ihre normale Routine als Zimmermädchen gestattete ihr ja, sich ungezwungen und mit der Vertrautheit des Faktotums im ganzen Haus zu bewegen, in ihrem bunten Rock lief sie herum, summte in der Diele vor sich hin, wenn sie im Kamin Feuer machte, oder zankte sich in der »Kredenz« mit einem Lakai. Aber jetzt war sie verlegen und dabei doch sehr würdevoll. »Bitteschön der Herr«, sagte sie, »ich habe eine Bitte.« Herr Ł. legte seine Brille zusammen und sah sie fragend an. »Ich ersuche die Gnade, ich tät gerne einen Morgen auf der Trift kaufen ...« Beim Mittagessen trug sie auf, und es herrschte betretenes Schweigen, doch in den Pausen, in denen sie in die Küche verschwand, fielen schnelle, mit gedämpfter Stimme ausgesprochene Sätze. »Überleg dir doch bitte, mein Lieber, woher haben sie so ein Vermögen angesammelt?« Und dann die grausame Schlußfolgerung: »Nun, sie haben es sich hier und da zusammengestohlen, im Haus kann man sie ja nicht die ganze Zeit beaufsichtigen.« Mir war unwohl bei solchen Gesprächen, und ich war froh, als man zu einem anderen Thema überging.

»Mein Bruder hat ein ganz anderes Verhältnis dazu«, sagte Herr Ł. »Er geht sogar gern an die Stellen, wo er sein Land parzelliert hat, und er freut sich, wenn er sieht, wie sie sich das alles ›aufgebaut‹ haben. Aber für mich ist es, als schnitte mir jemand Stück für Stück die Finger ab.«

Zu unserer Linken lag eine offene Rodung. Auf dem gewellten Boden lagen Klafter von unverarbeitetem Holz, das Waldgras stand in hohen Sträußen, und die Setzlinge für den neuen Wald bildeten eine Kette wie ein Rosenkranz.

Herr Ł. gab mir letzte Hinweise. »Du gehst über den Steg, und gleich zwischen den Erlen ist ein Hochstand. Es ist so gut wie unmöglich, daß du dort einen Bock mit Hörnern antriffst, das wäre dann höchsten ein ›Fehlgänger‹. Jedenfalls erkennst du ihn am ›Pinsel‹.«

Mich amüsierte seine Terminologie, die sich übrigens vom Jägerlatein der schnupftabakbefleckten passionierten Jäger unterschied. Herr Ł. hatte mir gute Jagdmanieren beigebracht und legte darauf mehr Wert als auf gewöhnliche Erfolge. Er war ein vollendeter Gentleman auf diesem Gebiet, sogar ein Eber, der ihm vor die Flinte lief, erschien in seinen Worten »mit Visitenkarte«. Er beobachtete genau und kritisch, wie ich das Gewehr trug, und verurteilte jeden Anflug von Unbekümmertheit, die einen Verstoß gegen Ehre und Würde der Pirsch darstellt. Seine Pirsch kannte er in- und auswendig. Alle Pfade und Wildwechsel aus seinen mit Abenteuern gespickten Erinnerungen so vieler Jahre. Ich beneidete ihn darum, wenn ich, vom städtischen Leben abgestumpft und ohne Gespür, auf den rauhen, unzugänglichen, wilden Wald traf. Ich hatte einmal einen Freund, einen Meister im Billard, in der »Karambolage«. Wir verbrachten Stunden an dem grünen Tuch, und mein Freund war mein im übrigen unerreichter Meister. Ernst und gefaßt achtete er auf meine guten Manieren, korrigierte streng meine Haltung und meine Stöße und vertrug keine aufgesetzte Unbekümmertheit, und obwohl ich nie auch nur ein durchschnittlicher Spieler wurde, erwarb ich mir doch eine hervorragende Form in diesen langen Kaffeehausnächten, wenn sich die gelangweilten Kellner an die Wand drückten und das rote Licht der Glühbirnen sich in dem schwarzen Kaffee auf den Tischen spiegelte. Herr Ł. achtete darauf, wie ich mich im Wald anstellte und kritisierte mich gutmütig. Er selbst, in seiner Biberfellmütze, seiner ausgebeulten Jacke und den grünen Gamaschen, kam mir mal wie ein Fuchs vor, dann wieder hatte er etwas von einem Dachs oder einem Eber.

Nachdem er mich nun allein gelassen hatte, kehrte er über Brzeźniaki zurück, grau und immer kleiner wurde er vor dem Hintergrund der Straße, und ich blieb allein. Ich überquerte den Waldgraben auf den glitschigen Brettern des Stegs und fand den Hochstand. Eine kleine Plattform in zwanzig Meter Höhe zwischen den Zweigen der Erle, hinauf kletterte man über morsche Sprossen.

Aus dieser Höhe bot sich dem Auge ein weiter Horizont. Die Wipfel und Spitzen der Kiefern bildeten erstarrte Wellen und dehnten sich weihin aus bis nach Wierzbica, Poddębce, Ulwówek, Krystynopol, das mit Sandhügeln übersäte und von Mooren und Wasser durchzogene Wald- und Heideland an der Rata, sie überschritten den Bug und zogen weiter, weiter nach Osten, so weit das Auge reichte, so weit die Vorstellung reichte, Kiefern, Kiefern, manchmal Eichen und wieder Kiefern und Gras und weiter nach Osten und über den Bug bis Stochód und Słucz und Horyń und weiter nach Osten, wo die rote Sonne in den violetten feuchten Wolken herbstlicher Morgendämmerungen aufging.

Ich machte es mir so bequem wie möglich, klappte meine Savage auf und steckte eine Sechs-Millimeter-Patrone in den Lauf, die Hülse war gebrochen und zeigte den bleiernen Kegel im Geschoß, der sich beim Aufprall auf das Ziel wie eine Rosette öffnete und einen zweihundert Kilo schweren Eber wie ein Blitzschlag fällen konnte. Ich schob die Sicherung zurück, so daß die Aufschrift *safe* verdeckt war und *fire* erschien. Durch das auf den Lauf montierte Fernrohr nahm ich die nächstgelegenen Fichten in Augenschein, und auf ihren von der Linse vergrößerten Stämmen zeichnete sich zart das Fadenkreuz ab.

Ringsum war alles leer und reglos. Manchmal flatterten kleine Vögel zwischen den Stöcken des Unterholzes auf, schweigsame Waldvögel. Wo die Rodung aufhörte, war das Grün der Wintersaat zu sehen. Es wurde kühler, und man spürte den nahenden Abend. Ich schaute mich so angestrengt um, daß mir Tränen in die Augen traten – nichts. Keine Spur von Leben.

Zufällig sah ich nach unten, und dort, am Fuß des Hochstands, stand ein Fuchs, so nah, daß ich ihm hätte auf den Rücken spucken können. Das herbstliche Haarkleid flammte auf, und das Ende seiner Fahne leuchtete weiß. Er beschnupperte einen alten Pferdeschädel, der dort lag, dann pinkelte er ganz trivial darauf, und als nach einer Bewegung, die ich machte, die Birkenholzbarriere des Hochstands ächzte, verschwand er wie ein Geist und war nirgends mehr zu sehen. Ich wurde ein wenig aufgeregt und überlegte, was das für ein Schuß aus der Höhe gewesen wäre, senkrecht, aber dann war mir plötzlich wieder, als sei es nur eine Erscheinung gewesen.

Nichts. Ringsum nichts.

Ich versank in Gedanken, in eine Art Wachtraum. Ich wußte, daß mir das Erscheinen eines Bocks nicht entgehen würde. »Hunger nach Land«, dachte ich. Einerseits der Gutsbesitzer, der Herr, viertausend Hektar Land und Wald. Andererseits das Dorf, an einem schlammigen Weg gelegen. Hier Gutsfelder, große Quadrate, die sich den flachen Hügel hinabzogen. Mit Drainagen, gründlich mit Mist gedüngt. Dort die langen Streifen der Parzellen mit schwärzlichen Haufen armseliger Gartenjauche. Kreuze an den Scheidewegen. Der Gutshof mit Park, Tennisplatz, Brennerei, Automobil, gelegentlichen Gesellschaften, und dahinter, auf der Rückseite, die Schatzkammer, die »Preisschere«, der Jude, der die »Chasaka« auf das Gut hat, die einzige Quelle von Bargeld zur samstäglichen Auszahlung, der um einen Monat im Rückstand befindlichen Auszahlung, der geduldige Jude mit dem Geld, der stundenlang im Vorzimmer wartet, während Herr Ł. und ich bei Kaffee und Zigaretten die Vorzüge eines »Rumunen« für die Jagd oder des »Choque« der neuen Hammerless-Flinte diskutieren. Der Jude im schwarzen Atlasmantel mit Pelzkragen, groß, ernst, bärtig, sitzt im Vorzimmer auf dem Stuhl, und der Gutsherr hat kein Geld, um die Jahreslizenz für die Brennerei zu bezahlen, und da ist das Dorf, die orthodoxe Kirche zwischen alten Buchen, der junge Pope mit dem mageren Gesicht, der sich mit dem Delegierten von »Maslosojuz« berät, ein Delegierter mit Ingenieursdiplom, der im Einspänner und nur mit einem Trenchcoat an einem regnerischen Herbsttag eintraf, denn die Bauern sollen den Wodka aus dem Staatlichen Monopol boykottieren und keine Machorka mehr kaufen, und durch diesen Boykott wiederum war die einzige im Dorf verbliebene Pächtersfamilie zum Verhungern verurteilt, ein Dutzend skrofulöser Kinder in der mit Bohnenstroh abgedichteten Schenke, doch die Organisation des rassistischen »Maslosojuz« hält sich nicht bei Sentimentalitäten auf, und organisiert ist er besser als es die Dänen und Dänemark könnten; Frau Ł. hat mir erzählt, wie wunderbar Dänemark ist, sie war dort bei Karin Michaelis in der »Fröhlichen Schule«, und danach war sie in England und dann in der Schweiz, wo es phantastische Schulen gibt und Vorschulen, die kleinen Slöjdschulen, wo die Kinder reicher Eltern in herrlichen weichen Pullovern in der frischen kristallreinen Luft lernen, und hinter der Tafel sieht man den See und den Gletscher des Mont Blanc, und die lebhaften, intelligenten, hübschen, niedlichen Kinder der internationalen Reichen lernen dort, und danach ist sie zurückgekommen und hat einen Flügel des Hauses neu streichen lassen, und da standen weiß lackierte Bettchen, *les petits lits blancs*, und das sollte ein Pensionat für junge Damen von besserem Stand werden, aber auch daraus wurde nichts, so wenig wie aus den Likören, zwar waren zwei Dutzend junge Damen zur Stelle und auch Slöjd und Lehrer für Physik und Sport und für Rasenhockey und Pantomime, aber das Pensionat hatte kein Glück, der Griechischlehrer erschoß sich in seinem Zimmer im Obergeschoß, weil er unheilbar an einem venerischen Leiden erkrankt war, und danach spukte es in seinem Zimmer, und der Skandal sprach sich herum, die Eltern holten ihre Mädchen schnell nach Hause, und es war ein Mißerfolg, genauso wie die Likörfabrik und die Flaschenetiketten mit dem Familienwappen »Nałęcz«.

Frau Ł. zeichnete sich durch unverwüstliche Energie aus. Sie interessierte sich für Psychoanalyse und brachte eine ganze Bibliothek ins Haus, und als eine internationale Berühmtheit, Professor C., in Lemberg einen Vortrag mit dem Titel »Die Libido auf der Schwelle des Unterbewußten« hielt, wurde er direkt von dem Vortrag mit dem Auto hierher nach Krähwinkel gefahren, und er langweilte sich, denn überall versank man im Schlamm, man konnte keinen Fuß vor die Tür setzen, und nur Frau Ł. sprach fließend Englisch, sonst konnte er sich mit niemandem unterhalten. Sie begann sogar einen psychoanalytischen Roman in Fortsetzungen für die Landzeitung *Polnisches Denken* zu verfassen, aber die Redaktion setzte die Veröffentlichung ab, als der Weihbischof von Przemyśl sein Abonnement kündigte. Auszüge des unvollendeten Romans wurden gelegentlich an Winterabenden vorgelesen, aber unterdessen hatte Frau Ł. Interesse an der Käseherstellung entwickelt und eine Käserei eingerichtet, und die Czerwieńsker Landgenossenschaft boykottierte die Produkte, denn Frau Ł. befaßte sich inzwischen mit Politik und unterstützte den Regierungskandidaten für den Sejm, einen Nachbarn, ein an Gallensteinen leidender Ökonom, und der Vorsitzende der Genossenschaft, der im Bezirk kandidierte, konnte sich mit diesem Verrat nicht abfinden. Herr Ł. schritt Tag für Tag seine Felder ab, zahlte seine Steuern, zahlte die Rechnungen seiner Frau, die er nicht liebte, und die ihn nicht liebte. »Ich war ein junger Mann, als ich geheiratet habe«, sagte er mir einmal. »Weißt du, damals waren lange Kleider in Mode, und als ich in Lemberg auf der Universität war, gingen Józio Haden und ich, wenn es regnete, in die Stadt, denn dann hoben die Damen mit einer anmutigen Bewegung ihre Kleider, damit sie nicht durch die Pfützen schleiften, und man konnte das Bein einer Dame bis zum Knöchel sehen.« Sie erzählte mir: »Ich wollte Jerzy nicht heiraten, und am Hochzeitstag habe ich in der Früh zu meiner Mutter gesagt: Mama, diesen Schimpansen will ich nicht heiraten. Und meine Mama, sie war so lieb, sie hat zu mir gesagt: Mach es, wie du willst, Elżuniu …, nun ja, und mit diesen lieben Worten hat sie mich hineingetrieben, aber er ist ein idealer Ehemann, und wir haben Kinder, und du weißt ja, ich bin katholisch …«

Und daneben das Dorf und die Bauern und das Land. Die Bauern, banausenhaft, in billiger Kleidung, manchmal ein alter Pelz, die Frauen schwanger und an Kindbettfieber erkrankt, die

Kinder im Winter ohne Schuhe, barfuß liefen sie im Hof durch den Schnee oder in zu großen Schuhen des Vaters in die Schule. Wenn im Hof ein Schwein am Rotlauf einging und auf dem Viehfriedhof begraben wurde, gruben die Nachbarn es nachts aus, um es zu essen, und Sonntag nachmittags sah man die zynischen, feindseligen Bauernknechte (jeder von ihnen hatte eine elektrische Taschenlampe, ganz billig, das einzige auf dem Land erhältliche Objekt der mechanisierten Zivilisation, und mit diesen Taschenlampen leuchteten sie im Dunkeln), Sonntag nachmittags also standen sie in Gruppen bei der Kirche, die Kuppeln aus verzinktem Blech unter den Zweigen der uralten Buchenbäume, wenn ich spazierenritt, ich saß in einem abgewetzten Sattel auf dem Rücken der gerade verfügbaren Stute der zwei Vorspannpferde. Ihre tumbe Verwünschung belastete mich, den Städter und Verbündeten der Leute, die auf dem Gut wohnten, und dieses Gut war dazu da, bestohlen zu werden, denn auf dem Land war Diebstahl eine Gepflogenheit, ein Anteil, ein Prozent am Lebensunterhalt, und auf dem Gut wurde er einkalkuliert und im Etat berücksichtigt wie Rinderseuchen, Kartoffelpest und Sommerhagel und hatte seine festgefügten Formen und Regeln. Was ist eine Gewohnheit auf dem Land? Wie entsteht sie? Einmal ging ich mit Herrn Ł. einen Pfad entlang, der querfeldein durch das Brachland des Gutes führte, ein für Fußgänger zugänglicher Pfad, und dort trafen wir einen alten Bauern, der eine Schubkarre mit Mist schob. Herr Ł., der nie laut wurde, beschimpfte diesen Lucio oder Iwan grob und verwies ihn des Feldes. »Siehst du«, erklärte er mir später ohne jeden Zorn, »einer geht mit der Schubkarre hier entlang, der nächste mit dem Fuhrwerk ein-, zweimal, und schon ist es eine Gewohnheit, ein Recht, und man hat eine Straße auf dem eigenen Grund und Boden.«

Es begann schon zu dämmern, als ich die Rehe sah. An einer Stelle, wo eben noch, das hätte ich schwören können, nichts gewesen war, standen sie jetzt wie aus dem Boden gewachsen.

Vier an der Zahl. Sie bewegten sich anmutig, ihre hochgestellten Ohren lauschten aufmerksam, wenn sie die Köpfe auf den biegsamen Hälsen umwandten. Das Wunder der Ängstlichkeit, der angespannten, wehen Aufmerksamkeit, die Scheuheit von Gazellen. Sie mochten hundertfünfzig bis zweihundert Schritt weit entfernt sein. Ich warte ab, sagte ich mir, sie werden näher kommen. Woher kamen sie? Sie sind so grau und dem Hintergrund aus Buschwerk angepaßt, daß sie vielleicht schon länger dort weiden und nur eine Bewegung sie verraten hat. Jetzt sind sie ganz deutlich, wie aus Pappe ausgeschnitten. So grazil bewegen sie sich auf ihren schlanken Beinen. Vorsichtig, ganz vorsichtig hebe ich meine Savage und stütze sie auf dem verräterischen Geländer ab, damit es nicht quietscht. Jetzt halte ich durch das Zielfernrohr Ausschau nach dem Bock. Er muß doch da sein. Ich müßte ihn an seinem »Spiegel« erkennen, der beim Bock immer ausgeprägter ist. Oder vielleicht auch an den Hörnern. Im beschränkten Kreis des Zielfernrohrs die vergrößerten Hälse, die Ohren, aber es wird immer dunkler. Mein Auge beginnt zu tränen, und es kommt mir vor, daß das Tier, ja, das dort, das von den anderen verdeckt wird, noch kleine Hörner hat. Ich schaue und schaue und meine, daß es wirklich Hörner sind. Wenn er nur hervortreten würde!

Er setzt sich in Bewegung – geht vorbei. Sehr vorsichtig – es ist weit, aber das Anspannen der Feder können sie hören – ziehe ich den zweiten Abzugshahn der Savage – den »Schneller«-Hahn, der beschleunigt. Jetzt reicht nur eine leichte Berührung des ersten Hahns, um den Blitz aus der Geschoßkammer fahren zu lassen. Ich richte das Kreuz des Zielfernrohrs auf das Schulterblatt, einen Moment lang, bis sich der verschwommene Ring des Endes mit dem Augenring deckt, und bediene den Abzugshahn. Das Geschoß kracht, das Echo antwortet von Pod Dębem her, dann von den Poddębcer Wäldern, dann von Jakobicha und Bereźniaki, dann nochmal von den Poddębcer Wäldern. Die Rehe sind fort. Verweht wie ein Nebel. Nichts mehr da. Ich sitze und bin böse auf die Büchse. Aber dann schaue ich zu der Stelle hinüber und sehe zwanzig Schritte weiter etwas

Weißes. Ich blicke durch das Fernrohr – ein »Spiegel«. Ich steige die morschen Sprossen hinab und gehe in die Richtung und zähle die Schritte, und etwas drückt mir die Luft ab. Ich komme näher, genau hundertfünfzig Schritte sind es – ein Bock, nein, ein Reh! Aus der Nähe ist es ganz zart und dünn, den Kopf hat es zur Seite gedreht, unter den halbgeschlossenen weißen Wimpern sieht man ein Auge, das schon matt und trüb geworden ist. Ein Reh. Ich empfinde Reue, und mir ist, als hätte ich einen Mord begangen, und das tut mir leid. Ich wollte, es wäre nicht passiert, ich könnte es ungeschehen machen.

Ich zünde eine Zigarette an, es wird immer dunkler. Eine Dummheit, denke ich. Das wird sich nicht verheimlichen lassen. Den Förster Paweł hätte ich noch bestechen können, aber ich kenne das Dorf. Es wird herauskommen. Den Schuß werden sie auf dem Feld bei den Kartoffelmieten gehört haben, dann wird es der Pferdeknecht vom Fuhrwerk aus dem Stellmacher zurufen, beim Melken werden sie davon reden, der Junge, der das Wasserfaß rollt, wird in der Küche davon erzählen, es wird bis zur »Kredenz« dringen, und noch bevor ich wieder im Haus bin, wird es schon in den Salon gelangt sein.

Langsam kehre ich heim.

Später, im Sommer vor dem Krieg, fuhr ich für einen Tag nach Z.

Damals durchlief ich alle Stadien und Symptome, die zu einer tragischen Liebe gehören. Ganze Tage aß ich gar nichts, dann wieder sehr viel. Gegenüber Angehörigen und Freunden wahrte ich die Form, um dann ganz unerwartet vor Personen, denen ich zum ersten Mal im Leben begegnete, in tiefe Trübsal zu verfallen.

Die schlimmste Hölle war es, in einer Umgebung zu leben, die ich nur mit ihr kannte und die der Hintergrund unserer Liebe gewesen war. Der *esprit de contradiction* veranlaßte mich jedoch, genau diese Gegend aufzusuchen, und deshalb fuhr ich noch einmal nach Z.

Es war ein heißer Sommertag. Auf dem »Schwarzen« ging zum ersten Mal eine Dreschmaschine auf ein Weizenfeld, das grau im Staub des heißen Tages lag, mit den blassen Augen der Korn-blumen und den roten Flecken des Klatschmohns.

Bei meinem vorherigen Aufenthalt im Herbst hatte ich bei der Kartoffelernte geholfen. In Gedanken versunken ging ich durch den Staub des Feldwegs in die Richtung, wo ich damals gegraben hatte, und plötzlich roch ich sie – die Kartoffeln. Diese Qualitätskartoffeln, angeblich märchenhaft resistent gegen die Kartoffelfäule und andere schreckliche Kartoffel-krankheiten, diese Kartoffeln waren zum Winter nachlässig in Mieten gelagert worden und erfroren, viele Behälter waren auf dem Feld geblieben, und im Hochsommer waren sie verfault, was sich sehr bemerkbar machte. Der Gestank verfaulter Kar-toffeln ist entsetzlich, nicht zu ertragen. Fabrikabwässer, das brackige Wasser der Hafenbecken bei Ebbe, selbst verwesende Leichname auf Schlachtfeldern – nein, das ist alles noch zu milde.

Vor der Hitze kann man sich nicht verstecken. Die Dackel lagen in der Sonne, im Staub der Auffahrt. Aus der Eiskammer brachte ein Mädchen einen Klumpen Eis, an dem Strohhalme klebten, und trug ihn in die Küche. Ich ging zu dem Luftdruck-messer der meteorologischen Meßstelle. Hier befand sich eine Meßstation soundsovielten Ranges des PIM, des Staatlichen Metereologischen Institutes, und zu meinen Pflichten gehörte es, dreimal täglich – morgens um sieben, am Mittag und um sieben Uhr abends – die Instrumente zu kontrollieren und No-tizen zu machen. Einmal im Monat bereitete ich einen Report und die »Mittelwerte« vor.

Diese tägliche Routine habe ich damals sogar geliebt. Zu der Station gelangte man durch eine kleine Pforte im Zaun und zwischen Erdbeerbeeten entlang, an morschen Holzsäulen befand sich ein Kasten mit einem Pultdach und Wänden aus dünnen Holzlatten. Ich öffnete das Vorhängeschloß und fand zwei Thermometer vor, ein Maximalthermometer und ein Minimalthermometer, ein Aneroid und ein Hygrometer und ein Glasgefäß mit einer Meßskala zum Messen von eventuellem Niederschlag. Dieses Gefäß war einmal zerbrochen und dann sorgfältig mit »japanischem« Kitt geklebt worden. Es befand sich auch noch ein Buch mit linierten Rubriken für Einträge dort, die Ecken der Seiten hatten vom häufigen Umblättern Eselsohren bekommen.

Daneben war an einem hohen Mast eine Windrose befestigt, und ein blecherner Flügel zum Messen der Windstärke nach der Beaufort-Skala quietschte.

Niemand außer mir ging damals zu der Station. Nun ja, Hunde, die Dackel und eine Dobermannhündin, begleiteten mich immer auf diesem täglichen Gang. Aber wenn sie dann davontollten und die Goldammern aus den Himbeerbüschen aufscheuchten, ging ich auf dem kürzesten Weg weiter, und viele Wochen und Tage lang trat ich meinen eigenen Pfad aus, nur ich allein. So ein Pfad, den man sich selbst im Laufen schafft, ist eigentlich etwas Widriges. Im Leben ebnet man sich Wege und Pfade im Verband mit anderen. Ein solcher eigener Pfad hat etwas Wahnsinniges an sich, etwas Paranoides. Jetzt kehre ich wieder auf meinen eigenen Pfad zurück, dachte ich damals.

Auf der Terrasse des Hauses legte Herr Ł. den ungelesenen *Illustrierten Kurier* zusammen und betrachtete ihn aus seinem Korbstuhl, und er war mürrisch und schweigsam, etwas war in diesem Haus, unter diesem Himmel zerbrochen.

»Das Barometer steht auf Gewitter«, sagte ich.

»Das ist eine Fabrik unter offenem Himmel, da weiß man nie, was man erwarten soll«, sagte er zu mir. »Dieser Tag heute gefällt mir nicht, vielleicht bringt er Hagel – *il faut toucher du bois sec.*« Abergläubisch klopfte er an die Lehne aus Korbgeflecht.

Ich wußte, was in diesem Mechanismus zerbrochen war. Ich wußte es aus Gerüchten, aus Andeutungen und von beiden direkt, denn ich war eine Art Vertrauter beider Seiten.

Nach Jahren des Zusammenlebens also hatte er seine Rache genommen. Das hatte mir ein Nachbar erzählt, den ich in Lemberg getroffen hatte. Der Kommissar der Schatzkammer, dem ich an der Station begegnet war, bestätigte es unter dem Siegel der Verschwiegenheit. Und Frau Ł. hatte es mir gestanden, als sie voll Bitterkeit sagte: »Wenn er es wenigstens nicht auf so faire Weise zugegeben hätte, es nicht ausgesprochen hätte, wenn nicht alles besprochen und begründet wäre. Aber das ist eben sein Stil ...« Herr Ł. hatte sich mit über sechzig Jahren in die Gesundheitsbeamtin des Bezirks verliebt, die aus der Posener Gegend auf diesen Posten hier gekommen war. Z., diese Oase der Ruhe, der Hafen des Glücks, das Soplica der Maßhaltung, kam mir nun zum ersten Mal, seit ich zurückdenken konnte, erstickend vor, und zum ersten Mal in meinem Leben fühlte ich mich unwohl hier. Ich bedauerte, daß ich gekommen war, wir saßen im Schatten auf der Terrasse in verlegenem Schweigen, Herr Ł., Frau Ł. und die Töchter, artige, heranwachsende Töchter, und der Tag war heiß und stickig, und zwischen den Blättern der Bäume konnte ich die Wolken sehen, die sich im Osten zusammenballten.

Sie türmten sich auf in der heißen Luft, blaßrosafarben, trocken und feindselig. Reglos standen sie da und brannten vom scharfen Licht der Sonne. Aber hinter ihnen, weit weg, wurde ein dunkler Streifen sichtbar, ein regelrechter Wall, von Horizont zu Horizont. Dieser Wall wuchs und kam langsam näher. Darunter war es dunkelblau, und von Zeit zu Zeit zuckte ein zitternder Blitz hindurch.

Man konnte sehen, wie über der Trift, vom Dorf her, ein Wind aufkam und hier und da Staubwolken aufwirbelte. Die Bäume, die hohen Pappeln hinter den Triften, zitterten und flackerten unter den Windstößen. Strohhalme von den Stoppelfeldern der Bauern – wegen des Hungers waren die Kartoffeln frühzeitig geerntet worden – tanzten in der Luft. Der düstere Wall war direkt über uns, und ein bedrohlicher Schatten fiel auf die graue Nässe, die einem Gewitter folgt.

Als die ersten Tropfen niederklatschten, wackelten die Dackel in hastiger Flucht davon. Die vom Wind zerzausten Tauben saßen wie Girlanden aufgereiht neben den Kaminen des Vorwerks und flatterten mit den Flügeln. Ein paar Leute auf dem Vorwerk sahen mit gereckten Hälsen von ihrer Arbeit auf. Die offenen Tore der Scheunen und Schuppen schlugen hin und her. Ein ohrenbetäubender Donner krachte, und auf sein Kommando strömte der Regen und trommelte auf die ausgetrockneten Schindeln und rauschte im Laub der Parkbäume. Die in Aufregung versetzten Hühner und Truthähne suchten unter den Holunderbüschen Schutz, die weißen Tropfen prallten von dem naß glänzenden Rücken des Kleppers an der Deichsel ab und von dem Faß neben dem Brunnen. Den Rock über den Kopf gezogen, rot, atemlos und lachend, kam das Zimmermädchen vom Vorwerk durch den Matsch gelaufen. Die Kapuzinerkresse in den Blumenkästen auf der Terrasse neigte die Blüten dem Regen zu.

Das Gewitter zog so schnell ab, wie es gekommen war, und die Sonne schien wieder, um sich in den Wassertropfen in tausend Sonnen zu versprühen.

Mein damaliger Zustand mag erklären, warum ich das alles so chaotisch in Erinnerung habe, was damals war – die Kartoffeln, die Wetterstation und das Gewitter und noch etwas. Der Blitz spaltete damals die alte Linde am Weg zum Dorf. Zwischen den Zweigen, unter einem kleinen Dach hing und wachte dort über die Felder ein primitiv aus Holz geschnitzter Heiliger Isidor, der Schutzpatron der Ackerbauern. Interessant, daß ich keinerlei Erinnerung daran habe, was aus dieser Heiligenfigur geworden ist.

Meinen Besuch dort in Z. machte ich unmittelbar vor Ausbruch des Krieges. Herr Ł. starb in den ersten Kriegstagen. Trotz des Kriegsfiebers kamen die Menschen in Scharen zu seiner Beerdigung. Wir mir später jemand erzählte, war dieser ansehnliche Trauerzug inmitten der Felder eine große Versuchung für eine Heinkel iii, die, Maschinengewehrsalven abfeuernd, über die Beerdigung hinwegflog.

Aber das, jener *danse macabre* berührte Herrn Ł. nicht mehr, der in diesen ersten Kriegstagen starb.

Wie der Frühling kam

Im Frühling, zum Frühling, wenn der Wind kommt, der Wind, der Wind, und ein bislang unerhörtes Rauschen-Rascheln-Duften heranträgt, dann rührt und regt sich in mir die Erinnerung. Soll der Sonnenstich im Sommer, sollen Angst, Furcht, die Unrast des Alltags, sollen Hetze, Jagd und Raubgelüste des Frühlings-Interregnums, sollen der aufgeblasene Hochmut und die verzweifelte Blasphemie des Sich-in-der-Zeit-Vergessens davonziehen, davontreiben. Ein Strick, der gerissene, zerschlissene Strick der Vergänglichkeit schleift hinter mir her, Zeichen dafür, daß er einmal angebunden war, aber das macht mir keine Angst, ich schäme mich nicht. Denn ich bin wieder mitten im Frühling, allein, so allein!, und es ist freundlich, nicht bloß mehr schlecht als recht, es ist herrlich und bescheiden, aber anders und so, wie es war, und so, wie es sich damals zutrug.

Und es trug sich so zu:

Zuerst sammelten sich die Krähen und Raben mit ihren aufgerissenen Schnäbeln mitten auf dem Feld wie Eisenspäne auf einem Blatt Papier, die von einem Magneten darunter angezogen werden. Das weiße Blatt Papier ist hier das Feld, mit Schnee bedeckt, der unter den Blicken schmutzig und furchig und weich wird und unter den Blicken verschwindet und unter den Blicken nur noch in den Rissen der Erdklumpen zurückbleibt. Und das Feld ist ganz für sich und feucht und allein und flieht in die Ferne, und schrecklich ist es mitten auf dem Feld, noch nichts hat begonnen, und deshalb ist es so schrecklich in dieser Ödnis des Abwartens.

Danach ist es so, als geriete auf dieser Ödnis mit stockendem Atem etwas in Wallung. Das habe ich mir nicht sehr gut ausgedacht, denn bei dieser »Wallung« meint man, es sollte etwas Gewalttätiges geschehen. Aber hier kann von Gewalt nicht die Rede sein, von disharmonischem Gestammel, Unbeholfenheit der Bewegungen und Regungen, wenn man gewaltsam aus dem harmonischen rhythmischen Schreiten in die Grimasse des Sprungs verfällt.

Jedenfalls steigt vor dem farblosen Hintergrund, wenn der Augenblick kommt, gleichsam ein Seufzen aus der Brust auf. Und da werden wir für diese neue Empfindung wach. Auch wenn wir es uns weder erklären noch es begreifen können – in diesem unsagbaren Augenblick ereilt uns das Seufzen des Frühlings, verdreht uns den Kopf.

Es ist noch kühl, es kann sogar noch sehr kühl und kalt sein, und der nieselnde Regen verwandelt sich sogar in eisige Graupeln, und der Wind dringt bis in die Knochen, das dauert einen Moment, aber dann ändert es sich Stück für Stück, und schon ist da ein blaues Loch im Himmel, und voll Verheißung mildert sich der Wind, und aufs neue, aufs neue bringt er uns das Rauschen-Rascheln-Duften.

Und das alles tut sich grundlos, wie auf ein Ehrenwort, denn woher soll man Gewißheit haben – es ist durch nichts, durch keinen Vertrag, keine Abmachung gesichert und verbrieft.

Und jeden Tag, mit jedem Tag ist es anders und gewisser, ich freue mich an dieser Gewißheit, freue mich, daß ich atme, freue mich an der Luft, die erleuchtet ist und mir Perspektiven zeigt, die ich entweder vorher nicht gesehen oder von denen ich nie geahnt hatte, daß es sie gibt. Ich gehe, und fest, solide, in die Tiefe, in die Weite zeichnet sich die Landschaft ab, es muß vielleicht nicht einmal Landschaft sein, vielleicht nur die abfallübersäte, mistbedeckte Straße des Judenstädtchens, mit dem Violett der Zäune und dem Rot der schiefen Hauswände. Und dennoch ist es Frühling, und der Frühling kommt.

Und es war so, daß der Frühling einem Mädchen ähnelte. Einen Augenblick – man möge mir diesen Vergleich verzeihen, der noch unerklärt, noch unkonstruiert und unerzählt, doch trivial und nackt erscheint. Ich will versuchen, genauer zu sein. Ich werde, ich muß erzählen, wie es war. Es war, es kam so, daß ich in diesem Vorfrühling voller Sehnsucht und Verlangen nach einem Mädchen war und meine Gedanken um dieses Mädchen kreisten, das ich mir unter vielen, vielen anderen erwählt hatte, wie das ja immer so ist.

Das Wichtigste, das Eigentlichste an ihr, das Allererste, das waren die Haare. Irgendwie steckte sie sie nicht auf und frisierte sie nicht, sondern sie flocht, drehte, faßte, richtete und schob sie mit einer einzigen Bewegung beider Hände von hinten hoch, und da sie sie nicht unter den in die Stirn gedrückten Hut steckte, lösten sich die Haare wieder, fielen in einer Kaskade herab, die sie ungeduldig, anmutig und halb versonnen und gedankenlos mit den Händen aufnahm. Die Hände im Nakken, die Hände am Hinterkopf, die Arme hochgehoben und die Ellbogen nach vorne gerichtet, und dann ihr Profil, das verlegene Profil vor dem Hintergrund ihres Oberarms, und die Haare entschlüpfen ihr, ein ganzes Knäuel, oder sie sind wie ein brennender Holzscheit oder Medusenschlangen, schwer, lastend, als wären sie zornig, als wären sie lebendig und schlängelten sich durch ihre Finger – wie sehen sie aus? Wie Messing, Messing und Zinn, sie schimmern in der Sonne wie Tschinellenteller, es glitzert und klirrt wie die Goldschuppen auf dem Brustpanzer eines römischen Zenturios.

Und mit ihr, mit dem Frühling, fuhr ich dahin, und im Frühling rüttelte und schüttelte es uns in der Kutsche, im Fiaker. Ich bitte, das zu vermerken, im Frühling, an einem weißen Frühlingstag fuhren wir an der Eisenbahnstation los, vor dem Bahnhof ist ein Droschken- und Fiakerstand, die Droschkenklepper haben die Köpfe in den Haferbeuteln und stehen zwischen den Misthaufen, dem Pferdekot, und gelb rinnt der Pferdeharn in die Gosse, die Fiakerkutscher sitzen in der letzten Viktoriadroschke und spielen Karten. Da stehen wir, die Frühlingskoffer habe ich auf den Rand des Trottoirs gestellt, und eine Zeitlang feilschen wir um den Fahrpreis mit einem dicken Kutscher, der den Frühling noch nicht anerkennt, denn er hat einen richtigen Pelz an, – und dabei scheint doch die Sonne vom Himmel und brennt. Das rote Gesicht des Kutschers ist wie der Mond, der aus dem abendlichen Hochnebel steigt, und die Peitsche steht aufrecht im Halter auf dem Bock. Und da haben wir schon Platz genommen, und sanft biegen sich die Federn der Kutsche, und es riecht nach dem alten einst lackierten Leder der Spritzdecke, und die Sitze sind mit ganz weißen, unerhört sauberen Bezügen ausgeschlagen, und vor uns sehen wir nur den hohen Kutschbock, den breiten Hintern des sitzenden Fettwanst, der in eine karierte Decke gehüllt ist, und die Kutsche schaukelt auf dem Kopfsteinpflaster, und wie hölzern und mechanisch, nicht lebendig, sondern wie künstliche Maschinen, wie Aufziehpferde, laufen die beiden Droschkenklepper in einem flotten Trab, und die Hufe klappern im Takt, im Takt aufs Pflaster, die saubergeputzten Laternen zu beiden Seiten des Kutschbocks glänzen, der Wagenkasten schaukelt, und wir sind wie ein Königspaar, ich und der Frühling.

Im Wiegen der Federn, im Takt, im Takt, den die Hufe der Droschkenpferde schlagen, fahren wir, und vor uns liegt die breite, gepflasterte Straße, und die Bäume breiten ihre Kronen darüber, die Zweige mit winzigen Blättchen übersät, sie sind grün, hellgrün, saftig, fast giftig, und was erwartet uns? Uns erwartet Kaffee, ein gedeckter Tisch, Streuzucker in der Zuckerdose, Butter mit den Tautropfen des Wassers, aus dem sie genommen worden ist, Kaisersemmeln wie Meeresmuscheln und Johannisbeerkonfitüre und ein kleiner Veilchenstrauß in einem Wasserglas auf dem Tisch. Veilchen, was für Veilchen? Die hat der Frühling an die Brust geheftet getragen, tiefviolette Veilchen, verschämte Veilchen, die sich mit ihren Blättern in dem engen Sträußchen drängen, für zehn Groschen am Straßenrand gekauft, bei einer Alten, die auf dem Trottoir hockte, auf dem Bordstein, Veilchen, irgendwo im Schatten hoher Bäume gewachsen und abgerupft, aus dem Frühlingsgras gepflückt, mitten aus der pilzduftenden Feuchtigkeit eines Frühlingsmorgens, gescheit neigen sie ihre Blumenköpfchen, und wie sie duften! Wie sie duften! Sie strömen diesen Geruch aus, drängen sich uns damit entgegen, und ich habe die Veilchen gekauft, weil sie dem Frühling gebühren, mit großer Geste gebühren sie ihm, denn die Veilchen sind veilchenfarben und duften, ach, wie sie duften! Und sie haben an der Brust des Frühlings geruht, die sich atmend hob und senkte.

Das ist also die Erfüllung alter Träume, der Wünsche aus Visionen, vorhergesehen und erahnt. Denn man muß sich vorstellen, daß da vorher eine Öde herrschte wie vor dem ersten Schöpfungstag, eine kontrastlose Öde, schwarz-weiß, mit den verstreuten Feilspänen der Krähen und Raben auf der unebenen Weiße des Feldes. Nur die eisglatten Weiden, die Korbweiden glänzten, und wenn es Abend war, zitterten die Sterne über den verzweigten Wipfeln der Bäume. Natürlich gab es Vorzeichen für das Ganze, es ist ja ein Vorzeichen, wenn man einen Weg entlanggeht, und die Pfützen tun unter den Füßen ihren Abgrund auf, die Wegböschung ist auf der Südseite schon schwarz von schierer Erde, die Luft wölbt sich unter dem hastig eingesogenen Atem. Um eine bestimmte Zeit am Morgen, so etwa gegen zehn, da wendet sich die Sonne wie eine Heizung und strahlt warm, und blindlings, ohne hinzuschauen, mit Haut und Wange fühlt man die Veränderung, wie die Büglerin, wenn sie das Eisen an das vom verzweifelten Hin- und Herbügeln verdrießliche Gesicht hebt und die Veränderung spürt.

Und wahrhaftig, die Steine auf dem Trottoir in der Stadt sind trocken, der erste Staub steigt auf, der beschuhte Fuß tritt auf das erste Grün, das aus der Erde dringt, wie auf den Kopf eines grünen gutmütigen Drachen, der aus den einst ausgesäten Menschenfresserzähnen neu entstanden ist.

Und dann kam es mit Stößen, Wellen, Japsern, nach dem ersten hat man noch nicht Atem geholt, und da kommt schon das zweite und dritte und wieder! Im Übermaß, es ist zu viel, man hat keine Zeit, Luft zu holen, und immer weiter, immer mehr, früher wird es jetzt hell, die Sonne geht am frühen Morgen voll Eifer auf, wie atemlos, und so viel geschieht gleichzeitig, zu viel, alles eilt, jagt, wo soll man sich da hinwenden, die Zeit muß man an den Rockschößen packen, so wie man einen Hastenden am Jackenrevers packt, hier erledige ich etwas, und dort weiß ich, daß etwas anderes nicht warten kann, und jenes darf ich nicht versäumen, das Gras in dem kleinen Park ist über Nacht grün geworden, ich bin nach Hause gegangen, weil ich etwas vergessen hatte, in der Zwischenzeit ist ein kurzer Regen gefallen, und jetzt ist er schon vorbei, ich hab ihn verpaßt, wie schade! Schade, aber zum Bedauern ist keine Zeit, denn bevor ich mir ein neues Muster von Frühlingsstoffen ausgedacht habe, hat die jagende Zeit schon Tausende angelegt, wie ein Verkäufer in einer Tuchwarenhandlung rollt er die Ballen mit den bunten bedruckten Stoffen auf, schon wird das erste Grün abgenutzt und noch saftig, aber schon welk in der Gosse zertrampelt, und der Mittag kommt wie ein Faustschlag ins Gesicht.

Und dann habe ich auf dem Bahnhof den Frühling begrüßt, der aus dem Zug stieg.

Die Tauben vom Theodorplatz

Bis zum Theodorplatz sind wir nie gekommen, ich bin früher nie dort gewesen und werde wohl auch niemals hingehen. Wahrscheinlich wird für mich nur ein Bild meiner Phantasie bleiben, ungeprüft, mit keiner Wirklichkeit konfrontiert. Wie viele andere Orte, die Phantasiegelände bleiben, wird auch dieser weder Enttäuschung bereiten noch durch extreme Andersartigkeit verblüffen. Ich weiß nicht einmal so recht, wo ich ihn in meiner Stadt topographisch einordnen soll. Als wir uns dorthin aufmachten, ließen wir uns von der Überzeugung leiten, daß er sich irgendwo in der Gegend befand, wo die Krakauer-Vorstadt-Straße ist, der Solski-Platz, das »Paryż«. Es war so: Das Fräulein wollte seiner gestelzten Tante ein Geschenk machen, etwas, was die Brücken, die es mit jener Dame, mit ihr und ihren Angelegenheiten verbanden, stützen sollte. Meiner Meinung nach hätte sie sich die Mühe sparen können, denn das, was sie mit der Welt der Tante verband, war ohnehin ganz ungreifbar. Ich habe nicht ernsthaft darüber nachgedacht.

Dieses Geschenk nun sollte vom Theodorplatz sein. Schon bevor wir uns dorthin aufmachten, hatte ich mir den Platz in meiner Vorstellung sehr kunstvoll und bis ins Detail ausgemalt. Wahrscheinlich würde er sich nicht sehr von den anderen *Marchés aux Puces* der Großstädte unterscheiden. Aber dafür würde man das Gebäude des Großen Theaters und den Betrieb des jüdischen Geschäftsviertels im Rücken haben und vor sich die grauen und ziegelfarbenen Rechtecke der Brandmauern. Schmutzbedeckte, gepflasterte Straßen, die sich im Takt der Vorsprünge und Einbuchtungen der planlos errichteten schiefen und krummen Buden brachen. Läden, Lädchen, Magazine, Tischlereien, Kalk- und Lederlager, Stände mit Sodawasser und Zigaretten, verlorene Bäumchen und Grünflächen, Ställe und Fuhrparks für Lastplattformen, grelle Kinoplakate an den Zäunen, Bäckereien und Fleischereien, Schilder für »PETROLEUM« und »GETREIDEHANDEL«, Bauernfuhrwerke am

Bordstein, Kohlenwagen, die finsteren Rachen der Höfe, Eis- und Matratzenfabriken, palavernde Gruppen von Altwaren- händlern, Zuhältern und Hehlern, Trödelläden und die Mau- ern des Unierten-Klosters, hinter dem Zaun Kastanienbäume, die ihre Blätter aufs Trottoir fallen lassen, und die verstaubten Synagogenfenster, die Trambahnschienen und Stroh quer über der Straße, Flachsballen, mit Stahlbändern zusammengehalten, und das Sperrholz der Geflügelkisten, Kanalisationsrohre ne- ben einem bei Erdarbeiten aufgeschütteten Lehmhaufen, der Himmel mit Wolkenbüscheln, Spatzen, die sich in den vom Wind aufgewirbelten Abfallspiralen drehen, Gewimmel und Betrieb des Menschenschlags dieses Viertels, Krambuden mit erbärmlichen Kleidungsstücken und Eisenzeug und Plunder und billigem Gerät, Papier, erblindenden Spiegeln und Maku- latur.

Dorthin wollten wir nun gehen und den Theodorplatz finden. Das konnte nicht schwer sein, man müßte ihn schon von wei- tem erkennen. Der Wind würde leichte und gespenstisch in der Luft treibende Abgesandte von dort hertragen, unentschlossen zögernde, weiße und bunte Vogelfedern, Fasanenschwänze, Gänsedaunen, Entenflaum, Pfauenaugen und Hahnenschwän- ze mit ihrem Bersaglierenzittern. Durch die Gassen würde dann auch gleich das Gewirr der Vogelstimmen kollern und lärmen, ein Turm zu Babel von Geschnatter und ein Wettbewerb der Stimmen und eine *challenge,* was Ausdauer und Höhe der Töne betraf. Und wenn wir dorthin gelangten, würden wir uns in einem Jahrmarkt der Farben und Klänge wiederfinden wie vor der Kulisse eines singenden Diwans. Ich bin nicht sicher, ob ich in meiner Phantasie nicht sogar eingeplant hatte, wie wir uns verlieren und verirren würden in dieser erwarteten Welt, die so auf unsere damalige Welt zugeschnitten war.

Das Schicksal wollte es, daß es nicht dazu kam. Wir gingen in die vermeintliche Richtung, die Chorążczyzna-Straße entlang, der Glanz der Sonne brach sich am gipsernen Stuck der Miets- häuser, und im Tor eines Hauses, an dem wir vorbeigingen, stand ein Menschlein in zerschlissener Kleidung und unscheinbar, und plötzlich hatte ich Lust, ihn zu fragen, wo der Theodorplatz sei.

»No, sicher weiß ich das, aber wozu, wozu will denn der Herr auf dem Theodorplatz?« sagt er, wohl an mich gerichet und als wüßte er, was ich suchte.

»Wir wollen ein Paar Tauben kaufen«, sagte das Fräulein und sah ihn aufmerksam an, ich mochte es unglaublich gern, wie sie mit Fremden redete. Sie wirkte dann so interessiert an ihnen, ein wenig verlegen, immer freundlich, ganz so, als sei sie es, die ein prächtiges Paar Tauben zu verschenken hätte.

»Jawohl, das kriegt man, die könnt's ich besorgen«, sagte die Person, und während er sich den Schal um den Hals zog, sah er mich verstohlen an, dann wandte er sich wieder dem Fräulein zu, als sei es eine Sache, die nur sie beide anging.

»Wir wollen aber eine vom Theodorplatz«, sagte ich, voll Bedauern, daß mir dieser Platz wieder ins Unbekannte entweichen sollte, und das Fräulein sagte gleich solidarisch: »Ja, wir wollen sie vom Theodorplatz.«

»No, das versteht sich, die Herrschaften, vom Platz, ich werd sie selber bringen.«

Wir sahen erst einander, dann den Anbieter an und willigten ein, offenbar war es uns nicht vergönnt, den Platz kennenzulernen, außerdem konnten wir auch genausogut am nächsten Tag hingehen.

Wir verblieben so, daß er am folgenden Nachmittag zu uns kommen sollte, in das Haus, wo ich wohnte, mit seiner Ware würde er kommen.

Im ersten Stock des Hauses, in dem ich wohnte, auf der Vorderseite, befand sich die Redaktion der *Allgemeinen Stimme*. Man ging über eine Treppe hinauf, das Licht fiel von oben herein, etwa auf der Höhe des vierten Stocks, durch Buntglasfenster, die den Mangel an künstlerischem Geschmack mit patriotischen Episoden wettmachten.

Die Zeitung war angeblich ein unabhängiges Organ. Ihre Gegner behaupteten, sie verdanke ihre Existenz nur den Zuschüssen vom Staatssicherheitsdienst. Wie dem auch sei, in Sachen

Geld sah es nicht gut dort aus, und ich wurde öfter Zeuge peinlicher und unangenehmer Situationen. Ich glaube, der Journalismus hängt in seinen Erscheinungsformen eng mit den rein physiologischen Funktionen zusammen, Leitartikel beispielsweise können ein ausgezeichnetes, geradezu klinisches Bild von den Verdauungsvorgängen des zuständigen Redakteurs oder den Nachwirkungen seines Rauschmittelgenusses abgeben.

Die Redaktion erinnerte an den Stab einer Kavalleriebrigade. Es war noch ein zweiter Leitartikelredakteur dort, eine Art Vertreter des Brigadebefehlshabers und Stabschefs. Er leitete die politische Seite der Zeitung, nahm gefährliche Horizonte in den Blick. Der nüchterne und säuerliche Verwaltungsleiter, versunken in Papiere und Belege, schaltete und waltete mit seinen Adjutanten wie ein Quartiermeister. Der Sportredakteur, elegant und rar wie ein Kanari im siebzehnten Jahrhundert, flatterte jeweils für einen Augenblick herein und hinterließ die grünen Mappen mit den Sportnachrichten der Telegraphischen Agentur. Die Redakteurin der Frauenseite war ruhig und ausgeglichen in diesen heruntergekommenen Räumen und half überall ein bißchen aus. Dann gab es noch einen Gerichtsreporter, einen Lokalreporter und zwei Nachtredakteure. Ach ja – und noch einen Experten für die Provinzchronik. Und auf der untersten Sprosse der Rangleiter stand Grzegorz, der Laufbursche der Redaktion.

Der Chefredakteur der *Allgemeinen Stimme* war die Gestalt, die mir dort am wenigsten bekannt war. Er machte auf mich immer den Eindruck eines Menschen, der sich seiner selbst schämt, seiner Kühnheit, mit der er es fertigbringt, eine Zeitung zu leiten, seiner Rolle als Hearst im Miniaturformat. Wie es sich für seine große Verantwortung und seine journalistischen Balanceakte geziemte, war er sehr beschäftigt, und von allen Seiten zerrte man an ihm, aber in den Begegnungen mit mir, in den Augenblicken, in denen er ansprechbar war, bekundete er eine Art Bewunderung und ein vergleichsweise ungeheures Interesse an diesem Wesen, dessen Lebensweisen und Erwartungen sich von den seinen nicht krasser hätten unterscheiden können.

Die Redaktion war auf mehrere Zimmer verteilt, die ein regelrechtes Labyrinth bildeten, das noch durch ein ganzes *continuum* von Schränken, Regalen und Stapeln alter Zeitungen kompliziert wurde. Einer der Durchgänge des Labyrinths führte in die Druckerei, deren Fenster auf den betonierten Hofschacht hinausgingen. Dort mußte ich vorbei, wenn ich spätabends, nachdem ich mein Buch in die Ecke geworfen hatte, aus meinem Zimmer im Hinterhaus in die Redaktion ging, wohlwissend, daß sich der im Schein einer grellen Lampe sitzende Chefredakteur freuen würde, wenn er mich sah. Mit Schinkensemmel und Telefonhörer in einer Hand machte er sich gerade eine Notiz und nickte mir zu. Auf dem Tisch, an dem er saß, nahmen nicht nur die Telefone einen wichtigen Platz ein, sondern auch ein Glas mit Kleister, der an der Innenseite des Glases zu bernsteinfarbenen Auswüchsen erstarrt war. Außerdem blinkte da eine Schere, die mir unweigerlich die »Schere« aus Hamsuns *Hunger* in Erinnerung rief.

Ich blätterte in einem Stapel unterschiedlicher Zeitungen, die zu einem »Satz« zusammengeheftet waren, aus Langeweile vertiefte ich mich in alle möglichen Zeitschriften, die der Redaktion zugeschickt wurden. Mit meinen unverbindlichen Interessen und meinem Hang zu Automatismus und Langeweile vertiefte ich mich wahllos in politische Wochenschriften, ökonomische Traktate, Monatsblätter zur rentablen Rennpferdezucht, universitäre Mitteilungsblätter des Lehrstuhls für Kosmogonie und Astronomie und humoristische Beiträge einer Agentur aus Budapest. Das Rauschen der redaktionellen Wasserleitung bildete eine wunderbare Untermalung für meine Gedanken.

Der Rückweg in meine Wohnung führte mich durch die Druckerei, die in Linotype und Bleisatz eingeteilt war. Die Linotype-Halle erfüllte den Innenhof mit dem Dröhnen und Klopfen von Maschinen, die Setzerei war dunkel vor Druckerschwärze. Die Maschinisten in der Linotype und ich grüßten einander mit einem Kopfnicken, da war der riesenhaft dicke Herr Wolf, der erste Maschinist von der Rotationsmaschine, und die Setzer vom Handsatz. Mit den Bleisetzern, der Aristokratie der Drukkereiarbeiter, stand ich in freundlichem Einvernehmen. Selbst mit den zynischen Arbeitern von der Spedition verband mich eine Beziehung höflich-kühler Vertrautheit.

Die alte flache Maschine, die den »Aufmacher« druckte, arbeitete bis ein Uhr nachts. Sie war im Souterrain, tief unter meiner Studierstube im vierten Stock untergebracht, aber ihr Dröhnen und Rattern hätte den Tod persönlich aufgeweckt. Mit der Zeit gewöhnte ich mich natürlich daran, und der regelmäßige Marschrhythmus verlor seine Wirkung auf mich. Im Haus befanden sich außerdem noch verschiedene Büros, und es wohnten auch Leute da, die ich trotz langjähriger Nachbarschaft nie kennenlernte und die mich kein bißchen interessierten. Auf einigen Balkonen, die zum Hof hinausgingen, klopften die Dienstmädchen in der Frühe den Bürgerstaub aus, und dieser morgendliche Trommelwirbel trieb meine vergnügte Verzweiflung auf den Gipfel.

Am nächsten Tag fand sich jener unscheinbare Mensch mit dem Schal um den Hals ungefähr um die vereinbarte Stunde ein, und unter dem Schoß seiner weiten Jacke trug er an einem Drahtgriff einen Käfig mit ein paar Tauben. Er zwinkerte mir vertraulich zu und zeigte beim Lächeln seine faulen Zähne. Die Tauben waren aufgeregt, und in ihren flaumigen Kehlen zuckte es, und es war ihnen eng in dem mit Vogelkot und Körnerhülsen verdreckten Käfig aus rostigem Draht.

»Küß die Hand«, sagte er in die Richtung, wo das Fräulein stand, hob die Tauben heraus und nahm mit geschicktem Griff ihre gespreizten Schwanzfedern und korallenroten Krallen zwischen die Finger, dabei wurde er zwanglos und ungeniert. »Feine Vögelchen – nicht teuer – vom Platz«, aber seine Unruhe und der nervöse Tic, der ihn zwang, sich immerzu umzuschauen, ließen sich dadurch nicht verbergen. Es war nichts besonders Auffälliges daran, aber die Atmosphäre wurde auf merkwürdige Weise unwirklich und aufgeladen.

Meine Nachbarin, die sich für unseren Kauf interessierte, hatte mir geraten, die Meinung von Herrn Szczepaniak einzuholen, einem alten Setzer in der Bleisatzabteilung, der angeblich aus Liebhaberei Tauben züchtete und sich auf sie verstand.

Im ersten Stockwerk des Hinterhauses lagen die Druckereien. Hier, zwischen den schräggestellten Setzkästen, herrschte Ruhe und Stille. Bekanntlich erfolgt das Setzen der Spalten nicht durch Schütteln der Lettern im Durchschlag, sondern die Setzer, über die Kästen gebeugt, suchen die Lettern per Hand heraus, teilen sie mit Spatien voneinander und reihen sie zum fertigen Satz auf. Schwarzes Spinngewebe hängt wie Trauerschleier in den Ecken des Saals. Fett schimmert die ausgewalzte Druckerschwärze.

In dieser dunklen Setzerei traf ich Herrn Szczepaniak an, ganz unwirsch und mißtrauisch fand ich ihn vor, aber das Thema meines Anliegens weckte allmählich doch seine Neugier. Ja – er verstand sich darauf – der Herr – nicht erst seit heute – aber – der Herr – woher dieses Interesse bei mir – er schaute mich an – argwöhnisch über die Brillengläser hinweg – sicher – sicher – Taubenkenner wird man nicht – der Herr – von einem Tag auf den anderen – natürlich hat er Tauben – Sie haben auf dem Platz gesucht – dort gibt es welche – aber dort bin ich – der Herr – ich komme nicht – das geht mich nichts an – sagte er unwillig und ärgerlich.

Doch als wir hinausgingen, kam er hinter uns her, er war ja doch ein Liebhaber, hatte Interesse, er faßte mich am Ärmel. »Dann zeigen Sie sie her, bringen Sie sie«, sagte er und kehrte zu seinen Setzkästen zurück.

»Erstklassig«, begann der Mensch mit dem Schal um den Hals seine Anpreisungen. »Sie haben Glück, daß ich mich nicht vom Fleck gerührt hab, ein Königspaar und jung noch, und essen tun sie nicht viel, das findet sich schon, für nichts, für umsonsten, vom Platz, ich sag ja vom Platz ...« Instinktiv benutzte er den Platz wie ein Zauberwort, und man hatte den Eindruck, der mit den Vögeln im Käfig eingesperrte Theodorplatz ergösse sich durch das angelehnte Drahttürchen ins Zimmer, ergösse sich aus den Fenstern in den Innenhof des Hauses, flutete mit schweigendem Lärm über die Hausdächer hinweg.

Das Fräulein schmiegte die Wangen an das gesträubte Brustgefieder der Tauben – ich war unentschlossen. Verwundert und bezaubert betrachtete ich die Tauben, die mich mit schiefgelegtem Kopf aus ihren runden Perlenaugen ansahen, mal aus dem einen, mal aus dem anderen.

Der Mensch mit dem Schal hielt die Tür angelehnt, nahm dem Fräulein die Tauben aus der Hand, gurrte wie die Vögel, pustete in ihren Federflaum, griff in seine abgrundtiefe Tasche, schüttete Hirse auf seine Hand, hielt sie den Tauben vor die Schnäbel, rief die neugierige Nachbarin zur Zeugin auf, die sich durch selbige Tür hereinzwängen wollte, rief seine Tauben zärtlich bei ihren Namen und pfiff ihnen zu – es war ein Pfeifen, das sich ähnlich anhörte wie der Wind im Kamin.

»Soll man wohl wissen wollen, daß sie in gute Hände gehen«, sagte er, »nur Hirse hinstreuen, und den Käfig, zu meinem Verlust, den geb ich drauf, das ist bitteschön die Garantie, daß so ein Paar, daß sie so eins nicht noch mal auf dem Platz finden. Nicht teuer, ein Zehner, Ehrenwort, das Paar.«

Ich war unentschlossen. Die Nachbarin blickte zweifelnd. Er starrte sie böse an, und sie verschwand.

Das Fräulein lachte, sie saß auf meinem Bett und liebkoste die Tauben mit ihren zierlichen Halskrausen und gefiederten Füßen, und sie sah aus wie Venus mit den Tauben von Velazquez.

»Einen Moment«, sagte ich, und aus dem Fenster sah ich im Hoftor zwei andere stehen, einen Dicken im Mantel und einen zweiten mit einem Käfig unter dem Arm, die beiden sagten gerade etwas zu der Frau des Hausmeisters und zeigten zu meinen Fenstern hinauf.

»Einen Moment«, sagte ich noch einmal und machte mich auf den Weg zur Tür, und in der Tür stieß ich mit der Frau des Hausmeisters zusammen, die die Hände an der Schürze abwischte und ganz offensichtlich wütend auf mich war. Ich war nicht der beste und auch nicht der ehrbarste Mieter, und sie fragte mich ironisch, ob ich auf dem Platz denn mein Geschäft betriebe, und ob ich wisse, daß der Herr Szczepaniak beinah einen Herzschlag gekriegt hätte, und ob sie, arbeitsame Leute, also sie und ihr Mann, nicht ihre Ruhe haben könnten, denn sie seien ehrbare Leute, und ob der Herr Major Sobolewski, der Hausbesitzer, denn davon wüßte und überhaupt, daß sie mir etwas mitzuteilen hätte, und dabei zog sie mich am Ärmel. Sie sprach in lautem Flüsterton.

»Hören Sie, Gott bewahr, aber so einem Menschen ein Messer in den Leib zu stoßen, das ist bei denen ein Kleinigkeit, auf die ›Konkurrenz‹, da reagieren die wie ein tollwütiger Hund, was bringen Sie da für ein Unglück über sich und über uns. Ich weiß nicht, was ich sagen soll, aber behüt uns die Heilige Muttergottes ...«

Ich begriff nicht, was sie wollte. Auf der Treppe standen die Maschinisten von der Linotype in ihren Westen, die Hemdsärmel bis über die Ellbogen hochgekrempelt, die Typen von der Spedition wechselten ironische Bemerkungen mit dem Innenhof.

»Wo ist der Herr Szczepaniak?« fragte ich zwei Setzerlehrlinge, die standen interessiert am Fenster und schauten zum Tor hinunter, und dort sah ich Leute, Erwachsene und Halbwüchsige, anständige Kaufleute und zerlumpte Gestalten, die nachlässig am Treppengeländer lehnten, in der Toreinfahrt schwatzten und sich am Ausgang in Gruppen zusammendrängten. In den Käfigen, unter den Schößen der hochgezogenen Mäntel flatterten Flügel und fächerten sich die Schwanzfedern der Tauben auf, weiße, scheckige, graublaue, salz-und-pfeffer-graue, stahlgraue, aschgraue, gesprenkelte, perlmuttfarbene, braune, indigoblaue, regenbogenfarben schimmernde und taubenfarbene Tauben, und das liebliche Taubengurren erfüllte den Innenhof des Hauses. Der Platz war hierher gewandert.

Den Herrn Szczepaniak fand ich in einer Ecke, wo er in den Setzkästen wühlte. Bei meinem Anblick wandte er das bleiche Gesicht mit den erweiterten Pupillen unter rotgeränderten Lidern ab. Er war verstört und lispelte undeutlich etwas, wovon ich nur das »der Herr« verstand. Er wollte keinesfalls mit mir sprechen und wies mich mit unmißverständlichen Gesten aus der Setzerei. Was zum Teufel! Die Burschen aus der Setzerei lachten nervös, und ich kehrte nach oben zurück, ohne etwas aus dem Alten herausgequetscht zu haben.

Der dicke Herr Wolf von der Rotationsmaschine tauchte rotgesichtig und außer Atem aus dem Souterrain auf, wo das geölte Ungeheuer der sich drehenden Rotationsmaschine in Kaskaden elektrischen Lichts erglänzte. Der olympische, riesenhafte Herr Wolf hegte für mich eine distanzierte und würdevolle Sympathie, doch jetzt überwand er entgegen aller Gewohnheit seine Reserviertheit und informierte mich in gedämpftem Baß: »Das ist eine Mafia, mein Herr, diese Taubenhändler, die sind schlimmer als die Freimaurer. Sehen Sie, den Szczepaniak hat vor Schreck fast der Schlag getroffen, sie kennen sich untereinander und reißen sich um die Kunden, und einer, der das aus Liebhaberei macht, das ist ein Feind für sie, und besser lassen Sie es dabei bewenden, des lieben Friedens willen, verehrter Herr, das sind Gangster und Banden. Gehn Sie nur und schaun Sie es sich an. Ach was – spucken Sie drauf!« Und verächtlich grunzend stieg er über die eiserne Wendeltreppe, die sich unter seinem Gewicht bog, in die Rotationshalle hinab.

Mir war zum Lachen, wenn ich mir die Taubenhändler vorstellte, rote und geschwürige Gesichter, die hochgestellten Kragen und zerdrückten Kappen der Konkurrenten, eine Art Trinity House der Exklusivität. Das alles machte mich geradezu benommen. Ich halte mich für einen positiven Menschen, und da beginnt plötzlich rings um mich, wie bei Kafka, etwas Irrationales. Eine Astralorgie. Das Fräulein in den Wolken und unter dem Regenbogen der Taubenflügel, der Glanz der Sonnenstrahlen auf den Fensterscheiben, das Schwirren und Knattern der Schwungfedern, die barocken und durchbrochenen Käfige und das Knirschen der Körner unter den Absätzen. Die Gegenstände verlieren ihre selbstverständlichen Dimensionen, die einen verjüngen und verkleinern sich, die anderen erkranken an Elephantiasis und wachsen und trüben sich in der unnatürlichen Nähe, die klassische Einheit von Zeit und Handlung, der wir unterliegen, geht in diesem Delirium verloren.

Ich unternehme unter Anstrengung den Versuch, mich zur Ordnung zu rufen und die auseinandergestobenen Gedanken und Bilder wieder an ihre alten Plätze zu scheuchen. Wir entscheiden uns ohne großen Handel.

Der Platz verfliegt nach und nach aus unserem Haus. Betäubend wie der Geruch von verschüttetem Äther, verfliegt und erstirbt er auch wie Äther. Seine Herolde schlagen die Schöße ihrer abgetragenen Überzieher über die Käfige. Die letzten Federn landen im Hofschacht. Und das Haus kehrt zu seiner alten Ordnung zurück. Die Maschinisten hacken auf den Tasten der Linotypen, die Hausmeisterin beugt sich über den Seifenschaum im Waschzuber, und Grzegorz, der Laufbursche der Redaktion, läuft pfeifend die Treppe hinunter.

Den Käfig habe ich rot angemalt, eine fröhliche Farbe, die nur langsam trocknete und Flecken auf unseren Fingern hinterließ. Es stellte sich heraus, daß es sich bei den Tauben um zwei Weibchen handelte, wie der Taubenliebhaber Herr Szczepaniak, beruhigt, aber noch verstockt, prophezeit hatte, als er sich von seinem Nervenschock erholt hatte. Wir sahen uns schamlos betrogen. Dies nahm die gestelzte Tante nicht gerade für mich ein.

Aber bis zum richtigen Theodorplatz sind wir nie gekommen, ich bin auch früher nie dort gewesen und weiß nicht, ob ich jemals dort hingehen werde.

Seltsamkeiten

Die Abwasserrinnen in der Mitte der Straße wurden vorschriftsmäßig jeden Morgen mit Kalk geweißt. Das verlieh der mit unebenen runden Steinen gepflasterten Straße ein reinliches, feiertägliches Aussehen. Zu beiden Seiten standen die Fassaden der Holzhäuser, manche hatten schon lange keinen neuen Anstrich mehr gesehen und waren violett von dem in Sonne und Regen gegerbten Holz.

Über die sehr hochgelegenen Gehsteige gingen und eilten wenige Menschen. Ein orthodoxer Pope mit faltenreicher Soutane und üppigen Ärmeln, lang, ganz frauenhaft fielen ihm unter dem Kolpak Locken auf die Schultern, und sein andersfarbiger, hellerer Bart kräuselte sich. Die Juden der Gegend in weltlichen, unreligiösen Überziehern, was sehr seltsam war, und mit Schirmmützen auf dem Kopf, Bauern aus dem Umland in schief aufgesetzten Kappen und weiten, ungegürteten Barchenthemden. Der Apotheker mit weißem Kittel und Binokel in der Tür der Apotheke, mit Binokel und Bärtchen, wie bei Tschechow.

Und gleich daneben auf dem grünen, grasbewachsenen Abhang die Mauer der orthodoxen Kirche und die grellgrün angestrichene Kuppel, wunderbar, wie Kupfergrünspan, und die Zweige der Bäume über der Straße, und ein wenig nach rechts hin, wo die Zufahrt ansteigt, ragt der Barock der katholischen Kirche auf, und die beiden Türme brennen wie zwei Altarkerzen.

Und noch weiter oben, so hoch, daß man den Kopf recken muß, erheben sich die Hänge des Tals, in dem die Stadt liegt. Und auf der einen Seite die verwitterten Mauern des Bona-Schlosses, und der steile Hang fällt, wie Falten aus gewirktem Stoff, zur Stadt hin ab, und auf der anderen Seite Bäume und Grün und das Dickicht zweier Friedhöfe, die sich über den Hang ziehen: ein katholischer und ein russisch-orthodoxer. Seltsamkeiten gab es in dieser Stadt und zwar:

175

Erstens: die Brunnen
Zweitens: die Johanniskäfer
Drittens: das »Tivoli«
Viertens: den Zirkus.

Und dann gab es auch noch die Mieten mit Kartoffeln, die im Winter erfroren waren und jetzt im Sommer halb ausgegraben einen ekligen, übelkeitserregenden, unvergleichlichen Gestank über den Feldern verbreiteten, der einfach unerträglich war.

Also die Brunnen. Niemand wußte, welchem geologischen Phänomen es zuzuschreiben war, daß man hier in eine sagenhafte Tiefe bohren mußte, um auf Wasser zu stoßen. Sechzig, siebzig Meter, hieß es. Wenn man die steilen, engen Seitenstraßen der Stadt hinaufstieg, am Abhang entlang, dann stieß man in den vor Bäumen dunkelgrünen Stadtgärten, wo die Kirschbaumzweige über die Straße hingen, die Wickenblüten lachten und die Tschinellen der Sonnenblumen ihre Teller der Sonne entgegenreckten, an einer Straßenecke auf eine schiefe Brunneneinfassung, und an den unzähligen auf der krummen Walze der Haspel aufgerollten Windungen einer rostigen Kette sah man, daß es nicht ein x-beliebiger Brunnen war. Wenn man sich bang über den Rachen des Brunnens beugte, wehte einem ein bodenloser Abgrund entgegen.

Der Brunnen hat gleichsam auf der Lauer gelegen und gewartet, was wir jetzt anfangen, und da steigt auch schon, wie von irgendwoher eingeflüstert, ein Wunsch auf: etwas in diesen Brunnen hineinzusprechen, zu schreien, wegen des Echos. Und tatsächlich, es gibt ein Echo. Und was für eins, unglaublich! Man sagt »Echo«, und eine Sekunde später kehrt unsere Stimme schön und deutlich zurück, und mit den Wellen der in Schwingung versetzten Steine der Brunneneinfassung kommt es zurück und dröhnt und hallt wider mit einer noch schöneren und tieferen Stimme. Verblüfft sagen wir: »Phantastisch«, und kurz darauf skandiert es aus der Tiefe klangvoll wie Glockenerz: »... antas ...tisch!« Dann kommt unser ehrfürchtiger und verwunderter Seufzer wieder. »Aaaah!« Das ist ein Vergnügen! Wir sind verblüfft, und kurz verschlägt es uns die Sprache, wir wissen nicht, was wir sagen sollen. Im nächsten Augenblick drängen wir uns wieder heran, und stoßen uns gegenseitig weg, um den Zauber des Brunnens ganz allein für uns zu haben.

Ich, in schöngeistiger Exaltiertheit:

Und wenn die Himmel schweigen, singt der Chor ...
Und wenn der Chor singt, bebt das Herz des Feindes ...

Darauf Tadeusz Karasiński, trotzig und mit unanständiger Genugtuung, irgendwelche Schweinereien. Nach einer Weile kommt er zurück und dröhnt: »... mel ... eigen ... ebt ... eindes ... eiß ... ickte ...«

Mooskissen wachsen auf der Einfassung.

Wenn man in den Bergen die Jagdhunde von der Leine läßt, dann bleibt man auf einem Anstand auf der Höhe stehen, und zwar deshalb, weil das Wild nach oben, immer weiter nach oben flieht. Wenn mich die Gedanken wie keuchende Jagdhunde überfielen, dann flüchtete ich mich nach oben, die Hänge hinauf, die zu beiden Seiten der Stadt anstiegen. Die Gärten der Stadt wurden immer steiler, je höher man kam, und gingen dann in Buchen, Hagedorn, Haselsträucher, Birken, Akazien und Schneeballbüsche über, die an den Abhängen wuchsen.

Später, wenn die Stadt tief unten lag und sich schon mit dem Rauch der abendlichen Feuer und dem Dunst einer kühlen Nacht zu überziehen begann, konnte man am oberen Rand der Schlucht entlanggehen und zum fernen Horizont blicken, wo die graublauen Windungen der Ikwa verschwanden, und man konnte in Richtung Westen blicken, wo der Hügel des Falkenbergs dunkel stand oder die Spitzen des Poczajowska-Klosters wie vergoldete Grotten im Sonnenuntergang glänzten, oder zu den Waldstreifen, aus denen der Rauch der Sägemühlen in Smyga stieg. Richtung Süden kroch die Stadt mit den modernen Beamtensiedlungen ins offene Land hinein, diese durchdachten, zweckmäßigen, so gar nicht zur Landschaft passenden Siedlungen.

Die Bona grinst mit ihrem Totenkopf, und ihr Kleid aus steifem Laméestoff fällt und legt sich in Velazquez'scher Manier. (Die Stadtverwaltung versucht, die Abhänge mit Kiefern zu bewalden, das klappt nicht gut, verleiht aber dem Stoff des Kleides ein sehr edles Muster). Wie sieht es da nun mit den jagdhundartigen Gedanken aus?

So träumt man vor sich hin auf diesem Berg, während man an den Steilhängen der Schlucht entlanggeht, über hübsch geebnete Pfade, hier und da ein Kuhfladen, weiter oder besser gesagt höher: Friedhöfe, zwei Friedhöfe, und da träumt man so »von allem und nichts« vor sich hin.

So weit der Blick nach Süden reichte, in Richtung Wiśniowiec, Katrynburg, Wołoczysko, Załoziec breitete sich das Land aus wie ein Fächer und wie ein vertreutes Kartenspiel. In der warmen Luft nach einem heißen Tag bildete sich darüber Höhendunst, und die Wolken fügten sich zu nostalgischen Landschaften.

Dann wurde es dunkel, und in der Stadt unten flammten kleine Lichter auf. In der Dämmerung tritt eine andere Farbpalette hervor, rote Blumen, die rötliche Rinde der Kiefern wird schwarz, Hellblaues hingegen wird blasser und bekommt etwas Mondscheinhaftes. Und die gelben Blumen werden um einen Ton heller, und es scheint, als brennten sie mit ihrer eigenen Flamme. Und dann strömt alles über, und als wäre es aus einem soliden Stoff gemacht, fügt und komponiert es sich zu anderen und unerwarteten Gruppen. Die fernen Dinge rücken doppelt soweit weg, die näheren springen uns ins Auge. Dann wird uns wunderbar und fröhlich zumute. Wir haben eine Art Siebenmeilenstiefel an, und würde uns etwas zur Eile treiben, so würde es uns eng.

Und dann leuchtet etwas im Jasminbusch auf und erlischt wieder und leuchtet wieder auf und wandert hinüber zu einem Grasbüschel am Wegesrand. Was für ein Spaß! Daran haben wir gar nicht gedacht, diese Möglichkeit wäre uns nie in den Sinn gekommen, bis hier ein solcher Johanniskäfer Wirklichkeit wird, so ein phosphoreszierendes Stückchen, eine entomologische Wunderlichkeit. So dreht sich auch der Zyklus der Jahreszeiten und des Wetters, und immer sind wir bis zur Erschöpfung bereit, tagtäglich so viele abgegriffene Banalitäten aus der meteorologischen Litanei auszutauschen, sei es die »Schlechtwettermiene« oder »es gießt ja wie aus Kübeln« oder »die drei Eisheiligen« oder »das Barometer steht auf Sturm« oder »Hundewetter« und tausend andere, die noch nicht so abgenutzt sind, aber wenn unser Feld in die Ähren schießt, stehen wir verblüfft vor dieser und anderen Selbstverständlichkeiten wie dem Getreidestaub, der in einer Wolke aufsteigt, der strohdummen Bohne, die präzise und spiralförmig um eine Bohnenstange wächst, oder dem Knirschen unter unseren Füßen, den benebelnden Samen der Buche, den Bucheckern, oder wenn sich der wilde Wein am Gitter der Veranda rot verfärbt, wenn ein Spatz sich im heißen Straßenstaub wälzt und »badet« oder das Wasser in der Kupferschüssel im ungeheizten Bad gefriert, oder wenn wir uns im Sommer beim Berühren der aufgeheizten Außenwand eines Waggons die Finger derartig verbrennen, daß sich Blasen bilden, und so ist uns alten Schlappschwänzen und Langweilern, aufgeschwemmt und blasiert wie wir sind, doch noch ein kleiner Rest der wunderbaren Kindergabe geblieben, über die Welt staunen zu können.

Und wenn ich jetzt zwischen Kletten und Unkraut knie, sie auf der Jagd nach dem hellblauen Flämmchen auseinanderbiege, dann tue ich das »in der Rolle« des impulsiven, amüsierten Entomologen. Daß mir das nicht gelingt, daß das, was ich schon in der geschlossenen Hand zu halten schien, automatisch erlischt und Wartestellung einnimmt, das ist egal, denn diesen kleinen Schauer und die Johanniskäferpointe werde ich behalten, »denn es war Sommer, und abends, da glühte es in den Büschen von Johanniskäferchen«.

Um dieselbe Zeit war auch ein Zirkus dort. Das verkündeten jämmerliche Affichen, sparsam auf Halbbögen gequetscht, die zum Eintragen von Ort und Zeit freigelassenen Stellen waren mit hellblauem Stift ausgefüllt. Aber in fetterer Schrift stand da, daß BIM und BOM auftreten würden und dressierte Hunde, die

Familie Corradini, ein Mann in Ketten und dergleichen. Und eines Tages dann beim Baden in der Ikwa, als wir uns im Wasser geaalt hatten, bis wir aufgeweicht waren (man lieh sich ein Fahrrad und dann – nichts wie hinaus an die Ikwa), sagte einer von uns beiden: »Komm, wir gehen in den Zirkus.«

Nun ja, den Zirkus muß ich auch zu den zyklischen Erscheinungen zählen, den ganz und gar nicht alltäglichen, es gibt heute nicht mehr viele Zirkustruppen, das Kino und alles mögliche andere, Mechanisierte bereitet ihnen ein Ende, aber dennoch ist er ein Phänomen, das immer wiederkehrt. Jeder von uns ist als Kind mal im Zirkus gewesen (manchem werden Bestürzung und Befremdetheit im Gedächtnis geblieben sein, die Erinnerung an Schrecken und Ungeheuerlichkeit), und der Zirkus wird immer ein unverzichtbares Requisit der bildenden Künste bleiben, das ist ein ganz hohes Thema: Zirkus, Clowns, Arena und so weiter, es wird immer Trapeze geben, wie bei den Freimaurern, das Dreieck für jeden Künstler mit Selbstachtung, und auch Trikots, aber natürlich.

Es war ein sehr armer Zirkus. Ein Zelt mit vielen Flickstellen, an Werktagen sehr wenig Publikum. Ein sehr östlicher Zirkus, nehmen wir zum Beispiel Bim und Bom im vorschriftsmäßigen Vagabundenjackett und mit verbeulter Melone und angeschmuddeltem Pierrotkostüm und weißem Gesicht und spitzen, aufgeschminkten Brauen und einem roten, breiten Lächeln, das auch aufgemalt ist. Aber ihre ordinären und, um ehrlich zu sein, ziemlich unflätigen Witze erzählten sie in einem Jargon, den ich noch nie gehört hatte, es war eine Mischung aus russisch, weißrussisch und ukrainisch, mit litauischem Tonfall, wie man in Wolhynien spricht, und so wahr ich hier stehe, ich verstand kein Wort. Betrachtet man diese sprachliche Spezialität und Lokalfärbung, war es ein sehr regionaler Zirkus, wie man so sagt, und ich rechnete mir aus, daß sich dieses Unternehmen in einer sehr begrenzten Region bewegte, zwischen Kamień Koszyrski, Hrubieszów, Stojanów, Wiśniowiec, Ostróg und Rokitno, geographisch betrachtet ein ziemlich großes Gebiet, aber unter dem Kassengesichtspunkt äußerst knapp und unfreundlich.

Dann kam die Akrobatennummer. Nach jedem Kunststück vollführte jeder der Corradinis eine Art *pas* oder würdevollen Knicks nach hinten, mit kerzengerade aufgerichtetem Körper, beide Hände auf Schulterhöhe gehoben, die Handflächen aneinandergelegt, nur den Zeigefinger hochgereckt, und diese sehr konzentrierte und ausgewogene Geste beschloß jede Nummer der Vorführung, als sollte sie in ihrem gesammelten und magischen Ausdruck bewirken, daß sie ein für alle Male im Gedächtnis bewahrt blieb, und die Besiegelung ihrer Perfektion und Vollkommenheit darstellen. Das war sehr gut, und auch wenn die jeweilige Nummer an Grazie und Anmut zu wünschen übrig ließ oder an übermäßiger Trivialität litt oder im Stil durcheinandergeriet, dann war es diese beschließende, ernste, priesterliche und wunderliche Geste, die die Situation zuweilen sehr schön rettete.

Die dressierten Hunde waren sehr steif, arm und grell zurechtgemacht, und die ganze Zeit hingen sie aus ihren Augenwinkeln am Blick des Herrn, der sie da dirigierte, sie auf Miniaturleitern steigen, über ein Geländer laufen und wie in einem hündischen Veitstanz in der Luft Purzelbäume schießen hieß.

Außerdem gab es unter anderem noch den Mann in Ketten, den Entfesselungskünstler. Zuerst umwickelte die geschminkte Assistentin ihn etliche Male mit Ketten, die Ellbogen hatte er bereits schmerzhaft mit einem Seil gefesselt. Dann hielt er in demselben schon erwähnten Jargon, von dem ich nichts verstand, eine lange Ansprache ans Publikum, woraufhin Zeugen auftraten, zwei, die schon vorher aus dem Publikum ausgewählt worden waren, und mit verantwortungsschwerer Miene begutachteten diese Zeugen die Knoten und Schlösser. Der Kraftprotz mit dem nackten, kettenbeschlagenen Oberkörper begann sich nun aufzublasen und aufzublähen, sein Kopf kroch zwischen die Schultern, und in der angespannten Stille des Zirkus war sein schweres Keuchen zu hören. Schweiß floß ihm in Strömen über Schultern und Nacken, und Wülste geballter Anstrengung traten hervor, wo keine Ketten waren. Es war schmerzhaft und peinlich, diese Verrenkungen mit anzusehen.

Nach einiger Zeit schließlich rutschte erst die eine, dann die zweite Fessel ab, unendlich lange dauerte der Kampf mit den Stricken, die seine Unterarme fesselten, und dann stieg der Mann unter nicht besonders frenetischem Applaus aus dem Ring der zu Boden gefallenen Ketten und hatte rote Streifen auf den fetten, muskulösen Oberarmen.

Dann trappelte ein weißes Pferd in schwerfälligem Trab durch die mit Sägemehl bestreute Arena, sein Kopf war schön »ganaschiert« und dicht an das rote Brustteil des Zaumzeugs gezurrt. Trotz sorgfältiger Reinigung waren auf dem dicken weißen Hinterteil noch gelbliche Spuren sichtbar, vom Wälzen im unsauberen Stall, und die Kunstreiterin in rosa Trikot und Ballettröckchen stand pirouettierend auf diesem dicken, im Trab zitternden Hinterteil. Ein sehr magerer Mensch in schmutziger Livree ging durch den kürzeren Ring der Arena und drehte die an ein hölzernes Querholz gebundene Longeleine des Zirkuspferdes. Drei Musikanten, einer mit Saxophon, der zweite mit Geige und der dritte mit Trommel und Becken, untermalten das ganze Spektakel mit ziemlicher Melancholie und Schärfe.

Und da sich nun schon so ein großer Anlaß bot, begaben wir uns nach dem Zirkus ins »Tivoli«. Das »Tivoli« war eine Gartenwirtschaft mit Tanzlokal und befand sich in einem wahrscheinlich einstmals ehrbaren Hause; man ging hübsch durch eine Gartenpforte mit Riegel hinein, wie auf Besuch zur Großmutter, im Hof standen Akazienbäume, und in ihrem nächtlichen Schatten waren kleine Tische aufgestellt, und an den Zweigen der Bäume hingen an aufgespannten Drähten Girlanden mit bunten Glühbirnen, die sich zwischen den Rüschen der Blätter zuzwinkerten.

Ein paar Stufen weiter oben, auf der Veranda, befanden sich das »Parkett« und das Orchester, und dieses Orchester spielte gerade einen »Tusch«, dann trat der Besitzer aufs Parkett und sagte: »Meine Damen und Herren! ...«

Außer uns waren noch drei Herren da, ein angetrunkener Kommissar aus Równo und zwei weitere Typen, die aussahen wie reisende Handelsvertreter für Cleveland Traktoren, und außerdem noch eine Katze, die auf einem Stuhl schlief. Die Damen, das waren zwei Vortänzerinnen an dem Tischchen, das dem Orchester am nächsten stand, die eine sehr füllig mit ordinärem Gesicht, die zweite sehr gutaussehend und hochnäsig. In der Seitenwand des Hauses stand die Tür zur Küche auf, daraus fiel Licht in einem sehr hellen Rechteck aufs Gras, ein schrecklich verwahrloster Bursche scheuerte dort einen riesigen Aluminiumkessel, und dieses Scheuern übertönte für uns die Bekanntmachung des Besitzers.

Anschließend stimmte das Orchester einen melancholischen Blues an, und mein Tadeusz Karasiński ließ mich allein und schnurrte schnurstracks zum Tischchen der Vortänzerinnen und forderte die Gutaussehende zum Tanz auf. Doch er bekam eine launische Abfuhr, deshalb wandte er sich an die Dickere und führte diese, mit einem Lächeln beschenkt, am Arm aufs Parkett, sie überragte ihn, und wie sie zu den gedehnten Klängen des Blues ihre *pas* vollführten, sah es für mich manchmal, wenn sie mir den Rücken zukehrte und ihn dabei mit ihrer ausladenden Gestalt völlig verdeckte, seltsam danach aus, als tanze sie allein.

Inzwischen waren mehr Leute im Tanzgarten, eine zahlreichere, vergnügte Gesellschaft und ein Paar, das »Parkett« füllte sich mit Tänzern, an einem anderen Tischchen saßen zwei Oberleutnants des Ulanenregiments aus Białokrynica, wie Zwillinge in ihren knappen Sommeruniformen, fassonierten Stiefeln, und beide hatten sie Monokel, und sie benahmen sich vornehm, mit einer leichten, verächtlichen Blasiertheit gegenüber Zivilisten. Mein Tadzio beobachtete sie und ihre Manieren verstohlen, dieser eingeschworene Snob, und die Blasiertheit der kurzsichtigen Oberleutnants imponierte ihm sehr.

Der Dirigent des Orchesters, im Frack und sehr gelangweilt, drückte den Bart an die Geige, darunter hatte er ein elegantes Seidentuch gelegt, und er drehte sich auf den Absätzen abwechselnd dem Orchester und den Tanzenden zu. Ein kleines Blumenmädchen trat an unseren Tisch, Tadzio legte ihr ein fünf-Złoty-Stück hin und wählte zwei Rosen, tiefrote, die irgendwie künstlich wirkten. Als ich mich empfindlich in den Finger stach, stellte ich fest, daß es nicht ein Dorn war, sondern ein dünner Draht, mit dem die Blütenblätter zusammengehalten wurden, damit sie in der Wärme des Lokals nicht auseinanderfielen. Auch der Duft der Rosen war künstlich und rührte von einem billigen Parfum her. Diese Rosen brachte der Kellner den Vortänzerinnen, die Gutaussehende wurde dadurch nicht weniger hochnäsig, aber die Dicke setzte ein breites Lächeln auf.

Tadzio war schon ganz hin und weg, er »kommandierte« sich eine Karaffe Wodka heran, die Musik spielte unterdessen etwas »zum Zuhören«, Tadzio blickte herausfordernd zu den gänzlich unschuldigen Ulanen hinüber.

»Warum tust du eigentlich nichts?« Liebenswürdigerweise knöpft er sich jetzt meine Wenigkeit als Gesprächsthema vor. »Du tust nichts, du bist ein Faulenzer, du bist etwas, das nicht zum gesellschaftlichen Leben paßt, ich hab noch nie so einen Faulenzer gesehen … Du läufst im Kreis, verlierst dich in dir selbst. Du förderst das bürgerliche Leben, schmeichelst ihm sogar mit deinem Paradox eines verkehrten Lebens, bestätigst ihnen mit diesem Paradox ihre Tugenden, du lebst von Abfällen, auf einem Müllhaufen, so ein Lumpenproletarier – hab ich nicht recht?« Er war zufrieden mit seiner Diagnose, und diese Zufriedenheit wollte ich ihm nicht lange lassen.

»Und du bist einfach ein Snob«, sage ich jetzt ohne Umschweife. »Du bist ein Snob, und daß du einmal Besuch von der Polizei gehabt hast, ist dir zu Kopf gestiegen, und jetzt bist du aufgeblasen wie ein Windbeutel. Du Schakal von Żorż Siedlecki.«

Bei der Erwähnung des Namens Żorż Siedlecki wurde Tadzio ganz träumerisch. Ich kannte diese Verträumtheit an ihm. Er selbst brachte so etwas nicht fertig und war nicht dazu in der Lage, aber er lebte sich in Żorż aus, mit dem ihn vor allem die Tatsache verband, daß er sein wollte wie dieser, er wollte immer jemand anders sein, nicht er selbst. Ein Bluff, Herr Karasiński! Und laut sage ich zu ihm:

»Ein Bluff, Herr Karasiński!«

Tadzio ist überhaupt nicht beleidigt.

Gestern wollte er mich bekehren, bevor wir schlafen gingen. Natürlich kam er mir mit dem *Kommunistischen Manifest* von Marx und mit dem historischen Materialismus, der eisernen Logik von These, Antithese, Synthese, mit der Revolution, damit, daß ihre Unaufhaltsamkeit und Offensichtlichkeit die bürgerliche Realität in abstrakte Sphären entrückte, sie zu Schall und Rauch werden ließ. Ich hörte zu, durch meine Erziehung konditioniert und außerdem in einem solchen Maße gleichgültig, daß die Offensichtlichkeit von Schlußfolgerung und Überzeugung nicht einmal bis an die zweite Hautschicht drang, so viel dieser Snob auch reden mochte. Erbarm sich Gott eines solchen Gesandten, eines solchen die Wege ebnenden Johannes des Täufers und Herrn mit Scheinwerfer für die schwarzen Schatten der Reaktion.

Tadzio Karasiński trank, er war, man muß es offen sagen, ein Alkoholiker reinsten Wassers. Man brauchte nur zu sehen, wie ihm auf dem Tablett ein Wodka gebracht wurde, wie er sich beherrscht, aber intensiv und ernsthaft konzentrierte, die Mondscheibe zärtlich und zitternd im Trichter des Glases, ein Glas Klarer mit ein paar Tautropfen auf dem dünnen Fuß, wo beim Einschenken ein wenig verschüttet wurde.

Ein Schluck, schnell und entschlossen, vom Gaumen schlägt es bis in die Nasenwurzel, scharf, lieblich und schmeichelnd, es riecht ganz leicht, aber wirklich unendlich leicht nach gebranntem Fusel, denn es ist Klarer, es ist Extrafeiner, aber auf seine Art auch immer Kutscherfusel, und so schmeckt es auch.

Nach diesem ersten Glas bricht mein lieber Tadzio ein Stück Brot, gewöhnliches, ungesäuertes Roggenbrot, er bricht es christusmäßig und drückt es an die Nase, schnuppert geübt, so wie man es früher mit Tabak machte, und dieser Trinkeraberglaube, diese Angewohnheit und Geste, dieser hermetische und priesterliche Trinkertick belustigte mich, doch ich ließ es mir nicht anmerken.

Nun, jetzt also das zweite Glas, aber ernst und ruhig.

Nun, genug davon! Jetzt, da Hintergrund, Staffage, Kulisse

schön ausgemalt sind, jetzt, da ich erzählt habe, wie es dort war, wie die Bäume im Tal der Stadt grün schäumten, wie es in den heißen Sommermonaten träge und verantwortungslos zuging, alles sanft und zahm und ruhig, angefangen von den schmalen Glasbehältern mit bunten, zweifarbigen Limonaden in den jüdischen Geschäften mit Erfrischungsgetränken (neben verschiedenen Eissorten auch Brotkwaß, und was für einer), die nach wässrigen Kirschen schmeckten, und den spitzen Hügeln auf dem Markt, jetzt, da wir wissen, wie die barocke Fassade der Kollegienkirche in den Pilastern und Kartuschen und dem disziplinierten Entwurf der Fassade Schatten bildet, daß die Häuserdächer mit Ölfarbe indisch-zinnoberrot und olivgrün gestrichen sind (und sich auf dem neugedeckten Dach und den Helmen der Kirchtürme eine ganz dünne Schicht Grünspan-Patina absetzt), da wir schon wissen, wie die Pferde ihr Futter aus dem Hafersack kauen, wie die Fuhrwerke am Trottoirrand stehen und das Futter verstreut ist und der Pferdemist herumliegt, da wir wissen, wie monoton und beharrlich die Goldamseln in den Lindenkuppeln pfeifen, monoton ihr »fiju-fijuuu …«, da uns der Ausschlag auf dem Gesicht des jüdischen Wasserträgers ebenso vertraut ist wie das Binokel auf der Nase des Lyzeumslehrers und der Polizist in dem für den Sommer zu warmen und deshalb diskret aufgeknöpften Uniformkragen und seiner mit einem weißen, frisch gewaschenen Schutz überzogenen Kappe, die Bäuerin, die alte Dederkala mit dem verrotzten und barfüßigen Jungen, der aber eine neue Jahrmarktsmütze trägt und sich nach dem Autobus umschaut, dem Autobus, auf dem sich Koffer und Körbe türmen und der überladen ist und die Aufschrift Równo-Ostróg trägt, und da sie mir alle bekannt und sattsam betrachtet worden sind, der Sekretär des Starosten und der städtische Abdecker und der ehemalige Stabskapitän unter dem Zaren und die Ortsgalane mit zu kurzen Hosen und Fil-d'Écosse-Socken und umgeschlagenem Kragen und der Sektierer, der Übersetzer der *Heiligen Schrift*, mit dem vergilbten Bärtchen und der Major vom Bezirkskommando, der Architekt aus Łuck auf Dienstreise, den die Denkmalschutzabteilung der Woiwodschaft hierhergeschickt hat, und die Bürofräulein vom Bezirksamt und die Fräulein von der Kooperative »Regenbogen« und die Fräulein aus dem Sommerkurs in Musikwissenschaft, in Sommerkleidern aus bedrucktem Perkal, und der alte Bauer im ungegürteten Hemd, der Sonnenblumenkerne ausspuckt, und der Monteur aus dem städtischen Elektrizitätswerk, der schlecht getarnte Emissär aus Galizien, ein ukrainischer Irredentist, der nach Wolhynien zu der hiesigen, nicht gerade florierenden Filiale von »Maslosojuz« geschickt worden ist, und der Wachtmeister der Ulanen aus Białokrynica, der zu Einkäufen fürs Offizierskasino geschickt worden ist, und der magere Lyzeumskatechet und der fette Herr Prälat und die neue Mähmaschine, frisch vom Waggon, noch mit bunten Rädern und Etiketten, und ein schwer beladener Frachtwagen auf dem Weg zum Magazin und ein anderer mit Ziegeln und der Praktikant von den Sägemühlen auf seinem nagelneuen Harley-Davidson-Motorrad und der Tatra des Starosten und der leichte Kutschwagen, mit dem die drei Oberleutnants der Ulanen angekommen sind, und der Balagul-Vierspänner mit Krakauer Geschirr des Herrn von Pustomytów und die Bettlerin auf dem Weg zur Kirchweih am Poczajowska-Kloster, und da ich auch schon die Lindenholzbetten im Trödelladen neben Chevrolet kenne und die verzinkten Eimer von Huta Chorzów und die Schüler vom Gymnasium in Turnschuhen und mit einem Ball zum Korbballspiel und die verhärmte Ehefrau eines Beamten des IX. Ranges mit Hütchen auf dem Kopf und einem Korb für die Fleischbank, und wenn außerdem noch der Himmel hellblau ist oder aschgrau oder perlmuttweiß und das Laub der Bäume ganz leicht ist von der Abendkühle oder nervös vom strömenden Regen oder blechern von der Hitze, und wenn die Hunde, die am Zaun entlang dem Passanten hinterher kläffen, oder die mageren und gleichgültigen, die auf dem Markt auf Suche nach Abfällen sind, oder die fröhlichen und zynischen und dummen, wenn die um die kleine Hündin des Advokatskonzipienten herumstreichen, und wenn das alles, Goldamseln, Popen, Juden, pelzige Raupen, die über den Zaun kriechen, die abblätternde Farbe auf den Türen der Lädchen, wenn der Grabstein von Frau Salomea Béc und die Zigaretten der Marken Płaski und Sport, die Nieren und Kreuzknochen am Haken in der Fleischbank und das im Gymnasium erprobte neueste Daltonsche System, wenn das alles gut vermischt und vertraut und abgelagert und mit dem Geruch von abendlichem Jasmin überzogen ist, dann ist es genug!

Es spielt keine Rolle, daß das alles ein paar Jahre früher gewesen war, denn als ich mich an diesem oder jenem Morgen wieder in derselben Umgebung befand, kam alles wieder zurück und zeigte sich genau so, wie es gewesen war. Diese kleine Welt hatte vor sich hingewartet und hatte sich in ihrem eigenen Planetensystem gedreht, so wie ich sie Jahre früher kennengelernt hatte, und nicht mehr und nicht weniger, und wenn ich etwas vergessen hatte, oder wenn es in mir verloren gegangen war, als ich mich damals von hier fortbegeben hatte, dann war es jetzt haargenau so wieder da, es hatte denselben Duft und dieselben Farben und dieselben Muster, all diese Eindrücke, als ließe ich einen Film durch einen Projektionsapparat laufen. Die Sonne ist die Sonne, Bona ist dieselbe und hält die Stadt unter ihrem milanesischen Fuß, die Bezirksverwaltung ist wohl auch noch dieselbe, das Gymnasium ist das alte, die Juden, die Fortschrittlichen sind die alten, und die Chassiden oder Orthodoxen sind die alten, die Linden sind dieselben und auch die Zäune, vielleicht hier und da morsch geworden und ausgebessert oder auch nicht, die Ikwa fließt, der Jasmin duftet zur rechten Zeit. Was ist es denn, das mich hierherzieht?

Es ist etwas sehr Persönliches, das normale Menschen für sich allein durchleiden und dann tief irgendwo vergraben, oder wenn sie betrunken sind, heulen sie ihrem besten Freund oder sogar irgendeiner Zufallsbekanntschaft davon die Jacke voll, in der Regel jedenfalls ist es sozusagen bei normalen Menschen eine sehr private Angelegenheit. Aber wie sich hier zeigt, kann ich es in sogenannter künstlerischer Form loswerden.

Es ist Sonntag. Ich habe mich brieflich für den Sonntag verabredet, und da mir kein besserer Ort einfiel, habe ich ihr gesagt, sie solle um elf Uhr zur Messe in die Kirche kommen, und nun war ich viel zu früh unterwegs zur Kirche. Langsam schlendernd betrachtete ich mit blinden Augen die Gäßchen und Mauern, die alten Häuser mit holländischen Dachziegeln, die sich dadurch von den neueren Häusern unterschieden, die mit angestrichenem Blech gedeckt waren. Der Architekt aus Łuck hatte sich bewährt, die Vorderseite der Barockkirche war schön angestrichen, und das Kupfer der Dächer hatte hübschen Grünspan angesetzt, und die Auffahrt vor der Kirche war wunderbar wieder aufgebaut worden, einst, als ich hier war, war sie eine Ruine gewesen, aber jetzt hatte man sie aus diesen Trümmern, Kreuzen, Sockeln, Stufen, Steinpuppen von der Balustrade wie ein altes Geschirrteil wieder zusammengefügt, und nur hier und da erkannte man einen in dieses einstmals zerstreute, steinerne *jigsaw* eingefügten neueren Stein daran, daß er durch seine hellere Farbe von den älteren Teilen abstach.

Steif und feiertäglich gekleidet gingen die Bürger in Grüppchen zur Kirche, religiöser Instinkt und sonntägliche Langeweile, das Erreichen des siebten Tags der Ruhe nach Fluch und Langeweile des Alltagsschweißes, der alltäglichen Kriecherei und Rangelei und Drängelei um eine mehr oder weniger definierte Arbeit oder das, was in ihrem schematischen Denken Arbeit sein sollte, die Schopenhauersche bürgerliche Langeweile der Sattheit eines verdienten Sonntags, die Leere dieser Errungenschaft und die Langeweile und noch einmal Langeweile, der dumme Ausdruck eines Menschen im steifen Kragen und Sonntagsstaat, mit Gattin, am Ellbogen untergehakt, und Kinderschar in zu engen Sonntagsschuhen und zwei Schritte voraus, und zu Hause der Schweinebraten mit Erbsenpüree und Knödel mit Pflaumen, denen man ebensowenig entging wie dem Tod, der Verfassung und Einsteins Relativitätstheorie.

Ich hatte vor der Kirche warten wollen, aber erstens rauschte ein Sommerregen aus einer unsichtbaren Wolke herab, und zweitens war es mir peinlich, den vorbeiziehenden Blicken der sonntäglichen Gemeinde ausgesetzt zu sein. Deshalb trat ich in den Vorraum und stellte mich dort so auf, daß ich jeden sehen konnte, der eintrat, und sie nicht verpassen würde.

Dann begann der Gottesdienst, ein gesungenes Hochamt, die Orgel erbebte, und ich hörte, wie die dunklen Töne in einem tiefen Register von vielleicht sechzehn Schwingungen brummten, bei dem sich der Klang schon auf der Grenze zu Unhörbarkeit und Ohrenschmerzen bewegt. Ich verfiel in eine Art Trance, wie ich es aus der Kindheit kannte, in eine Art Benommenheit, in die ich versank, in der Verjüngung, im Fluchtpunkt des Kirchenschiffs flackerten von fern die Altarkerzen, und der Blick flieht nach oben, wo sich Wölbungen dieser oder jener Art befinden, Pseudogotik oder Rokokopanachen oder die Ruhe des Barock, wo ich vor mir den gebeugten Nacken eines Bauern sehe, die Haut am Nacken braun verbrannt und in tausend Fältchen auseinanderlaufend wie bei verkohlten Leichen, wo ich neben mir das fromme Seufzen einer religiös bekümmerten Bäuerin höre und das Fru-fru der Röcke und Unterröcke der Kleinbürgerinnen aus der Vorstadt, und Toque und Schleierchen und die behandschuhte Hand mit Gebetbuch dieser oder jener Dame von der Thomas-a-Kempis Gesellschaft, und die abstehenden Ohren und verwuschelten und vom Schrubben noch feuchten Köpfe der Grünschnäbel und die Orgelmusik, die tiefen Töne dröhnen unendlich lang ausgehalten, und die höheren bewegen sich in schnellen Läufen, als sei da jemand auf der Suche und wolle sich aussprechen. Sie ist nicht da.

Sie ist nicht da und kommt nicht. Vielleicht hat sie den Brief nicht bekommen, vielleicht habe ich sie übersehen, vielleicht war sie in der früheren Messe? Sie ist nicht da.

Dann, als die Leute hinausgehen, stehe ich wieder Wache und suche, und sie ist nicht da. Der Regen hat aufgehört, auf den unebenen Platten des Trottoirs hat er Pfützen hinterlassen. Dann denke ich mir, ach, was soll's, ich gehe hin, erkundige mich, wo das Haus dieser Kusine steht, irgendwo da hinter dem Referenten des Starosten, und dann habe ich es auch herausgefunden. Jemand, den ich fragte, sagte mir, wo das Starostenamt war, der Kutscher im Starostenamt gab mir die Adresse des Hauses, wo der Herr Referent wohnte, das Haus lag oben am Hang, alles, was nicht an der Durchfahrtsstraße lag, war oben am Hang, auf der einen oder der anderen Seite.

Die Herrschaften traf ich nicht an, sie waren noch nicht wieder zurück oder wollten mich weder empfangen noch mir Auskunft geben, das sagte mir das Dienstmädchen, also wartete ich auf der Veranda, zündete mir eine Zigarette an, drückte sie in einer Blumenvase im Fenster der Veranda aus, und blöde und ratlos, was ich nun tun sollte, ging ich auf die Straße hinunter.

Und da kam sie, langsam, den Kopf gesenkt, den Blick auf den Boden geheftet. Dieselbe und doch nicht dieselbe. Dann hob sie den Kopf und sah mich, und es gibt so ein Wort dafür, sie stutzte, stutzen, das ist, wenn wir reden und den Faden verlieren oder uns eine plötzliche Veränderung frappiert, oder wenn die logische Ordnung der Dinge durcheinandergerät. Man kann auch stutzen, wenn man in Gedanken ist. Und sie stutzte.

Wir begrüßten uns sehr unbeholfen, ich stammelte eine Erklärung, wieso ich hier war, in der Nähe des Hauses ihrer Verwandten. Sie wußte ganz offensichtlich, weshalb ich so weit gewandert war.

Wir gehen nun ganz langsam und schweigen. Das Wetter ist wieder schön, die Sonne scheint. Wir gehen sehr gemächlich, ich kann in diesem Augenblick nicht sagen, ob ich über die Begegnung froh oder traurig bin. Es sind schon fast drei Monate seit unserem Abschied vergangen, und wir haben uns drei ganze Monate nicht gesehen, und etwas ist in dieser Zeit geschehen, ich weiß, daß es geschehen ist, aber ich will den Gedanken nicht an mich heranlassen. Ich setze also eine gute Miene auf und bin sorglos und freudig, wie es sich gehört, weil wir uns wiedersehen, uns endlich wiedersehen. Wir mustern einander von der Seite. Sie hat meine Kappe genommen und hält sie und dreht sie in den Händen. Dann sagt sie zu mir: »Du bist dicker geworden. Du bist dicker geworden und hältst dich, als hättest du einen Buckel.«

So seltsam es sein mag, aber mir kommt es so vor, als wäre sie auch dicker geworden. Sie ist braun gebrannt und sieht sehr gesund aus, und ihre gerunzelte Stirn paßt gar nicht dazu. »Hat sich etwas geändert?« frage ich. »Du liebst mich nicht mehr.«

»Ja, ich liebe dich nicht …«

Das ist so unwahrscheinlich, daß ich darüber hinweggehe, was ist das für ein Gerede, was für eine dumme Stichelei! Mit einem Schlag gebe ich mich unbekümmert und redselig, und ganz animiert und gespreizt bin ich, aber da sitzt mir auf einmal der Kummer in der Kehle.

»Was redest du da für Dummheiten, also weißt du, gehen wir irgendwo in die Berge, weg von diesem Sonntag, irgendwohin, wo Bäume sind und Gras, weißt du, daß ich schon mal hier gewesen bin, es ist ein paar Jahre her, was waren das für Zeiten, gibt es das Tivoli noch, so ein Tanzlokal auf dem Weg zum Friedhof … Damals war ich mit Tadzik Karasiński hier, der war Kommunist, so ein Snob, klein, die Haare standen ihm ab wie gesträubte Federn, immer hatte er eine Sonnenbrille auf … Ein Trinker, ein Alkoholiker, man muß es offen sagen … er hatte eine entsetzliche Narbe auf der Wange, und wenn man ihn fragte, dann sagte er, in einer Kneipe sei ihm da eine Bierflasche zu nahegekommen, aber in Wirklichkeit war es ein Duell, so ein Snob, und sein Gegner, der Fechtmeister der Hasmonäer, hat ihn so zerhauen, daß er genäht werden mußte, und er hat mir gesagt, am nächsten Tag sei er zu Weihnachen weggefahren, und er hatte kein Geld mehr für die Straßenbahn, deshalb ist er mit dem Koffer von der Łyczakowa-Straße bis zum Bahnhof gelaufen, und der Koffer war schwer, da ist ihm die Naht aufgeplatzt, und deshalb hat er jetzt diese Narbe …«

Sie hat ein Sommerkleid aus Perkal an, mit einem Muster, weiß mit Muster, und einen Hut, und sie blickt finster.

Immer weiter erzähle ich ihr dummes Zeug. Ja, ich war schon auf der langen Reise unruhig und müde gewesen, und die am Zugfenster vorbeiziehende Landschaft hatte sich mit meiner Unruhe und Ungeduld vermischt, und dann machten wir kurz an einer Station halt, eine Wiese zog sich bis dorthin, so voll und dicht vor lauter Gras, Straußgräsern, Klee, Pusteblumen, und gleich dahinter ein Bach im Schatten der Weidenbäume, und die Espen verzweigt und schwer vom chlorophyllierten Laub, und das Getreide stand schon reif und hoch, aber mit Kornraden und verirrten Haferbüscheln darin, und dann wieder eine Baumgruppe und noch eine, und wunderschön fügte sich das alles zu einer Landschaft, und weit in der Ferne der steile Abbruch der podolischen Ebene, bläulich und warm an diesem Sommernachmittag, und man wollte hinausgehen und einfach querfeldein marschieren wie dieser Steilhang ....

So wie ich jetzt vor den Dingen fliehe, so bin ich auch damals geflohen und habe mich gegen die Wirklichkeit gesträubt, die immer näher kam. Ich versuchte, sie in ein Gespräch zu verwikkeln: »Was machst du hier?«

»Nichts, ich komme manchmal für ein paar Tage her, dann spielen wir Tennis.« Sie lebte kurz auf und erlosch wieder.

Ich betrachte das Muster, das dunkelblau auf dem weißen Perkal ihres Kleides aufgedruckt ist, und zerbreche mir den Kopf darüber. Verstreute kleine Strichlein und Klammern, eigentlich ließe sich das höchstens mit dem Bild von Tuberkuloseerregern vergleichen, die man unter dem Mikroskop betrachtet. Ein unglücklicher und wunderlicher Vergleich, aber so sehr ich meine Phantasie auch bemühe, mir fällt nichts Besseres ein. Früher hatte ich einmal Vorlesungen in vergleichender Literaturwissenschaft besucht, und der alte Professor hatte ein halbes Jahr lang das Poem eines Dichters aus der Zeit vor den Jungpolen besprochen, ein Gedicht, das so anfing:

Ein Kleidchen trug sie, aus Perkal und gestreift ...
Kein Mädchen war süßer, das schwöre ich euch ...

Und so ging es ein halbes Jahr lang, sobald er am Katheder saß, in der von Semesterlangeweile klebrigen Luft, begann er mit seiner hölzernen, quietschenden Stimme jede Stunde der Vorlesungsreihe unweigerlich mit der Grundlage, mit diesem Zweizeiler, der die Quintessenz und der poetische Ausdruck sein sollte, in denen er auf seiner pedantischen Suche herumstocherte wie in einem Leichnam im Sezierraum, und bis heute höre ich seine zynische, trockene, körperlose Stimme:

Ein Kleidchen trug sie, aus Perkal und gestreift ...
Kein Mädchen war süßer, das schwöre ich euch ...

Und hier kommt diese Stimme jetzt hinter mir her und hänselt mich, verspottet meine Qual und kommt hinter mir hergelaufen, obwohl ich mich doch eigentlich über das Wiedersehen mit ihr freuen sollte, nur diese paar Dinge müssen geklärt werden, dann kann man etwas planen, jedenfalls diese verfluchten drei Monate, diese unnötigen, wettmachen und den soliden, vollen Puls wiederbeleben, beatmen, ihm wieder jenes Leben einhauchen, in dem wir so viel zusammen gewesen waren, und jetzt, als wäre nie etwas gewesen, was war das für eine Befriedigung, angefangen vom ersten Kuß, der verschämt und unbeholfen war, backfischhaft-grünschnäbelig, wie er uns daneben ging, und wie uns vor Aufregung und Gefühl die Knie zitterten, wie bitte, wo? wie bitte, wem? ach ja, etwa dem Voltaireschen Candide, oder nicht? Wie dann mit der Zeit, mit der Routine, die Selbstsicherheit größer wurde, wie man alle Stufen von Aufregung, Qual, Sorge bis hin zum Zynismus, zur Zügellosigkeit und friedfertigen, gutmütigen Abgebrühtheit durchwanderte, und hier fügte es sich, daß uns die Menschen und die Götter gewogen waren, und es ergab sich alles so vortrefflich, und natürlich hatten wir dafür auch einen schelmischen und draufgängerischen Humor bereit, der unseren Eskapaden wunderbar entsprach. Als wir uns beruhigt hatten und dieses Zittern vergangen war und die Angst und Kopflosigkeit darüber, daß es das erste Mal war und noch nie vorher und so seltsam, und ich, daß ich hier mit diesem Mädchen, wo ich doch vorher noch nie, hinter dem Palisadenzaun, in der Abgeschiedenheit des Heranreifens, in der Vertreibung und ...
Wie wir so den Berg hinaufsteigen, wird das Wetter wieder ganz

heiter, und die Sonne wirft die schweren Schatten der belaubten Bäume quer über die krummen Sträßchen. An einer solchen Stelle tauchte unverhofft der alte Brunnen auf. Wie schön und *à propos* waren – wir erinnern uns – seine akustischen Brunneneigenschaften, dieses einmalige Echo! Witz und Ablenkung sollten mir nun in diesem schweren und grausamen Augenblick zu Hilfe kommen. Ich ziehe sie an der Hand, sage aufmunternd, vergnügt, dort gebe es ein Echo. Wie schwer mir das fällt, und sie ist gar nicht zugänglich, weder interessiert es sie noch macht es ihr Spaß. »Ein Echo, hast du gehört? … Ein Echo … wenn du etwas sagst, hör zu … ganz genau, klar … das Echo … wenn du etwas sagst, hör doch … ganz genau, klar … das Echo …«

Fast mit Gewalt ziehe ich sie zum Brunnen. Sie ist düster, und es macht ihr keinen Spaß, daß der Brunnen ihren hineingeworfenen Namen zurückwirft, ich selbst bin vergnügt und verzweifelt, verzweifelt und ratlos, was ich jetzt tun soll. Hör doch – das Echo …

… Echo … wiederholt der Brunnen.

Wir gehen immer weiter, gehen langsam den Berg hinauf, das Sträßchen mündet in einen kaum benutzten Pfad, im Dickicht der Büsche und Schatten der Bäume, an den morschen Zäunen drängen sich Kletten, Nesseln, Winden, Hahnenfuß, Hundsrosen. Hier ist es menschenleer, und die sonntäglichen Gärten sind verwaist und grün und quellen über von allem, was sich darin tut, und die Palisaden der Erbsenstangen, pelzig von den Kletterpflanzen, die biegsamen grünen Stengel der Sonnenblumen und die Hanfbüschel. Auf den Blättern, in ihren grünen Vertiefungen, hat sich Regenwasser gefangen, das im Schatten wie Quecksilber blinkt. Die aufgeregten Bienen streben dahin, wo die Blumen sind. Mit schrägem Rauschen fliegt ein Vogel vorbei.

Dann, als es ganz klar wurde, daß es vorbei war, und als wir uns trennten und ich den riesigen, langen Nachmittag und Abend vor mir hatte, die ich durchwarten mußte, bis der nächste Zug fuhr, mit dem ich abreisen würde, da wußte ich nicht, was ich mit mir anfangen sollte, und ging aus der Stadt hinaus aufs Feld.

Und da stieß ich wieder auf die Mieten mit Kartoffeln, die im Winter erfroren waren und jetzt im Sommer halb ausgegraben einen ekligen, übelkeitserregenden, unvergleichlichen Gestank über den Feldern verbreiteten, der einfach unerträglich war.

Reiter ohne Kopf

»Gelobt sei Jesus Christus.

Aus der Ferne kommt zu dir dieser kleine Brief von mir. Ich sitz an meinem Tisch allein, vor mir das Papier so rein. Ein Falke kam und aus der Höh warf er mir eine Feder zu. Du bist daheim, ich nicht im Land, doch reichen wir uns jetzt die Hand. Du bist der Berg und ich das Tal, zwischen uns ein Wasserfall ...«

Es war eine Zeit großer Einsamkeit. Anfangs kam unser Vorstoß unerwartet, und da traf man noch mitten ins Leben. Aber unser Stahl, die Waffen, der brutale Vorstoß, der Lärm und das Motorengedröhn, alles, was wir mitbrachten, war wie der Anbruch eines Sturms, wie ein Blitz aus heiterem Himmel. Die schwer durch die Schlaglöcher schwankenden Geschütze und mit Geschossen beladenen Munitionswagen, die mit den Radnaben an den Stützbalken der Häuservorbauten hängenblieben und die Rinde von den Bäumen rissen, bahnten sich einen Weg durch die Gärten, während die Menschen in Aufruhr, Verzweiflung und Angst zu ihren Fuhrwerken stürzten. Fieberhaft befestigten Hände die Zugstränge des Geschirrs an den Ortscheiten, Frauen schleiften unter lautem Wehklagen ihre Kinder herbei, verstauten Kisten, in aller Hast von der Wand gerissene Heiligenbilder und Kopfkissen, und nach kurzer Zeit herrschte die Leere und Öde, die wir immer mitführten. Nur die Fliegen stießen gegen die Scheiben, und aufgescheuchte Hühner versteckten sich in den Hofecken.

Mit der Zeit jedoch fanden wir die Orte, in die wir einrückten, schon länger verlassen und menschenleer vor. Häuser, ihrem Schicksal überlassen, die Haustüren sperrangelweit offen. Gemäuer, Gerätschaften, Federbetten, Speisekammern, Vieh, das über die Koppeln irrte, Äpfel, die schwer an den Zweigen hingen, Geschirr, Wiegen, angerührter Teig im Backtrog, Nähmaschinen, Wäsche und Töpfe auf dem Zaun, alles der Leere anheimgegeben, keine Menschen mehr da.

Auch diesmal standen unberührte Teller auf dem Tisch, nicht einmal zum Essen war mehr Zeit gewesen, sie hatten nur alles stehen und liegen lassen, um kopflos zu fliehen. In den Schüsseln lagen längst erstarrte und erkaltete Nudeln, aufgeschnittenes Brot, im Kochtopf Kohl. Die Zeit war mitten im Leben stehengeblieben. Zwischen uns und den Menschen, die dieses Haus vor kurzem noch mit ihrem Leben erfüllt hatten, war etwas vorgefallen, das uns unwiderruflich von ihnen schied. In dieser Leere einer Bauernkate lag jedoch etwas Erhabenes, als wäre unser Eindringen, unsere umstandslose Inbesitznahme etwas Unwirkliches, Unbedeutendes, in der Tat Vorübergehendes, das deshalb allenfalls duldendes Mitleid verdiente. Draußen vor den Fenstern hörte man, wie sich die Geschützbediener breitmachten, die Kanoniere fällten erbarmungslos die Kirschbäume im Garten und rissen die Zaunpfähle aus, um ein Schußfeld vor den Geschützläufen zu öffnen, denn es war nicht mehr lang bis zum Abend.

Es wurde Abend, jemand zündete eine Petroleumlampe an, die Küchenlampe mit einem Messingspiegel, und stellte sie auf die ausgebreitete Landkarte auf dem Tisch, von dem wir die Teller mit den unberührten Nudeln geräumt hatten. Aus dem Fenster sah man den Hügelkamm und dahinter den Widerschein von ein, zwei, drei Feuern.

Ich schämte mich, daß wir uns hier so breitmachten, zwischen diesen vier Wänden und den in einer Reihe nebeneinander aufgehängten, mit Fliegendreck besprenkelten Heiligenbildern und vertrockneten Palmzweigen, die hinter den Bilderrahmen steckten. In der Ecke eines Rahmens klemmte eine sehr gekünstelte Familienfotografie vom Jahrmarkt, und als ich näher herantrat, um sie besser betrachten zu können, sah ich einen Briefumschlag, der hinter dem Rahmen hervorschaute. Nicht ohne ein gewisses Schamgefühl streckte ich die Hand danach aus, als langte ich in ein fremdes Leben hinein.

Es war ein Liebesbrief.

Der Brief begann in diesem Stil: »Gelobt sei Jesus Christus. Aus der Ferne kommt zu dir dieser kleine Brief von mir. Ich sitz an meinem Tisch allein, vor mir das Papier so rein.« In deutlich gekrakelten und sorgsam in eine Richtung geneigten Lettern flossen die Worte des Briefes. Der Paarreim wiederholte sich mit rhythmischer, monotoner Genauigkeit. An manchen Stellen unterbrach eine merkwürdige Assonanz die Knittelverse.

»Du vom Ufer, ich vom Rand, so reichen wir uns jetzt die Hand ...« Der Autor des Briefs hatte keine besonderen Schwierigkeiten, er bediente sich gestelzter Floskeln und hölzerner Konstruktionen aus bekannten, fertigen, starren Ausdrücken. In diese goß er seine Gefühle, dämmte sie mittels konventioneller, herkömmlicher Schemata ein. Er zögerte keinen Augenblick. Wenn er nach jedem Satz einen Punkt setzte, dann tat er das ohne Skrupel, er bereute nichts. Bevor noch die Tinte des jeweils geschriebenen Satzes getrocknet war, wurde er zu etwas Natürlichem, Selbstverständlichem, Solidem, wie eine Versteinerung. Er schrieb an seine Liebste, aber genauso gut hätte es ein magisches Zeichen sein können, das in Baumrinde eingeritzt oder in Stein gemeißelt oder in ein Seil geflochten oder wie eine Eidesformel war, etwas, das einen unveränderlichen, endgültigen Wert hat, wie Worte, die bei einem Schwur gesprochen werden.

»Du bist der Berg und ich das Tal, zwischen uns ein Wasserfall«, »Deine Füße würd ich waschen und tränke dann das schmutz'ge Wasser ...« Lachen wir nicht, für diese Dinge gibt es hier einen festgelegten, geheiligten Kanon, es gibt Verfahrensweisen, Muster. Die unermüdlich Eifrigen, Sammler, Archivare, die Kenner von Redaktionen, Katalogisierer menschlicher Regungen, Pedanten und Konservatoren haben sich ihrer angenommen. Ganze Zeitschriftenbände und Jahrbücher von Fachpublikationen enthalten eine unermeßliche Zahl dieser Beschwörungstexte. Der heimliche Voyeur wäre enttäuscht, denn in diesem Brief gibt es keine Sensation. Er fände nicht einmal Anlaß zum Spott, denn die Poesie dieses Briefs von einem Dorfkavalier an sein Fräulein wäre eine zu komplizierte Chiffre. Wer sich je mit tragischem Vorsatz, Widerstand, verbissener Entschlossenheit und einem sich bis zur Übelkeit steigernden

Widerwillen durchgerungen hat, einen Liebesbrief zu schreiben, der weiß, wie viele unausgesprochene Regungen der unsäglichen Physiologie der Liebe versammelt sind, wenn man auf das Blatt schaut, das man selbst beschrieben hat, auf diese Verstellung, diese Imitationen, abgegriffenen Umschreibungen, egal wie treffend sie sein mögen, egal von welchen Meistern der Phrase sie abgeschaut und abgeschrieben worden sind. Denn wie kann man etwas wiedergeben, das im Menschen wie eine Spiralfeder kreisend aufsteigt, oder das wie der Atem ist, der von einer plötzlichen Erinnerung stockt, oder wie der Schmerz, den man erfährt, wenn man sich unabsichtlich die Fingernägel in die Handfläche bohrt, oder das wie ferne Schritte klingt, wie der Duft vergessener Blumen herbeiweht, wie Vogelgezwitscher, verwischt und unscharf wie Gestalten im Nebel. Es gelingt einfach nicht.

Damals, im Dunkel der Bauernkate, steckte mir der Romeo vom Dorfe, der »schmuckeste Bursche im Dorf«, unsichtbar, weil in schwarzer »städtischer« Kluft, seinen in sorgfältiger Schönschrift gekrakelten Brief an die Geliebte verstohlen zu und machte mich mit dieser Geste zum »Boten«, zum Gesandten der Liebe.

Plötzlich bekamen wir den Befehl, etwas zu tun, uns irgendwohin in Bewegung zu setzen. Einer von uns stand abrupt auf und stieß an die Bauernlampe, sie rollte über den Tisch und zerbrach dann am Boden in Stücke. Eine hellblau-gelbe Flamme züngelte flackernd vom Boden auf. Unter normalen Umständen wäre das eine Begebenheit von anderem Ausmaß gewesen, die die Situation sofort verschärft hätte. Aber jetzt? Ich weiß noch, wie ich das Feuer mit ein paar Tritten austrampelte und löschte, einfach so, wie man Schmutz oder Auswurf unter den Sohlen zertritt, und es erstarb unter meinen Füßen im Knirschen von Glas, als hätte ich die Feuer Satans in Grund und Boden gestampft.

Und im nächsten Augenblick drängten wir uns hinaus auf den Hof, denn wir hatten den Befehl zum Aufbruch bekommen.

Am Eingang eines anderen Dorfes lag in der Nähe einer düsteren Kalvariendarstellung der Leichnam eines Soldaten mit seinem Pferd. Nicht weit davon entfernt ragte ein Pfosten mit einer Tafel auf, darauf stand in sorgfältig gemalten Buchstaben: GEMEINDE ... WEILER WERWEISSWO: Aber hier gab es kein Rätsel, nur verbeulte Blechdächer, die auf der Erde lagen, angekohlte Bäume und eine Allee von Schornsteinen, die längs der Straße aus Öfen und Kochstellen in den Himmel ragten, der Rest war Asche, Verbranntes, aus dem jetzt noch in der Abendluft spiralförmige bläuliche Säulchen aufstiegen, und die ganze Brandstätte war von einer Aschenschicht bedeckt, so zart und dünn wie Meeresschaum. Nur der leicht bewegte Wasserspiegel in den Brunnen war von der Ansiedlung erhalten geblieben.

Wir stießen öfter auf die Leichen von Soldaten. Im Dämmer hoben sie sich deutlich von dem im Abendlicht dunkelnden Gras ab, denn in der Regel hatte man diesen toten Körpern die Uniformen und vor allem die Stiefel ausgezogen. Die Hemden und Unterhosen ließ man ihnen, die bedeckten ihre gemordeten Überreste, sie waren die Überbleibsel dessen, was vor kurzem noch ihre Zugehörigkeit zur lebendigen Welt verkörpert hatte. Denn diese war in den kraftlosen Händen, den aschfarbenen Fingern mit den bläulichen Nägeln und dem schwarzen Schmutzrand unter diesen Nägeln nicht mehr vorhanden. Sie war nicht mehr da in ihren grauen Gesichtern, den schwärzlichen Lippen, den spitzigen Nasen, den stumpfen Haaren, im schmutzigen Weiß des nach innen gedrehten Augapfels.

Jedesmal, wenn ich auf Getötete stieß, auf diese zerrissenen, stummen, noch im letzten Krampf der Glieder das Leben höhnisch imitierenden Leichname, stieg in mir ein Gefühl von Haß, Verachtung, Grausamkeit auf. Wie ich schon erwähnt habe, kam es kaum je vor, daß die Leichen nicht entkleidet worden waren.

Zwischen dem Hinterland, der Linie des rückwärtigen Chaos, des Paradieses der Gauner, Feiglinge, Verirrten, Marodeure, die dort herrschten, sich Einlaß in verlassene Häuser verschafften, die Ladentüren aufbrachen, sich die Taschen mit Nahrungsmitteln, Früchten, Zigarettenschachteln vollstopften, der großmäuligen Krakeeler, die sich vor den Luftangriffen in Hausfluren und Kellern versteckten, die plünderten und vergewaltigten, die sinnlos faselten oder eine ohnehin schon schreckliche Wahrheit aufs hinterhältigste entstellten, zwischen dieser und der Frontlinie also, oder wie man es nennen will, gab es immer einen neutralen Streifen, ein Niemandsland, einen Streifen unpersönlicher, leerer Angst. Darin leben und reißen Bestien, aus dem Dunkel geborene Geschöpfe, bei denen statt der Augen grüner Moder leuchtet, die statt der Hände Krallen und Haken haben, die sich gegenseitig in einer unverständlichen Sprache, mit Stöhnen und pfeifendem Flüstern zurufen. Sie gehen nicht in größeren Gruppen und auch nicht einzeln, sondern zu zweit oder zu dritt, sie erscheinen in egal welcher Ödnis, gehen unbeirrt, wie aufgezogen an der Leine, wie von einer bestimmten Witterung geführt, an die Stellen, wo kurz zuvor der Tod unter Krachen, Knirschen und Kichern die Bruchstücke menschlicher Meteoriten verstreut hat.

Mit Mühe lassen sich die vom Magazin zugeteilten Soldatenstiefel abstreifen, noch gelb vom Chrom, die Nägel der beschlagenen Schuhsohlen noch hellblau. Die Schnallen der Gürtel lassen sich schwer öffnen. Und dann liegen sie nackt da, die verhaßten menschlichen Überreste, unter dem Himmel, der zur Nacht der Erde so nahe kommt.

Neben dem Pferdeleichnam, aufgeschwollen unter dem Gurt des Sattels, von dem das Leder schon abgetrennt war, lag der Leichnam des Reiters, auch dieser zerrissen. Es war der Leichnam eines Jungen, wie man leicht an der Litze eines Unterfähnrichs erkennen konnte, mit der die Epauletten auf der zerfetzten Uniformjacke, die er noch am Körper hatte, eingefaßt waren. Allein an dieser rot-weißen, gedrehten Litze ließ sich die Jugend des Soldaten erkennen, denn da, wo der Kopf hätte sein sollen, war nichts mehr. Der unweit davon durch ein Geschoß aufgerissene Trichter war die Erklärung für diese Verstümmelung. Die Kopflosigkeit des Torso machte einen ungeheuerlichen

Eindruck. Man hatte das Gefühl, dies wären nicht die Überreste eines Menschen, sondern etwas, das nicht von dieser Erde, sondern von jenseits ihrer Grenzen hierhergebracht worden war, es war die rücksichtslose Fremdheit des Todes, etwas, das nicht von dieser Welt war. Nichts, ein staubbedeckter menschlicher Torso ohne Kopf, wie zum Hohn auf die Sinnlosigkeit dieses schrecklichen Opfers.

Unsere Phantasie hat eine Welt der Mythologie geschaffen, in der die Wesen nicht reduziert, sondern vergrößert und erweitert sind, eine komplizierte Morphologie, eine Fülle neuer Gattungen, Kentauren, Harpyien, Greife, Chimären, die wunderlichsten Kombinationen von Rümpfen, Schweifen, Flügeln und Krallen, als reiche die Schlichtheit und Zweckmäßigkeit des natürlichen Vorbilds nicht aus. Im listigen Streben nach Wirklichkeitstreue überziehen sich Waden mit Gefieder, das sich dann in Krallen verwandelt, die Schuppen der Sirenen und Chimären verschwinden nach und nach, um zu Oberhaut zu werden, die Hydra schlägt ihren Schlangenschwanz hin und her, die Sphinx stützt sich auf Löwenpfoten und reckt stolz ihre festen Frauenbrüste, den Schlupfwinkel des heiligen Antonius unter den Zweigen eines Baumes beschmutzen die Harpyien mit Vogelexkrementen wie einen gewöhnlichen Hühnerstall. Eine andere Mythologie öffnet vor uns die Perspektiven von Museumskorridoren und -sälen, wo sich im Staub die Buckel, Panzer und Auswüchse paläontologischer Ausgrabungsfunde türmen, die Spuren ihrer fingerförmigen Pfoten in Sandstein eingegraben und die Häute ihrer Flügel in den hier hergeschleppten Gesteinsbrocken eingekalkt. Diese Mythologien vermehren, kombinieren, verbinden Formen, vervielfältigen sie. Aber es gibt eine andere Mythologie, die umgekehrt wirkt, durch Reduktion und Auslassung. Die Mythologie einer Kunst, die Leben vorspiegelt, aber sich eingeschränkter Kompositionen bedient, einer Kunst der Auslassung von Einzelheiten, des Primitiven, Schematischen, der Beschränkung auf das ganz Wesentliche, auf Akzente, eine Art bewußt und absichtsvoll ausgeführter Amputation. Sind nicht die Stummheit eines Bildes, die Blindheit eines Gedichts, die Leblosigkeit einer Skulptur Beweise dieser reduzierten, sich in Kürzeln ausdrückenden Mythologie?

Der Reiter ohne Kopf – in meinen aufbegehrenden, protestierenden Gedanken verglich ich ihn mit einer bestimmten, in ihrem Pathos, nun ja – pathetischen, erbärmlichen Skulptur, die sich mit ihren gänseartig verkümmerten Flügeln von dem flechtenbefallenen Bruchstück einer Schiffsspitze auf dem Treppenpodest eines großen Museums erhebt. Diese bis zum Überdruß wiederholte Gestalt in allen Alben der Kunstgeschichte, in Enzyklopädien, Handbüchern, Kompendien und Vignetten. Mit ihren Faltenkannelüren, die sich eng an Brüste, Bauch und Waden legen, ist sie schon so sattbetrachtet und trivial geworden, daß man sich kaum vorstellen kann, daß sie jemals auf ihrem marmornen Hals einen Kopf getragen hat. Jede Rekonstruktion, jede Mutmaßung, die diesem Schutt und Erde entrungenen Standbild einen Kopf aufsetzt, fügt nichts hinzu, sondern nimmt vielmehr etwas fort. Vielleicht war es keine Göttin des Sieges, vielleicht war es ein Todesengel oder der Morgenstern oder der böse Geist, um der Unerkennbarkeit willen beflügelt? Vielleicht hatte sie einen Eidechsen- oder einen Falkenkopf auf den Schultern, vielleicht hielten die verloren gegangenen Hände keinen Lorbeer, sondern ein Schwert oder Blitze oder nichts? Am Rand des ausgebrannten Dorfes, über dem Graben, auf dem Gras, lag der seiner Stiefel beraubte, ins Nichtsein fliehende menschliche Körper, in seiner Jugend noch geschlechtslos, Nike von Samothrake, Reiter ohne Kopf.

Die Marseillaise

Unmittelbar vor Weihnachten bekamen wir unseren ersten Monatssold. Keine Zuteilungen oder Beihilfen, keine bruchstückhaften Trinkgelder, sondern ein solides Monatsgehalt. Für manche muß das ein belebender Hauch, eine Wiederkehr alter Zeiten gewesen sein, eine Rückkehr zu bürgerlicher Sicherheit, Routine, Monatsgehalt.

Es fand allerdings nicht unter besonders feierlichen Umständen statt. Zuerst kamen wohl ein Dutzend Tage vorher Gerüchte in Umlauf (später lernte ich, Gerüchten zu glauben, sie bewahrheiteten sich immer), dann wurde als definitiv bekanntgegeben, daß man sich am soundsovielten des Monats um soundsoviel Uhr im Büro des Zahlmeisters in dem und dem Block einfinden solle, in dem Ziegelblock, in dem Wache und Verwaltung des Lagers untergebracht waren.

Als wir ankamen, wartete bereits eine Menge, die erpichter gewesen und früher eingetroffen war, und es hatte sich eine Schlange Wartender gebildet, die auf dem Korridor im ersten Stock natürlich nicht genug Platz fand und sich die Treppe hinunter wand. Ich hatte mich ans Ende der Schlange gestellt, das aber bald nicht mehr das Ende war, weil andere hinzukamen und auf den Treppenstufen hinter mir standen.

Ach, was war das für ein Anblick, diese Menge, was für ein Durcheinander von Gesprächen. Die meisten von uns trugen die Khaki-Uniformen der französischen Infanterie, die uns direkt nach Ankunft im Lager in dem schmutzigen Uniformmagazin zugeteilt worden waren. Dazu gehörten kurze Jacken, mit gewölbten, olivgrün emaillierten Knöpfen und flach aufliegendem Kragen, der den Kehlkopf nackt läßt, dazu knappe Hosen, und – oh Schmach! Erniedrigung! – unter deren ungesäumten Rändern haarige Wickelgamaschen, die sich oft schief und unbeholfen um die Schienbeine und Waden derer wanden, die vor kurzem noch in erlesener Eleganz gingen, als man noch ordnungsgemäß und mit Haltung Schuhe von Hiszpański trug, weich wie Handschuhe, mit knöchelhohen Knopfverschlüssen von unübertroffenem Chic. Und hier hatten wir nach den schlecht geschwärzten ordinären Kommißlatschen oder grob gesteppten und geschnürten modischen sportlichen Skistiefeln diese elenden *ci-devant* Wickelgamaschen, die uns noch vom vorherigen Krieg in Erinnerung waren.

Der eine oder andere modische Geck hatte sich bereits in Paris eine Offiziersuniform gekauft oder bestellte jetzt eine beim Schneider in Rennes, sie waren unterschiedlich in Schnitt und Machart, was bei den Franzosen erlaubt war und keine Rolle spielte. Einzelne trugen auch noch Teile der polnischen Uniformierung, zum Beispiel unter der Zivilkleidung mitgebrachte Reithosen, manchmal eine Feldjacke, und eben diese Schuhe von Hiszpański.

Wenn man sich nur anhörte – und das tat ich auch –, was sie in ihren nach drei Monaten nun schon beruhigten und ruhigeren Stimmen durcheinander redeten, – bis sich ein sogenannter Zwischenfall ereignete.

Vor mir, in der dichtgedrängten Schlange der unterschiedlichsten Ränge – Oberleutnants, Majore und Oberste – (auf der seltsamen Querklappe der französischen Uniform hatten sie schon die Sterne ihres Dienstrangs befestigt, aber der eine oder andere hatte sie eben quer, das sah merkwürdig aus, als wäre es gar kein polnischer Rang), ein Oberleutnant las die *Daily Mail*, und er las sie mit soviel Hartnäckigkeit und Vorsatz, daß man sah, mit welcher Entschlossenheit er auf die Engländer setzte, sollten die anderen tun und sagen, was sie wollten, er setzte auf die Engländer, ob die anderen mitmachten oder nicht, und mit dieser *Daily Mail* grenzte er sich ziemlich selbstgefällig von uns ab, denn die *Daily Mail* sieht anders aus als die kontinentalen Zeitungen, das Papier ist solider, und die schwarzen Lettern der *headlines* sind fetter.

Ein Stückchen weiter entfernt stand ein Kavallerieoberst von kräftiger Gestalt, mit vorstehendem Bauch, er trug einen schweren polnischen Feldmantel mit den Abzeichen des Kavalleriezentrums, sein Gesicht war von Kummerfalten zerfurcht, mit zusammengezogenen Brauen, wahrscheinlich war er in der Lagerleitung, aber er stand da wie wir, in der Menge, in Erwartung des ersten Monatssolds.

Und dann kommt mit kleinen Schrittchen, die lederne Aktentasche unter dem Arm, der Zahlmeister, wahrscheinlich ein Unteroffizier. Er ist viel zu spät, und ich kann mir vorstellen, daß das nicht daran liegt, daß er zu lange am Frühstückstisch gesessen hat, sondern zusammen mit den füllfederkauenden Zahlstellenbeamten einen Haufen Arbeit mit der Vorbereitung des Papierkrams gehabt hat. Der Zahlmeister war ein älterer Herr mit zerknittertem, etwas weibisch gewordenem Gesicht und ergrauenden, nach hinten gekämmten Haaren. Früher hatte er sicher mal gut ausgesehen, jetzt wirkte er weichlich und onkelhaft.

Rasch, hektisch eilte er die Treppe hinauf, wichtig und etwas von oben herab zu der wartenden Herde, aber er mußte sich wohl diesen Anstrich des bis-über-die-Ohren-Beschäftigtseins geben, die Menge stand ja schließlich da.

Oben angekommen erblickte er unter den Wartenden die Gestalt des Oberst, vielleicht war er sogar sein Lagervorgesetzter oder eine einflußreiche Figur im Lager, denn er sprang auf ihn zu und, die Aktentasche unterm Arm haltend, »... aber Herr Oberst, Sie können doch nicht hier warten, bitte hier entlang, gleich mache ich für Sie ...«, doch dieser Oberst darauf barsch: »Gehen Sie nur an Ihre Arbeit ...«, und »Selbstverständlich, Herr Oberst, in erster Linie sollen Sie hier nicht warten müssen, bitte hier entlang, Herr Oberst ...«, darauf der große Oberst mit ärgerlicher Stimme: »Bitte, gehen Sie doch an Ihre Arbeit ...«, »... aber Herr Oberst ...«, »... ich bitte Sie, machen Sie doch nicht so ein Theater ...«. Der unglückliche Zahlmeister begann noch einmal: »Der Herr Oberst ...«, aber dieser schnitt ihm kurz das Wort ab: »Also, mein Herr, machen Sie keinen Scheiß hier, marsch, ab in die Kanzlei.« Nun wurde das Gesicht des Zahlmeisters verzweifelt, fast hysterisch, und er sagte unvorsichtig: »Wenn ich darum bitten dürfte zu beachten, daß ich vom Dienstalter her länger ...«, doch der Oberst darauf nur

knapp: »Das ist nicht Ihr Verdienst sondern der Ihres Vaters.«
Das war ein Hieb, den der Oberst ihm da verpaßte, und der
Zahlmeister wand sich und schwenkte wie ein aufgescheuchtes
Huhn seine Aktenmappen herum und verschwand dann in der
besagten Kanzlei.

Ich ließ meinen Blick über die Menge schweifen und konnte
keine besondere Genugtuung feststellen, vielmehr nahm man
es hin als die müde Pointe der ganzen Situation, der Oberst
selbst blickte nicht triumphierend drein, sondern verkroch sich
nur in seinen großen Kavalleriemantel, und mit der Auszahlung
ging es dann auch rasch und ohne Umstände vonstatten.

Schließlich kam die Reihe auch an mich. Auf dem Papierstrei-
fen sind etliche Rubriken in veilchenblauer Farbe, wie ein Liebesbrief, und da steht, daß es sich so und so verhält, dies sei das
bulletin du solde du mois de novembre, schon gleich ordentlich
summiert, was mir zusteht, *solde, charges militaires, suppléments
temporaires* usw., *total à déduire, 2e total, contribution nationale,
total, timbres, à payer* soundsoviel, dann in roter Tinte und auf
polnisch wieviel für das Kasino, Rückzahlung von Anleihe
soundsoviel, Abgaben soundsoviel, Weihnachtskasse, dann:
Auszuzahlen, und zum Schluß mit grünem Stift eine Summe,
unterstrichen, was mir auszuzahlen ist, es bleiben 820 Francs
und 60 Centimes, die werden abgezählt, ich rolle es zusammen
und stecke es in die Hosentasche, und *au revoir, bye,* servus, ich
gehe hinaus auf den Kasernenhof, und vor mir liegen zehn verflixte, verflixte Tage für mich und die Welt und die Freiheit,
irgendwo weit weg von alledem.

Vorher schon hatten wir uns zu viert verabredet, in die Berge zu
fahren. Am Anfang allerdings kam uns einer abhanden, und wir
wußten gleich Bescheid. Er hatte es nicht ausgehalten, war nach
Paris gefahren, da würden wir ihn »am Hintern packen und aus
einer Nutte ziehen müssen«.

Und so war es auch. Nun, wir zogen ihn raus, das war irgendwo
auf der rue Chabanais, danach ging ich in ein Geschäft auf dem
Boulevard St. Michel, um dort – welch ein Wahnsinn! – ein
Pathéphon zu kaufen, 200 Francs kostete das. Und rechtzeitig

fanden wir uns dann alle auf dem Gare de Lyon ein. Und es ging los.

Wir ließen das räudige Paris des Krieges hinter uns mit seinen abgedunkelten Lichtern, die Umkehrung der *ville lumière*, mit den Soldatenmassen, die noch vom letzten Krieg abgestumpft waren, mit den Mengen der Permissionäre auf den Bahnhöfen, den vom Frontdienst befreiten eleganten Unteroffizieren, ihre Mädchen untergehakt, Grünschnäbel, die allerdings nicht mehr spekulieren und sich in den neuen Verhältnissen nicht mehr den Kopf zerbrechen, wie und was es hier mit diesem Krieg auf sich hat, mit den von der Ausstellung übriggebliebenen Fetzen und Bruchbuden zwischen Place de l'Alma und Trocadéro, nur noch eine anschauliche und durchdachte Ausstellung der Naturwissenschaften ist übrig, in einem der Gebäude beim Grand Palais, wohin ich meine Kumpanen schleppte, um mir selbst anzuschauen, wie pfiffig man auch Ignoranten klarzumachen imstande ist, daß eine Oberfläche dritten Grades wie eine abstrakte Skulptur aussehen kann, daß die Modelle einer Topologie oder *analysis situ* wie der Traum eines Formisten sind, aber ich bemerkte da auch, daß einige Modelle aus deutschen Universitäten geliehen waren, nun gut, da hatten sie zufällig eben etwas Deutsches erbeutet; so ließen wir also das räudige Paris hinter uns, das noch mit allen möglichen Weinsorten benetzt war, fett vom Käse, triefend vom Blut der Beefsteaks, die Schaufensterauslagen vollgestopft mit allerhand Waren und Brillanten, die Garde Mobile ließen wir hinter uns, die tölpelhaft die Boulevardcafés umstanden, um die Identitäten der internationalen zusammengewürfelten Menge zu kontrollieren, der aus ihren Ecken gescheuchten Ratten, die den Untergang witterten, doch der Instinkt leitet sie noch nicht in eine Richtung, sie drängen sich, sind der Panik nah, denn noch ist nicht klar, wie und was geschieht. Wir fahren los.

Es war ein Wintermorgen mit Schnee und Wolkenschafen und den wolligen, verschneiten Schafen der Savoyer Berge, da waren schon die Berge, es war früher Morgen, und wir waren dieser verstunkenen, verräucherten, verhunzten Welt des Krieges mit Haut und Haar entkommen.

Wir berauschten uns sofort an der Andersartigkeit des Ortes. Von dem Augenblick an, als wir aus dem Waggon auf den festgetretenen Schnee auf dem Bahnsteig traten, fühlten wir uns wie in einem alten Ort aus früheren Zeiten, obwohl doch alles hier anders und ungewöhnlich war. Es herrscht scharfer Frost, die Kälte kneift in die Wangen, der Dampf der Lokomotive wallt um die Beine wie Flaum, wir schleifen unsere Koffer, und ich trage das Pathéphon auf dem Arm, denn es ist neu und obendrein in Paris gekauft, uns ist sorglos zumute, wir haben noch keine Ahnung, was und wie und wohin hier, ob wir eine Unterkunft finden, ob unser Geld für einen solchen Ort reicht, immerhin ein Ort des Luxus, des Sports, ein Treffpunkt der Millionäre aus der ganzen Welt. Aber wir sagen uns nur: schnuppe.

Wenige Leute sind hier, man sieht eher das hiesige Volk, die typischen Groschenschinder der Urlaubs- und Sportorte, dort schuften sie, kellnern, spielen Reiseführer, beraten, suchen, informieren und sind dazu da, daß die Touristen, die goldene Eier legen, alles serviert, beheizt, gereinigt bekommen, aber auch das hat nichts von Mühsal an sich, ja, ich würde sogar sagen, das Kochen und Braten dieses ewigen Feiertags und Picknicks anderer färbt auf sie ab, gerade weil sie ihren Kummer und ihre Sorgen haben wie die Leute unten in den Tälern. Nun gut.

Noch hat uns, glaube ich, niemand etwas gesagt, aber wir spüren schon, daß es hier nicht normal zugeht, daß die Buden einfach zu sind, daß die Situation hier unter Wirtschafts- und Hotelgesichtspunkten eigentlich katastrophal ist. Und warum? Weil die Kriegspanik jene Zahlungskräftigen an entlegenere Orte verdrängt hat, oder weil sie vielleicht einfach desorientiert sind, sie wissen nicht, was sie tun, was sie riskieren sollen, wohin mit sich, was ihre Seelenruhe in diesen Zeiten bedroht, die bevorstehen und womöglich die Apokalypse bringen werden. Die Sorgen dieser abwesenden Millionäre machen mir Freude, und die Hoteliers hier tun mir ein bißchen leid, aber wir haben schon ein Vorgefühl, daß es sich für uns als günstig erweisen wird. Und so ist es auch, wahrhaftig, so ist es. Einer sagt uns, Unterkünfte gäbe es wie Sand am Meer, ein paar richtige Luxusbuden seien zwar mit Brettern vernagelt, aber die anderen stünden leer und warteten. Irgendwo hatten wir schon vorher gelesen, daß es *pour les militaires* Ermäßigungen gab, aber was für welche! Fünfzig Prozent! Und noch andere unglaubliche Vergünstigungen, Prämien und Preisnachlässe. Unsere Idee war ein echter Erfolg! Jemand nimmt uns unter seine Fittiche, ein anderer zieht unsere schmächtigen Kriegskoffer, wir biegen nach rechts ab, dann nach links hinter dem her, der uns führt, zu Fuß geht es, aber es ist nicht weit, und schon liegt das Hotel de Mer de Glace vor uns, mit hübsch sauber geputzten Butzenscheiben in den Fenstern der *lounge*. *La patronne* wischt sich die bemehlten Hände ab, ihr Gesicht erstrahlt in einem Lächeln, und schon schleifen wir unsere Siebensachen nach oben, fragen, bekommen Informationen, sie umschwärmen uns, als wären wir indische Nabobs und nicht dahergelaufene Habenichtse. Aber wir haben keine Komplexe, wir haben Urlaub von allem.

Wenn wir jetzt nun zehn Tage lang von allem frei haben, dann sollten wir vor dem, was sich uns hier bietet, nicht weglaufen. Halten wir nur mit Leidenschaft daran fest.

Oben im Hotel Zimmer wie für Puppen, Gardinchen an den Fenstern, kleine Waschbecken und Badewannen und Schemel und Bidets. Und Betten, ach was, das sind keine Betten, das ist der Traum eines trunkenen Polsterers, Matratzen, bei denen sich alle Vorstellungen von Schwerkraft und Gewicht in Luft auflösen. Wie verabredet setzen wir uns alle vier gleichzeitig auf die Matratze und hüpfen darauf herum, rufen einander zu und erzählen einander die unbestimmten und ungreifbaren Eindrücke des siebten Sinns, des Schwebesinns. Aber für Weiteres läßt man uns keine Zeit, sie haben schon vorausgesehen und uns von den Augen abgelesen, daß wir eine lange Reise hinter uns und deshalb Appetit haben, also holt man uns ab und eskortiert uns durch Korridore und Passagen in den Speisesaal, da ist unser Tisch, unser spezieller, reservierter Tisch, Servietten wie Bischofsmützen und Servierplatten, und da kommt dampfender, fettglänzender *bacon* und Toast, und Eier, Setzeier, wie Pfauenaugen, und Brot, das knuspert und knackt, und Kaffee, *Café lait,* und wir machen uns breit zwischen all diesen guten Sachen, den bunten Marmeladen, denn es ist ein Frühstück im englischen Stil. Wir schauen uns um, und es zieht uns zu den mit weißem Frost überzogenen Fenstern, und noch wissen wir nicht, wie es draußen ist, aber zuerst einmal stopfen wir uns jetzt pflichtgemäß mit diesem Frühstück voll, danach erst geht's hinaus. In der Hotelküche tut sich etwas, es brutzelt, die *patronne* kümmert sich um uns, als wäre sie unsere Mama, die Sterne will sie uns vom Himmel holen, Raymond, das ist derjenige, der uns hierher gebracht hat, hat schon eine Schürze an und macht sich mit Bürsten zu schaffen, aber uns vergißt er nicht, ist alles geregelt, Skier? Natürlich, so gut wie umsonst zu leihen, und die Skischuhe? Das ist ganz einfach, genauso, *et alors, vous, nos alliés, oh, la Pologne, c'est ca, Boches, mais la France, et la Pologne, quel malheur,* und wieviel kostet es pro Tag? Ach, eine Kleinigkeit, vierzig Francs, *pour nos alliés,* dann ist ja alles in Ordnung.

Und wir gehen hinaus an die frische Luft, den Kopf muß man hoch hinausrecken. Die Sonne ist erst hinter dem Mont Blanc de Courmayeur hervorgekommen, ihre Strahlen verlieren sich im Tal von Chamonix. Ringsum die Berge wie die Bäuche von Fischen, die am Knall einer Handgranate eingegangen sind. Weiße Fischbäuche.

Sorglos, fröhlich gehen wir mitten auf der Straße, der Schnee, an den Seiten hübsch zu hohen Haufen aufgeschichtet, knirscht unter den Füßen, und trotz des Frosts ist uns nicht kalt, weil wir in der Sonne gehen. Wie unbeschwert ist es, ohne Ziel, ohne Pläne umherzuschweifen, zu plaudern und die Eiszapfen zu betrachten, die an den Regenrinnen hängen.

Es sind wenig Leute hier, ja, es ist tatsächlich wie ausgestorben. Ein Posten vor dem Gebäude *major de la zone,* ein Gebirgsjäger in Khaki und Helm, nimmt bei unserem Anblick Habachtstellung ein und präsentiert das Gewehr geschickt, lebhaft und akkurat. Wenn ich dabei an den Neurastheniker denke, die französische Schildwache in Coëtquidan, in sackartigen Hosen, die auf die Holzpantinen fielen, mit denen er wütend im Dreck herumstapfte, und wie er das Gewehr hielt, das an einer waschechten Kordel hing, dann kam mir der Kontrast ungeheuer komisch vor. Aber es ist uns angenehm und schmeichelhaft, daß wir so honoriert und salutiert werden, und wir nehmen es mit Genugtuung und einer großen Dosis Optimismus entgegen.

Die Ordnung des Krieges hält hier erst noch Einzug, auf dem Bahnhof auf der anderen Seite habe ich ein Paar Packesel der Armee gesehen, die ein großgewachsener, magerer Gebirgsjäger antrieb, auf dem Kopf trug er eine Kappe groß wie ein Wagenrad, schräg aufgesetzt und flach, und dieser Savoyarde war sehr gebirgig und wild, er roch geradezu nach Ziegen, wenn man ihn so von ferne betrachtete. Aber von den Berghängen hinter Plain Praz ertönten Maschinengewehrsalven, vielleicht schien es auch nur von Plain Praz herzukommen, denn in Wirklichkeit hallte das Echo wider und breitete sich aus und kam von allen Seiten. Die Gebirgsjäger übten irgendwo auf einer Art Gebirgsschießstand.

Natürlich schlenderten wir herum, überall waren Geschäfte mit fantastischen Sportausrüstungen, unglaubliche Skier, Bindungen, Schuhe, Pelze, elegante Kleider und Anzüge, Andenken, Antiquitäten und Souvenirs, Koffer aus Schweinsleder, Stoffe, Volkskunst aus Savoyen, Dauphiné, Bücher, Zeitschriften, tausenderlei Nippes und Spielzeug, Figürchen, Fernrohre, Körbchen. Etliche kleine Souvenirs tragen allerdings den Aufdruck »Made in Germany«. Wir machten unseren verantwortungsfreien Spaziergang in der Gegend von Plain Praz, da war der »Idiotenhügel« für die Skiläufer gleich in der Stadt und der Lift für die Vergnügungshungrigen, der sie auf einen sanften Abhang hinaufzieht, und die Eisbahn mit ganz wenigen Schlittschuhläufern, Leere herrschte dort, ein paar verlorene Kinder und Professionelle, die Fichten ringsum ragten grün in die Höhe, und ein kleines Mädchen von acht oder neun Jahren zog auf Schlittschuhen ihre Kreise, in hohen geschnürten Stiefelchen und einem kurzen Faltenrock, der bei einer kreiselnden Pirouette über seinem mageren kleinen Hinterteil, kindlich und geschlechtslos in der Unterwäsche, hochflog.

Als wir uns alles angeschaut hatten, kehrten wir ins Hotel zurück.

Wieder im Hotel. Abendessen. Im Restaurant betrachten sie uns neugierig, die wenigen Personen, die trotz allem hierher gekommen sind. Da ist die unvermeidliche alte englische Dame, vertieft in ihr Buch, während sie gleichzeitig die Suppe löffelt. Da ist eine Familie, Papa, Mama und zwei Kinder, alle in bunten Wollpullovern und, ebenso wie zwei stämmige Fräulein und überhaupt alle hier, in Skihosen und dicken Schuhen. Außerdem ist noch ein hochaufgeschossener junger Mensch dort, mit dem wir Bekanntschaft schließen, das ist ein französischer Marineoffizier aus Brest, der zu Neujahr hierhergekommen ist, und, wie er uns erklärt, stündlich die Ankunft seiner Familie erwartet. Er ist sehr anhänglich und froh, Gesellschaft gefunden zu haben, und sehr hilfsbereit, als wären wir seit Jahren befreundet. Er heißt L'Agnasse.

Wir zieren und genieren uns vor der Speisekarte, unterdessen bekommen wir einen hoch gefüllten Brotkorb vorgesetzt, ordentlich geschnittene Stücke mit knuspriger Kruste, und die *hors d'oeuvre* kommen, Sardinen und Muscheln, rosafarbene und bunte Crevetten, Pilze, Kapern, eine Art Schnittlauch und gehackte Eier, dazu diese und jene Sauce, dabei stehen sie neben uns wie die Henker neben dem armen Sünder, während wir überlegen und zögern und uns nicht entscheiden können, soll es ein blutiges Beefsteak sein oder Hähnchen vom Rost, Langusten oder Krabben nach Geschmack, Frittiertes, dieser oder jener Salat, der eine oder andere von uns wird ganz abgestumpft und spleenig bei dieser Auswahl, und dann noch die *carte des vins*, und, was soll's, wir bestellen einfach vier Flaschen Wein, Bordeaux zum Beefsteak und Chablis zu den Krabben. Salat, ein ganzer Berg Salat in einer hölzernen Schale, das gibt mir Gelegenheit, das Anmachen zu zelebrieren, ich schütte aus der einen Flasche Olivenöl und aus der anderen Essig, Knoblauch wie es sich gehört, prahlerisch stopfen wir uns die Serviettenrosetten hinter den Uniformknopf, und da kommt schon das Beefsteak leuchtend rot wie ein Blutachat, die gewölbten Salatblätter glänzen und tropfen von Olivenöl, Pfeffer, du lieber Himmel! Pfeffer! Unser Cousin von Kanzler Laski schabt mit Eleganz und Präzision eine Krabbenschale aus, der Wein tränkt das Licht, das auf das Tischtuch fällt, rot, die Artischocken geben sich als Blumen und lassen uns ihre Blütenblätter abreißen, um sie in die geschmolzene Butter mit Semmelbröseln zu tauchen. Wir haben schon die Geste der Gourmands erlernt, die mit einem Stück Brot die Sauce vom Teller wischen, einer von uns Snobs wird nervös, ob der Wein auch »chambriert« ist. *Bon.* Und da ist der Käse. Auf einer Holzplatte eine unglaubliche Auswahl, Trappistenkäse, Camembert, Roquefort und andere Sorten, der Roquefort ist gut durchschimmelt, mit patinafarbenen Höhlungen, ein anderer klebt wie Buchbinderkleister, und wieder ein anderer steckt in einem Panzer aus Rosinen. Zum Schluß gibt es Kaffee, Zigaretten und Likör, echten Bénédictine.

Aber ich wollte ja von diesen vermaledeiten Bergen erzählen. Also gut, erzählen wir von den Bergen, aber das fing ja erst am nächsten Tag an. Alle redeten vom Col de Voza und setzten uns den Floh ins Ohr, daß man nur am Col de Voza Skilaufen könne, nur am Col de Voza. Sie kümmern sich um uns, lesen uns die Wünsche von den Augen ab, tragen uns auf Händen, gehen fast bis ins Bad mit uns, um uns zu stützen und zu versorgen, also wird alles hübsch vorbereitet, und es klappt alles wie am Schnürchen. Skier und Schuhe, Thermosflaschen und Schals, ein Taxi ist bestellt, im Schnee hält eine Limousine mit speziellen Schneegreifern, es ist noch früh, unser Atem bildet Wolken, wir haben uns mit Kaffee und Butterbrot vollgestopft, der Frost beißt, wir steigen ins Auto.

Wir fahren durchs Tal von Chamonix. Auf der rechten Seite das

Massiv Brévent, unheilkündende Kegel und Steilwände, verschneit und mit Nebelkrepp überzogen. Rechts das Mont Blanc Massiv, in so riesigem Maßstab, daß man kein richtiges »Verhältnis« mehr hat, reduziert auf ein Zeichen, auf eine konventionelle Vorstellung von den Bergen, auf die reine Idee des Mont Blanc. In der Tat, ich betrachte den verschneiten Kamm, von der Sonne vergoldet und kahl über einer graublauen Wolke, und ich glaube, daß das der Mont Blanc ist, denn jemand hat mir das mit Ehrenwort versichert, und darüber hinaus habe ich keinen anderen Beweis.

Das Tempo macht uns Spaß, der Ausflug, unser Feiertag, von einer Kurve zur nächsten, die Wegböschungen huschen an uns vorbei, lustig und unbeirrt. Wir fahren nicht lange, dann biegen wir von der richtigen Landstraße ab und bergauf, dann geht es langsamer, und da ist schon das verschneite Gebäude der Station, von der aus die Kabel des *funiculaire* fast senkrecht in die Höhe schießen und bald in den Wolken verschwinden. Einige Leute warten bereits, wir laden unsere Skier in spezielle Fächer in der Kabine, die mit einer Kralle an der Kabelleitung hängt. Wir drängen uns hinein, ein Telefon klingelt, der Bediener des *funiculaire* schließt die Tür, und die Kabine erzittert. Unsere Mägen sausen uns in die Knie, es rauscht in den Ohren, das Stationshaus entschwindet unter dem Boden der Kabine unseren Blicken, dorthin gleiten auch die Wipfel der Tannen auf dem Hang, und wir geraten in die Wolken.

Neben mir steht ein Gebirgsjäger, groß, ein magerer Kerl, er hat ein gepunktetes Halstuch um, das phantasievoll unter dem Uniformkragen um den Hals gebunden ist, große Pranken und große Schuhe, Treter, er hat Körperbau und Haltung eines Skiläufers, so ein neuer Typ des Skiläufer-Menschen, der sich herausmorphologisiert hat. (Kennt ihr die Brüder Jakubowski aus Lemberg? Lange Lulatsche, Hände wie Schaufeln, die Daumen professionell abgespreizt, Füße, für die keine schwarzen Lackschuhe groß genug sind, solche Schultern, Lachfurchen in den Wangen, die von der Sonne und der Reflektion des Schnees gegerbt sind, zu Hause ein Bauernhof, da ist ihr Depot, ein

Haufen Bretter hochkant gestellt, und im Schnee, am Hang, wenn die vom Eis versteinerten Zweige unter den darüber hinweg knirschenden Skiern und dem nordischen Stemmbogen knacken. Mein Gebirgsjäger ist offensichtlich ein Hiesiger, ein professioneller Sportler, da schaut er mich freundschaftlich an, er hat senkrechte Lachfalten im Gesicht, die Lider zwinkern, und wenn er etwas sagen würde, wäre es *Dites donc, mon vieux*, da habt ihr euch einen Krieg ausgedacht, und so habt ihr ihn, aber siehst du, mir macht das nichts aus, mich kann das mal, und jetzt und vorher und nachher, was für mich am wichtigsten ist, das ist nur der Hang mit einer Schneedecke von einem Meter und dann Schuß, und der Schneestaub und eben der nordische Stemmbogen. Und ihr, amüsiert euch ruhig.

Wir lassen die Wolken hinter uns, und eine abwärts fahrende Kabine kommt an uns vorbei, das ist wie eine Wippe, eine hoch, die andere runter, und oben bleckt uns die Station auf dem Col de Voza die Zähne entgegen, und glatt gleiten wir unter ihrem Gaumen her, dann sind wir im Freien, die Sonne brennt und der Schnee, denn wir sind hoch oben. Wir sind im Freien und gemächlich schnallen wir uns die Skier an, sie haben sie uns gut gewachst, verflixt noch mal, sie haben an alles gedacht, sogar an das richtige Wachs für den Schnee, der hier oben ist.

Der Col de Voza ist ein riesiges Daunenbett, ein großer Wall aus Schnee. Oder wie ein Sattel. Am tiefsten Punkt ist natürlich ein Hotel, ein Kasten mit vielen Stockwerken, und ringsum nichts, nur das Weiß des Schnees. Weiter unten, schon auf dem Hang, der sich nach Megève hinabzieht, ist die Station der Zahnradbahn aus Megève, auf der gegenüberliegenden Seite die Station der Seilbahn, die uns hochgebracht hat. Vom Hotel aus zieht sich noch ein Skilift auf den Gipfel des Col de Voza.

Als wir vom Skilaufen und Schnee genug haben, drängen wir uns natürlich zum Mittagessen. Dieselbe Geschichte wie im Tal. Nicht viele Wintersportler sind gekommen, man feiert uns, alles gibt es im Überfluß, was das Herz begehrt, diese und jene Weine, diesmal bestellen wir uns Langusten, die zinnoberbraunen Schalen garniert mit grünem Salat und mit Mayonnaise lackiert. Ein sehr großer und leerer Speisesaal mit glänzendem Chrom und roten ledergepolsterten Sesseln. Der Fußboden mit dicken Gummifliesen belegt, über die es sich merkwürdig geht in den schweren Skistiefeln. Ein Mädchen in makellos weißem Spitzenhäubchen und Schürze liest uns die Wünsche von den Augen ab. Seltsam, unglaublich ist dieser Komfort inmitten der wilden, harschen Natur.

Vorher schon und auch jetzt, von den Mauern des Hotels abgeschirmt, höre ich eine andauernde, tiefe Stimme, ein tiefes Brüll-Gebrumm, traurig und ans Herz gehend und voller Ohnmacht. Ich kann mir nicht vorstellen, was das sein soll. Es kommt mir vor, als ob die harten und hochaufgetürmten Formen der Berge, diese ungeheuren Senkrechten und Steilheiten, diese schief und schräg aufgerichteten und in den Wolken schwebenden Welten, diese wie granitene Wolken erscheinenden Bergesgipfel, als ob all diese Gedrängtheit und Dichte von Masse und Raum keinen Ausdruck finden könnte und sich in einer schrecklichen und mißlungenen Anstrengung verdichten müßte, um sich in einer anderen Dimension auszudrücken, einen anderen Ausdruck zu finden als diesen überwältigenden Anblick. Und als sei das der Ursprung dieses Brüllens und Brummens. Ich überlasse meine Gefährten ihren Servietten und stehe am Fenster, und dann klärt sich die ganze Geschichte unwahrscheinlich komisch auf.

Mühsam bergauf schnaufend kommt ein Miniaturzug hinter einem die Gleise verdeckenden Steilhang hervor und fährt klein und zierlich am Bahnsteig einer Station vor. Zwei Miniaturlokomotiven ziehen den Zug, der aus ein paar kleinen Waggons besteht. Das Komischste ist, daß die Lokomotiven und die Waggons für ihre Fahrt über den Steilhang eingerichtet sind, deshalb sind die Kessel seltsam bauchig, und wenn sie auf einer Ebene mit der Station stehen, schieben sie ihre schwarzen glänzenden Rundungen wie Buckel empor, und das sieht sehr lustig aus. Diese beiden kleinen Lokomotiven waren es, die bei ihren Mühen bergauf unisono das Brummen von sich gaben, das mir als die Verkörperung des seltsamen Spruchs vom kreißenden Berg, der eine Maus gebiert, erschienen war.

Inzwischen war es an der Zeit heimzukehren. Noch einmal lassen wir uns zum Col de Voza hinaufziehen, um von dort aus auf den Brettern ins Tal von Chamonix abzufahren. Wenn man von der Kulisse der alpinen Gipfel einmal absieht, erinnert diese Abfahrt an die klassische Abfahrt vom Trościan. Es geht mehr recht als schlecht, denn – was soll man um den heißen Brei herumreden – wir laufen gerade gut genug Ski, um nicht wie Idioten im Schnee auszusehen, von Schußfahrten und der Meisterschaft der Professionellen können wir nur träumen.

Zurück in Chamonix. Es ist schon dunkel, und nach dem Abendessen wollen wir ausgehen und machen uns auf ins »Lokal«. Es gibt eins, das haben sie uns erzählt, es heißt »La Hutte«. Also, auf zu »La Hutte«. Ein Ort wie dieser zieht immer Leute an, deshalb ist es dort nicht so leer und ausgestorben. Gedämpfte Lichter, eine glitzernde Bar, wir bestellen Kaffee und Likör, die Musik spielt, einige Paare drehen sich, Männer wie Mädchen schieben sich in Skihosen und Skistiefeln übers Parkett. An ein paar zusammengeschobenen Tischen in der anderen Ecke des Raumes sitzt eine Gruppe französischer Offiziere aus dem Bataillon der Gebirgsjäger. Sie tragen dunkelblaue Uniformen und Wickelgamaschen und goldene Knöpfe mit Jagdhörnern darauf. Sie halten eine lebhafte Unterredung ab, dann kommt ein Abgesandter von ihnen an unseren Tisch. Er sei *enchanté*, sagt er, sie seien *les chasseurs*, und es wäre ihnen eine große Ehre, wenn wir uns ihnen anschließen würden. Nun, so ziehen wir um und setzen uns zu ihnen. Die Offiziere sind sehr nett und laut, ein älterer Hauptmann ist dabei und ein Arzt im Rang eines Oberst, der, wie sich herausstellt, doch tatsächlich Abkömmling eines polnischen Emigranten ist, er heißt sogar Malinowski, aber mehr ist ihm von der Polnischkeit nicht geblieben. Dafür hat er ein Bärtchen und ist bei den Gebirgsjägern sehr beliebt. Die Jäger proponieren etwas Besseres als unsere Getränke, und mit französischer Beredsamkeit und Unbekümmertheit bestellen sie Austern und Champagner.

Nun kommt ein Berg von Austern an, zwei Jäger drehen den Draht um den Hals der Champagnerflaschen auf, und es schäumt aus den mit einer Serviette umwickelten Flaschen. Wir unsererseits tun, was wir können, um uns bei der Feier natürlich zu verhalten. Staszek sagt mit jedem zweiten Wort *quand même*, um bei der Konstruktion seiner Sätze Zeit zu gewinnen. Die Jäger sind intelligent und fröhlich, man hat den Eindruck, daß all das, was wir im Flachland hinter uns gelassen haben, sie nicht berührt, zwischen ihnen herrscht die friedlichste Freundschaft. Als uns der Champagner schon ein bißchen zu Kopf gestiegen ist, steht ihnen der Sinn natürlich nach Singen, dann wollen sie uns einbeziehen, wir zieren uns, denn wer will sich schon auf diese verdrehte, armselige Propaganda einlassen. Dann wieder Champagner. Der kleine Saal des Lokals gehört jetzt ganz und gar uns. Die Zivilisten drücken sich in den Ecken herum oder kleben an der Bar, die Damen in Skihosen, die sich um ihre Hintern spannen.

Nun zeigt sich, was für eine Perle der Doktor Malinowski ist und woher seine Beliebtheit rührt. Mal springt er zum Schemel am Klavier und hämmert einen rhythmischen Foxtrott, oder er scheucht den Schlagzeuger davon und macht sich zwischen dessen Folterinstrumenten zu schaffen. Mit Feuereifer erlernen wir unter der aufmerksamen Anleitung des Oberleutnants den neusten Schlager auf der Tanzfläche, den *Horsay*. Dann wird der kleine Doktor zum Imitator, führt alle möglichen Taschenspielertricks vor, bringt uns zum Lachen, um dann kurz zu verschwinden, hinter der Bar unterzutauchen, von wo er plötzlich wieder hervorgeschossen kommt; erhaben und ernst, den Unterkiefer vorgereckt, trommelt er mit den Fingerknöcheln auf die verzinkte Oberfläche der Theke. Und die auf dem Parkett versammelten Gebirgsjäger brechen bei seinem Anblick in das langgezogene Gebrüll der Schwarzhemden aus: »Duu-cee! Duu-ceee!« und begrüßen ihn mit faschistisch hochgerecktem Arm. Dann bringt Duce-Malinowski sie mit einem Wink der

Hand zum Schweigen und fragt rhetorisch brüllend: *A chi la Savoia? A noi!*... schreien die Jäger. *A chi barba del negus? A noi* ... brüllt man.

In der Nacht kehren wir ins Hotel zurück, es ist eine sternklare Nacht, funkelnd und weiß von all den Schneemassen, die über uns hängen. Hoch über uns ragen die Aiguilles du Midi, der Mont Blanc du Tacul, Mont Blanc de Courmayeur, Le Dôme auf. Der Anblick erscheint so unwirklich, es kommt mir vor, als wäre das Tal von Chamonix wie ein großes Panorama in eine gewaltige Trommel eingeschlossen, als sei das Innere ausgemalt und die Alpen und die Berge darauf abgebildet. Und wenn man den Kopf reckt, sieht man, wie jemand Sterne an den Himmel genagelt hat.

Und als wir im Hotel sind, betten wir unsere schmerzenden Knochen auf diese überirdischen Matratzen, die malträtierten Seiten tun uns weh von all dem Lachen. Schenke Gott den Gebirgsjägern Gesundheit um ihrer Liebenswürdigkeit und ihrer französischen *fraternité* willen. Was soll man ihnen wünschen, da gibt es wohl nichts, sie haben zum Teufel ja alles, vielleicht sollten sie zu den Engelsorganisationen gezählt werden, zwischen den Thronen und den Chören, das stünde ihnen sehr gut zu Gesicht, so engelsgleich sind sie, sie flattern über den Hängen zwischen den Wolken, soll ihnen ein Platz zuteil werden zwischen den Chören und der Macht.

Aber wir müssen zurück ins Flachland.

Wir sind schon ziemlich abgehärtet, was Abschiede angeht, das müssen wir auch sein, denn wir werden noch einige Male Abschied nehmen müssen. Aber die Szene, die sich in der *lounge* abspielte, konnte einen wirklich zu Tränen rühren. Ich habe noch vergessen zu sagen, daß wir die Familie L'Agnasse kennengelernt hatten, Papa, Maman und die kleine Pauline. Was für Prachtexemplare der französischen Bourgeoisie. Der Vater, ein gerissener Privatier mit unglaublich egoistischem und intelligentem Gesicht, behandelte, wenn er es fertigbrachte und imstande dazu war, die Zufallsbekanntschaften seines Sohnes mit aufrichtiger Herzlichkeit, nachdem er uns mit dem ersten Blick schon abgeschätzt und durchgemustert hatte, und das war ganz nach seinem Geschmack, diese Freundschaft seines Jungen mit ein paar ihm von einem Rülpser des Schicksals über den Weg geschickten Leuten, die harmlos und angenehm unverantwortlich und im guten Sinne begeistert sind, und es ist Krieg, da kann man sich einiges erlauben, das verpflichtet noch zu nichts, und dem Sohn bekommt es gut, er kann sich daran die Kanten abschleifen, die sich in ihrer Privatiers-Atmosphäre nicht abstoßen werden. Aber ganz allgemein betrachtet, lauert auch in seinen Augen die Unruhe wie in den Augen der meisten, über das was bevorsteht, welches Schicksal sie erwartet, ob sie noch spekulieren und manipulieren sollen, oder ob sie dem Instinkt der Rasse folgen sollen, der ihnen sagt: *laisser passer*. Und die *maman* ist ganz vegetativ in die Welt ihrer Familie eingehüllt wie ein Tintenfisch in einer Wolke von Sepia, und die kleine Tochter ist eine häßliche altkluge Zwölfjährige. Zusammen drehten wir also unser Grammophon auf und wurden ganz gerührt, wenn Tino Rossi schluchzte und Lucienne Boyer schmachtete.

Aber nun sagen wir einander *au revoir* und sind beiderseits bewegt, und so brechen wir auf, ein klebriger Nebel hat sich über das Tal von Chamonix gebreitet, als der Zug in jener Neujahrsnacht 1940 hindurch fährt.

Der Zug, in dem wir sitzen, ist schon gestopft voll mit Menschen, wie das im Krieg so üblich ist, als ob die quälende Not kein anderes Klima finden könnte als die von Tabakqualm, den mitgebrachten und verspeisten Nahrungsmitteln, Kinderwindeln und Kofferleder ranzige Luft eines Zugabteils in Kriegszeiten. In Dijon stieg eine mädchenhafte Frau zu, jemand machte ihr Platz in unserem Abteil. Sie war gutaussehend auf eine melancholische Art, mit dem ernsten Gesicht und den niedergeschlagenen Augen einer tugendhaften und ihrer Tugend bewußten Frau, wenn sie sich von der Gewöhnlichkeit der Welt des Soldatenwaggons abschirmte, indem sie sich in sich und ihren eigenen Kummer zurückzog, die Verkörperung Frankreichs, nicht das der dickwadigen und großbrüstigen Marseillaise in phrygischer Mütze und mit dem scheelen Blick der Reaktion im Weiß der leeren und hervorquellenden Augen, sondern jenes Frankreich, das so war, wie sie: ruhig, besonnen, umsichtig und zerstreut zugleich. Sie blickte in das schwarze Fenster im Gedränge unseres Abteils, vor diesem Gedränge floh sie hinaus in die schwarze Nacht Frankreichs, und so blieb sie mir haften, als ich, ohne selbst zu wissen wann, einschlief, und als ich aufwachte, war sie nicht mehr da.

Ein neuer Morgen tagte.

»Das Mädchen mit den Halbmondschuhen«

Warum mußte hier alles so schrecklich sein, so offensichtlich und so schrecklich? Vielleicht deshalb, weil es Spätherbst war und die Sonne sich einen Schleier tief hängender Wolken übers Gesicht zog, spät am Morgen aufging, die Morgen scharf und kalt waren wie eine Stahlschneide, die man an der Kehle spürt.

Mitten darin ragten nur Baumstämme starr in den Himmel. Was für Bäume? So sehr ich mich auch anstrenge, ich kann es nicht mehr sagen, ich weiß es wirklich nicht mehr, aber vielleicht waren diese Bäume unkenntlich gemacht worden, ihnen waren die Äste abgeschnitten worden, sie waren beschnitten, so daß nur der stumpfe Stamm aufragte, zottig von den Trieben, die ihn von den Aststümpfen her überwucherten. Und so ragten sie überall auf den Feldern auf, wohin das Auge blickte, auf den steinernen Einfassungen, in den Hecken, überall diese Baumstämme. Das sollte der Landschaft etwas Unheimliches verleihen, vielleicht zum Andenken an die Marquise von Rhais, die in ihren wahnsinnigen Fluchten und Wanderungen durch die Einöde sogar den Gabelungen und Verzweigungen der Äste eine von ihrem Verfolgungswahn und ihrer Besessenheit geprägte Bedeutung beigelegt hatte.

Mitten in dieser Landschaft, die mir bis heute rostrot und olivfarben in Erinnerung ist, mußte ich viele Wochen zubringen. Die Erde dort war hart und fest, rote Felsen kamen darunter zum Vorschein, sie stießen, brachen mit einer Art Hartnäckigkeit hervor, um dem hier wurzelnden Leben zu trotzen, um zu zeigen, daß es nur Schein war, daß in Wirklichkeit allein sie es waren, die hier galten und überdauerten, Finger der Leblosigkeit, die sich aus der Erde bohrten wie die Finger eines Leichnams, der irgendwann einmal bei lebendigem Leib verschüttet wurde, in ihrem Krampf und verzweifelten Appell allem von Menschen Gemachten spottend, zum Hohn und zur Quelle der Angst für uns, die Hiergebliebenen. Vielleicht war es die

Fäulnis der Erde hier, die nach Mist stank, überall Mist, in großen Haufen hier auf die Felder gekarrt, rieselt er von den schweren zweirädrigen Karren, mit stämmigen Pferden davor gespannt, die bleiernen Köpfe vor Anstrengung gesenkt, Mist, der in den Gräben schwappt, die Hecken krönt, an den Stiefeln klebt, den man sich aus den Haaren kämmt, aus Widerstand, aus Trotz gegen die Leblosigkeit, die die Felder in ihrem Griff hält. Man konnte meinen, gerade dieser Mist sei der überzeugendste Beweis für Leben, eine fermentierende Masse, Agar für uns Lebende, saures Leben, ein Plasma, in das wir zurückkehren, ein erlösender Hauch für unsere von den Keimen des Todes zerfressenen Lungen.

Mitten darin, in diesen Dung hineingebildet, lebten die Bauern, schwarze Strichlein in der Landschaft, fest lebten sie darin, selbstverständlich, so selbstverständlich und zum Landschaftsbild gehörig, Bauern von einer solchen Bauernhaftigkeit, als wären sie eine andere Gattung Mensch; verständnislos, kalt und blaß blickend, mit den Händen an diese Erde gefesselt, bewegten sie sich wie Gewürm zwischen den tragisch erstarrten Knöcheln der roten Felsen.

Nur einmal floh ich für ein paar Tage von dort, ich hatte das Gefühl als stünde mir die schwarze Pantine schon auf der Kehle, und deshalb floh ich, aber dann kehrte ich beschämt zurück. Denn weshalb weglaufen, selbst vor einem solchen Menschenschlag, warum sich nicht daran festhalten, sich an dieser Wirklichkeit festhalten?

Aber ich sollte vielleicht von meiner nächsten Umgebung erzählen, von dem Quartier, wo ich eingekehrt war. Dort hatte ich eine Kammer oder ein Zimmer im ersten Stock, erst ging man durch die Küche nach unten, dann eine Treppe hinauf, und um in mein Zimmer zu gelangen, mußte ich durch das Zimmer der Wirtsleute. Meine Hauswirte waren eine Familie von Frauen, drei Frauen, die alte Mutter, die mit ihren zahnlosen abgefressenen Zähnen kaute, was so ähnlich ist, wie wenn man Cidre trinkt, also sie mahlte mit diesem zahnlosen Gaumen, war aber noch ganz munter, und sie war auch diejenige, die den Haushalt führte. Außerdem gab es zwei Töchter. Die eine half der Mutter im Haushalt, die andere war krank und lag im Bett in dieser Kammer, durch die ich in mein Quartier gelangte.

Ich kann nicht sagen, was dieser geduldigen Patientin, meiner Zimmernachbarin fehlte. Sie war in der Stadt, in Paris, Dienstmädchen gewesen wie viele Bretoninnen, und als das Gebrechen sie heimsuchte, kehrte sie natürlich in ihr Heimatdorf zurück. Ich weiß eigentlich gar nicht, woran sie litt. Die Hände und Finger hatte sie mit Lappen umwickelt, eine Art Fäustling verdeckte unerhörte Krankheitssymptome, und bei den seltenen Gelegenheiten, wenn ich auf dem Weg zu meinem Unterschlupf durch ihr Zimmer kam, mich hindurchstahl und der Kranken zu Begrüßung und Abschied wie ein Sakrament ein konventionelles »*Ça va?*« entbot, sah ich von ihr eigentlich nur diese mit schwarzen Lappen umwickelten Hände und die glühenden Augen, Augen, die mich aus den Höhlen ihrer Einsamkeit und ihres Eingeschlossenseins anblickten.

Was soll ich ergänzen, was erzählen, um die Atmosphäre, das *timbre* dieser Landschaft besser wiederzugeben? Sollte ich nicht von meinem Nachbarn erzählen, einem mit dem ganzen Dorf zerstrittenen Typen, der unter diesen katholischen schwarzen Bauern der Vendée die Freigeisterei vertrat, sie sich durch eine ganz spezifisch französische Form des Kommunismus zum Feind machte, ein kleiner Typ mit ausgebleichtem Bart, in kurzen Reithosen, die er in grüne Strümpfe steckte, wenn er zu seinen Jagdausflügen aufbrach. Er war sehr mit der Landschaft verbunden, ein *sportsman*, ein typisch französischer *sportsman*, wie er sich mit der Flinte auf Streifzüge durchs Feld begibt, einem umherstreifenden Kater gleich, den man in den Feldern und Rainen auf Raubzügen antrifft.

Die Trophäe, die er mitbrachte, die Opfer seiner Schrotpatronen, kreuzigte und spießte er an die Zaunpfähle und ans Tor seines Gehöfts. Eine absonderliche, peinigende Sammlung, ein tragisches Museum der Naturgeschichte, ans Kreuz geschlagene Vögel, ans Tor genagelte Reiher mit stahlgrauen Federn, Brachvögel, Bekassen, Kiebitze, Eulen, es sah aus wie ein Bild; das

Innenleben, die Hirngespinste dieses kleinen Kerls fanden ihren künstlerischen Ausdruck, manifestierten sich in diesen Exponaten, man konnte meinen, dies seien seine flüchtigen, vogeligen, fliehenden Gedanken, die draußen in der Einöde erlegt und hier preisgegeben und zur Schau gestellt wurden und uns auf wirre Weise etwas über ihn selbst sagten. Jedesmal, wenn ich in mein Quartier zurückkehrte, wandte ich den Kopf ab, um nicht eine neue Ergänzung, ein noch krasseres Zeichen in Gestalt gespreizter Flügel und eines im Schrei erstarrten Schnabels sehen zu müssen.

Mitten darin, meistens an einem öden Ort – aber es kommt auch vor, daß man mit dem Bus fährt, und der Kasten schiebt sich durch die engen Sträßchen des Dorfes, Häuser, Steinschwellen und die rote Reklame der Tankstelle und dann bergauf, einen ganzen Drachenschwanz hinter sich herziehend, Dolmen, ein schiefer Druidentisch, der sich ungeniert mit den Häusern der Lebenden verbrüdert, eine Maskerade in der Größenordnung von Jahrhunderten oder gar Jahrtausenden, so ein versteinertes Kuriositätenkabinett, eine druidische Jahrmarktsattraktion. Mir wird sie nicht den Schlaf rauben, diese Kuriosität, die sich für populäre Zeitschriften mit »wissenschaftlich-technischen« Themen eignet. Ach, vielleicht ist es gerade diese Ansammlung von Absonderlichkeiten, die mich besänftigt hat, vielleicht hat sie dem ganzen etwas Närrisches hinzugefügt und damit plötzlich und ohne daß ich weiß, warum, das angespannte, unheimliche Gefühl in mir zerstreut, mit dem ich das Land an sich wahrgenommen habe.

Einmal ging ich zum Haus eines gewissen Guy Detoq, um mich nach etwas zu erkundigen, und mich faszinierte vor allem das, was ich drinnen sah. Eine dunkle Stube, groß wie eine Kapelle, darin eine Wand mit einer merkwürdigen Konstruktion aus dunklem glattgeschliffenem Holz, eine riesige Kombination aus Schränken, Kommoden, Laden, Fächern und einem eingebauten Ehebett, das Ganze wie ein Altar und Beichtstuhl und Baptisterium in einem, eine unglaubliche Kombination, das Holz hatte schon Altersrisse, das Bett mit verzogenem Rahmen bedeckte ein Überwurf wie eine Haut, es sah aus wie eine Nische in den römischen Katakomben.

Und der Kamin mit dem offenen Feuer, daneben die vom Gebrauch, von der Berührung der Hände etlicher Generationen blankgewetzten Geräte, die Zange, der Balg aus schwarzem Leder mit ausgeschnittenem Herzchen, ein Kupferkessel, der vom Alter und der Kohle schwarze Rost, der verrußte Schürhaken und das Dreibein. Und vor dem Kamin ganz kleine Hokkerchen mit einem Sitz aus Strohgeflecht, die waren das Sonderbarste überhaupt, liliputanisch, winzigklein, leer standen sie da und starrten ins Feuer, starrten darauf, bis ich dann einmal zu Detoq kam, sehr früh am Morgen. Und da saßen Kinder auf diesen Hockerchen, früh aus den Betten geholt, noch ungewaschen und vom Schlaf verschwiemelt in den Nachthemden am kühlen frühen Morgen, während irgendwo eine Grütze für sie kochte, und die Kinder saßen da und starrten ins Feuer, auf ihren liliputanischen Hockerchen, liliputanisch und zerbrechlich, mit Ringen unter den Augen, steif, fest saßen sie da und kerzengerade an diesem kalten Wintermorgen und blickten in das flackernde Feuer. Im Kamin brannten aus Kohlenstaub gepreßte Briketts, rundlich und oval wie Eier, sie glühten rot, und kleine blaue Flämmchen flackerten darauf, aus vielen kleinen Flammenäuglein zwinkerten sie den Kindern zu, die mit ihren kleinen Vogelaugen, geradewegs aus dem Traum kommend, dem Traum noch zugewandt, schauten, sie sahen nicht mich, nicht den Morgen, nicht die Welt, nur diese verhexten und hypnotisierenden Augen in den Flammen des morgendlichen Feuers.

Man kann sich also vorstellen, daß es gar nicht anders sein konnte als schrecklich. Der einzige Lichtblick in dieser Landschaft war, so jämmerlich es ist, die Divisionsküche. Der Koch, der zu seiner Tätigkeit nicht aufgrund irgendwelcher Empfehlungen sondern ganz willkürlich ausgewählt worden war, hatte zuerst einmal mit seinem Federmesser um ein Haar einen völlig unschuldigen Stabsgefreiten abgemurkst, weil er meinte, dieser habe seine kulinarischen Talente, die er irgendwann im zivilen

Leben erworben hatte, preisgegeben. Aber beim Militär wollte er kein Koch sein und hätte deshalb aus Konsequenz dem Stabsgefreiten fast die Därme zerschnitten. Aber das war ein Mißverständnis, und er handelte damit sogar seiner Leidenschaft, seiner ihm angeborenen Leidenschaft zuwider. Wie alle Köche war er natürlich sehr oft bekümmert, er hatte keinen Humor, und es war gefährlich, in seiner Gegenwart irgendwelche scherzhaften Anspielungen auf seine Kunst zu machen. Aber die Küche selbst war das friedlichste Eckchen in dieser verfluchten Gegend. Ich kann es mir kaum verkneifen, in einem schnurrigen Ton darüber zu schreiben, vielleicht hängt das mit der Erinnerung an sie zusammen, an ihren friedlichen, warmen Umkreis, ihre Lichter, die in der Nacht leuchteten und eine zerfasernde Dampfsäule in die Höhe steigen ließen, wie die Beleuchtung einer modernen Stadt, vielleicht auch der Geruch kochender Kutteln, die Saftigkeit, Festigkeit, Sattheit eines Rinderviertels, das blutig vom Dachbalken hing, mitten darin der Koch in seiner fettbefleckten Schürze, unter dem Arm das Beil und in der Hand eben jenes verhängnisvolle Federmesser, während er auf dem mit Kerben übersäten Tisch Portionen schneidet.

Unser Offizierskasino befand sich im rückwärtigen Teil eines Kramladens. Der Besitzer des Kramladens war ein Typ namens Jaloux-Houchet, wenn ich mich recht erinnere, und schwarz wie ein Zigeuner. Er hatte viele Kinder und hatte diese Schar gemeinsam mit seiner kleinen Ehefrau hervorgebracht, einer lieben Frau mit sorgenvollen Augen. Ich glaube, es waren zehn Kinder, von einem achtzehnjährigen Jungen bis hinunter zu der kleinen Renée, die gerade erst anfing zu krabbeln.

Diese Kinder traf ich immer morgens, wenn sie mit ihren Holzpantinen zur Schule klapperten, an diesen späten, kalten bretonischen Morgen. Die Jungen steckten die frostroten Hände tief in die Hosentaschen und schoben dabei die schwarzen Tuchschürzen hoch, die die kleinen Jungen in Frankreich über der Kleidung tragen. Sie schlitterten auf der vereisten Oberfläche der Landstraße, die von niedrigen, mit Weißdorn überwachsenen Steinmauern gesäumt war. In einem Hohlweg stand eine primitive Cidre-Presse, die im Sommer hergebracht worden war, untätig unter dem Januarhimmel.

Gegen eins gingen wir zum Mittagessen. Unser Kasino befand sich wie gesagt im rückwärtigen Teil des Ladens, in normalen Zeiten war es eine Art Separée für vornehmere Gäste oder solche, die lieber für sich sein wollten. Es war ein schmaler Raum, und an beiden Seitenwänden standen Regale mit den ärmlichen Waren, die es in dem Laden zu kaufen gab. Bunte Barchent- und Drillichstoffe, Strohhüte, die im Sommer verkauft wurden und zu Stapeln aufgetürmt hier lagerten, Reihen lustig bunter Pantinen, die mit Leder bezogen und solide mit Nägeln beschlagen waren. Da stand auch eine Nähmaschine und hinter dem Glas einer kleinen Vitrine alte, vom vielen Blättern abgenutzte Gebetbücher.

Im Kasino bediente uns ein Mädchen, die bei den Jaloux-Houchet eine Art Dienstmädchen oder sogar Tagelöhnerin war. Sie kam wohl nicht aus dieser Gegend, das dachte ich mir jedenfalls, denn im Gegensatz zu den hiesigen Leuten, die schwarzhaarig und rotwangig waren, war sie weißhäutig, ihre Haare waren hell, ausgebleicht, und im ganzen wirkte sie etwas blutarm. Ich reimte mir gleich zusammen, daß sie aus der Normandie und nur zum Dienst hierhergekommen war. An ihren Vornamen kann ich mich nicht erinnern, vielleicht habe ich ihn nie gewußt. Sie eilte zwischen Küche und Speiseraum hin und her, trug Teller, deckte den Tisch, den Kopf gesenkt und den Blick zu Boden gerichtet, wie eine Terziarin oder Dienstschwester, die mageren Schultern hochgezogen, ein leises Scharren der Pantinen, das Quietschen der Tür, die sie mit dem Ellbogen aufdrückt, weil sie volle Teller in beiden Händen hat, sie sieht nicht uns an, nur das Tischtuch, umgeben von Tabakqualm, wischt Flecken weg, stapelt die leergegessenen Teller aufeinander, ein Türenquietschen, in die dunkle Küche, und wieder langt ihr Arm wie der Stengel einer Pflanze über unsere Köpfe hinweg, um die Salatschüssel mit den Salatresten abzuräumen.

Das war sicher der Grund, weshalb der Oberleutnant Boczyła, als er sich einmal zum Essen verspätete und verdrossen dasaß, sich an sie wandte und langsam spöttisch durch die Zähne zischte: »Prinzessin ... Seerosenblüte ... so bring mir doch die Suppe.«

Gewiß, die Verhältnisse, insbesondere unser Beruf, unser Alter, das Wetter, Ungeduld, Quälerei, Egoismus und viele andere Dinge hatten uns mit einem Panzer der Gleichgültigkeit ausgestattet, der so dick verhornt war wie die Panzer der Petschenegen aus dem Horn von Pferdehufen, und so behandelten wir andere mit willkürlicher Indifferenz und waren gegenüber den Grobheiten und Taktlosigkeiten anderer auch nicht besonders empfindlich. Aber diesmal spürte ich, daß jeder von uns es mißbilligte und sich unbehaglich und betreten fühlte, als der Oberleutnant Boczyła ausfallend und unhöflich zu dem Mädchen war, das uns bei Tisch bediente.

Es war eine sehr komplizierte Situation. Erstens hatte der Oberleutnant Boczyła sie nicht direkt beleidigt, weil er seine spöttische Bissigkeit auf polnisch gesagt hatte, was das Mädchen natürlich nicht verstand. Aber jemandem einen Tonfall vorzuwerfen, ihm vorzuwerfen, er sei verständlich und eindeutig und an sich schon beleidigend gewesen, das ginge zu weit, ein solcher Vorwurf würde als Provokation gelten. Andererseits jedoch war der Tonfall ja eindeutig und beleidigend, wenn man sah, wie sich die mageren Schultern des Mädchens noch mehr krümmten, nachdem Oberleutnant Boczyła ihr diesen Hieb versetzt hatte. Außerdem rief Boczyła niemand zum Zeugen auf, er suchte sich keine Gefährten und auch kein Publikum für seine persönlichen Ausfälligkeiten. Er wechselte mit niemandem einen triumphierenden Blick nach seiner gedankenlosspöttischen Behandlung des Mädchens, er war ganz offen und scherte sich nicht um Zustimmung oder Mißbilligung seiner Tischgenossen. Das verlieh der Sache einen besonderen Nachgeschmack, es war die intime Erledigung einer Angelegenheit zwischem dem Oberleutnant Boczyła und dem Mädchen, ob uns das nun gefiel oder nicht, und diese offen artikulierte Intimität, die man vielleicht sogar zynisch hätte nennen können, obwohl seltsamerweise nichts Zynisches darin lag, hatte etwas von einer Eheszene an sich, es war, als würde man Zeuge, ein betretener Zeuge, wie schmutzige Wäsche gewaschen wurde. Aber hier lag wiederum ein Paradox, nämlich daß die einzige Intimität, die sich zwischen Boczyła und dem Mädchen abspielte, dieses durch die Zähne gezischte »Seerosenprinzessin, so bring mir doch die Suppe« war. Unter uns waren einige sehr streitlustige Typen, und Oberleutnant Boczyła hatte nicht gerade die Gabe, sich Freunde zu machen, außerdem waren auch höhere Chargen da, die solche unangenehmen Aussprüche auch als persönlichen Affront verstehen konnten, aber der Konflikt zwischen Oberleutnant Boczyła und dem Serviermädchen wurde so durch ihn ausbalanciert, daß man ihm nichts anhaben konnte. Uns blieb nichts anderes übrig, als zur Tagesordnung überzugehen.

Das ist leicht gesagt, aber das Mädchen mußte einem leid tun, wie sie aufgescheucht, verwirrt, mit einer schmerzlichen Falte auf der Stirn in ihren schweren Pantinen in die Küche klapperte, um nach kurzer Zeit mit zitternden Händen, die Zähne in die Unterlippe gegraben und die Haare aus dem Knoten im Nacken verrutscht, zurückkam und unter Gefährdung unserer an den Tisch gepreßten Uniformen eben jenen gesondert verlangten Teller Suppe brachte.

Irgendwann mußte ich in einer dienstlichen Angelegenheit nach Rennes, und nach langem Herumirren in der Stadt fuhr ich endlich in der Vorstadt an einem roten Ziegelgebäude vor, das früher eine Schule gewesen und jetzt Posten der V. Artilleriedivision der Truppenbrigade war. Wie jede Unterkunft, in der sich das Militär schon eine gewisse Zeit aufgehalten hat, machte das Gebäude einen schmutzigen und abgenutzten Eindruck. Disziplin und Ordnung der Soldaten gehen Hand in Hand mit einem ganz spezifischen soldatischen Schmutz, immer prangt in der Ecke ein leeres, verbeultes Benzinfaß als Abfalleimer. Die Türen und Täfelchen sind ordentlich beschriftet, doch immer weht gleich ein Soldatengeruch heran, ein ganz spezifischer Geruch nach abgestandenem Männerschweiß, ein Geruch nach den imprägnierten Uniformen in den Armeemagazinen, in der Nähe muß auch immer eine Feldküche sein, die ihre Essensgerüche hineinmischt, und in den Latrinen des Militärs funktioniert auch immer etwas nicht, ganz gleich in welchem Land, und egal wie hoch das allgemeine Niveau der sanitären Anlagen ist, kurzum, es riecht nach menschlichen Ausscheidungen, da gibt es nichts zu beschönigen. Manche Armeen steuern noch ihre eigenen spezifischen Gerüche bei, saure Gerüche, nach den Kommißbroten, Laiben, die irgendwo liegen und appetitlich langsam fermentieren, andere haben ihr Juchtenöl zum Einschmieren der Schuhe und ihr Benzin, was sich nicht so leicht aus den Uniformen lüften läßt, kurzum, diese Gerüche ziehen mit dem Militär, wohin es auch geht.

Gleich rechts in der Einfahrt war die Tür zum Zimmer des diensthabenden Offiziers.

Dieses Zimmer war gleichzeitig die Schreibstube der Truppe, dort standen mehrere Tische, auf dem einen eine Schreibmaschine, Bücher mit abgegriffenen Umschlägen und eine Rolle Klosettpapier, die man sich hier zu den bekannten Zwecken schlau verschafft hatte, und der noch schlauere Schreiberling, ein stattlicher Zugführer, benutzte Meldungen und Entwürfe von Befehlen und Verordnungen als Schreibpapier. An der Wand hing eine auf der Matrize vervielfältigte Anweisung für den Brandfall, die auf französisch war, und eine polnische Anweisung für den Alarmfall. Außerdem hing da ein polnischer Adler, aus Papier ausgeschnitten und auf rotes Löschblatt geklebt, und ein Schild mit der Aufschrift: Nicht Spucken.

Das Zimmer des Diensthabenden war offenbar auch ein Ort für gesellige Zusammenkünfte, denn dort saßen ein paar Offiziere, die offensichtlich unbeschäftigt waren.

Aber einer von ihnen war anscheinend doch beschäftigt, und zwar mit etwas ganz Seltsamem: Auf einem der Tische lagen nämlich etliche Spielzeuge verstreut, sehr lustige, präzise gefertigte und phantasievolle Spielsachen. Ein kleines Auto war da, das mit einer Feder aufgezogen wurde, in Bewegung gesetzt, ließ es die aufgeregten Räder über den Asphaltfußboden rollen und flitzte fröhlich umher, bis die aufgedrehte Feder abgelaufen war und es unvermittelt und traurig stehenblieb, ganz wie ein kaputtes Spielzeug. Ein kleiner Bagger war dabei, die winzige Miniatur eines echten Baggers, wie man ihn bei Straßenarbeiten sieht, wenn er mit aufgerissenem Rachen tonnenweise Schutt schluckt und in schwindelerregendem Tempo seinen Hals im Halbkreis schwenkt und mit seinem überladenen Maul schaukelt. Eine Schildkröte war da, die mühsam auf ihren schiefen Greiffüßen watschelte und den Kopf hin- und herwackeln ließ. Noch weitere phantasievolle, bunte, leichte und schiefe Spielzeuge lagen da. Der eine Oberleutnant zog sie geduldig auf, und die anderen in ihrer schweren khakigrünen Kluft standen oder saßen halb mit einer Hinterbacke auf der Tischkante und schauten kalt und gleichgültig zu wie die Kinder reicher Eltern im Kinderzimmer, die der Spielzeuglawine überdrüssig sind und sich an nichts mehr vergnügen können, und nichts, nicht das kleinste Wunder macht ihnen mehr Eindruck, so gelangweilt und traurig blasiert sind sie.

Bis heute ist es mir ein unerklärliches Rätsel, woher zum Teufel diese Spielsachen an diesen ganz unwahrscheinlichen Ort gelangt waren, zwischen die grauen Wände der zur Kaserne umfunktionierten Schule, im winterlichen Glanz des Winters, während am hellichten Tag eine rote Glühbirne über dem Tisch des Truppenschreiberlings flackerte und junge Männer mit gelangweilten Gesichtern dasaßen und die bunten, fröhlich bemalten, Lebendigkeit vorspiegelnden Spielzeuge anstarrten. Vielleicht hatte sie einer als Geschenk für die Kinder seiner Wirtsleute gekauft, bei denen er einquartiert war, vielleicht hatte auch jemand in einer plötzlichen Laune und um seine Gedanken mit etwas ganz anderem abzulenken, ein Spielzeuggeschäft betreten und diese Sachen gekauft, und jetzt zog er sie auf und jagte ihnen mit seinen Gedanken hinterher. Diese unbekümmerte und unerwartete Hinwendung eines Menschen an eine Sache hatte etwas von Launigkeit und Großherrlichkeit und Windbeutelei im guten Sinne an sich, dieses Spielen im Angesicht von Gefahr und Hoffnungslosigkeit, genauso wie wir es an einem Verurteilten bewundern, der aufs Schafott geführt werden soll und sich mit einer zufällig gefundenen Schere die Fingernägel schneidet, während ihm das Todesurteil vorgelesen wird.

Heimlich spiele ich selbst mit diesen mechanischen Spielzeugen. Ich lege mir Situationen zurecht, ziehe sie auf, dann schaue ich ihnen hinterher, wie die aufgezogene Feder sie antreibt und der raffinierte Mechanismus sie steuert. Und über den Oberleutnant Boczyła und seine »Prinzessin – Seerosenblüte« habe ich jetzt genug nachgedacht.

Nun, habe ich mir gedacht, das sind solche Maupassantschen Situationen. Dieser Vergleich mit Maupassant drängte sich vielleicht deshalb auf, weil wir in der Bretagne waren, unter Bauern. Denn wie ist es noch? Sofort, wenn eine Spannung entsteht, ein Konflikt, dann ist es gerade so, wie bei diesem Herrn mit dem buschigen Schnurrbart und dem Bizeps eines Rennruderers, dem es dann im Kopf ganz durcheinanderging, weil ihm, wie es hieß, Spirocheten, die blassen Spulwürmer, aufs Gehirn geschlagen waren, und das sollte ja dieses französische *fin de siècle* unterstreichen, diese komplizierten, geschmäcklerischen Situationen, nicht einmal ihm gelang es, sich aus diesem Bannkreis zu stehlen.

Wie steht es also nun mit dem Oberleutnant Boczyła? Kann es sein, daß er hier so hart aus den Augen schaut, doch diese Prinzessin für ihn wirklich eine echte Prinzessin ist? Oder daß er seinen Haß, seine Enttäuschungen ausgerechnet auf sie abwälzt, obwohl sie doch völlig unschuldig daran ist? Und sie? Was ist sie denn für eine? Versteht sie etwas von dieser zischenden fremden Sprache oder nicht, und wenn sie etwas versteht, haßt sie ihn, gibt sich ihm aber gleichsam aus Trotz dennoch hin?

Mitte April blühten in der ganzen Bretagne die Apfelbäume. Zwischen den Häusern, auf den Feldern, auf den Hügeln, den

Wiesen inmitten der Felsen, in den Klüften und auf dem freien Feld explodierten plötzlich die rosig-weißen Kugeln, und die Tage wurden weiß. An alten, mit Flechten bedeckten Apfelbäumen, an jungen Setzlingen bevor sie die grünen Blätter trieben, barsten die schwarzen Blitze der Zweige schon in diesen rosig-weißen Blüten auf. Und später dann, wenn die ersten Blütenblätter herabrieselten, streute sich um jeden Baum ein weißer Schatten aus, er überzog die schwarze Erde und den Mist und Dreck mit einem weißen Wirbel und einer rosigen Verwehung. Von ferne, von ferne sah man schräg, weise, hartnäckig, weiß, mondartig diese Blütenblätter fallen, kleine Medaillons, zu Tropfen gewordene Luft.

Die Bretoninnen tragen ihre Flügelhauben, die *coiffure*, jede Gemeinde hat eine andere Art. Ich konnte sie allmählich auseinanderhalten: die Flügelhauben aus Ploërmel, die mit Spitzen von Pontivy, die gestärkten aus Carhaix, Pluigheau, St.-Brieuc, Paimpont ...

Als ich eines Sonntags die Straße hinunterging, traf ich das Mädchen, das uns im Kasino bei Tisch bediente. Sie saß auf einem Mäuerchen am Wegrand, und im ersten Augenblick erkannte ich sie nicht, wahrscheinlich hatte sie ein besseres, sonntägliches Kleid an, und es kam wohl auch hinzu, daß sie untätig dasaß, und da ich sie aus dem Kasino nur als gehetzt und hastig in Erinnerung hatte, war diese Untätigkeit wie eine Verkleidung. Sie saß völlig passiv da, die Hände kraftlos in den Schoß gelegt, den Blick starr auf diese Hände gerichtet, verändert, wie ausgewechselt, kraftlos, sonntäglich, sonntagnachmittäglich untätig, die Haare fielen ihr unordentlich herab, rutschten dem Knoten in ihrem Nacken, in so einem grauen und pepitagemusterten Kleid, so einem geschlechtslosen Kleidchen, und mit ihren mageren, gekrümmten Schultern saß sie da und starrte auf ihre Hände, ohne etwas zu sehen, sie war weit weg. An den Füßen, die in schwarzen Strümpfen steckten, hatte sie ein neues Paar Pantinen, und diese Füße in den Pantinen, als sie da auf der niedrigen Mauer am Wegrand saß, die hingen herab, standen irgendwie ein wenig nach vorn ab, und ich konnte die

neuen Nägel unten im Schuh sehen und die hellblauen Metall-
beschläge, die Halbmonde des »Mädchens mit den Halbmondschuhen«.

Doch das letzte Mal habe ich sie gesehen, als wir von dort aufbrachen, nicht lange nach der sonntäglichen Begegnung. Es
herrschte große Hektik beim Packen, ich hatte verschiedene
Dinge zu erledigen, und als ich zum Mittagessen ins Kasino
kam, war ich der letzte, alle anderen waren schon weg. Ich saß
allein im Speiseraum und wartete auf mein Essen, und wie
immer bei der Abreise fühlte ich mich, als gehörte ich nicht
mehr an diesen Ort.

Und da brachte mir jenes Mädchen die Suppe. Sie trug den Teller und hielt wie immer den Blick gesenkt, und aus ihren Augen
rollten die Tränen direkt in meine Suppe. Ich war überrascht
und wußte nicht, was los war, ich wollte etwas zu ihr sagen,
wußte aber nicht was, und deshalb fragte ich: *Avez-vous des cha-
grins, mademoiselle?*

Die Barbaren betrachten die Landschaft
des unterworfenen Landes

Der Autobus hielt mitten in der Stadt. Der Chauffeur, der uns hergefahren hatte, ein kleiner, dunkler Südländer, wurde ärgerlich, als ich die Eisenleiter hinaufsteigen wollte, um ganz unbefangen und bescheiden unsere Säcke und Koffer loszubinden, die mit Kordel auf dem Dach befestigt waren. Er war so ein Ernster, direkt aus Avignon: nichts da, das war sein Auto, er war der Chauffeur, wenn überhaupt, sah er uns mit feindseligen Blicken an.

Hier erwarten uns etliche vertraute Gesichter, die wir lange nicht gesehen haben. Fast fangen sie an, uns abzutasten, schwelgen in Erinnerungen. Nebenan, in einem einstöckigen Haus, das Kasino, eine lange dunkle Kammer mit Fenstern fast auf einer Höhe mit der Straße. Die Straße verläuft von Norden nach Süden durch die Stadt, pfeilgerade, nur in der Stadt selbst beschreibt sie ein S und schießt dann schnurgerade weiter.

Sie reden, erzählen, von Ungarn, und daß es hier manchmal sehr windig sei, ja, so ein Wind aus den Alpen sei das, Mistral heiße er, aber das würden wir selbst sehen, und daß es kalt gewesen sei, doch jetzt zur Abwechslung heiß wie im Fegefeuer. In der Küche des Kasinos brutzelt etwas, und wir haben Hunger. Und die Straße ist schwarz von Ruß und verschmiert in der Sonne, und riesige Tankwagen mit Wein fahren auf ihr entlang, jeder mit einem vierrädrigen Anhänger, der auch einen großen Behälter, ein Faß geladen hat, und sie sind riesig, und so unmenschlich, wie rote Meteore, die vorbeisausen, sssss! und schuuuuuu!, so flitzen sie durch das schläfrige Städtchen. Und die Häuser sind getüncht und haben Jalousien an den Fenstern, und in den Türen hängen Vorhänge aus Perlenschnüren, wie in einer Spelunke; wenn man hineingeht, nimmt man die Perlenschnüre mit der Hand zur Seite, schiebt sie auseinander. Mitten in der Stadt ist ein kleiner Platz, den unsere Landstraße durchquert, ein paar Platanen stehen da, ihre flachen Blätter werfen einen dichten Schatten, und die Rinde schält sich und fällt ab wie Schuppen, und an der gerade offengelegten Stelle erscheint eine hellere Farbe. Kommt mit, sagen sie, vor dem Essen wollen wir noch was trinken gehen, bei der Roten. Wir gehen über die Straße zu einem Bistro, draußen stehen ein paar Tischchen und Eisenstühle, drinnen ist es leer, wir bestellen einen Cap Corse, und tatsächlich schenkt uns eine »rote« Frau ein, ein Mann *aux drapeaux* oder etwas in der Art. Es ist der 25. Mai, und uns ist wirklich heiß, aber sie sagen nur: Haha, ihr werdet noch sehen!

Nun, wir werden sehen. Und hier ist das Städtchen, wie der Steg auf dem Griffbrett einer Gitarre, die Saiten, das sind die Rhône, die schwarze Saite der rußbedeckten Landstraße und die stählernen Saiten der Eisenbahnstrecke Paris – Lyon – Méditerranée, und dahinter die Hügel. In Richtung Avignon reichen sie bis an die Landstraße, und die Ruinen von Schlössern und Festungen ragen auf, wie bei uns in Podolien, ganz regelmäßig wie an einer Schnur aufgereiht, wie bei uns Tremblowa, Czortków, Jagielnica, Skała. Im Norden liegt Pont St. Esprit, dort ist das Bordell, in das man fährt, im Süden Mondragon, Orange, dann Avignon. Lapalud hat zwei Türme: einen Kirchturm, gotisch, violett, hellblau, steinern zwischen den rötlichen Dächern, der andere aus irgendwelchen Gründen stumpf und orangefarben, wie der Turm der Henkerakademie in Biecz. Man kann auf den Turm steigen und hinaustreten und über die Dächer der kleinen Stadt blicken, zur Rhône, zu den Hügeln von Bar und Bollène. Und allmählich wird es heiß.

Und da ist die Landstraße, und zischend ssss! … schuuuu! … sausen die schweren Tankwagen mit Wein vorüber und die angehängten *remorques*, geschäftig, groß, seelenlos.

Unser Kasino liegt in der S-Kurve, und dort befindet sich auch eine kleine Brücke über ein Rinnsal, und auf dem niedrigen gemauerten Geländer der Brücke sitzen wir nach dem Mittagessen und betrachten die Häuser und den Verkehr auf der Straße und die Platanen, die wenigen Bewohner, die ihren

Geschäften nachgehen. Von der Gesellschaft angezogen, versammeln sich immer die Dorfhunde bei uns, Exemplare in verschiedensten Farben und Größen, und unter ihnen eine weiße junge Hündin, die gerade »heiß« und deshalb Gegenstand des Strebens und Begehrens der ganzen Meute ist, sogar ein alter, räudiger, halblahmer, fetter und schmutziger Köter ist dabei.

Gegenüber, auf seinem Stuhl vor dem Hotel, sitzt der fette *patron*, ein wahrer Berg von Fett, und liest den *L'Eclaireur du Midi* oder *Le Petit Niçois*. Im Hotel kaufe ich mir immer mein Päckchen Gauloises.

Sie sagen, es sei ein großer Spaß, das Baden in der Rhône, und sie lachen schon über die Überraschung für die Neuankömmlinge. Nicht in der Rhône selbst, auf keinen Fall, da sei die Strömung schrecklich, sondern im Schwemmland, wo das Wasser steht. Und außerdem sagen sie noch, daß hier der Süden sei, und es gebe Skorpione, solche Dinger, wir würden schon sehen. Das Städtchen selbst ist wie ausgestorben, das läßt sich nicht leugnen, die Hälfte der Häuser steht leer. Wo sind die Leute hin? Ist das ein demographisches Phänomen oder etwas in der Art, Abwanderung in die Städte? Wohnungen sind nicht schwer zu kriegen, die gibt es in Hülle und Fülle. Unser Hauswirt, ein pensionierter Gendarm, hat ein Haus in einer Seitenstraße, das Haus steht leer, da werde ich wohnen, wie wird es dort sein? *Monsieur Meunier retraité de gendarmerie.*

In die eine Richtung, an ein paar Häusern vorbei, ist die Landstraße schnell aus der Stadt hinaus, schnurgerade, von Pappeln gesäumt, in die andere Richtung auch schnurgerade, zwei Reihen Pappeln, eine Perspektive.

Und die schweren *remorqueurs*, immerzu sssss! und schuuuuu!, so jagen sie über die mit Teer und Ruß verschmierte Fahrbahn, groß wie Häuser und ungeheuer. Süden? das stimmt wohl, die Sonne scheint, und wie! Und der Himmel so blau, und ringsum so voller Grün und Gelb und lavendelfarben, es stimmt, das malt man hier, das ist dieses gleichförmige, unabänderliche Licht, Cézanne, Gauguin, Van Gogh, der polnische Pankiewicz, diese knorrigen Olivenbäume, die kobaltblauen und brachdunklen Hügel, und die Schäfchenwolken, ja! Das ist der Süden, und sogleich genehmigt der Mensch sich großzügig eine Siesta, Mattigkeit, Saftigkeit, Farbe, an der es hier nirgendwo mangelt, schnallt den Gürtel weiter, denkt an Salat und Olivenöl, gibt Fett zu, wie es sich gehört, denn das ist der Süden. Nur wenn die Sonne niederbrennt, in Kreidefelsen und Erdgeröll flimmert, dort wo nichts wächst und sprießt, dann tut es in den Augen weh, und der Schatten ist so fest und dicht, als wäre er mit Kacheln aus einem anderen Material ausgelegt, und die Ferne, hui, wie sich das ausdehnt und flieht, da wollen wir uns freuen, daß es so ist, wie es ist.

Am dritten Tag und in der Nacht kam der Mistral und rüttelte an den Fensterläden meines Zimmers. Der Tag ist wie die anderen, aber durch den Wind doch nicht genau so. Die Sonne scheint, aber eingehüllt in einen Schleier aus Staub, und der Wind weht, und es ist unruhig und nicht geheuer, es sticht im Kopf und wirbelt, man findet sich nicht zurecht. Der Wind ist weder kalt noch warm, er bläst von Norden her, er bläst an den Saiten der Gitarre entlang, klanglos, aber trotzdem bläst er dort entlang, der Fensterladen quietscht, Sand knirscht im Mund, und alle Zähne, alle möglichen vergessenen Neuralgien melden sich, es ist zum Verrücktwerden. Im Schrank im Kasino nur Gin und Salami. Wir trinken Gin, Gordon's Gin, wir haben kein Geld, und der Wirt im Kasino macht Striche hinter die Namen.

Und nur die riesigen Tanklastwagen jagen über die rußige Straße, sssss! ... schuuuu! ..., auf den Schnörkeln der Landstraße mitten im Städtchen knirschen sie und verschwinden dann in der fernen Perspektive der Landstraße, schwer, scheußlich, geschäftig.

Die Zähne tun mir weh, und der Gordon Gin hilft nicht. Die Hunde jagen einander an der kleinen Brücke, und der Wind wirbelt, zerrt und jagt die raschelnden Seiten des *Eclaireur du Midi* über die geteerte Straße. Ich mache mir wirklich Sorgen um den Zustand meiner Zähne, und wenn sie mir so wehtun und es so stickig ist, scheint der Wind das Zimmer wie einen Ballon aufzublasen, ich kann nicht einschlafen. Der ganze Tag ist dumm gewesen, als hätte man einen dicken Kopf und Katzenjammer, ohne zu wissen wovon.

Doch der nächste Tag ist wunderbar und frisch und still, ganz still, kein Windhauch weht, alles ist abgekühlt, es ist perlmuttfarben und grün, grün die Kletten und das Gras im Hof, und rein und durchsichtig, und blau, ganz himmelblau ist der Himmel, und die Mauern violett und rosafarben, und Sonne und Schatten. Wenn man vor die Tür tritt, ist es wie in den Ferien, ich richte mich gerade auf und atme die Luft ein, und alles ringsum so rein und frisch, eine andere Welt, eine ganz andere Welt. Es ist noch früh am Morgen, aber schon heiß. Wir gehen an die Rhône zum Baden. Man geht über einen Pfad quer durch die Felder, die hier anders sind als bei uns, alles ist hellgrün und voller Halme, wie seiner selbst gewiß, dieses Saftige und Üppige ist wie eine Art Trächtigkeit. Aber wenn man sich dazu zwingt, kann man sich vorstellen, daß es so wäre wie bei uns im Sommer, jedenfalls gehen wir zum Baden. Auf dem Pfad liegt eine getötete, zertrampelte Schlange, traurige Fetzen einer Schlange, und Ameisen kriechen darauf herum. Und dann fangen die Flußweiden an und das Schilf, knorrig und dick wie Bambusrohr, und dahinter kommt auch schon der Fluß. Der Fluß hat große Haufen Geröll und Holz aufgeschwemmt, aus denen sich jetzt ein Damm gebildet hat, der das fließende Wasser in Schach hält, und nur da, wo es durchgesickert ist, hat es sich zu großen Becken gesammelt. Das Wasser ist spiegelklar, am Grund sind Steine und Felsbrocken zu sehen. Die Rhône selbst strömt mit unglaublicher Geschwindigkeit und funkelt in der Mittagssonne und riecht nach den Alpengletschern, von denen sie vor nicht allzu langer Zeit abgetaut ist. Deshalb ist das Wasser so rein, eisig und schneeig. Und am Fluß ist es wie immer gleich freier und wild, die Weidenbüsche und -bäume werden dichter, man kann sich ganz darin verstecken. Die alten wilden Zeiten des Schuleschwänzens am Fluß kommen wieder in den Sinn, das Gefühl von Flucht und Befreiung von der Ordnung des Tages, und mit dem Gefühl von Flucht und Schwänzen, von verbotenen Dingen, auch der leichte Druck eines Schuldgefühls, wegen der Dinge, die gestohlen und heimlich waren, verboten und mit Strafe belegt. Und an jedem Wasser riecht es immer nach Fischen und nach Froschlaich, nach Fäulnis und aufgewärmtem Stein und Sand, und die Wolken betrachten sich im Wasser, und aus dem Schilf ruft etwas, es raschelt in den Weiden, ringsum ist alles voller Hölzchen und anderem Auswurf des Wassers.

Gemächlich zogen wir uns aus, und dann ging's ins Wasser. Zum Teufel! Deshalb hatten sie so gezwinkert und gegrinst, als sie vom Baden sprachen. Das Wasser ist sterbenskalt, bis ins Mark dringt die Kälte, und wir sind so schnell wieder draußen wie wir hineingesprungen sind, rot wie gekochte Krebse. Aber wir nehmen es ganz ruhig. Man kann auch bis zum Damm vorstoßen, wo sich das Wasser der Rhône vorbeischiebt, gerade ziehen Frachtkähne den Fluß hinab, die festen Bordwände ragen hoch über der Wasseroberfläche auf und gleiten in ungeheurer Schnelligkeit mit Strömung und Wellengang dahin.

Und dann haben wir von allem genug, und der Rückweg wird uns ein wenig lang, wie das bei Rückwegen immer so ist, verlassene Höfe zerfallen im Schatten von Pappeln, der Pfad windet sich an den Bewässerungsgräben entlang, wir machen einen Umweg um die zertretene Schlange, und da sind die Häuschen der Stadt schon wieder und der Schatten der Gassen, die Fensterläden, die Perlenschnurvorhänge.

Ein riesiger Tankwagen mit einem angehängten *remorqueur* kommt vorbei, schwankt in den Kurven der Straße, ssssss! … schuuuuu! ….

So kurz sind wir erst hier, doch schon haben wir eine Routine, eine Gleichförmigkeit der Tage, dieselben Tätigkeiten, Gepflogenheiten, Angewohnheiten. Dieselbe Straßenbiegung, wenn ich auf mein Quartier gehe, dieselben Einheimischen, die abends auf dem kleinen Platz vor meinem Haus *boules* spielen, derselbe *bock,* der mir mit dem Cap Corse vorgesetzt wird, das frisch abgewischte Wachstuch. Dieselben Gesichter, wenn wir uns auf die Mauereinfassung des Stegs über dem Rinnsal setzen, dieselben Hunde, die der weißen Hündin hinterherlaufen. Die Luft riecht nach Grün und zu Staub zerriebenem Stein.

Mit den Zahnschmerzen beim Mistral hatte ich eine vortreffliche Ausrede, den Militärzahnarzt in Avignon aufzusuchen. Der einzige Lastwagen unserer Abteilung, der alle Transportbedürfnisse deckte und hauptsächlich Küchenvorräte brachte, legte die mehreren Dutzend Kilometer nach Avignon täglich zurück, und sollte nun mich und noch einen Patienten, den Hauptmann Kłoda, mitnehmen. Der Chauffeur des Lieferwagens war Błażewski aus Warschau, ein wortgewandter gewitzter Warschauer, ein Vielredner, daran erinnerte ich mich noch aus Polen, als lange vor dem Krieg die unzufriedenen Reservisten einberufen wurden. Trotz seiner Redseligkeit, seines ewigen Mißmuts immer selbstbewußt mit Warschauer Schnauze geschmiert, wenn er genau die passenden derben und heftigen Worte fand, um seinem Mißmut Luft zu machen, aber abgesehen von dieser Schwadroniererei eines Dickwansts war er im Grunde ein Dummkopf. Der Kapitän Kłoda hingegen war klein, geradezu zwergenhaft, aber der sah mich von unter herauf mit einer solchen Selbstsicherheit an, als schaute er auf mich herab, er war rot im Gesicht und seine Augen schwarz wie Kohlenstückchen, manchmal blinzelte er, als spottete er auf ganz freundschaftliche Art, und dann sagte er in seinem Lembergerisch: »Wertester, also was Sie dazu sagen, das ist ein Schkandal«, und dann kam es mir vor, als blinzelte er mich an, als wären wir zwei Schulbuben, die ausgebüchst sind, und damit sind wir wieder beim Schuleschwänzen.

Der Lastwagen saust durch das Rhônetal, links von uns immer noch der Steilhang, auf dem dann und wann die Mauern und Bastionen von Schloßruinen aufragen, so wie bei uns, am Seret oder an der Gniła Lipa entlang, oder an der Dereszyca. Wir fahren am Mondragon, dann an Orange vorbei, die Römer haben da schon einen Triumphbogen für uns aufgestellt, und die Landstraße macht voll Ehrerbietung einen Halbkreis um diesen Bogen, und dann sind wir auch bald in Avignon.

Es war jetzt fast Mittag und bereits unerhört heiß. Zuerst fuhren wir zum Krankenhaus, durchs Tor, am Krankenhaustor die Schildwache, lächerlich, mit kämpferischer Kriegsausrüstung beladen, mit der Bajonettspitze auf dem Karabiner, dann die Krankenhaushöfe, Gebäude, wir irrten etwas herum, ich fand die Zahnarztambulanz, der Zahnarzt bohrte mir im Zahn herum, der blöde Stuhl und der dröhnende Motor des Bohrers, und das Schlimmste dann die Vorbereitungen, ehe es losgeht mit dem Bohren. Und danach wartete ich auf Kłoda im Krankenhaushof, und die Militärambulanz traf ein, und drinnen brüllte jemand so entsetzlich, daß es mir die Sprache verschlug, ein paar Krankenhausangestellte liefen herbei, ein paar Patienten kamen angehumpelt, mir verschlug es wirklich fast die Sprache, daß man so heulen und schreien konnte, doch so leid es mir tut, ich hatte den starken Verdacht, daß dieser Typ, den sie jetzt in Decken eingehüllt aus dem Krankenwagen zogen, also ich hatte den starken Verdacht, daß er übertrieb, daß er sich da hineinsteigerte, vielleicht simulierte oder so, ist der Krieg nicht ein Paradies für Simulanten?

Endlich tauchte Kłoda wieder auf, und wir machten uns auf den Weg in die Stadt. Der kleine Kłoda trippelte neben mir her und betrachtete überlegen die Menge auf der Straße, die schnatternde Menge der Südländer, die drallen Mädchen, Sonnenbrillen, die roten Feze der marokkanischen Schützen. Kłoda sagte zu mir: »Wertester, da wollen mir mal gehen und uns die Altertümerchen anschauen«, und wir gingen die Straße hinauf, und da tat sich vor uns die gewaltige Masse des Papstpalastes auf, wie mit Adlerkrallen in den Fels geschlagen, es ist hellichter Tag, und die Sonne brennt und lötet unsere Schatten an die Steine und die Gehsteigplatten, und diese Schloßmasse hat die Festigkeit und Kälte eines Eisbergs, einmal habe ich gelesen, daß jemand den Palast mit einem gewaltigen Sarg verglich, nun gut, soll es ein Sarg sein, mit riesigen Felsenkuppeln, wie Zyklopenmauern, aber das Tor, wie alle Zugänge zu den Sehenswürdigkeiten, ist ganz gescheckt von Vorschriften und Regelblättern, und eine Bude steht da, wo Postkarten verkauft werden. Das Tor ist geschlossen, aber jeden Augenblick wird geöffnet, soll sich ruhig erst eine Gruppe von Besuchern einfinden. Es kamen einige zusammen, ein untersetzter Typ mit der Kappe eines Angestellten erscheint, ein *guide,* wir treten in den Schatten des Tors. Zur Begleitmusik des Reiseführers, seiner routinierten Litanei, die er ohne Anzeichen von Ermüdung und mit einem bestimmten angelernten Pathos abspult, zum Steigen und Fallen der Melodie seiner Stimme, gehen wir durch die Säle und Korridore. Ein französischer Soldat ist in der Gruppe, zwei Mädchen und ein Paar, das sich die ganze Zeit aneinander festhält. In einem der Säle heißt uns der Reiseführer aufmerksam auf ein ganz sonderbares Echo lauschen, das die Bauleute jener fernen Jahrhunderte in den Stein gehext haben, vielleicht aber haben sich auch die Moleküle dieser Mauern und Wandfelsen von den Chören und Kantaten so verändert und zu einer neuen Struktur gefügt, daß sie jetzt so widerhallen und klingen, als würde eine Stradivarius gespielt. Das ist wohl so, als hätte sich in dieser leblosen Masse etwas gerührt, sei in Gang gebracht worden und habe alle Vibrationen aufgefangen, und als sei das ein glücklicher Zufall wie im Roulette, und daß daher diese Akustik kommt. Plötzlich stemmte unser Reiseführer die Hände in die fetten Hüften und begann emphatisch zu singen, mit einem ausdrucksvollen Bariton, und bei dieser sängerischen Überraschung, bei dieser unerbetenen Vorführung und dem ungenierten Konzert des südländischen Troubadours wurde mir ganz komisch und seltsam und betreten zumute.

Das verdarb mir den Ausflug ein wenig, aber Kłoda nahm es ganz gelassen hin, im allgemeinen war er etwas steifer und ernster geworden, natürlich, das war ja keine alltägliche Unternehmung, die wir uns hier erlaubten, und so entdeckte ich, daß der Kerl eine Schwäche hatte, und ich hatte das Gefühl, daß das Blinzeln eher mit einem Gefühl von Andersartigkeit zu tun hatte. Aber was soll's, ich werde es ihm als ein Minus verbuchen und fühle mich selbst in meiner Überlegenheit des Blasierten bestätigt. Aber dieses Pärchen, das sich so gegenseitig hofiert, das ist eine wahre Strafe, jetzt erst fallen sie mir auf. Er ist groß, ein wenig stengelhaft, graumelierte Schläfen, senkrechte Falten zu beiden Seiten des Mundes, groß mit gekrümmten Schultern, Tweedanzug, die Beine locker in den Hosen, zynisch und *débauché*, sie ist etwas gedrungen, schmeichlerisch, ein Frauenzimmer, das schon gut über vierzig sein mag, aber aber, Pumps von der Côte d'Azur, eine Tasche aus Haifisch- oder Krokoleder, beide als ob sie aneinander klebten, er hält sie um die Taille gefaßt, sie sind *highbrow*, zufrieden, ach, so selbstzufrieden, sie nehmen das alles ganz zynisch, blasiert, sie sind sogar jenseits von Snobismus und zufrieden, so selbstzufrieden, und wenn ich sie betrachte, wie sie so selbstzufrieden und intim und so arrogant in ihrer Zufriedenheit sind, so sicher, alles ist abgesichert, Geld, schwere Knete, Aktien, Devisen, gut angelegte Wertpapiere, Bekannte, gute Beziehungen, Gewieftheit und Wortgewandtheit, kosmopolitische Politur, Zynismus, dieses einander Hofieren, und sie haben ein sattes, gelebtes Leben hinter sich und planen und organisieren sich immer noch die Dinge, und mit solcher Gelassenheit bewegen sie sich zwischen neuen Dingen, die sie kennen, und sie wissen, daß ihnen das immer möglich sein wird, und diese Krämpfe und Zuckungen ringsum, das ist nichts als ein neues Erlebnis, ein neues Schauspiel, sie sind so satt und zufrieden, daß nur die Nieren und die Leber funktionieren müssen, und wie ich die beiden so sehe, da muß ich den Speichel herunterschlucken, den ich im Mund habe, damit ich nicht ausspucke, und ich will jetzt lieber nicht wissen, was ich da selbst darstelle, meine Unordnung, meine Ruhelosigkeit und Faulheit und meine Furcht, die mit dem Grün dieses Frühlings kommt, und wie es mich quält, daß vielleicht gleichzeitig mit dem Leben, das sich jetzt, in diesem Augenblick mit einem schmerzlichen Seufzer der Brust entringt, die Welt, die wunde Haut der Welt angespannt ist und jeden Augenblick vor Schmerz und Überdehnung bersten wird. Wenn ich also die beiden sehe, und ich kann es kaum vermeiden, sie zu sehen, dann kommen sie mir wie die Verkörperung des Bösen vor. Und dabei geht es mir nicht um die triviale, betonte Solidarität mit der sogenannten Menschheit, gewiß nicht, es geht mir nicht um eine Massenkommunion, eine Euphorie der Menge, die von ein und derselben Regung erfaßt wird, einer Erdschicht, die unter der angezogenen Schraube ein und derselben Presse knirscht, das würde mich sogar quälen, und ich würde davor schaudern. Aber wenn man von derselben Welle getragen wird, wenn uns dieselbe Strömung zieht und verschlingt, dann bin ich lieber im Strudel, der meinetwegen sogar drohen mag, mich in die Tiefe zu ziehen, aber wenn ich nicht nachgebe, wenn es mich hinausträgt, weil ich mich widersetzt habe, und wenn ich an der zornigen Woge ersticke, die mir bis zum Mund reicht, dann ist das immer noch mehr wert, als eine leere Blase zu sein, eine hohle Blase, die auf der Oberfläche treibt, fauliger Schaum, der an den Überresten von Dingen klebt und Blasen wirft, die die Welle trägt, die aber nicht zu ihr gehören. Nun gut, so sind sie dir zu etwas nütze gewesen, sage ich mir, sie sind nützlich gewesen, du kannst deine Entfernung von ihnen bemessen, du weißt, wo du stehst, ärgere dich nicht, sage ich mir, nun, so werde ich mich nicht ärgern, Ehrenwort.

Die Dämmerung sinkt, lang und träge, die Straße hinab kommt ein Tanker mit Anhänger, ssss! … schuuuu! … die schweren Federn ächzen in der Kurve, die Oberfläche des Asphalts glänzt im flackernden Sonnenuntergang.

Es ist schon lange nach dem Abendessen, aber wir sitzen noch zusammen, und auf einmal ist eine Flasche Gordon's Gin aufgetaucht, und Marcin Rupniak und ich albern herum.

Marcin, versteck nicht deine eigenen Wünsche, du schiebst es auf mich ab, das ist ein allzu grob gestrickter, machiavellischer Zug. Denn Marcin hatte mich schon seit dem Mittagessen nicht in Ruhe gelassen. Es war nämlich so, daß während des Mittagessens der *major de la zone,* Oberst Barthélemy, »Bartłomej«, angerufen und gesagt hatte, es seien Fallschirmjäger gesichtet worden. Gleich nach meiner Ankunft war ich einer Geschützgruppe zugeteilt worden, der einzigen Geschützgruppe, die aus einigen Dutzend Kanonieren unserer angetretenen Abteilung bestand. Anführer der Geschützeinheit war

Hauptmann Kołodziejczyk. Die Kanoniere trugen die sackartige Sommeruniform der französischen Infanterie und arbeiteten tagsüber bei den Bauern oder »Bauerntölpeln«, die sie im übrigen von Herzen verachteten. Sie lernten alle Volksgruppen zu verachten, zu denen sie der Zufall verschlug. Ich selbst sah nur wenige von ihnen bei anderen Gelegenheiten als dem abendlichen Kurzappell oder samstags bei der Ausgabe des Solds. Das waren die, die vor einem dreiviertel Jahr noch im aktiven Dienst gewesen waren, damals noch alle gleich, jungenhaft und rasiert, aber im Laufe dieser wenigen Monate waren sie reifer geworden, ich verdächtigte sie des Zynismus und der Aufschneiderei. Mit diesem Verdacht war ich übrigens nicht allein, die Befehlshaber meinten dasselbe. Bei jedem Alarm mußte nämlich die verschlossene Munitionskiste aus der Kanzlei geschleppt werden, dann wurde gezählt und ausgeteilt, während sie lässig beim Appell standen, mit den langen Lebelgewehren aus unserer Ausrüstung.

Appell. Ich zähle ab.

Außer denen, die draußen auf Stellung sind, zähle ich etwas mehr als zwanzig. Jetzt müssen die Patronen verteilt werden, jeweils zehn Stück. Błażewski wartet mit dem Lastwagen, in dem nicht alle Platz haben, sie hängen auf den Trittbrettern, wir fahren in Richtung Hügel, in das Gebiet, das uns zur Patrouille zugeteilt worden ist. Noch ein Stückchen, dann kommt der Bahnübergang, die Schranke, mit dem Häuschen des Bahnwärters, zur Tochter des Bahnwärters, nein wie romantisch, geht immer mein Kommandant, der Hauptmann Kołodziejczyk, das bereitet uns allen einen großen Spaß. Wir also über den Bahnübergang, und zwei Kilometer weiter bleiben wir stehen, ich halte kurz Rücksprache, Achtung, der Absprung deutscher Fallschirmjäger wird gemeldet, Aufgabe: unser Bereich dort drüben, wir schwärmen aus, in dreißig Schritt Abstand, ohne uns zu zerstreuen, mit Blickkontakt, Smełka! hört Ihr? Hört Smełka? Was wird jetzt hier ausgeheckt, also Blickkontakt, Stabsgefreiter Toczyłowski ist am rechten Flügel, Feuerwerker Wnurek, wo ist Feuerwerker Wnurek? Ach ja, da ist der Feuerwerker, ich gehe an der Spitze, zwanzig Schritte voraus, behalten Sie mich im Auge, wenn ich die Arme so ausbreite, dann muß die Front gehalten werden, es fällt schwer, Bartłomejs wichtigtuerisches Gerede ernst zu nehmen, aber ich sage: Fallschirmjäger, das sind immer solche Desperados, schwer mit Maschinenpistolen bewaffnet. Es ist dumm von mir, das so zu betonen, deshalb setze ich hinzu: Nicht sofort auf alles schießen, was sich bewegt, sonst bringt ihr noch einem Bauern die Kuh zu Schaden, also, dreißig Schritte nach rechts, nach links aaab! Gewehr pariert!

Wir gehen über das flache Feld, die Leute verstecken sich zwischen dem hochstehenden Mais, ich habe ein Schilfrohr unter den Arm geklemmt, es ist heiß, ein heißer Nachmittag, und nach zehn Schritten klebt mir das Hemd am Rücken. Ich dränge mich durch irgendwelche Kohl- und Tomatenstauden und bin dieser ganzen Farce, dieser Schattenjägerei wegen ziemlich ärgerlich auf mich selbst. Ich hege keinen besonderen Groll gegenüber Bartłomej, mein Gott, solche Psychosen gibt es, so nennt man das doch? Außerdem kann man ja nie wissen, die Deutschen sind ja schon bei Paris, und wir hören nicht mehr Tour Eiffel aus den Lautsprechern. Aber ich bin angefressen, das sagt man doch so, oder nicht – angefressen sein? Ich bin also angefressen von dieser dämlichen Situation, und warum? Erstens will ich nicht glauben, daß es wahr ist, und ich habe keine Lust, Soldaten oder Räuber und Gendarm zu spielen, zweitens habe ich den Eindruck, daß ich mich mit dieser ganzen militärischen »Stimmung« lächerlich gemacht habe, dieses ganze Antreiben, Hetzen, Befehlen, was ich erst lernen mußte, und vorher das Ausspähen und Gehorchen, und das ist mir schon ein bißchen in Fleisch und Blut übergegangen, aber bei jedem Mal zwinge ich mich wieder. Dann ärgere ich mich über mich selbst und »bin angefressen« vom Angefressensein, denn andererseits gibt es diesen Krieg oder es gibt ihn nicht, vor kurzem habe ich in Avignon irgendein gutbürgerliches Pärchen in seiner ganzen Abgesichertheit verachtet und mich darüber empört, zwei ganz banale Nassauer und Drohnen, und jetzt will ich das alles nicht mehr ernst nehmen, was ich gern ernst nehmen würde. Also frage ich mich: »Was willst du denn eigentlich?« Wahrscheinlich will ich, daß alles anders wäre, daß es sich anders fügen würde. Aber wie? Aber was? Ist das der Widerspruchsgeist des Intellektuellen, eine normale Reaktion auf eine Sache, die geschieht, das Stochern eines Intelligenzlers, intellektualistische Umschau nach einer Alternative, einem Kontrast, einem Paradox, nach einer Kontur, einer Komplementärfarbe? Also paß auf, sage ich mir, so muß es sein, es ist bereits bestimmt, angelegt, daß du alles, was geschieht, sofort spüren sollst, darauf reagieren sollst, ach was, reagieren!, daß deine verzärtelte Intelligenzler-Oberhaut davon juckt, das ist die Vereinbarung, verstehst du? Ich sehe mich um, und natürlich haben sich Smełka und Owoc zusammengetan und quatschen, wie sie da zusammengehen. Wir haben die Straße überquert, jetzt wellt sich das Gelände sanft, steigt zum Fuß der Hügel an. Immer mehr Schutt, Kalksteingeröll, die klammernden Wurzeln der silbrigen Olivenbäume, ich lasse die ganze Linie stillstehen, Zeit zu verschnaufen. Wir sind außer Atem, die Uniformen der Kanoniere sind auf den Schultern und unter den Achseln schwarz von Schweiß.

Jetzt geht man bergauf, das Gelände ist brüchig, rissiges Brachland am Hang, Weißdornbüsche und Olivenbäume, Schutthaufen, Steinbrüche, grasüberwucherte Terrassen, versteckte Mulden und Senken, und immer weiter bergauf. So ist es hier also, und irgendwo hier zerfallen die Überreste römischer Ruinen, Siedlungen am Abhang des Hügels. Der Weg zieht sich weiter, jetzt ist er erkennbar, steil, eine schräge Furche in der Brust des Berges, ein Weg im massiven Gestein. Eingefurcht, von Wagenrädern ausgefräst, ausgekörnt zwei tiefe Rinnen, nebeneinander, abgetragen von den Rädern antiker römischer zweirädriger Wagen, deren Speichen sich schwer drehten, oder einfach ihre großen, soliden Scheiben, die im schwingenden Rhythmus der Ochsenjochs schwankten, während die Tiere sie bergauf zogen. In den senkrechten Felswänden sind Nischen ausgehöhlt, die Grotten einer primitiven Siedlung, genutzter natürlicher Rückhalt und Mauer, da hineingemeißelt, geschlagen Feuerstellen und Kamine, Brandstätten und Aschenherde. Zwischen den Felsterrassen, zwischen Unkrautbüscheln und Stauden ragen noch die Reste von Fundamenten auf, von Steinbänken, von Häusern, deren Mauern hier einst weiß leuchteten. Und jetzt ist alles zerfallen, und die Steine der Mauern sind an die Erde zurückgefallen.

Um unser Gelände erkunden und durchkämmen zu können, gebe ich jetzt den Befehl zum Ausruhen und Atem schöpfen. Ich selbst gehe zwischen den Hülsen und Skeletten hindurch, die an der Stelle der früheren Siedlung zurückgeblieben sind, und immer bergauf. Manchmal ist es so steil, daß ich mich an einem stachligen Hagedornzweig festhalten muß, und immer querfeldein. An einer offenen Stelle traf ich auf einen Menschen. Ein vom Alter verkrümmtes Häuflein noch glimmenden Lebens. Er hatte fliehende, blinde Augen, die tief in den Augenhöhlen lagen, die Jochbögen der Schläfen, das Nasenbein hervortretend, eingesunkene und in den zahnlosen Mund gesogene Lippen, der Unterkiefer geschrumpft und unter die Gaumenhöhle gerutscht, der Kehlkopf bedeckt mit loser, faltiger Haut wie der Hals eines Truthahns, die Wölbung des verhölzerten Rückens, die Knie auf immer gebogen, die Arme locker in den Schultern hängend, die Hoffnungslosigkeit des Alters, wie ein verdorrter Baum, wie ein paläolithisches Musterstück, das zwischen den Schalen der Aschenherde ausgegraben worden ist. Was für ein Methusalem!

Was er da auf diesem öden Flecken, auf dieser kargen Erhebung machte, weiß ich nicht. Aber er lebte noch, krümmte sich noch um etwas, was ihm gehörte, vielleicht hatte er Reisig gesammelt, vielleicht hatte er in irgendeinem vergessenen Garten gebuddelt, doch mit der abstoßenden Hartnäckigkeit, dieser unglaublichen, unanständigen Hartnäckigkeit alter Leute lauschte er stumm, wachte er über den Resten des Lebensfeuers, das noch in ihm glomm, und wenn auch sein Gehirn schon zu Meerschaum verkalkt war, sein Blut träge durch die dicken Stränge der Adern auf seinen Handrücken und Schläfen sikkerte, er lauschte doch noch, und noch berauschte er sich am

Opium des Sauerstoffs, nach dem er mit seinem röchelnden, stoßweisen Atem schnappte.

Ich knüpfe ein Gespräch mit ihm an, aber man bekommt kaum etwas aus ihm heraus, da er höchstens noch die Intelligenz einer uralten Schildkröte besitzt. Er dreht mir seinen flachen Kopf, seinen schlangenartigen Kopf zu, und bevor er ein Wort sagt, schnappt er nach Luft, und in dieser Greisenhaftigkeit ist etwas so Abstoßendes und Schlangenhaftes, daß ich ihn mir mit dem Stock vom Leib halten möchte. Er ist alt. Wie alt, weiß er nicht mehr. 1870 war er zu jung, um in die Armee zu gehen, und 1914 war er natürlich zu alt, so ist er dem Tod entschlüpft, entronnen. Von dem, was jetzt geschieht, hat er anscheinend keine Ahnung. Er bewegt seinen schlangenhaften Kopf und bückt sich, sammelt etwas auf, was vor unseren Füßen verstreut liegt. Er streckt mir seine Krallen entgegen und zeigt mir die winzigen Marmor- und Steinsplitter, die er gesammelt hat.

Hier stand früher ein römisches Haus. Ganz undeutlich lassen sich noch die Grundrisse von Atrium, Zimmern und Fundamenten des Hauses erkennen. Der Fußboden des Atriums war einst mit einem Mosaik kunstvoll zusammengestellter Würfelchen aus Marmor, Gneis und Alabaster ausgelegt. Früher hatten diese bunten Steinchen ein Muster unter den Füßen gebildet, ein Mäanderrand, Fische, Vögel, Tintenfische. Von unten hatten sie heraufgeblickt mit den Augen von Halbgöttern, Wasserschlangen und Kraken, Zentauren und Weintrauben. Früher, als sich die Gegend hier Gallia Narbonensis nannte und der römische Bewohner Olivenöl preßte und Weintrauben erntete, genauso wie heute, und im Tal der römische Adler über den nach Norden ziehenden Legionen wehte und stand, da fügte sich das Mosaik des Atrium zu einem unerschütterlichen, festen Bild. Wer damals seinen Fuß darauf setzte, mochte meinen, nie etwas Solideres und Festeres unter den Sohlen gespürt zu haben. Und jetzt waren die Steinchen des Mosaiks zersprungen und zerstreut, das eine vortreffliche Bild ist wieder ins Chaos zerfallen, ist verweht und fortgetragen. Ein seltsamer Gedanke!

Wie konnte das sein? Er war etwas Fels, Gneis, Sandstein, Alabaster, eine ungestalte Masse und dumpfe Natur, ein Ganzes, ein Block, und dann wird geduldig abgemeißelt und emsig gestaltet und modelliert und gefügt und durch das menschliche Hirn gesiebt wie durch einen Durchschlag, dann angepaßt, ausgetüftelt, geglättet und geschliffen, wenn es zum Bild gefügt ist, wenn es abgesegnet und der Ehre, der Rührung halber der Kunst geweiht, zum Kunstwerk wird, dann nur dazu, daß die Zeit kommt und alles wieder ins Chaos verweht, in die Zersplitterung, ins Nichts?

Siehst du, Alter, denke ich, da bist du mir wie eine unheilvolle Mahnung in den Weg getreten, wie eine Erinnerung an die Unbeständigkeit. Zwischen den Olivenbäumen bist du mir hier hervorgekrochen, du knorrige Wurzel von etwas, das gelebt hat und gestorben ist. Wenn ich daran denke, daß du einmal jung gewesen bist, daß du vielleicht im Abenddämmer ein Mädchen um die Hüfte gehalten hast, und wenn du jetzt herauskommst, ins Licht der Erinnerung herausgekrochen kommst, dann erscheint diese Erinnerung plötzlich abstoßend und lästerlich. Was ist aus den Augenblicken damals geworden? Warum sind sie entschwunden, warum hat es sie gegeben? Wer hat sie damals gebannt? Soll nichts mehr daran erinnern als diese sterblichen Überreste? Die Karikatur eines Menschen. Warum bricht das plötzlich mitten unter uns auf und verschwindet dann wieder und läßt uns zurück wie die ausgeblasenen Überreste entomologischer Präparate? Wer ist es, dem wir als Objekt für Spott, Hohn und Ironie dienen? Wer macht sich aus uns ein solches Schaustück und vierundzwanzigstündiges Spektakel, einen solchen monotonen Tivolipark? Wem bereitet das Vergnügen, wer lacht so unausgesetzt darüber, ohne daß wir sein Kichern hören können?

Ich steige weiter bergauf, bewege in meiner Hosentasche ein paar Mosaiksteinchen, die ich als Andenken aufgesammelt habe.

Einige Dutzend Schritte weiter, auf der Straße, die schräg am Berghang entlang führt, traf ich auf zwei Soldaten. Es waren zwei Schützen aus dem Bataillon der *tirailleurs sénégalais* aus Orange. Wie sich herausstellte, hatte Bartłomej auch andere Abteilungen in der Gegend alarmiert, mit Lastwagen hierher bringen lassen und auf dem Gelände verteilt. Diese beiden waren von ihren Leuten getrennt worden. Aber das kümmerte sie nicht besonders. Sie standen da auf der steinigen Straße, die Gesichter der blaugrauen Landschaft des Rhônetals zugewandt, den Blick nach Osten gerichtet, in die ferne Landschaft, wo sich Horizont hinter Horizont auftut, wo sich die Linse des Auges sprungweise anpaßt, bis es sich davon löst und in die Ferne schweift, wo sich das Massif Central und der Puy de Dôme erahnen lassen, und sie schauten auf diese Landschaft. Sie schauten ohne metaphysische Empfindsamkeiten, so wie wir auf eine fremde Landschaft schauen, ohne literarische oder geographische oder historische Assoziationen und Verbindungen, so standen die beiden gerade und aufrecht da, stattliche Burschen, die Senegalesen sind gut gebaute Menschen, sie waren groß, über eins achtzig, ihre Hautfarbe fast violett, die mandelförmigen Augen zu den Schläfen hin langgezogen, in ihren olivfarbenen Stahlhelmen und – welches Paradox! – in den Winteruniformen, die vorschriftsmäßig bis zum Hals zugeknöpft waren und nicht halb aufgeknöpft und unordentlich wie wir, »wir Weiber«, sie hatten ihre gelben Gurte umgeschnallt, die Helme unter dem Kinn geknüpft, Frankreich trainiert seine Kolonialkohorten anders und stellt sie zur Schau, ohne Waffen, das heißt, ohne Karabiner, nur rechts am Gürtel hatten sie schwere lederne halfterartige Scheiden für die breiten Messer oder Macheten, die man im afrikanischen Busch braucht, wenn man sich unterwegs auf dem Marsch *pistes* schlagen muß, die breit genug für einen Menschen sind. Sie standen auf dieser Straße und schauten, barbarisch, kalt und gleichgültig, wie die geölten Teile eines Geschützes, selbstsicher und gleichgültig inmitten dieser Welt und den Ruinen einer anderen. Und es spielte gar keine Rolle, daß sie unter der Fuchtel habgieriger Ausbeuter stehen, daß ein vulgärer, strafender, kasernenhafter weißer Feldwebel sie ausgebildet hat, das zählt nicht, der Feldwebel als Katalysator zählt nicht, wenn der Barbar eine neue Welt erobert und vor einer neuen Landschaft steht.

Deshalb wehre ich mich auch nicht gegen die Angriffe von Marcin Rupniak. Ich könnte es auch gar nicht, denn ich habe den Schluckauf, und wenn ich nur den Mund aufmache, reizt das alle zu homerischem Gelächter.

Ende der Idylle. Radio Toulouse hat es gemeldet, nachdem es tagelang pathetisch in dem Sender hieß: *Aux armes – Citoyens!* Ich war gerade zu Besuch auf einer Farm außerhalb der Stadt, bei einer bekannten Familie von Pferdedieben, und die ganze Familie von Pferdedieben brach bei der Mitteilung im Radio in Tränen aus.

Es wurde Abend, als unsere Division fieberhaft zum Aufbruch rüstete und zusammenpackte. Wir tranken in aller Eile die Reste von unserem Gordon's Gin, knabberten die Reste der Salami, der Kasinowirt setzte trotz der verzweifelten Situation eifrig Striche hinter unsere Namen. Mein Kommandant, Hauptmann Kołodziejczyk, war verschwunden und hatte sich irgendwohin verdrückt, und sogleich ging das Gerücht um, er würde nicht weiterziehen, er würde nicht mehr antreten, sondern bei der Tochter des Bahnwärters bleiben. Uns stand ein Fußmarsch nach Orange bevor, wo uns eine Truppenstaffel erwartete. Die Hunde versammelten sich zum letzten Mal am Steg, als wir vorbeizogen, große Konsternation, denn schließlich war es die zynische, halblahme, geduldige Promenadenmischung, die Besitz von der weißen Hündin ergriff, und die restlichen Hundeheroen auf ihren federnden Beinen und mit hochaufgerichteten Schweifen standen wie begossene Pudel dabei, eine vortreffliche Gelegenheit zu philosophischen Betrachtungen über die Ironie des Schicksals. Aber dazu haben wir keine Zeit mehr.

Nur die großen Laster, schwer und kirschrot im sinkenden Abenddämmer, fahren zischend über die asphaltierte S-Kurve der Hauptstraße.

Landschaft mit Sonnenuntergang
und Objekten aus Stahl

Die Panzer standen hinter uns, ein paar Dutzend Schritte entfernt, wie kleine Hügel. Zwei Panzeroffiziere kamen auf uns zu. Einer war der Hauptmann, er hatte das magere Gesicht eines Beamten oder Kanzleischreibers, der zweite war ein dicker, gedrungener Oberleutnant mit groben Gesichtszügen. Der Oberleutnant war nervös, er hatte diese ganz besondere Nervosität dicker Menschen. Er schaute dauernd dem Hauptmann in die Augen und bejahte. Diese Dienstbarkeit frappierte mich geradezu, immer dieses »Jawohl, Herr Hauptmann«, »Zu Befehl, Herr Hauptmann«, »Dort entlang, Herr Hauptmann«, höchst befremdlich. Hier wütet ein Krieg, und dieser Typ liebedienert vor seinem Hauptmann. Aber vielleicht ist es das, was ihn aufrecht erhält, dieser Umgang aus einem anderen Leben, und dem anderen hilft es wahrscheinlich auch, daß hier Krieg ist, aber die alten Formen gewahrt werden wie auf dem Exerzierplatz.

Beide hatten Panzerwagenanzüge an, den dicken Oberleutnant machte das noch kompakter. Die Hosenträger der Ausrüstung waren verheddert, und die Pistolenhalfter baumelten unordentlich herab, obwohl sie mit einem speziellen Gurt an der rechten Wade befestigt waren, und verwegen, cowboyhaft schauten die Kolben der Webleys daraus hervor und die Hülsen mit den Extrapatronen, die auf die Halfter genäht waren.

Auf dem Vorfeld war es menschenleer und totenstill. Deshalb hatten wir es schon lange aufgegeben, uns im Heidekraut zu ducken, und bewegten uns frei und ungehindert wie auf heimischem Gelände. Die Panzer standen allerdings auf dem flachen, sanften gegenüberliegenden Hang und waren von hier aus nicht zu sehen.

Aus der Nähe ist ein Panzer verteufelt groß und hell olivgrün, nur die Auspuffrohre sind verrußt, rot, rostfarben, stumm. Zivilisten haben eine übertriebene, übersteigerte Vorstellung davon, ein ausgezeichnetes Beispiel für eine psychologische Überhöhung, aber auf diejenigen, die darin sitzen müssen, trifft das nicht zu. Ich habe viele Geschichten gehört und hatte zahlreiche Gelegenheiten, die Meinung von Fachleuten zu hören, Meinungen, die immer in defätistischem Ton endeten. Denn irgend etwas ist immer falsch daran. Ich erinnere mich noch an die Vickers in Polen, wie die kritisiert wurden, zu Recht und zu Unrecht. Ein Panzer sei das. Nun ja, wenn man hinter diesem Panzer sitzen soll und die eigene Phantasie einen die Rüssel der Panzerabwehrgeschütze sehen heißt, die sich hinter dem Knebelgriff der Zielvorrichtung drehen, und dann das Leuchten und die entsetzliche Flamme des Schusses, und das rote Leuchtspurgeschoß saust und zuckt hin und her auf der Suche nach dem anderen Panzer, und wenn man dann trotz der auswendiggelernten Formeln vom Chromnickelstahl der Panzer, von gehärtetem Stahl und Widiametall an die phantastischen Geschwindigkeiten dieser Geschosse denkt, die Tausende von Metern in der Sekunde zurücklegen – was dann? Was geschieht dann? Panzersoldaten haben mir stirnrunzelnd und ohne Angst, sich lächerlich zu machen, erzählt, daß ein solches Geschoß seltsame Dinge anrichtet. Daß es in den schweren Panzer Löcher schlägt und nicht bohrt. Wie das Innere des Turms unter der Wucht des Aufpralls in scharfe, unvorhersehbare Bruchstücke zerspringt, wie die Elektronik in unerwarteten Kurzschlüssen zerreißt, wie das Öl aus den Pumpen, die die Türme antreiben, unter dem hohen Druck brodelt und in Brand gerät, während man im magischen Kreis des Magazins mit den Geschossen sitzt, die schön und pedantisch rings um den Turm in ihren Hülsen stecken. Sie verraten die erschreckenden und defätistischen Geheimnisse der Nachteile des Sherman, der nicht ausreichend ausbalanciert und zu hoch ist, sich in Schräglage von der Wucht des eigenen Geschützes überschlägt und die Besatzung unter dem brennenden Stahlsarkophag begräbt. Wenn die Federn der offenen Klappen dem Luftstoß der neben ihnen explodierenden Artilleriegeschosse nicht standhalten und zuschlagen und dabei Kopf und Hände der sich hinauslehnenden Menschen zerquetschen. Aber die Panzer waren das allerwichtigste und hatten großen Einfluß auf das Selbstbewußtsein. Sie zählten in Zoll, zwei Zoll, drei Zoll, dreieinhalb Zoll vorne und hinten fast nichts. Und ihre Mienen, wenn es soweit war, daß sie sich in den Turm zwängen und in die angegebene Richtung fahren mußten.

Die Panzer standen still da, nur das Jaulen und Dudeln der Radioempfänger war zu hören. Es war die Stunde H der Abstimmung der Empfänger. Die monotone Stimme des Radiotechnikers, die wiederholte:

Magda Eins – Hier Magda Zwei – Höre – Stärke fünf – Magda Eins an Magda Zwei – höre ...

Und dann eine ganz seltsame Empfindung, denn plötzlich höre ich eine Stimme, die ich schon einmal gehört habe. Die Stimme eines Schützen mit durchschossenem Rückgrat auf der Bahre vor einer Ambulanz, »Aaaaa ... Aaaaa ...« rief er. Dieses »Aaaa« war wie ein Refrain in einem Schlaflied für Kinder: »Aaaaa, zwei Kätzchen waren daaa«, dieselbe Stimme voll Schmerz und Agonie, daß es mir durch und durch ging.

Aber hier war nichts, nur der Radiomann, der sein »Aaaa« ins Mikrophon röchelte, um sich selbst zu überprüfen, und mit gierigem Blick darauf starrte, wie ihm der Amperometer ausschlug. Sollte ihn doch der Teufel holen!

Aber es ist ruhig und ganz unverhofft anders, als man hätte erwarten können. Es ist frühe Morgendämmerung. Vor uns ist es ziemlich gewellt, doch hinter uns fällt es sanft ab, und im Glanz des aufziehenden Tages öffnet sich die weite, weite Landschaft. Es ist kühl und mehr als frisch, das macht mir zu schaffen. Vielleicht ist es die ungewöhnliche Stunde, die mir zu schaffen macht, da eigentlich alles noch schläft, im Morgenschlaf atmet. Und ich bin hier schon vier nächtliche Stunden auf den Beinen, im Mund ist es mir bitter und unangenehm von den vielen, nüchtern gerauchten Zigaretten, ich fühle mich nicht wohl, weil ich mich zwei Tage nicht gewaschen habe und mir ein Zweitagebart gewachsen ist. Ich glaube, wenn ich rasiert und gewaschen wäre, käme mir alles viel normaler und einfacher vor, ich würde sogar anders denken können.

Ich bin als Verbindungsoffizier der Artillerie hierhergeschickt worden, und dort bei der Brigade hatte es danach ausgesehen, als ob alles nur von der Artillerie abhängen würde, doch hier schenkt dem niemand Beachtung. Nun ja, man hat mich mit einem Hauch von Interesse empfangen, und wahrscheinlich tut es ihnen gut zu wissen, daß Artillerie zugeteilt ist, aber was die Artillerie für sie tun kann, daran können sie sich aus den Kommandantenkursen, die sie besucht haben, nicht mehr so recht erinnern. Sie sind völlig mit ihrer Sache beschäftigt, mit einer gewissen Art von Kleinlichkeit, wie ich es nennen würde, klammern sie sich an diese sturen und hartnäckigen Schablonen, die ich selbst nicht verstehe, denke ich voll Wut. Sie jagen diesen Schablonen hinterher, ich kenne das und weiß, wie leichtfertig und gedankenlos es ist. Aber habe ich mich selbst nicht schon bei meinen eigenen Schablonen ertappt, schon so viele Male?

Es ist diese Zeit am frühen Morgen, diese kurze Zeit von vielleicht zehn oder zwanzig Minuten, wenn die Nacht zu Ende geht, der Tag aber noch nicht begonnen hat und alles unentschieden und fließend ist. Oben ereignen sich tragische prismatische Brechungen des Lichts, das sich in so intensive Farben aufspaltet, daß es einem die Kehle zuschnürt. Die Sonne ist nicht zu sehen, irgendwo dort muß sie sein, aber da türmen sich Wolken, verdecken sie mit unheilverkündenden Ausfransungen und borgen aus der Farbenpalette die tiefsten Schattierungen von Indigo und Violett, um sich düstere Wichtigkeit zu verleihen. Aber gleich darüber zerfasern sie zu Büscheln, zwischen denen es rosig ist, und das ist ein rosiger Ton, der sich mit nichts vergleichen läßt, dann wieder Wolkenpuschel und Safrangelb dazwischen, wie Goldschmuck auf dem Tannenbaum. Und dann wieder eine Versammlung von Wolken, mit ganz viel Perlmutt umrandet, und dann ein Himmelblau, gleich über unseren Köpfen, und weiter fort nun weiße Wolken und dahinter, am gegenüberliegenden Ende des Himmels, ein zartes Grün und darin das ganz bläßliche Scheibchen des abnehmenden

Monds. Man möchte meinen, daß man von diesem Himmel alles erwarten kann, daß ein glühender Wind von dorther wehen oder ein Schneegestöber daraus herabwirbeln kann, oder daß sich das alles zu einem apokalyptischen Sturm verknäueln oder in einen hellen Mairegen auflösen wird. Und wie soll das alles ausgehen? Wolken sind Wolken, sie entstehen, zerstreuen sich, das Sonnenlicht beginnt weiß und apathisch hindurchzusickern, was soll man da sagen, zum Teufel, es ist immer noch krank, feindselig und fremd und unheimisch, und man möchte weit weg sein und nichts damit zu tun haben, aber daran läßt sich nichts ändern.

Und unten, was geschieht unten? Alles ist offensichtlicher, aber genauso wie eben, ein ganz leichter Nebel von der Feindesseite her, Heidekraut und vergilbtes Gras, und Wasser in den Kratern, und verlassene Orte, und weiter nichts, nur diese paar menschlichen Gestalten, die sich hier und dort bewegen. Zum Leben zu wenig, zum Sterben zu viel.

Jetzt findet die Besprechung der Panzerführer statt. Die Kompanie besteht aus neunzehn Panzern, vier Züge zu jeweils vier Panzern, der Führungspanzer, dessen Ersatz und ein Zusatzpanzer, also insgesamt neunzehn. Die Panzerführer klettern aus den Kabinen, an denen außen Taschen und Habseligkeiten hängen. Einer von ihnen ist groß, er trägt einen verschossenen Mechanikeroverall, der früher mal braun gewesen sein muß, jetzt aber hellrostrot ist. Ein anderer ist klein, seine Mütze mit dem verbogenen Blechstern eines Leutnants speckig von Schmieröl, und er ist unrasiert wie wir alle. Diese Männer haben etwas Einfaches, Schülerhaftes. Sie stehen in einem kleinen Halbkreis um den Anführer. Dahinter die Panzer, die im silbrigen Licht des Tages vor sich hindösen. Nur die Antennen ragen wie Peitschen aus den Türmen auf, darin unterscheiden sie sich äußerlich von den deutschen, die die Antennen auf dem Rumpf tragen.

Der Anführer der Kompanie legt eine merkwürdige Mischung aus Unbeholfenheit und Weichheit an den Tag, die Landkarten fallen ihm aus der großen, mit Zellophan überzogenen Kartenmappe. Auf dem Zellophan sind Striche, Pfeile und Notizen in Kreidestift.

Ich sehe die unausgeschlafenen Gesichter der Panzerführer. Auf dem Gesicht desjenigen, der mir am nächsten steht, läßt sich Sorge ablesen, nicht um einen Zusammenstoß mit dem Feind, sondern ob der Radiotechniker seinen Empfänger richtig eingestellt hat. Dauernd blickt er in diese Richtung, dann hält er es nicht mehr aus und geht mit dem Oberleutnant des Verbindungszugs hin. Der Oberleutnant hat diese ganze Morgendämmerung über auf den Panzertürmen gehangen, den Kopf hatte er hineingesteckt, und die Beine baumelten außen herab, und dort hat er herumgebastelt und sich um seine Elemente und sein Radionetz gesorgt. Der Hauptmann sieht den beiden Deserteuren verdrossen hinterher, sagt aber nichts, man hört nur immer seinen Stellvertreter mit diesem: »Jawohl, Herr Hauptmann, zu Befehl, Herr Hauptmann«.

Der Hauptmann zeigt etwas auf dem Zellophan und brummt etwas, das sich anhört wie: »Wir sind also hier, das ist unsere Angriffsposition …«, dann bricht ihm der Kreidestift ab, er sieht sich ratlos um, jemand wühlt in der Tasche seines Overalls nach einem Taschenmesser, findet keins. Und alles entspannt sich. Dann hat er mich erblickt und nickt mir freundlich zu und will sich gleich darum kümmern, eine Aufgabe für mich zu finden. Nun, dann fahren Sie eben mit Magda Fünf, ich hatte allerdings keine Ahnung, wer Magda Fünf war. Unterdessen ist der Hauptmann irgendwohin verschwunden, ich halte nach ihm Ausschau, da ist er schon oben auf einer Erhebung, das Zellophan glänzt ihm in den Händen, und da ist auch sein Stellvertreter, der dauernd stehenbleibt, um die Hacken zusammenzuschlagen und dann im Humpelschritt den Hauptmann wieder einzuholen. Ich setze ihnen hinterher, mein Stabsgefreiter Smolikowski mir auf den Fersen, mit dem großen Stativ des Feldstechers und anderen Apparaten und meiner Kartenmappe.

Wir kommen am Wachtposten der Dragoner vorbei, der hinter einem Heidebusch verborgen liegt, der *brengun* glänzt vom Tau, sie sind beladen mit Patronentaschen aus Segeltuch voll mit Vorratsmagazinen, und drei schlafen, zusammengerollt wie Kinder, nur einer liegt und schaut durchs Fernglas in die Feindesrichtung, und das nimmt ihn so in Anspruch, daß er uns keinerlei Beachtung schenkt.

Vor dem Wachtposten der Dragoner liegt nur noch *no man's land*, wie man das in jenem Krieg damals nannte.

Es ist sehr mühsam, durchs Heidekraut zu laufen, irgendein teuflisches Zeug steigt empor, und man muß die Augen halb geschlossen halten, damit dieser brennende Staub nicht unter die Lider dringt. Und obendrein noch der schnaufende Smolikowski mit der ganzen Feldstecherausstattung hinter mir her. Ich frage ihn ohne jeden Anlaß:

»Smolikowski, wie alt sind Sie?«

Es stellt sich heraus, daß er genauso alt ist wie ich.

»Warum schnaufen Sie so, Smolikowski? Und Sie hängen immer hinterher.«

»Ach, Herr Offizier, Sie sind nicht im Lager gewesen«, antwortet er mir mit diesem bäuerlichen, neunmalklugen, alles erklärenden Argument.

Ich sage zu ihm:

»Smolikowski, Sie können bei den Dragonern bleiben ...«

Und da blieb er auch.

Henry Bush und sein Flugzeug

Henry Bush war der Cousin von Molly, einer engen Freundin meiner Frau, und das war ihm Grund genug für eine treue Freundschaft. Schon zu unseren Londoner Zeiten bekamen wir von Zeit zu Zeit einen Brief von ihm, ordentlich auf der Maschine getippt, sehr schön aufgebaut und ernst. Und einmal bekamen wir eine Weihnachtskarte, die anstelle einer banalen Landschaft den Tiefdruckabzug einer Fotografie zeigte, auf der Henry Bush mit seiner vierzehnjährigen Tochter vor seinem Flugzeug, einer Stinson, stand. Hübsch stehen sie da, der ernste Henry Bush, selbstverständlich im zugeknöpften Anzug, hat die Hand auf die Schulter seiner pummeligen Tochter gelegt. Die Briefe und die Weihnachtskarte mit dem Flugzeug weckten in mir eine gewisse Sympathie für Henry Bush, der ich aber nicht weiter nachging.

Nach unserer Ankunft in den Vereinigten Staaten lebte die Freundschaft mit Molly wieder auf, aber Henry Bush blieb fern und gleichsam ein Mythos, denn er wohnte in Virginia und wir weit unten im Süden. Doch eines Sommers kam er mit dem Flugzeug nach New Orleans, und da er gerade Molly verpaßt hatte, die wiederum auf dem Weg zu ihrer Familie in Virginia war, rief er bei uns an, und meine Frau kam und sagte: Henry Bush ist hier, und stell dir nur vor, er hat uns eingeladen, mit ihm zum Strand nach Gulfport zu fliegen. Sie hatte den Vorschlag natürlich begeistert angenommen. Wann denn, frage ich. Morgen. Wann morgen? Irgendwann am Morgen, er werde noch anrufen und Bescheid sagen, sicher nicht vor zehn.

Ich hatte zufällig eine Auftragsarbeit, die ich zu Ende bringen mußte, ich arbeitete bis zum späten Abend, danach war ich müde, so daß ich keine Zeit hatte, darüber nachzudenken, doch irgendwo im Hinterkopf wußte ich, daß für morgen ein besonderer Ausflug anstand, wohin dann mit unserem kleinen Sohn? Er würde in der Obhut der Großmutter bleiben.

Am Morgen verschlief ich, es war schon fast zehn, und bevor ich mich noch rasiert hatte, klingelte es, jemand ruft nach mir, Henry Bush und Leeds seien hier, ich solle mich beeilen. Unser kleiner Sohn hörte nun schon seit gestern nichts anders mehr als Henry Bush hier und Henry Bush da und hatte sich schon alle möglichen phantastischen Dinge dazu ausgemalt. Zu Henry Bush, so ähnlich wie ich. Mit Schrecken wird mir die Ähnlichkeit zwischen meinem Sohn und mir bewußt, wir sind uns auf geradezu tragische Weise ähnlich, beide schön rundlich in der Taille, und wir haben gleich viel Zähne, er, weil ihm noch nicht alle gewachsen sind, und ich, weil sie mir nicht mehr nachwachsen.

Sie warten, ruft man. Und Henry Bush sieht seinem Foto gar nicht so ähnlich, aber das liegt sicher daran, daß er in Natur Farbe hat, er hat blaue, kleine Augen und verhält sich sehr zurückhaltend. Aber wir haben keine Zeit, uns gegenseitig in Augenschein zu nehmen und bekannt zu machen, wir müssen los.

Zum Flughafen am See sind es etwa elf Wahnsinnsmeilen.

Zunächst einmal zur technischen Seite. Der Flughafen ist als Dreieck angelegt, wahrscheinlich künstlich im See aufgeschüttet, eine Seite des Dreiecks ruht auf dem Ufer. Es ist ein alter Flughafen, der nur noch private Flugzeuge abfertigt, daneben befindet sich ein Hangar für Wasserflugzeuge. Der neue Flughafen für Verkehrsflugzeuge, The International Airport, mit langen Start- und Landebahnen, liegt am anderen Ende der Stadt, dieser hier ist das Überbleibsel einer anderen Zeit, fast etwas für Archäologen der Fluggeschichte. Auf der Seite der Einfahrt sind ein paar Hangars, weiter links das Flughafengebäude mit dem Kontrollturm. Die Zufahrt zum Tor ist voller Gerümpel, gleich neben dem Tor liegen Bruchstücke und Reste von Flugzeugen, seltsam, ein noch vor kurzem so schönes »Lightning«-Jagdflugzeug liegt jetzt ausgeweidet und vergessen da, und hierin offenbart sich uns eine Selbstverständlichkeit der neuen Zeit, in der etwas, was noch vor drei Jahren der letzte Schrei der Technik war, jetzt bereits *outmoded* ist, in die Rumpelkammer verfrachtet wird, zu den sentimentalen Erinnerungen, ganz gleich, ob sich die Duraluminiumbleche noch mit neuen Schweiß- und Niettechniken brüsten und die Stromlinien sich bereits den Umrissen der neuesten Düsenmodelle annähern – sie sind längst überholt, haben ihre Schuldigkeit getan, ein alter Hut, Zeitungen von gestern, die auf den Abfall gehören. Auch andere Modelle und ihre Trümmer liegen noch hier, gleich am Zaun ragt ein Wasserflugzeug auf.

Leeds parkt ihr Auto, wir gehen hinaus und strecken die Glieder. In der Nähe steht ein Hubschrauber auf Kufen, der rote Lack glänzt schön. Die Seitenbleche des Motors sind abgenommen, man sieht das durchbrochene Innere des Motors, eine unglaublich raffinierte Maschine zum Antreiben eines großen horizontalen Propellers, der diese ungeheure Maschine in die Höhe heben und auch den vertikalen Propeller des aufgestülpten Hinterteils drehen muß. Das ist ein Sikorski-Hubschrauber, aber er dient irgendwelchen Forschungszwecken, denn auf dem Rumpf steht in Schönschrift *Geophysical Exploration*, und ich kann mir denken, daß er für viel Geld von einer Ölgesellschaft gemietet ist, um in den Sümpfen von Louisiana nach Öl zu suchen und zu schnüffeln, wo man mit dem Auto oder dem Boot nicht hingelangt, und eben dazu, um im brackigen Wasser, zwischen Schilf und Röhricht dieser Sümpfe zu sitzen, eignet sich diese große mechanische Libelle. In dem Hangar nebenan steht ein weiteres Exemplar.

In den Hangars stehen außerdem brav unordentlich hier und da hübsche kleine Flugzeuge und Maschinchen, und Henry Bush geht voran, auf den zweiten Hangar zu. Jetzt beginnt eine sehr komplizierte Geschichte, denn lange Viertelstunden bleiben wir nun uns selbst überlassen, und die Ungewißheit sitzt uns wie ein großer Vogel auf den Schultern. Zuerst also ein langes Gespräch mit einem athletischen Typ, der sich neben dem Hangar zu schaffen macht, darüber, daß es so heiß ist. Der Typ hat nur Hose und Unterhemd an und sieht eher wie ein gestandener Familienvater als wie ein Flugzeugspezialist aus, er schaut zum Himmel hinauf, dann läßt er den Blick über uns gleiten, dann bohrt er im Motor eines Flugzeugs herum (wieder so ein spitzenartig durchbrochener Motor; einmal habe ich eine deutsche Focke-Wulf gesehen, und als die stromlinienförmigen Bleche des Motors abgenommen wurden, zeigte sich, daß der Motor das enge Innere vollkommen ausfüllte, Planung und Gedankengang der Konstrukteure hatten den Motor der Form des Flugzeugs angepaßt und daraufhin geplant, und der erste Eindruck beim Anblick der abgeflachten Rohre, Leitungen, des Gewirrs von Kabeln, der Kühlmäntel, der Rohre, die das Öl oder die hydraulischen Flüssigkeiten verteilten, der Kolben, dieser erste Eindruck war, daß man vor einem physiologisch-anatomischen Präparat stand, so genau war alles auf den Raum zugeschnitten, einzelne Teile erinnerten an Rippen, andere an Leber und Nieren, die sich ineinander fügen und den Raum ganz und restlos ausfüllen; beim Gedanken daran, wie eine solche Maschine mit all ihren kühlenden, wärmenden, leitenden Vorrichtungen ein Abbild der Anatomie und wahrscheinlich auch Physiologie darstellen soll, wobei schließlich das elektrische System – das den Nerven entspricht – diese Aufmachung einem Werk der Natur angleichen soll, wird einem unheimlich). Der fette Typ schaut wieder zum Himmel empor, der Himmel ist trüb, in der Ferne sieht man Regenschleier über den See wandern.

Unser Ausflug ist weiterhin ungewiß. Wir gehen ins Verwaltungsgebäude des Flughafens, eine große Bude, unten eine Art Wartesaal, außerdem ein Lokal, wo man Coca-Cola trinken kann, dort sind viele Leute, und wir trinken auch etwas, dann eine Treppe hinauf in den ersten Stock auf der Suche nach dem meteorologischen Büro. Ja, natürlich gibt es hier so ein Büro, Tische mit ausgebreiteten Karten, an den Wänden Diagramme und Karten, ein paar junge Leute, die über ihre Diagramme gebeugt dasitzen, und einer kommt zu uns, ein sehr gutaussehender Blonder, wie Douglas Fairbanks junior sieht er aus, das Hemd über der Brust aufgeknöpft, wendet sich von dem leicht angehobenen Telephon ab, das ihm unter der Hand schnarrt, und erteilt Henry Bush sehr höflich die Information, ein Blöckchen und ein Bleistift wird gezückt, da schreibt er ihm ein paar

Zahlen auf, wir sehen uns die Karten an, eine ist wunderschön und riesig, mit dem Golf, Florida, Kuba, Haiti, den Antillen. Danach gehen wir hinaus, Henry Bush erklärt uns etwas, diese Hieroglyphen auf dem vom Block abgerissenen Zettel, dort in Gulfport herrsche soundsoviel Wind, Wolkendecke, Druck, Front, wir verstehen kein Wort, alles bleibt Henry Bush überlassen. Wir wissen nicht, was wir tun sollen, und steigen hinauf auf den Kontrollturm. Henry Bush ist schon mit dem Kopf oben über dem Podest, »darf man?«, fragt er. Aber bitte sehr, sagen sie, Sie dürfen, und wir betreten den Raum.

Hell ist es hier und durchsichtig von den Glaswänden nach allen Seiten, doch trotz der Ventilatoren in den Ecken ein wenig stickig, weil alles geschlossen ist. Drei Leute sind dort, einer ist anscheinend der Kommandant der Einrichtung, ringsum sind Empfänger, Verstärker, es tickern irgendwelche Instrumente und Zeiger, an Blöcken hängen griffbereit Scheinwerfer zum Signalisieren, wie eine Aldis-Lampe, sie haben eine Zielvorrichtung zum Anpeilen eines Flugzeugs und einen Pistolengriff mit einem Hahn zum Signalisieren.

Der Mensch, der hier auf dem Turm den Ton angibt, ist ein außergewöhnlicher Typ, irgendwie anders, ein Mensch, wie man ihn selten trifft. Von Zeit zu Zeit begegnet man jemandem, der sich durch irgend etwas unglaublich von anderen unterscheidet, und diese Außergewöhnlichkeit frappiert und beunruhigt uns sofort, und wir können diesen Menschen lange nicht vergessen. Dieser hier sah sehr gewöhnlich aus, er war sogar klein von Wuchs, an sich ganz unauffällig, aber wenn man seine Augen sah!

Seine Augen waren von einem merkwürdigen, durchsichtigen Gelb, man kann nicht behaupten, daß es angenehme Augen waren, an ihnen war etwas ungewöhnlich und unheilvoll, aber vor allem waren sie sehr rätselhaft. Am banalsten wäre es, sich einzureden, diese Augen seien die eines Folterknechts, eines bezahlten Henkers, der ohne Haß, ohne Mitgefühl, ohne Stumpfheit und mit einem gewissen Verständnis im letzten Augenblick den Strick um den Hals legt, oder die Augen eines

Schergen oder Häschers oder eines Verhörenden in Verliesen, eines Chefs der Tscheka oder der Siguranza oder der Inquisition, aber das ist nicht dasselbe. Am banalsten wäre es vielleicht zu sagen, daß dies die Augen eines Menschen sind, von dessen Aufmerksamkeit das Leben anderer abhängt, die hoch in der Luft hängen, vom Glanz seiner Pupillen, von seinem achtlos hingeworfenen Blick, vom achtlosen Schweifen seines Auges oder den zur rechten Zeit ins Handmikrophon geworfenen Worten zur Orientierung, einem ruhigen Kommentar oder einer Anweisung über die Richtung, oder von seiner unglaublichen, professionellen und geübten Umsicht, wenn er mit einer Hand die Signallampe heranzieht und einen Sekundenbruchteil lang ein Licht aufscheinen läßt und gleich wieder zu seiner Arbeit zurückkehrt. Einmal habe ich etwas Ähnliches bei einer Telephonistin in der Zentrale des Regents Hotel beobachtet, ein stämmiges Fräulein mit Kopfhörern auf den Ohren, sie stellte die Verbindungen her, wenn vor ihr auf der Tafel Lämpchen aufleuchteten und Klappen fielen, während sie gleichzeitig Formulare ausfüllte, Bestellungen von ungeduldig an der Theke wartenden Gästen aufnahm, Wechselgeld herausgab, mit dem stumpfen Ende ihres Bleistifts Nummern wählte und das alles wie in Trance machte, wie im Halbschlaf, das Gehirn voll mit Nummern und Ziffern; ihr Automatismus und ihre Flexibilität waren verblüffend.

Der Typ mit den gelben Augen unterhält sich mit Henry Bush, er antwortet auf seine Fragen, gleichzeitig im Lautsprecher seine Stimme, die ein Flugzeug über unseren Köpfen lotst und *over*, und dieser Typ antwortet unbeirrt und präzise, auch wenn er das Mikrophon an den Mund hebt und gleichzeitig mit der anderen Hand die Aldis-Lampe heranzieht und den Strahl auf etwas richtet, auf ein hinter Regenschnüren zum Landeanflug ansetzendes zweites Flugzeug. Es ist unglaublich in diesem Turm aus Glas. Der See ist kobaltblau, und am Horizont geht er in einen schwarzen Streifen über, davor die weißen Striche der in der Ferne unbeweglichen Segel.

Aber wir sitzen nun schon zu lange hier, und sicher stören wir, deshalb bedanken wir uns und gehen die Treppe hinunter, und noch immer weiß ich nicht, was nun aus unserem Ausflug werden soll. Aber wir fahren in Richtung Hangar und helfen Bush, seine Stinson hinaus ins Freie zu schieben. Dann setzen wir uns hinein, Henry und ich vorne, meine Frau und Leeds auf den Rücksitzen. Henry Bush drückt auf den Anlasser, langsam rollen wir über die Startbahn auf das spitze Ende des Dreiecks zu. Am Schluß bremst Henry Bush ein wenig ab, wendet, und wir drehen auf der Stelle, Henry Bush schaut in Richtung Kontrollturm, nimmt das Handmikrophon ab, sagt etwas und *over*, und kurz darauf aus dem Lautsprecher im Dach unserer Kabine die Antwort, dann bekomme ich ein grünes Blinken vom Kontrollturm mit, das ist der Typ mit den gelben Augen, der uns freie Fahrt gibt, Henry Bush zieht den Gashebel heraus, und das Flugzeug, das bis jetzt hübsch vor sich hin tuckerte, heult mit Vollgas auf. Danach löst er die Bremse, und das Betonband der Runway unter unseren Rädern wird lebendig und flieht zum Wasser hin.

Das Gras des Flughafens rast immer schneller, eine scharfe Fahrt über die Runway, vorne sieht man nichts, das verdeckt die Motorhaube, wir haben schon die Hälfte des Starts hinter uns, und es sieht aus, als wären wir immer noch auf der Erde. Aber plötzlich spüre ich eine ruhige, schaukelnde Querbewegung – ah, jetzt sind wir *airborne*. Und im selben Augenblick sehe ich die Wipfel der Zypressenbäume unter unseren Rädern, und als ich mich umsehe, ist der Flughafen nur noch ein Dreieck, ganz ähnlich wie jenes, das ich auf der Landkarte gesehen habe.

Ich hätte gern mehr als zwei Augen, um alles wahrzunehmen, aber daran läßt sich nun nichts ändern. Ich wüßte auch gern, was Henry Bush da herumdirigiert, wie ist es mit dem See und in welcher Richtung liegt die Stadt, und was hat es mit dieser Wolkendecke auf sich? Aber alles der Reihe nach. Henry Bush lenkt sehr ernst, mit einer Hand hält er den Steuerknüppel, einen ebensolchen Steuerknüppel habe ich vor meinem Bauch, und auch die Pedale, aber vorsichtshalber habe ich die Beine eingezogen, vor uns das Armaturenbrett mit den Höhenmessern, Uhren, Zeigern und dergleichen, alles durcheinander. Henry Bush dreht an einer Kurbel über dem Kopf, ich denke mir, daß diese Kurbel die zusätzlichen Klappen bedient, die die Stinson bei Start und Landung ausfährt. Die Nadel des Höhenmessers zieht langsam ihren Kreis, zeigt 600, 800, 1000 Fuß, dann erreicht sie die nächsten Tausend. Ich drehe mich nach meiner Frau um, die lächelt mir mutig zu und zeigt vielsagend mit den Augen nach unten, als wollte sie sagen, daß das doch unglaublich sei, daß wir hier sind und die Erde irgendwo dort unten. Links wird die riesige Oberfläche des Sees sichtbar, abgründig und flach zugleich. Rechts die Wassertürme der Werft von Higgins und Dunst über der Stadt, und durch den Dunst hindurch dringt die gewaltige Rundung des Mississippi, der dort einen Bogen beschreibt und sich nach Nordwesten hin verliert. Und unter uns, in der Tiefe, verstreute Bäume wie Giraffen- und Antilopenherden, die ihre spitzen Schatten werfen. Und nach der heftigen Bewegung hängen wir jetzt unbeweglich in der Luft, die Schachtel des Flugzeugs zittert nur leicht vom Beben des Motors. Unten, direkt unter uns, das Band der Highway 90 und darauf ebenso unbeweglich die Strichlein der Autos, die sich nur regen, wenn zwei in entgegengesetzter Richtung aneinander vorbeifahren. Meine Phantasie arbeitet mit Volldampf, ich bin hier und nehme alles auf, was ich sehe und wie ich es sehe, aber gleichzeitig bin ich unten und stelle mir vor, wie gewöhnlich ein Flugzeug in der Luft aussieht, daß wir dort schweben wie eine Mücke, aber wir wiederum sind oben, und alles hängt von dem schwächlichen Bau dieser Kiste ab und von der konzentrierten Aufmerksamkeit des schaltenden und waltenden Henry Bush. So eine kleine Stinson ist eine serienmäßig gefertigte Maschine, wie man sie jetzt auf den Markt bringt und populär macht, weder besonders groß noch besonders stark, gerade so, um, zum Teufel damit, den Bedingungen, Vorschriften und Reklameversprechungen gerecht zu werden, aber wer hat denn wirklich daran Interesse? Die jüngsten Zeiten, die Stuart Chase so gern kritisiert, begünstigen eher die Massenproduktion, die aber billiger und schlechter ist, wie

Stuart Chase sagt, nehmen wir zum Beispiel eine alte Singer-Nähmaschine, wie sie vor fünfzig Jahren hergestellt wurde, das ist ein schief und grob behauenes Stück Arbeit, aber so solide, daß es auch noch die nächsten fünfzig Jahre überdauern wird, während ein neumodischer, prätentiöser Ventilator, so ein billiges Flitterding, ein paar Stunden, nachdem er gekauft worden ist, kaputtgeht. Ich blicke mich mißtrauisch in der Limousine um, in der wir fliegen. Sie hat etwas an sich, auf das die düsteren Urteile von Mr. Chase zutreffen. Billiger Kram, darüber läßt sich nicht streiten. Durchdacht und funktional, das schon, eben so, daß es allen Ansprüchen und auch der Reklame gerecht wird, und wahrscheinlich auch den Erwartungen der Sicherheitsinspektoren, sie hat wohl ihre Flugkapazität über 400 Meilen und eine garantierte Geschwindigkeit von 120 Meilen pro Stunde und so weiter, aber das kann so gedreht sein, daß es auf ideale, theoretische Bedingungen paßt und diesen gerecht wird, aber stellen wir uns nur vor, daß wir hoch oben in der Luft hängen, mitten in einem launischen Wetter, und da zucken sie schon die Achseln und können für nichts mehr garantieren, das gefällt mir nicht. Das lackierte Segeltuch, *fabric*, das über das Gerüst gespannt ist, wurde hier und da mit Flicken ausgebessert, wo Henry Bush es schon beschädigt hat. Beim Einsteigen konnte ich die Tür nicht richtig schließen und hätte fast die billige kleine Plastikklinke abgerissen, doch als ich sie dann endlich zugeknallt hatte, war ich mir sicher, daß ich sie nicht wieder aufkriegen würde. Am solidesten erscheint mir noch der Sicherheitsgurt, der mit einer patentierten Schnalle verschlossen wird, aber es ist ein schwacher Trost, so fest und sicher an einen so billigen Kram geschnallt zu sein.

Mit großer Skepsis betrachte ich auch das Armaturenbrett, all diese Altimeter, Variometer, Öldruckmesser, Pegel, Knöpfe, die automatischen Scheibenwischer, elektrischen Zigarettenanzünder, diesen ganzen vernickelten, bakelitenen Schepperkram, der mich geradezu abstößt. Aber Henry Bush ist richtig glücklich, er wirtschaftet und wurstelt mit diesen ganzen Vorrichtungen herum, dauernd korrigiert er etwas, liest ab, stellt um, ein mit sich und der Welt zufriedener, in sein Werk verliebter Nympholeptiker.

Habe ich vergessen zu sagen, daß diese Gegend hier flach ist wie ein Teller, angeschwemmter Flußschlamm, vom Wasser völlig eingeebnet? Wenn man sich auf der Erde befindet und in dieser zweidimensionalen Welt lebt, hat man den Eindruck, daß die Welt auf einen Kegel reduziert ist, den unser Blick auf Augenhöhe erfaßt. Angeblich sind Wanzen so flach, daß sie nur in einer zweidimensionalen Welt leben. Die Berge von New Orleans sind die einzigen, auf den Vorhang des hiesigen Theatersaals gemalten Erhebungen.

Und jetzt, da wir auf zweitausend Fuß Höhe gestiegen sind, habe ich die einmalige Gelegenheit, mich mit dieser Welt zu konfrontieren und sie zu überblicken. Der Horizont ist mit uns auf Augenhöhe angestiegen, deshalb liegt unten einfach eine riesige Schale, die aussieht, als sollte das Wasser darin bis zum Rand steigen, überlaufen und sich über den Horizont ergießen. Unser Luftweg führt in östliche Richtung, er ist mir von Autoausflügen über die Highway 90 bekannt, wo man über einen flachen Damm fährt, mit Zypressen bewachsenes Sumpfland und Wasser zu beiden Seiten, über das sich ein Teppich aus Wasserhyazinthen zieht, weiter hinaus fährt man dann durch ödes Schwemmland, düstere Wasserflächen mit hohem Röhricht und Schilfgras, wo das *bayou* launisch wogt, hier und da ein Sportcamp, Bretterbuden, kleine Häfen und Molen. Auf eisernen Gitterbrücken überspringt die Straße Wasserverbindungen und –ausläufer und zieht sich dann zwischen Ödland und Wasserflächen immer weiter hin.

Aber aus der Höhe erscheint mir das jetzt alles anders. Wenn man den Blick über diese Fläche unten gleiten und schweifen läßt, sieht man ein Land, das aufgespannt und rissig ist wie eine Reptilienhaut. Der Eindruck von Entfernung und ihren Proportionen verliert sich aus der Senkrechten, das, was dort unter uns liegt und sich ausdehnt, könnte genauso gut die Oberfläche einer Wachstuchdecke oder eine Fotografie von der Oberfläche des Mars sein. Das Delta ist wie ein morsches Stück Stoff, in zufällige, überraschende Fetzen und Spitzenmuster zerrissen. Das, was sich unten als Gräser, als rauhe, scharfe Sumpfgräser einem einzigen flachen Horizont zuneigt, grau-schmutzig-grün, ist von hier aus ziemlich grell-khaki-grün. Dazwischen winden sich Wasseradern wie die Adern auf der Innenseite einer frisch abgezogenen Tierhaut oder die Blutgefäße und blauen Äderchen auf dem Handrücken eines Menschen oder an der Schläfe eines Kindes. Wenn man von oben darauf blickt, meint man, dort unter uns sei eine Haut gespannt, unter der ein anderes, uns unbekanntes Leben pulsiert, und es kommt uns vor, als röche es nach dieser Schlacke und dem brackigen Wasser, als bebte diese Haut wie die mit Fell bedeckte Haut eines Pferdes.

So ist es also in der Höhe, so anders und abgründiger? Wenn ich meine Betrachtungen über die Tiefe unterbreche und den Blick geradeaus richte, ja, dann liegt der Horizont vor mir, und darüber verdichten sich die Wolken zur normalen Staffage, es gibt weit mehr mit dem Auge zu erfassen, eine solche Fülle von Raum. Doch wenn ich zu meiner fast wissenschaftlichen Betrachtung des Abgrunds unter mir zurückkehre, reißt mich das wieder aus der Wirklichkeit. Die Haut, die zerrissene Eidechse, dieses unirdische Muster, die bleiche öde Weite. Ich versuche, bekannte Einzelheiten auszumachen und finde sie auch mühelos. Da ist Fort Pike – gut, von oben bleibt davon nur ein sternförmiger Umriß der Anlagen und Erdarbeiten, der Schwellen und Aufschüttungen, aus jenen Zeiten, als die Kriegsingenieure Sterne und Rosetten komponierten und phantasierten, als wäre die Ingenieurskunst mehr mit Proportionen und dem Anlegen von Monogrammen und Mustern befaßt als mit dem Wesen der Sache, um die es geht. Wir scheinen an einem Punkt in der Luft zu hängen, doch Fort Pike ist schon unter unseren Rädern davongetrieben, und da ist jetzt die Meerenge Chef Menteur, die den Zugang von der Bucht zum Pontchartrain-See bildet. Aber so sehr ich mir auch vornehme, Dinge zu erkennen und wiederzufinden, ich komme mit den Proportionen nicht zurecht und sehe hartnäckig immer nur diese Eidechsenhaut.

Vielleicht bezahle ich ja für die Gewohnheit und Gepflogenheit, die Welt als ein Vaihingersches »Als ob« zu verstehen, dafür, daß ich gelernt habe, in Abstrakta und Ideen zu leben, obwohl ich diese Welt mit eigenen Augen sehen sollte und nicht durch ersonnene und fiktive Vorstellungen. Ich kann diese Welt nämlich nicht einfach als das wahrnehmen, was sie ist, alles läuft über eine unermeßliche Zahl von Worten, Idiomen, semantischen Wunderlichkeiten, Redensarten, Parolen, Abkürzungen, Schablonen, Schemata, Andeutungen, Zweideutigkeiten, Gemeinplätzen, Palliativen, Euphemismen, Pleonasmen, Bezeichnungen »ohne Umschweife«, Losungen und wieder Worten und treffenden Urteilen und Fehlurteilen, Metaphern, künstlerischen Behelfen, Reimen und Alliterationen und so weiter und so fort.

Auf der linken Seite dort unten haben wir jetzt den Pearl River, auf der rechten das Delta in tausend fetzenartigen Formen von Ausläufern, Inseln, Engen. Mitten darin, wie die Windungen eines Riesenbandwurms und aus der Ferne so flach, liegen die Biegungen, Kehren und Arme des Mississippi.

Rechts schimmert es bläulich und grau und grünlich vom Wasser der Bucht. Weit, weit in der Ferne, auf den Horizont zu, geht es in ein grünspaniges Grün über, das blaß durch den Dunst und Hochnebel des Meeres dringt. In der Nähe ist das Wasser schmutzig-gelblichrot von den Millionen Kubikmetern Schlamm, die das Wasser der Bucht trüben. Diese Arme, Buchten, Küstenuntiefen haben einen Namen, sie heißen *sounds*, Mississippi Sound, Breton Sound, Chandeleur Sound – Meerengen sind es. Und weiter hinaus die flachen Nehrungen und Inseln des von der Brandung aufgeworfenen Schlamms, die sich wie aufgezogene Perlen und Korallen aneinanderreihen. Auf ihre flachen Ufer schlägt eine wüste Brandung, doch von oben sieht sie nur aus wie ein weißer Saum, diese dort in der Tiefe schäumende Gischt.

Wir stoßen indes weiter vor, sind jetzt direkt über der Küstenlinie, schon sieht man Gulfport, dort an der Mole die länglichen, spindeligen Umrisse der Dampfschiffe. Links von der Stadt, mitten im Grün der Wälder werden spitze Dreiecke sichtbar, das sind die Start- und Landebahnen. Wir verlieren schnell an Höhe, die Welt dort unten kommt rasant näher und wird größer. Henry Bush beschreibt einen breiten Halbkreis in der Luft, denn wir haben Rückenwind, und sehr geschickt setzt er zur Landung an. Alles unter uns ist wieder in Bewegung geraten und hat Tempo, die runden Sammelbecken huschen vorbei, wie ein Hase saust uns die Landstraße quer durch das Blickfeld, die Wipfel der Bäume schwanken, und da sind wir schon ganz nah am Boden, und noch einen Augenblick, und wir prallen einmal ganz leicht auf, und schon rollen wir über die breite Betonbahn, lustig rattert das Motorchen des Flugzeugs, die fernen Hangars kommen näher. Während der ganzen Landung ist Henry Bush ruhig und kühl wie eine Gurke. Meine dankbaren Gedanken gelten ihm, Potzblitz!

Er fährt vor die Benzinpumpe, da ist säuberlich ein Kreis aufgezeichnet, und genau in der Mitte dieses Kreises sollen die Räder zum Stehen kommen. Ein großer Bursche im Overall nimmt den Schlauch von der Zapfsäule und öffnet gekonnt den Deckel des Einfüllstutzens im Dach des Flugzeugs. Wir steigen unterdessen aus, es ist ein merkwürdiges Gefühl, den festen und soliden Beton des Flughafens unter den Füßen zu haben. Die Hangars hier sind riesig, viele davon nebeneinander, im Krieg muß es ein Militärflughafen in großem Stil gewesen sein. Das Wetter hier ist nicht besser als in New Orleans, nur eines ist sicher, nämlich daß wir keine Sonne haben werden. Im Westen hängt im Himmel die stahlgraue Wolkenwand irgendeiner Front, die uns schon im meteorologischen Büro Sorgen gemacht hat.

Zum Strand ist es weit, deshalb bittet Henry Bush jemanden, ein Taxi zu rufen, das dann plötzlich wie aus dem Erdboden gestampft vor uns steht. Wir steigen ein, Leeds meldet sich jetzt zu Wort und nennt ein Hotel am Strand, zu dem wir fahren sollen. Wir lassen diesen im übrigen sehr menschenleeren und ausgestorbenen Flughafen hinter uns, das Taxi schlingert auf der ausgefahrenen Teerstraße und fährt im Zickzack. Der Taxifahrer hat einen Funkempfänger und -sender im Auto, und nun

beginnt eine Komödie, denn dauernd wird er von seiner Taxi-
kommandantur gerufen und konversiert dann mit ihnen durch
sein Mikrophon. Mit der einen Hand lenkt er sein Auto, mit
der anderen redet er die ganze Zeit, sie geben sich alle möglichen Losungen und Ziffern durch, verrückt ist diese moderne
mechanische Welt, soll sie doch bleiben, wo sie ist!

Nach vielem Hin und Her und langer Zickzackfahrt sind wir
wieder auf der Highway 90, die an der Küste entlang führt. Auf
der einen Seite haben wir also das Wasser, auf der anderen Häuser, von denen führen kleine Pfade und Durchgänge zum Meer,
private Stege und Molen gehören dazu, die weit in die flache
Bucht hinausführen. So geht es die ganze Strecke über. Auch
hier ist es ziemlich unbevölkert, aber immer sind Leute und
Kinder oder Vögel auf dem Wasser zu sehen, das Wasser hat
Anziehungskraft, und alle sind ihm zugeneigt, ganz in seinen
Anblick vertieft. An den ins Wasser gerammten Pfählen neben
der Mole schaukeln und wiegen sich auf den kleinen Wellen
zierliche Boote, Bötchen, Dhingis, Flachboote und Kanus. Sie
sind ganz in ihrem Element, Botschafter und Vermittler im
Umgang von Land und Wasser miteinander. So fremd sich
diese Elemente auch sind und so sehr sie einander abstoßen,
diese hölzernen kleinen Machwerke zum Schwimmen, Balan-
cieren, Hinausstoßen und Schaukeln gehören irgendwie in glei-
chem Maße zur Erde und zum Wasser, zur Erde, weil sie solide
und fest und zerbrechlich und stark sind, und zum Wasser, weil
sie eine merkwürdig wellenartig geschwungene Form haben,
die einzige Form, bei der jede Linie schief ist und jede Rundung
beginnt, als sollte sie sich biegen und auf die andere Seite führen, egal von welcher Seite man schaut, wohin man den Blick
schweifen läßt, seltsam und unvergleichlich in der Form, aber
wie erklärlich, wie richtig und zweckmäßig. Da schaukeln diese
Barken im Takt der Welle, die sie hebt, drängen sich auf ihrem
Kamm nach oben und senken sich in ihr Tal. Manchmal hat
ihnen jemand etwas zusätzliche Farbe aufgemalt, nicht zuviel,
nicht zu wenig, genau richtig. Einer hat mir einmal erzählt, daß
die Sizilianer auf jede Seite des Bugs ein Auge malen, das das

Boot den rechten Weg entlang führen soll, und das Auge soll genau zur Form des Bootes passen. Das mag wohl sein, und die Sizilianer haben es wahrscheinlich in alten Zeiten von der Kultur der Kreter übernommen.

Vor dem Hotel liegt das Meer wie die Suppe auf dem Teller.

Es ist Mittag, aber wir haben keinen Hunger und wollen lieber an den Strand, deshalb trennen wir uns vor den Umkleidekabinen des Hotels, die sich hier den Weg entlangziehen. Von dort verläuft eine schmale Mole weit ins Wasser hinaus. Es sind sehr wenige Leute da, und diejenigen, die hier sind, sehen aus wie Alteingesessene, die sich bestens miteinander verständigen, und wir stören einander nicht.

Auf dem Strand breiten wir die Handtücher aus, wir haben eine Flasche Rum dabei, und in Papierbechern voller Eis, das wir in der Bar bekommen, bereiten wir ein Gemisch zu, das von Minzeblättern gekrönt wird, die meine Frau vorausschauend in einem Glas mitgebracht hat, in einem anderen haben wir Zukker. Henry Bush sieht ohnehin nach einem Abstinenzler aus, und in seiner Rolle als Pilot, der uns ja doch immerhin wieder zurückfliegen muß, ist es der Situation ganz angemessen, daß er ablehnt.

Das Meer hier ist flach, und diese Seichtheit zieht sich weit, weit hinaus, man geht auf hartem Sand, das Wasser reicht kaum bis an die Waden, nach einer langen Strecke bis an die Knie und schließlich, jenseits der Linie, wo die Mole zuende geht, bis zum Bauchnabel. Henry Bushs Körper ist rosigweiß und sommersprossig, rothaarig, wo es sich gehört, und er ist ganz ernst, als zeige er nicht seinen runden Bauch, sondern gehe bis oben hin zugeknöpft. Ich versuche ihn in ein Gespräch zu verwickeln, er ist höflich, aber wortkarg. Über unseren Köpfen fliegen Möwen mit ihren anmutigen Flügeln und den dummen Köpfen auf dicken steifen Hälsen, die sie verrenken, als könnten sie uns mit einem Auge besser betrachten. Jedesmal, wenn die Möwen ankommen, streckt Henry Bush den Zeigefinger aus wie einen Pistolenlauf, nimmt sie schnell aufs Korn und schnalzt mit den Fingern, als imitiere er einen Schuß auf einen

Vogel im Flug. Er macht das ganz ernst und mit einer gewissen Konsterniertheit, und diese Konsterniertheit amüsiert mich, sie sieht gar nicht nach einem Scherz aus, er ist dabei ganz ernst. Vielleicht ist er ein Jäger, denke ich, und das ist so eine automatische, professionelle Angewohnheit. Glasbläser oder Klarinettisten haben in ihren freien Stunden sicher auch Augenblicke, wo sie unwillkürlich die Backen aufblasen, oder Telegraphisten haben den professionellen Tick, mit dem Fingernagel Depeschen auf den Tisch zu tippen, oder es ist wie die juckenden Finger, die kleinen Fingerkissen eines Kassierers, der Banknoten zählt, oder wie beim Spaziergang das Anlegen eines Spazierstocks aus jägerischer Gewohnheit, deshalb frage ich ihn, ob er vielleicht Schütze ist oder Jäger. Nein, sagt er, von so was habe er keine Ahnung.

Das Meer ist, wie gesagt, eine Erbsensuppe. Aber es ist angenehm, und die Wassertemperatur ist wärmer als die Lufttemperatur. Es kommen flache Wellen und schaukeln uns sanft, überhaupt trägt das Meerwasser ganz anders als Süßwasser. Es ist so sorglos, anders als sonst, und vergnüglich. Die Sonne scheint nicht und wird heute bestimmt nicht mehr herauskommen, deshalb droht uns auch kein Sonnenbrand.

In schwerem, flachem Flug schwebt ein Pelikan vorbei, der aussieht wie aus Guttapercha, und setzt sich auf einen Pfahl, der aus dem seichten Wasser ragt. Er sieht sonderbar aus, mit einem schnabeligen, schweren Kopf, und ist von hellrosiger Farbe. Mit dieser Rosigkeit paßt er gut zu dem indigoblauen Himmel, sie sind wie aus demselben Stoff gemacht, oder man könnte meinen, im Himmel sei ein Loch in Form eines Pelikans ausgeschnitten, und hinter den Wolken komme dort die Rosigkeit des Himmels hervor. Das ist dieser seltsame Vogel aus der Metapher, der altruistische Entsager, der sich mit dem scharfen Schnabel die eigene Brust verletzt und auf symbolischen Illustrationen mit seinem eigenen Blut die Jungen füttert. Sehr hübsch. Aber er ist ein Häßling, daran läßt sich nicht rütteln.

Später essen wir im Hotel zu Abend, durch das Fenster haben

wir einen Blick auf das lymphatische Meer. Der Saal ist ganz leer. Nur ein kleiner Junge sitzt einsam dort, vielleicht zwölf oder dreizehn Jahre alt, er hat wässrige, forsche Augen, ein Kind reicher Leute. Mit dem Selbstvertrauen eines Alten wählt er etwas von der Speisekarte, gelassen und arrogant kommt er mit den Schwierigkeiten eines einsamen Abendessens zurecht, das blasierte und sich selbst überlassene Kind reicher Eltern. Aber mit seinen Beinen in der kurzen Hose, die nicht ganz bis auf den Boden reichen, ist er sehr kindlich. Als wir später hinausgehen, sehe ich ihn, wie er in bestem Einvernehmen mit einem der Liftboys schwatzt.

Soll ich jetzt von den Schwierigkeiten unserer Rückreise erzählen, von ihrem Mißlingen, den Zweifeln, Kontroversen, Streitigkeiten, von den Gedankensprüngen, der Gewissenserforschung, dem In-Sich-Gehen, von Machtlosigkeit und Fassungslosigkeit, dem fieberhaften Kombinieren und dem erleichterten »irgendwie wird es schon ...«, von dem Zittern, von der ... ich muß es beim Namen nennen – der Angst? Es fällt mir sehr schwer, denn wie ich es auch drehe und wende, ich komme immer wieder auf Henry Bush zurück, und Henry Bush hat sehr darunter gelitten, obwohl er bemüht war, es sich nicht anmerken zu lassen, aber es hat ihn lange nicht losgelassen, so daß es uns leid für ihn tat. Henry Bush beging nämlich eine große Dummheit.

Vorher in New Orleans waren wir zu lange im meteorologischen Büro herumgesessen, hatten telephoniert, kalkuliert, das Wetter sondiert. Und nach einem langen Tag am Strand und einem ausgedehnten Abendessen war es nun schon sehr spät geworden, und zur Abfahrt beziehungsweise zum Abflug war einfach keine Zeit mehr, das alles zu wiederholen.

Wir fliegen also, es wird schon Abend, vom Meer her steigt Nebel auf und verwischt die Linie des Horizonts. Nachdem wir den Pearl River überquert haben, ist unsere Route, unser Kurs gerade wie ein Pfeil, und vor uns, in der Ferne, dort, wo unser Ziel liegt, steht eine dunkelblaue Wand, und von Zeit zu Zeit scheint darin ein unheilvolles rotes Licht auf, als wollte es sich zwischen den sekundenlang rosig erglühenden und aus ihrer Einförmigkeit herausgezauberten Wolken ausbreiten. Noch fünf Minuten in der Luft, und auch wir, die Passagiere mit den Schafshirnen, wissen, daß es nicht geht, das wird er nicht schaffen. Henry Bush dreht sich auf seinem Sitz um und sagt zu Leeds, ganz ruhig sagt er: »*Shall we turn back – I presume*...« Er wartet nicht auf eine bejahende Antwort, zieht einen flachen Halbkreis, und die zuckenden Blitze bleiben hinter uns. Genau über New Orleans hatte sich ein Gewitter zusammengebraut, und uns bleibt nichts anderes übrig, als den Rückzug anzutreten, dorthin, wo wir abgeflogen waren. Es wird dunkel. Das Meer haben wir wieder zu unserer Rechten, und jetzt, wo der Horizont nicht mehr da ist, hat es sich auf die Beine gestellt und kommt wie eine Wand an unsere Fenster heran. Aber wenn man hinunterschaut sieht man deutlich den Verlauf der Küste und das dunkelnde Grün der Wälder.

Ich sitze da und denke fieberhaft nach. Bis es Nacht wird, bleiben uns zehn, fünfzehn Minuten, und hier fällt die Nacht wie ein Deckel, plötzlich, und es wird finster. Welche Chancen haben wir? Daß wir in fünfzehn Minuten auf dem Flughafen in Gulfport sein können, denn ein Viertel von hundertzwanzig Meilen, das sind dreißig, und weiter sind wir wohl kaum von dort entfernt, wie auch, aber dann geht mir diese Rechnung durcheinander, und ich denke: und wenn nicht? Wo ist der nächste Flughafen? Das ist wahrscheinlich der Marinestützpunkt in Pensacola, da gibt es Leuchttürme und Funk, aber wie weit ist Pensacola? Bestimmt an die hundertfünfzig Meilen, und wieviel sind hundertfünfzig Meilen? Wenn wir Benzin für vierhundert Meilen haben, aber schon einhundert Meilen verbrannt haben, wieviel bleibt dann noch? Dieses Spiel, diese amateurhaften Berechnungen vertreiben uns die Zeit, und plötzlich fährt mir wie eine Erleuchtung der Gedanke durch den Kopf: Mensch! Was hat das alles zu sagen, wenn die Welt vor dir so hübsch aufgeteilt ist, rechts die bräunlichgrüne Wand des Meeres mit dem perlmutternen Dunst, links die violetten Umrisse der Wolken, die sich am Land reiben, und wenn man noch einmal nach unten schaut, sieht man, daß es von dorther hell leuchtet, richtig gelb leuchtet das im Laufe des Tages angesammelte Licht von der Erde herauf. Ja, das ist sehr schön, das ist realer als die Realität von Bush, greifbarer. Mitten im Apogäum dieses irrationalen Optimismus wurde mir klar, daß die Nase des Flugzeugs nach unten auf das heranrasende Band der Runway gerichtet war, und kaum hatten die Räder den Boden berührt, klappte die Nacht ihren Deckel zu, und es wurde völlig finster.

In dieser Finsternis rollen wir in Richtung Hangar. In dem niedrigen Flughafengebäude herrscht eine heimelige, dörfliche Atmosphäre. Ein alter Herr ist da, der aussieht wie ein Ladenbesitzer, eine junge stämmige Frau, dem Anschein nach die Frau eines Angestellten dort, sie strickt, und um sie herum tollt und spielt ein kleiner Junge von etwa vier Jahren mit der besessenen Lebhaftigkeit von Kindern in diesem Alter, mit dieser vogelhaften, spielerischen Lebhaftigkeit unkoordinierter Impulse.

Meine Frau ruft zu Hause an, um zu beruhigen und Bescheid zu sagen, wie sich herausstellt, tobt wirklich ein sagenhafter Sturm über der Stadt. Zwei junge Leute kommen herein, dann noch jemand. Merkwürdig und idyllisch ist die ruhige Abendstimmung hier, zwischen den Hangars und all dieser Mechanik. Es ist idyllisch, dörflich, arkanisch, *bergère*. Das rote Licht der Glühbirne flackert, die Zikaden schrillen, der Terminkalender an der Wand leuchtet bunt, die Haut am Hals des alten Herrn ist braun und runzlig, meine Gefährten sitzen rund um den Tisch, die Leute vom Flughafen reden mit dem gedehnten und unverständlichen *drawl* der Südstaatler. Es ist ganz idyllisch. Es kommt mir vor, als ob gleich jemand eine Schaf- und Ziegenherde hereintreiben würde, daß jemand anders anstatt der Coca-Cola-Flasche ein irdenes Weingefäß zum Einschenken neigen wird, daß zwischen den Lorbeerbüschen scheue Faune huschen, daß die Frau ihre gefüllte Brust dem Kind zum Trinken bietet und daß in der Ecke anstelle der verplombten Postsäcke pralle Schläuche mit Milch liegen, daß einer der jungen Burschen in verwaschenen hellblauen Jeans beginnt, Schalmei oder Mundorgel zu spielen, und niemand am Sucherknopf des Radios dreht. Was man sich nicht alles erträumt ...

Ein Taxi nach Gulfport ist nicht zu kriegen, es ist spät, aber sehr freundlich-menschlich machen sie uns Platz in einem alten Klapperkasten von Auto, in dem wir uns in die Stadt aufmachen und den Flughafen sich selbst überlassen. Kaum zu glauben, daß wir alle hineinpassen, der alte Mann, die Frau, das Kind, drei weitere Leute, wir vier, zusammen sind das zehn, und draußen auf der Ausfahrt kommt noch jemand dazu und hockt sich auf das Trittbrett des Autos.

An der Autobushaltestelle bekommen wir sofort einen Bus, lang und stabil wie ein Pullman, der Fahrer geht kurz hinaus, plaudert ein wenig im Autobusbüro, dann kehrt er zurück, ein Riesenkerl, die Kappe in den Nacken geschoben, zielsicher flitscht er die Zigarettenkippe zwischen den Zähnen in die Gosse, er billigt uns als Fahrgäste, das Innere ist *air-conditioned* und unglaublich komfortabel, mit bequemen Sitzen, das Licht gedämpft, weil es Nacht ist, und so setzen wir uns in Bewegung in dem Greyhound, der zwei durchdringende Lichtkegel vorausschickt, die über die roten Böschungen am Weg und das Grün der Bäume und Gräser streifen, und so gelangen wir nach vier Stunden, spät in der Nacht, in die Stadt. Müde und schläfrig wünschten wir uns eine gute Nacht, Henry Bush ein wenig aus der Fassung gebracht, und damit hatte unsere Fahrt ins Blaue ihr Ende.

Ist das nun Exotik? Ist es tatsächlich so? Irgendwie weit weg, aber so ohne Bedeutung, ohne Überraschung.

Weißer Sand, fein, wie aus geriebenem Glas. Er ist weiß und dann plötzlich braun, feucht, bräunlich. Und darauf eine Muschel, keine raffinierte Südseemuschel, seltsam gewunden, gesprenkelt oder phantasievoll gefärbt, sondern bloß ein flaches bräunliches Schiffchen, nur innen mit schillerndem Perlmutt bedeckt, ähnlich wie unsere Teichmuscheln. Dann ein Stöckchen, dann ein verfaulter Tennisschuh, dann wieder nichts, nur Sand.

Und hebt man die Augen vom Sand, ist da das flache Wasser, schmutziggrün, und erst dort, wo der Blick den Horizont erreicht, wird es smaragdfarben, grün, sehr grün. Darüber die Wolken.

So ist es also? Wasser, Sand, Abfall auf dem Sand, Himmel. Ist das alles? Und so ohne Überraschung.

Auf demselben Strand steht verlassen ein Haus, das vom Hurrikan aus den Fundamenten gerissen worden ist. Tatsächlich, wie es da von der am Ufer entlangführenden Straße um ein ganzes Stück fortgeschleudert worden ist, sieht es wirklich so aus, als hätte es dem Hurrikan im Weg gestanden. Die Rahmen des ganzen Gebäudes sind verzogen und verdreht, in eine Richtung verbogen. Die Läden hängen an verrosteten Angeln, und die Sprossen der Jalousien sind vom Regen aufgequollen. Die Fußböden ein einziger Schutthaufen. Zwischen dem abbröckelnden Verputz, Ziegeln und Drähten hängen noch die Reste irgendwelcher Bezüge und Gardinen. Ein Sessel mit aufgeplatztem Polster bleckt seine Federn. Schimmel bedeckt alles. Zieht sich über die Wasserflecken an den Wänden und die Balken der Zimmerdecken. Und ringsum die Bäume und der Schatten, der durch das Blattwerk fällt, der Schatten dieses sonnigen Tages. Die klettigen Blätter der Bananen, Agaven, Poinsettien sprießen üppig zwischen den dramatisch verrenkten Wasserrohren.

Diese Ruine am Strand, inmitten der Schatten der Bäume, scheint sich an der Enttäuschung menschlicher Erwartung geradezu zu ergötzen. Das Haus hatte doch wohl Obdach sein sollen, die Gedanken und Träume derer, die fern von ihm waren, sollten darauf gerichtet sein, in seinen sogenannten ehrwürdigen Wänden, seinen Mauern sollte das Gefühl der endgültigen Sicherheit beheimatet sein, die Gedanken würden einfach wie von selbst zu ihm zurückkehren. Aber jetzt? Es bleckt seine Zähne und Kiefer, dem Vertrauen der Menschen zum Hohn.

Und wo soll man sich jetzt hinwenden, worauf vertrauen, wenn das eigene Haus, Obdach, Zelt, wenn Schatten, Wärme und Schutz sich gegen einen wenden?

Ich kehre dem Haus den Rücken zu, und sogleich ersteht jenes Haus vor meinen Augen … Es erschien so sicher, es erschien so fest gebaut. Schließlich hatte es ja schon dagestanden, bevor für mich die Erschaffung der Welt begann. Aus seinen Fenstern hatte ich dieser Erschaffung zugesehen. Der Himmel darüber, mit Sonne, Sternen, Mond, die ganze Himmelssphäre drehte sich um diesen Mittelpunkt. Wie oft bin ich dorthin zurückgekehrt. Wie oft habe ich mich, mir selbst zum Trotz, dorthin zurückgeschleppt. Schon von weitem wurde es damals sichtbar, trat zwischen den Bäumen hervor, blickte mich aus den Augenhöhlen seiner Fenster an, nahm Gestalt an, wuchs, bis ich schließlich mein ruheloses, unstetes Unglück an seinen weißen Mauern maß.

Nachts sucht es mich bis heute heim. Durch Zeit und Raum schwebt es heran, tritt mit hohlem Klang unter die Fenster der Häuser, wo ich wohne, wie ein aus der Tiefe heraufbeförderter Sarg ächzt es mit seinen Sparren und scheppert in Regen und Wind mit seinem Dachblech. Etwas dröhnt in ihm und stöhnt, es klopft wie Holzwurm und Borkenkäfer darin, und es zwitschert wie eine verschlafenen Grille im Kamin. Es pocht der ausgetrocknete Deckenbalken, wie eine Fiedel quietschen die Treppenstufen von einstmaligen Schritten, es klappert mit ungeduldigen Türen, es scheppert mit einer lockeren Klinke, pfeift monoton durch ein nicht geschlossenes Oberfenster.

Ich erinnere mich an die Ratten. Fett und schamlos gingen sie am hellichten Tag auf Beutezug im Haus, im Stall, im Schuppen, im Freien. Sie fraßen alles auf, was ihnen in den Weg kam. Man sah sie in den Bottich klettern, in dem der Kuh die Kleie angerührt wurde. Man mußte sich nur anschleichen und aufs Geratewohl einen Ziegelstein in den Bottich werfen, um unfehlbar eine fette Ratte zu erlegen. Aber so ein Rattentod war abscheulich.

Dieses große Haus diente seit Jahren als Militärabsteige, Rasthaus, Kaserne, Lazarett, Obdach für Menschen, die ankamen, eine Nacht hier verbrachten oder wochenlang blieben. Der Zaun war längst bis auf den letzten Pfosten und die letzten Staketen abgeschlagen, ringsum war alles ein einziger riesiger Militärmüllhaufen, auf dem sich alte Fußlappen häuften, von Blut braunrot verfärbtes Verbandszeug, Dauben und Reifen herumliegender Fässer, verfaulte Zeltbahnen, Knochen. Ein ekelerregender Müllhaufen des Militärs, von dem ein widerwärtiger Geruch aufstieg, ein unglaublicher Gestank nach Karbol, Lumpen und Urin.

Aus den von der Armee in Beschlag genommenen Teilen des Hauses drang unentwegt der Lärm von Stimmen, Gesprächen, Befehlen, Flüchen und Gesängen. Von den leeren, zerkratzten Wänden hallten diese Stimmen vielfach wider. Unablässige Schritte, das Dröhnen der die Treppe hinabgeschleiften Gewehrkolben, das Knirschen der nagelbeschlagenen Stiefel, Stimmen, Stimmen eines mißratenen Lebens, das an unserem Leben vorbeirollte.

Und dann die Feuer. Im Winter war es so, als brächten diese kampierenden Soldaten, diese nach Wärme gierende Menschenmasse das Feuer gleichsam aus sich selbst hervor. Früher hieß es, Mäuse entstünden aus Mehl und Schmutzwäsche, so eine primitive Theorie von der Autogenese. Wo steht das noch, etwa bei Homer? Daß die Bienen sich aus dem Nichts gebären, aus Stapeln blutiger Rinderhäute? So entstand dieses Feuer aus der Zusammenballung von Menschen, wie Jauchehaufen oder große Schlackehalden, aus denen es raucht und dampft.

Dieser Mechanismus oder diese Chemie der Entstehung von Bränden war in Wirklichkeit nichts Unerklärliches. Die länger stationierten Abteilungen richteten sich einfach behaglicher ein, es gab Feuerstellen, findige Köpfe bastelten Rohre, die den Rauch durch provisorisch ins Dach geschlagene Löcher hinausleiten sollten. Und von diesen Feuerstellen und Abzugsrohren nun begannen die Träger und Balken des Daches zu schwelen, sie glommen in aller Stille, und schließlich schlugen Flammen heraus.

Stimmen, Rufe weckten uns mitten in der Nacht. Das Trappeln der Laufenden war zu hören, Schreie, das Knirschen der Munitionskästen, die ins Freie geschleppt wurden. Durch Flammen, Glut, beißenden Rauch und Funken kämpfte ich mich vor zu dem mir bereits durch Gewohnheit zugewiesenen Platz. Meine Aufgabe war es, in die Vorstadt zu laufen, wo bei einem halb städtischen Bauern eine Vorrichtung zur Brandbekämpfung untergestellt war, die Gemeinde-Feuerspritze mit ihren abgenutzten Schläuchen, die löchrig waren wie ein Sieb, und die Feuerhaken und Eimer.

Wie ich damals, aus dem Schlaf gerissen, wie umnebelt, den Kopf voller Schrecken, in der Winternacht den Weg in die Vorstadt, zum Haus unbekannter Leute finden, wie ich sie aufwekken, sie von dem Geschehen in Kenntnis setzen, zur Eile antreiben und mit den rettenden Vorrichtungen zu unserem Haus führen konnte, das weiß ich bis heute nicht. Aber ich erinnere mich noch an den schlafenden Hof, daran, wie ich in das Haus stürzte, in die niedrige Stube, ich weiß sogar noch, wie ich einmal einen Schlafenden auf der Bank weckte, der in seinen Pelz gewickelt dalag, einen halbwüchsigen Jungen. Ich weiß auch noch, daß diese Leute, die ich da mitten in der Nacht geweckt hatte, angesichts des ihnen hier zu Ohren gebrachten Unglücks, der Angst, die in ihren Schlaf eingedrungen war, dieser Schrekkensnachricht und des Drängens und Flehens um Hilfe immer ein unglaubliches Maß an Mitgefühl, Verantwortungsgefühl, Bereitschaft und Ruhe an den Tag legten. Ich erinnere mich nicht mehr an ihre Namen und Gesichter, aber an ihre Ruhe, die Präzision ihrer Bewegungen, ihr menschliches, vernünftiges und besonnenes Verhalten, an die Unmittelbarkeit und Harmonie selbst in der Hast, mit der sie zu Hilfe kamen. Als Kind erschien es mir damals, als hätte ich im Augenblick von Gefahr und Bedrohung eine schlafende Wache von Engeln geweckt, so wie diese Menschen die Augen aufschlugen und mir sofort Trost spendeten, indem sie mitfühlend und beruhigend meine Hand ergriffen. Irgendwo, verloren in Raum und Vergangenheit harren sie bis heute und wachen über mich. Jedesmal, wenn Angst und Tumult eines schrecklichen Augenblicks mich zerreißen, dann ist es bis auf den heutigen Tag die Erinnerung an diese Menschen, die mich tröstet und vor dem Brand des jeweiligen Augenblicks rettet und bewahrt.

Durch das Gewimmel der fetten Ratten, der widerwärtigen, am Armeeabfall genährten Ratten, durch die Flammen der Kriegsbrände hindurch gelange ich zu jenem Augenblick.
Wir saßen in der Küche, unsere Mutter und wir Kinder, wir machten Hausaufgaben, vielleicht haben wir auch gelesen. Die Küche ist ja bekanntlich der Zufluchtsort des Hauses, mit dem fetten Herdblech, wo sich unter den Topfdeckeln über brodelndem Wasser zischend und spritzend Tropfen hinausdrängen, um sich sofort in kleine Dampfwolken aufzulösen. Die Küche, wo sich tagsüber hinter dem Bratrohr schüchtern ganze Stämme von Kakerlaken verbergen (die wahrscheinlich genau wie die Ratten die Menschen hier überleben werden), die Küche, wo auf dem Tisch, auf der Tischplatte, die dünnen Teigblätter für den knusprigen Strudel ausgerollt werden, wo im Backtrog eine Handvoll Sauerteig für künftiges Brot aufbewahrt wird, wo der Duft von Nelken, Lorbeerblättern, Pfeffer

in der Luft liegt und an den Wänden aufgereiht die Kasserollen und Töpfe hängen und auf den Regalen die Schüsseln stehen, ihre Glasur glänzt, das Netz der Risse darin vermischt sich mit dem Muster des Drahtgeflechts, die vertrauten Strohwische, das vertraute Messer, das Messing von Mörser und Stößel, Durchschläge, grobe und feine Siebe. Die Küche, viele Male geweißt, das Holz des Tisches blaß vom Scheuern. Dort in der Küche haben wir gesessen.

Und da öffnete sich die Tür, und ein Mensch stand auf der Schwelle. Bevor ich Zeit hatte, sein von Bartstoppeln umrahmtes, trauriges Gesicht zu betrachten, den unbedeckten Kopf, bevor mir noch das Erscheinen eines Fremden bewußt geworden war, geschah etwas Schreckliches. Der Mensch schaute über die Köpfe von uns Kindern hinweg unsere Mutter an und streckte die Hand nach ihr aus. In der Küche ertönte ein Knall, es war kein Krachen und kein Dröhnen, nur ein Knall, einmal, zweimal. Im nächsten Augenblick war er weg.

Und dann brach ein Chaos los. Leute strömten herbei. Sofort waren ungeheuer viele Leute da, und wir Kinder standen verdattert und verloren zwischen alledem und wußten nicht, was geschehen war. Ein riesenhafter Gendarm in einer knöchellangen, graublauen Uniform, mit dem Gurt seiner Pistole um den Hals und dem umgedrehten Krummsäbel in der mit schwarzem Leder bezogenen Scheide. Aus dem Gewirr der Stimmen, Bemerkungen, Vermutungen drang es inzwischen auch bis zu uns durch, daß dieser Jemand (wer war es? warum hatte er auf Mama geschossen?), den niemand je zuvor gesehen hatte, als hätte ihn das gewaltige, unermeßliche Nichts hervorgebracht, seinen schrecklichen, wahnsinnigen, manischen Weg mit dem stillen Verlauf des Lebens in der Küche unseres Hauses verflochten hatte.

Wir wurden auf den Hof hinausgeschoben und standen vor der stummen Mauer des Hauses, und am gemauerten Sockel der Fundamente weinte diese Mauer die schwarzen Tränen der Isolierung, und unsere Tränen der Angst und des Schreckens flossen mit. Und später dann wieder im abgedunkelten Schlafzimmer, unsere Mutter bleich und unglaublich ruhig, obwohl sich ihre Brust in schnellen Atemzügen hob und senkte, während sie dem Doktor mit einem Fingerzeig auf das Mieder sagte: »Ach, hier ...« Als sie uns sah, lächelte sie und sagte: »Seht ihr, ich war tapfer wie ein Pfadfinder ...«

In ihrer Stimme lag gleichsam Stolz auf all das, was geschehen war, auf dieses Außergewöhnliche, was auch anderen schrecklichen Dingen nicht gleichgestellt sein konnte, die unter entsetzlichen, aber in ihrer Universalität alltäglichen Umständen geschahen, wie sie das Schicksal immer für uns bereithält und von denen in den erschütternden Stoßgebeten um Schutz vor »Luft, Hunger, Feuer und Krieg« die Rede ist. Wohl vor dem Krieg, der Tausende bewaffneter, gehetzter, verzweifelter und verwilderter Menschen durch unser Haus und unseren Garten getrieben hatte. In diesen Krieg hatte nun unsere Mutter, die uns vor dessen rasenden Rädern bewahrt hatte, uns behütete und unterrichtete, so wie sie zum Gelderwerb ganze Generationen jüdischer Kinder in unserem Städtchen unterrichtet hatte (gegen einen grünen Dreirubelschein für jeden Unterrichtsmonat), die immer lachte, unser Leben mit den Girlanden traditionellen Glücks umrankte, ihre eigene Tragödie herbeigezaubert, ein bedrohliches und niederschmetterndes Drama, das anders war und über Sinnlosigkeit und Tumult der Zeiten hinausreichte.

Schon damals las ich gern Literatur, Beschreibungen, Darstellungen und Reisegeschichten, die mit dem großen Begriff der »Exotik« umschrieben werden. Diese zwischen den Seiten eines Buches entdeckte Exotik, die heute bei näherer Analyse so fade und überraschungslos ist, diese *llanos* und *pampas*, das südafrikanische *veldt* und der australische Busch, die Prärien, Tundren, Savannen begannen am Horizont unserer podolischen Steppe. Über sie jagten die Wirbelstürme, blies der *pampero* und heulte die *purga*. Aus diesen Beschreibungen wußte ich: Wenn eine solche Steppe brannte, wenn sich eine Wand von Feuer und Rauch näherte, dann blieb dem Reisenden nur noch eine letzte Möglichkeit. Selbst Feuer ans Gras, an die trockenen

Disteln zu legen, dem Feuer Feuer entgegenzusetzen, dem gedankenlosen Element den rettenden Gedanken.

Und ein paar Wochen später war schon Frühling. Ein später Frühling, voller Laub, Kletten, Gras, Stengel, überquellendem Grün, dicht und hüfthoch.

Mit großer Hingabe spielten wir unter den süß und betäubend duftenden Blüten der Akazien, die um unser Haus wuchsen. Hinter dem Haus, wo die Mauern fensterlos waren, spielten wir mit kindlicher Besessenheit und Hingabe, bis uns der Atem ausging, als wollten wir die vergehende Zeit bis auf den letzten Tropfen auskosten, sie aus allen Möglichkeiten saugen, die sich boten. Die hohe, blinde Hauswand diente uns für unsere Spiele, herrlich und hoch sprang unser Ball davon ab (wie ist das noch? spielt man so nicht *pelota* an den Kirchenmauern im Baskenland?). In dieser Mauer befanden sich auf Mannshöhe Kugeleinschläge. Im letzten Jahr war hier ein Mensch erschossen worden, und nur diese Löcher in der Wand waren davon zurückgeblieben. Wir bohrten in den Löchern herum und erweiterten die Öffnungen, bis der rote Ziegelstaub herausrieselte, so wie damals aus den Einschüssen in dem erschossenen menschlichen Körper das feinkörnige Blut gerieselt sein mußte.

Und im Garten, zwischen dem Grün und der Sonne, die wie Honig durchs Laub tropfte, inmitten dieses aufblühenden Lebens, das wie unsere Spiele alles erfaßte, wandelte unsere Mama. Sie trug den Arm in einer Schlinge, einer gelblichen Bandage, und sie war blaß, und über die Kletten, die Fransen der Maispflanzen, die sich windenden Bohnenstauden, über das wogende Meer aus Grün schaute sie zu uns herüber und neigte sich in jenen späten Frühling, der nach dem Vorfrühling eingetreten war wie der Glanz der Lichter, die im Theater aufscheinen, wenn der Vorhang nach einer großen Tragödie gefallen ist.

Man würde dieses Haus auf dem fernen, fremden Strand gern retten. Es wieder aufrecht hinstellen, auf das schamlos löchrige Dach Zweige und Blätter breiten, es mit Stroh ausstopfen, diese Blöße bedecken, helfen, es wieder zu einem Schutz vor den Elementen zu machen, das Schlimme wiedergutmachen, das Schlimme beseitigen, die damit einhergehende Verwüstung und Obdachlosigkeit beenden.

Und wenn nicht das, so will man sich daran zu schaffen machen, sich gegen die Eckpfosten stemmen, es von diesen kohlschwarzen Steinen drücken, auf denen es noch schwankt, es daran hindern, als Parodie einer Behausung so trügerisch in die Sonne aufzuragen, mit der Axt in die Schwelle hacken wie in die Wurzeln eines verfaulten Baumes, es von der Erde wischen, es ihr gleichmachen. Und um auch die letzte Spur davon zu tilgen, diese Balken, Sparren, Schwellen auseinanderreißen, den Putz wieder zu Sand zerreiben und in alle vier Winde zerstreuen, die Vorhangfetzen mit Hingabe in schmale Streifen reißen, das Glas in der Erde vergraben, die bloßliegende Wanne in tausend Stücke schlagen, die Rohre zu nichtssagenden Formen verbiegen, die Stätte umpflügen, aufreißen, ausgraben, einebnen, damit fingerblättriger *palmetto*, Bambus und wilde Bananen hier wachsen.

Nach dem getanen Werk der Vernichtung strömt mir geradezu der Schweiß übers Gesicht, und jetzt erst wende ich mich dem Meer zu. Und das Meer? ... Aus der Nähe grau und schmutziggrün-stahlgrau, und in der Ferne, wo die Wolken direkt daraus emporsteigen, smaragdgrün. Das Meer ... mit einem Seufzen ist es herangekommen, aaaach ... als wollte es sich in diesem Augenblick von Aufruhr und Verzweiflung zum einzigen Verbündeten erklären ...

Ein Ring aus Papier

Die Kunde von meiner Ankunft verbreitete sich sofort. Auf den Jahrmärkten, in den Herbergen, den Pfarrhäusern, unter den Bauern und unter den Juden. In den Schmieden, auf den Märkten, in den Remisen und den Ställen, in den Basilianerklöstern. Er ist da …

Bei Ablaßfeiern und Kirmestagen, Ernte und Heumahd, im Vorraum der jüdischen Läden, vor der Synagoge und am Eingang der orthodoxen Kirche (auf dem Berg die Kuppeln des Basilianerklosters, Pfade laufen nach oben, von den Pilgern ausgetreten, gewunden und wirr, durch das von den Gänsen abgerupfte Gras, an der Klosterpforte, wo Bogengang und Innenhof der Kirche nach Kalk und gottgefälligem Schweiß riechen, laufen sie zusammen, und hier: wie ein Troß das Lager der Greise, der alten Bettler, der Krüppel, die Gebete, Lieder, Bitten und Flehrufe heulen und lallen, »Herr erbarme dich«, »Reinste Jungfrau«, Stimmen, Skapuliere, Rosenkränze, Rümpfe, Rücken, Buckel, Stümpfe, Krücken, verwachsene Füße, zu Krallen verkrampfte Hände, auf ewig leere, zu einer Hautfalte zusammengezogene Augenhöhlen, die Grimassen der seit Geburt klaffenden Münder, rachitische Krummrücken, Affengesichter, Hinkefüße, zum Vorzeigen entblößte Reste von Armen, Taschen, Stöcke, mit Lumpen umwickelte Köpfe, manchmal ein athletischer Torso neben einem ausgedörrten Haufen menschlicher Knochen, und darüber, an den geweißten Wänden des Bogengangs, die schwarzen Leinwände von Bildern mit Heiligenköpfen in einer Aureole, strenge Gesichter mit starr geradeaus gerichteten Augen, denen der Maler Brauen, Wimpern und Augenränder wie im Schönheitssalon mit Mascara belegt hat, und darüber, in einem Kranz aus Glagolicabuchstaben, der heilige Geist – Paraklet), in den Salons der Klubs, über dem grünen Tuch der Kartentische, in den Advokatskanzleien, bei den an einer Mühle, an Übergängen und Furten wartenden Fuhrwerken wurde die Nachricht wiederholt und hochgespielt, ging um und verbreitete sich. Er ist da …

Er ist zurückgekommen, sagten sie. Er hat ein Vermögen, erzählte man, Geld hat er, Güter, Mengen, Massen. Er ist mit einem ganzen Gefolge gekommen, erzählte man, mit Pferden, Hunden und Teppichen und Kelims, sagten sie, silbernes Geschirr hat er, Wandbehänge, Zaumzeug, Reitzeug, Sättel, Ketten, Kleidung. Ich sei in der besten, elegantesten Herberge abgestiegen, hieß es von mir, ich sei mit Kosaken gekommen, meinen Dienern, und meine Pferde seien Araberpferde, und eine Meute Windhunde sei dabei.

Das, was sie mir nicht vergessen konnten, auch wenn es schon wer weiß wie viele Jahre zurücklag, das war meine Art damals, wie sie sagten, daß es keinen gab, der verwegener gewesen wäre. Von damals, als ich noch hier war, stammt die Erinnerung an Pferdehändler und Kutscher und Gespanne, ich war es, dem sie die Pferde aus Asow, aus Moldawien, aus Anatolien und der ungarischen Puszta brachten, in den verschiedensten Farben, auf Jahrmärkten aufgelesen, im Ausland gestohlen, aus fernen Gegenden hergeführt, über den Widerrist geschlagen, von Pferdeknechten ungesattelt bestiegen, in schilfüberwucherten Teichen zur Schwemme gelassen, mit blutunterlaufenem Auge im Gedränge, Staub und Lärm des Pferdemarkts blinzelnd, wo man sie Schritt, Trab und Galopp gehen läßt, wo ihnen unter wildem Gezerre und Ohrenanlegen mit herunterhängendem Halfter der Schmied das glühende, in den Wolken des kochend heißen Dampfes gehärtete Eisen an die Hornhaut des Hufes anpaßt.

Ich war es, von dem sie sich erzählten, daß er für den Vierspänner die Pferde nicht nach Farbe und Aussehen wählte, sondern nach ihrer Ausdauer, und je häßlicher und schäbiger, desto begehrter waren sie. Daß ich sie nach ihrer Originalität auswählte, weshalb zum Vierergespann immer ein Schecke gehören und die anderen so seltsam wie möglich sein mußten, getigert, gefleckt, wolfsfarben, getüpfelt, Ungeheuer in seltenen Schattierungen, und wenn eines eine Brandnarbe hatte, weil es in einem Feuer gewesen war, dann wurde es so angespannt, daß die Narbe außen war, und wenn das Pferd ein Glasauge oder,

wie man so sagte, einen »Silberblick« hatte, dann war es um so
wertvoller. Und das Geschirr durfte bei mir nur aus rohem
Leder sein, nach einheimischer Art gedreht, nicht mit Pech-
faden genäht, sondern mit Leder, ein Geschirr, das einfach und
leicht anzuschirren ist, und auch das Ausschirren geht ganz
flink, eine Art deutsches Geschirr, aus doppelt gelegtem Leder,
die rauhe Seite innen, die glatte nach außen, Brustblatt und
Kummet, von dem aus seitlich und ringsherum der Kummetbügel verlief, der Kammdeckel auf dem Rücken des Pferdes, wo
ihn Scherenriemen festhielten. Diese bremsten den Wagen,
wenn er in Fahrt war, die Deichselpferde hielten ihn, während
die Ortscheit- oder sogenannten »Peitschen«-Pferde im Vierspänner, dem Viererzug, an die um die Schenkel der Hinter-
achse befestigten Seitenscheren gespannt waren. Aber die wahre
Zierde des Geschirrs war das Zaumzeug mit den Kopfgestellen,
den Backenriemen und Kehlriemen und dem mit Messingplat-
ten beschlagenen Riemen, der über die Mitte des Pferdegesichts
verläuft. Und ganz besonders der prächtige, mit Schnalle und
Messingbeschlägen verzierte Gurt, der vom Kopfgestell bis
unter den Hals führt, die Ganaschierung, ein Gurt, an den man
Quasten, Glöckchen und Rasseln hängt, die Glöckchen aus
dem Silber von Zarenrubeln, die Quasten aus dem Blech alter
Patronen gezogen und die Rasseln aus gut getrocknetem Bir-
nenholz, quadratisch, an den Fugen zusammengeschmiedet,
darin kleine Herzen aus auf Draht gezogenen Holzperlen schlugen.

Jemand hatte mich auf der Straße gesehen, die von Prełęcza Ta-
tarska nach Rachów hinunterführt, auf einer mit langen Schlan-
gen von Automobilen, Lastwagen, Fuhrwerken und Kutschen,
Gerätschaften und Fußgängern verstopften Straße, und alle
starrten in die eine Richtung, wo unter Hufgetrappel und in
Staubwolken gehüllt eine Herde Pferde vorbeidrängte, hundert
Kilometer weit hierhergejagt, zusammengedrängt, zusammen-
getrieben, eine Woge von Pferdemähnen und -nacken, schaum-
bedeckten Hälsen und schweißnassen Flanken. Es waren junge
Pferde, von einem Gestüt in Janów Podlaski, oder vielleicht in

Włodawa. Zwei- und Dreijährige, verschreckt und mit den Augen rollend, die Nüstern gebläht, in staubigen Dunst gehüllt. Diesmal standen die Pferde auf gleicher Ebene mit dem Menschen. Es gab nicht mehr diesen schrecklichen Unterschied zwischen stummen Tieren und der artikulierten Klugrednerei der Menschen, über den Pferderücken pfiff keine Gerte, und es trieb sie auch kein menschliches Fluchen zur Eile an.

Und danach, so erzählte man, hätte ich die halbe Welt besucht. Ich, der ich die Gestüte von Chorostkow, Czarnokoncy, Jarczowcy, Albigowa, Sławuta kannte, hätte andere kennengelernt, in Babolna in Ungarn, in Lippiza in Österreich, die Gestüte von Pompadour und Tarbes in Frankreich, die »Royal Mares« in Malmesbury und Tutbury in England. Ich wurde in Longchamps und bei den Paddocks von Newmarket gesehen, auf dem Hindernisparcours in Saumur und in Hurlingham beim Polomatch. Man erzählte, ich hätte in den Zelten der Wahabiter übernachtet und sei auf ihren Pferden geritten, und ich kennte ihre Stämme, die Stämme der berühmten Fünf von Al Chamsa, die kastanienbraunen »Kuhajlany« mit länglichem Gesicht und hohen Fesseln, die weißen »Saklawi« mit hohen Beinen und nach unten gewölbtem Brustkorb, die »Munghi« mit goldfarbenem Haarkleid und schmalem, länglichem Rumpf, ich könne sie an Gang, Körperbau und Schweifansatz unfehlbar erkennen. Am blutroten Innern der geblähten Nüstern, der von Nerven durchzogenen, empfindlichen Haut, dem Wiehern der sich verweigernden Hengste, am Fall der Mähne, den rosenfarbenen Augen, an den mit Zaumzeug aus roter gewirkter Wolle geschmückten Stuten und dem ungeduldigen Suchen der Fohlen nach dem Euter der Mutter.

Man sprach davon, daß ich in Zargorod zum Türken geworden sei, zum Moslem, ich hätte meinem Glauben entsagt und den Turban des Paschas aufgesetzt, Epauletten angelegt und den Krummsäbel und Roßschweifschaft angenommen. Voll Grausen berichteten sie, das Bild der Schwarzen Muttergottes im Ułaszkowcer Kloster habe damals blutige Tränen vergossen, und die Zarenpforte in ihrer Kirche sei geborsten.

Wie dem auch sei, ich sollte kommen. Unabhängig davon, ob ich als Beschnittener zurückkam, ob ich auf weichen »Karamanen«, in persischen »Hamadanen« und »Sarouks« und »Tschirwanen« zum Beten herumsaß, ganz gleich, ob ich an einer Bernsteinpfeife kaute, ob die Nachtigall für mich auf Farsi *bulbul* hieß und ich mich mit einem Siegelring auswies (der dann respektvoll zu küssen war), wie dem auch sei – ich war zurückgekehrt.

Ich hätte mir eine Frau mitgebracht, hieß es, eine fremde, junge, dunkeläugige Griechin. Das mußte zu dem ganzen orientalischen Drumherum dazugehören, wie ließe sich das auch sonst erklären. So eine aus fernen Gefilden, exotisch, verschleiert, feurig, mit verhangenem Blick zwischen ihren Schleiern hindurch, sie war ebenso unverzichtbar wie die erfundenen Reichtümer, Silberzeuge, Pferde und Windhunde.

Und da es nun einmal so ist, will ich es selbst ergänzen. Ich lasse ein Pferd satteln, schmücken und herrichten wie den Hengst für das Gefolge des Bräutigams in einem Hochzeitszug. Vom Hof durchs Tor, vom Tor über die Straße, dahin, wo die Schmiede am Dorfrand steht.

Hüte dich vor der Schmiedin, die im Garten, zwischen Disteln, Steppengras und Kletten Engelskraut, Königskerze, Raute, Pimpernell, Rhabarber, Kamille sät, die Schierling, Wermut, Weißwurz, Belladonna, Malven sammelt, die Moorbeere, Centurianum-Tausendgüldenkraut, Hypericum brüht, die weiß, wo man Valeriana, Passiflora, Huflattich, wilde Rosen findet, die Thymian und Minze züchtet. Geh ihr aus dem Weg, meide ihren Blick, schau nicht auf ihre Beine, wenn sie den Rock schürzt, dünne Fäden spinnt, wenn sie am Joch Eimer vom Bach trägt, wenn sie die Schweine mit Abfällen füttert. Sie ist es, die sich, wenn man ihr zur Mittagsstunde auflauert, mit Schemel und Melkeimer in den Stall stiehlt, sich an die Wand setzt, wo an den Haken Zaumzeug, Geschirr, Zügel, Halfter und Kummet hängen, sie nimmt die herabhängenden Enden der Zügel in die Hand, die Hexe, und melkt sie, läßt die Milch aus den ledernen Enden der Zügel in den zwischen den Schenkeln gehaltenen Eimer spritzen, zisch, zisch, »die Sonne scheint, der Regen fällt, die Hexe macht die Butter fett«, zisch, zisch, die Hexe melkt an den Zügeln die Kühe im Dorf aus, und maunzend streicht der schwarze Kater um ihre nackten Knie, der Gefährte der nächtlichen Ausflüge der Hexe.

Wenn sie sich nähert, legen die Hengste die Ohren an, die Stuten stemmen sich gegen die Stallwände, schlagen aus, weichen zurück, setzen sich auf ihr Hinterteil, treten von einem Huf auf den anderen, beißen, schnauben, stehen stocksteif. Sie ist es, die ihnen Kolik, Hufentzündung, Lahmheit, Räude, Satteldruck, Darmverschlingung bringt, sie bewirkt, daß sie sich vertreten, ihnen der Huf vernagelt wird und bei lebendigem Leib verfault, die ihnen Rotz, Blindheit, Störrischkeit beschert, die verursacht, daß sie sich erkälten, lahm werden, ihre Hufeisen verlieren, an Kreuzwegen scheuen, daß Asthma sie plagt, sie Krippenbeißer werden, daß Verwirrung sie überfällt und sie durchgehen.

Ein Peitschenhieb, daß die Striemen sich auf der empfindlichen Haut abzeichnen, und hinaus ins Freie!

Ein alter Schützengraben zieht sich über den Kamm der Felder, ein krumm verlaufender Graben, mit seinen Übergängen, Querverbindungen und Zugängen, auf der Brustwehr ist Kalk aufgeschüttet, der irgendwann ausgestreut wird, wie eine weiße Narbe, die auf der Schwarzerde die frisch gepflügten Furchen markiert. Der aufgegebene Graben dient als Pferdefriedhof. Es ist leicht und erfordert kaum Aufwand, die Pferdekadaver in diesen Graben zu schleifen und sie schnell und nachlässig mit Erde zu bestreuen. Bald finden die Hunde den Weg dorthin und wühlen die Erde auf, um an das Aas zu gelangen. Der Bauch ist rasch eingefallen, nur die Rippen, die gespreizten Unterbeine und die Hufe des Pferdes ragen empor. Der Schädel, der Kopf mit den schwarzen Augenhöhlen, die hervortretenden Zähne, der gewaltige Kieferknochen, die Halswirbel, Schulterknochen, die scharfen, kantigen Hüftgelenke, das Skelett, ein klug erdachter Apparat, die Gelenke, die zweckmäßige Anatomie, ein aller Muskeln entkleideter Apparat, ein stinkender Pferdekadaver. Nachts richtet er sich verzweifelt auf, zuerst auf die Vorderbeine, dann mit einem Aufschrei des Pferde-schmerzes, der Verzweiflung darüber, daß ihm etwas befiehlt, wieder aufzustehen, rappelt er sich noch einmal schwankend und mit einem Fluch auf das Leben hoch, und sein leerer Brust-korb hebt sich vom Atem, der wie ein aufgescheuchter Vogel durch die Rippen flattert. Des Nachts, zwischen Wolkenfetzen, die grausige Erscheinung zusammengewürfelter Pferdegebeine, die zu einer schrecklichen Karikatur geworden sind, um noch einmal den Menschen zu dienen, sich für die hetzende, galop-pierende, von den Menschen erfundene Vierheit von Hunger, Seuche, Krieg und Tod herzugeben – diese Erscheinung läßt sich im markerschütternden Wiehern eines in den Wiesen vor Glück unbändigen Fohlens vernehmen, ein Wiehern, das dann in das wilde Kreischen der Pferde übergeht, die auf allen Schlachtfeldern der Welt in Angst und Panik dahingemäht worden sind.

Und wir jetzt im Schritt durch den Eichenwald, das harte, seit dem Herbst verwelkte Gras, steife Büschel in der Januarluft. In der Mähne, der rauschenden Mähne des Pferdes blinken die hineingeflochtenen goldenen Plättchen auf, wie Zechinen im Zopf einer Zigeunerin. Der blaue Winterabend ist schon da, und der Wald wird dunkel. Gut ist es, nicht weit von zu Hause fort zu sein. Kühn kann man in den Schlund der Welt blicken, tief die frostige Luft einatmen, ihr die Wange hinhalten.

Zu Hause schwimmt der Docht der Petroleumlampe in der bernsteingelben Flüssigkeit, wie ein goldenes Pfauenauge blickt die Flamme aufmerksam und klug auf die Schatten im Zimmer. Im Samowar summt leise das Wasser, und der Tee im Glas ver-goldet den Löffel darin mit einer leuchtenden aromatischen Goldschicht.

Im Licht der Lampe sehe ich meine Hand, die auf dem Tisch liegt, und an ihrem Ringfinger schimmert mit eisernem Glanz ein Ring aus Papier.

Bruchstücke

Von der anderen Seite des Kordons drang nicht viel bis zu uns. Da war die österreichische Grenze, das hieß, daß auf dieser Seite die »Finanzen« waren und auf der anderen Seite des Zbrucz ein Soldat mit einem Stutzgewehr. Im russischen Staat hatte die Armee die Grenzwache gestellt, etwas wie bei uns die KOP. Aber dann kam der Krieg, und alles verwischte sich etwas. Zuerst waren es die Namen der Städtchen und Städte, die näherrückten. Vorher war es nur Wołoczyska gegenüber Podwołoczysk, und jetzt lautete es auch Żmerynka und Wapniarka und Winnica und Kamieniec Podolski und Płoskirów. Aber jenes Land blieb jenes Land, und hier war hier. Hier, das war Jagielnica und Probóżna und Skała und Borszczów und Ułaszkowce, wo ich zur Welt gekommen bin. Wo ich die ersten fünf Jahre meiner Kindheit verbracht habe.

Ja, diese ersten fünf Jahre meiner Kindheit. Fast nichts davon ist geblieben, und diese fünf Jahre eines kleinen Lebens, einzeln und in der Erinnerung abgetrennt, als hätte sie ein anderer erlebt und nicht ich. Streng dich doch an, sage ich mir, versuche, dich zu erinnern. Und ich versuche, mich zu erinnern, aber es sind nur abgerissene Bruchstücke, wie die Mosaiksteinchen, die man findet, wo einst eine römische Villa gestanden hat, und es gelingt mir nicht, daraus ein Bild zu rekonstruieren.

Ich erinnere mich schwach, daß zwischen unserem Haus und dem Seret eine Weide war, wo podolische Ochsen weideten, von Hirten gehütet. Dort ging oder kroch ich irgendwie hin, zu diesen Hirten, die einen starken Geruch ausströmten, nach tiefer Bäurischkeit rochen sie, nach ungewaschenen Körpern. Groß und furchterregend grasten die gehörnten Rinder mit ihren Rindermäulern, und die Hirten waren sehr erwachsen, gutmütig und zynisch, es war der Zynismus ursprünglicher Menschen, und um sie lag etwas Wildes.

Als ich heimkam, oder vielleicht wurde ich auch heimgebracht, eröffnete ich meiner Mutter: »Ich will Kuhhirt werden.« Das wurde mir sofort ausgeredet, anscheinend war eine solche Phantasie so unangebracht, sie lief dem einsamen Ehrgeiz einer inmitten der Primitivität verlorenen Intelligenzlerfamilie so zuwider, daß man es mir, ungeachtet meines zarten Alters und der Absurdität meiner Wahl und Überzeugung, von der komischen Seite der Sache einmal abgesehen, brutal ausredete und mich damit zum Weinen brachte.

Sonntags, das weiß ich noch, wurde nach dem Mittagessen das Dienstmädchen zu Szors Lädchen geschickt, um Sodawasser zu holen. Herr Szor hatte auch ein Holzlager, und bis heute erinnere ich mich an den übelkeiterregenden Geruch des Abfallhaufens aus dem jüdischen Garten, der mit einem Zaun aus schiefen Brettern eingefriedet war, Brennesseln und Kletten wuchsen dort. Das Sodawasser wurde in eine mitgebrachte Karaffe mit Glasstopfen gezapft, es kam aus einer großen Kupferflasche, bauchig, in einen Siphon auslaufend, und mit einem Zischen brodelte das Wasser, und durch das Glas sah man unglaubliche Gasbläschen, die dort in dem geschlossenen Gefäß verrückt spielten, und später, zu Hause, gab man in die bereits mit Wasser gefüllten Gläser Himbeersirup, der das Wasser rosa färbte, und das Ergebnis war ein göttliches Getränk, unvergleichlich, etwas Unirdisches mit Sodawasser.

Man ging auf Besuch zum Haus des Postmeisters, da waren viele Kinder, und die Frau Postmeisterin brachte ständig neue zur Welt, und in diesem Haus stank es nach ungewaschenen Windeln und Durchfall, und auch die Spielsachen der Postmeisterskinder waren mit diesem Windelgeruch behaftet, doch waren diese Spielsachen so fremd und anders und höchst seltsam und exotisch. So sehr ich mich auch anstrenge, ich kann mich an keines dieser Postmeisterchen mehr erinnern, aber bis heute ist mir ein Spielzeug im Gedächtnis geblieben, ein Miniaturfahrrad, ganz der Form eines echten Fahrrads nachgebildet, mit allen Details, Lenkstange, Gangschaltung, Sattel, Pedale und was es sonst noch alles gab, daran erinnere ich mich bis heute, als hätte es diese ganze Welt nicht gegeben, sondern nur dieses Miniaturveloziped. Nun gut, ich erinnere mich noch an den Bart des Postmeisters, einen Spitzbart, aber das hat einen ganz bestimmten Grund. Diesen Postmeister ereilte nämlich ein früher Tod, und nach den vorgeschriebenen Gepflogenheiten lag die Postmeisterleiche eine bestimmte, vorgeschriebene Anzahl von Tagen zu Hause, vielleicht stank er sogar schon ein bißchen, und das sorgte bei uns im Kinderzimmer für Grausen. Dieses Grausen war wohl durch unverbesserliche Küchen- und Kindermädchen eingeschleppt worden, die sich in dieser Einsamkeit, wo so etwas ein Ereignis ist, keine Gelegenheit zu makabren Schaudern und Kitzel in der Magengrube entgehen lassen. Eine von ihnen, ein Trampeltier, hatte vor den Ohren der Kinder, vielleicht sogar mit voller Absicht vor den Kindern, einer anderen anvertraut, wie das war, wie sie gegangen war, um dem Erstarrten auf dem Katafalk die letzte Ehre zu erweisen und den Angehörigen einen Besuch abzustatten, und wie es ihr aus Neugier in den Kopf gekommen war, den Bart zu berühren, den postmeisterlichen Spitzbart, wobei ihr die eisige Kälte der sterblichen Überreste einen eingebildeten oder tatsächlichen Schrecken eingejagt hatte.

Das ist also die Erinnerung an den Postmeister, sicher noch ein junger Mensch, der nach damaliger Gepflogenheit die vorzeitige Reife durch Pflege seines Bartwuchses zu unterstreichen suchte, und diese Erinnerung wird mich immer begleiten, sobald ich Anlaß habe, über die Vergangenheit nachzusinnen.

Es mag so aussehen, daß der Mensch in seiner Erinnerung schwankt, und wenn er die Gedanken nicht darauf konzentriert, kommt die Erinnerung im Tagtraum zu ihm oder im Schlaf, oder sie steigt im Innern als Bild wieder auf wie ein Schluckauf nach dem Mittagessen, oder sie kleidet sich in einen Sonnenuntergang oder in den Geruch des Kohlenqualms von der Lokomotive hinter der Heckenbiegung oder rumpelt weit weit weg mit einem Fuhrwerk auf der Landstraße, ergrünt in dichten Kletten im Schatten oder knirscht im Eis unter den Sohlen auf dem winterlichen Pfad. Und schon ist sie da, schon ist sie bei uns, aber anders, scheinbar dasselbe, aber anders, ein gleiches und doch anderes. Eine Schindel auf dem Dach, eine blaugrau gedunkelte Schindel, die abgetretenen Trottoirplatten, eine Kugel aus vergoldetem Glas in einem Bürgergarten, ein verschwitzter Jackettkragen, schwarz verschwitzt an einem mit Schnüren umgürteten Lastenträger, die Waden eines Dienstmädchens, das auf der Galerie den Teppich klopft, ein schwindsüchtiger Kellner im Restaurant, der mit einer schmuddeligen Serviette die Bierlachen wegwischt, die der vorige Gast hinterlassen hat (der vorige Gast, ein Mensch, ein König der Schöpfung, ein Nächster, von dem nur Bierlachen und zerbrochene Zahnstocher im Salzfäßchen übriggeblieben sind, mein Gott, das ist eine wahrhaftige Tragödie des Verschwindens!). Kehrt so das vergangene Leben zu uns zurück? Ist das alles, was von jener Welt geblieben ist? Nichts weiter? Und was ist jetzt, in diesem Augenblick?

In diesem Augenblick – das ist schwer zu sagen. Denn in diesem Augenblick bin ich vollgestopft mit Erinnerungen und der Zukunft zugewandten Träumen. Ich selbst stoße den Moment von mir, ich verfluche ihn und möchte ihn fliehen. Wenn ich an der Haltestelle auf die Straßenbahn warte und ungeduldig werde, dann fliehe ich vor der Gegenwart in eine wundersame Zukunft, die sich in sechs Minuten abspielen wird, in die wunderbare Welt der Straßenbahnfahrt. Ich lebe schon in dieser Zukunft, denn ich giere nach ihr und verachte den Augenblick des Wartens. Womit läßt sich das vergleichen? Man kann es mit dem Reiten auf einem Wellenkamm vergleichen, so etwas gibt es doch wohl als Sportart in Hawaii. Das Reiten auf einer Welle in der Brandung, die sich am Ufer bricht. Dort haben sie uns erklärt, wie es sich mit einer solchen Welle verhält, die Wassermasse steht auf der Stelle, nur die Welle hebt sie abwechselnd zum Kamm und senkt sie zum Tal, aber wenn man sich an einem bestimmten Punkt der Schräge befindet, dann fährt man endlos über die Rutschbahn des Kamms dieses Wellenbergs, beziehungsweise man wird von der Welle getragen. Schön ausgedacht haben wir uns diesen Vergleich, der den einen gelungenen Nachteil hat, daß er uns nichts erklärt.

In diesem Augenblick – das ist genau der Moment, in dem ich

versuche, mich zu betrügen. Ich erinnere mich an schmeichelhafte Dinge und angenehme Erfolge, und ich meide die verräterischen Erinnerungen an Situationen, als ich am Boden lag, als
ich Niederlagen erlitt, als ich dem Ideal, das ich mir ersonnen
hatte, nicht gerecht wurde. Ich bin ein parteilicher Historiker,
mein eigener Plutarch, ein Chronist und alles mit allem verbin-
dender Panegyriker meiner selbst. Weshalb? Wohl um mich in
den Griff zu bekommen, um mich nicht meiner inneren Ordnung zu begeben und mir die Wahrheit wie Sand durch die Finger rinnen zu lassen. Und selbst wenn ich mich zwinge und es
mir leiste, die ganze Wahrheit zu sagen, dann wird es doch immer
irgendwie subjektiv sein, eine Auswahl jener Wahrheit, denn ich
bin ja kein Wunderwesen, und das wird sich auch zeigen, in
anderer Form und, geben wir es zu, in einer anderen Pose.
In diesem Augenblick betrachte ich die vor mir hingebreitete
Landschaft, die Wellen und zufällig komponierten Gegenstände dieser Landschaftswirklichkeit, nichts darin unterscheidet sich von der Landschaft eines Restauranttischs mit Bierlachen, den Gebirgsmassiven aus Pfeffer- und Salzfäßchen und
dem Dschungel eines sterbenden Blumenstraußes in der vom
Glas und Wasser trüben Vase. Der Unterschied ist, daß diese
Landschaft nicht nur vor einem Moment, einer Stunde, vor ein
paar hundert Jahren, sondern die ganze Zeit eine andere war,
daß sie soeben eine andere war als jetzt, je nach der Perspektive
des Betrachters. Mein Sonnenuntergang, der mich mit hellgrünem und orangefarbenem Licht überströmt, ist für einen anderen, auf der anderen Seite, ein melancholischer oder heiterer
Sonnenaufgang. Und so könnte er auch für mich, wenn ich nur
den Moment und nur diesen Moment nähme, ein Sonnenaufgang sein.
Was für eine kolossale Entdeckung seiner selbst inmitten der
eigenen, einzigen, unüberschreitbaren Welt. Welche Genugtuung und welche Furcht in dieser Vereinsamung. So sehr ich
mich auch an andere anschließen, mich in die Herde einkaufen
und eindrängen mag, es wird mir nichts helfen, und ich bleibe
immer allein und kann immer nur meiner eigenen Nase nach.

Dieses Meiner-eigenen-Nase-nach bereitet mir immer Empfindungen, die sich früher oder später von den erworbenen, unvermeidlichen, belehrenden Empfindungen anderer unterscheiden. »Meine Mama hat gesagt«, das ist die präparierte Welt, die ich am Anfang lernte, als ich noch allein war. Darin sammelt sich das Wissen, die »Folklore« des Kinderzimmers, der Welt der Schürzenzipfel der Mama. Heute bin ich erwachsen, und diese Welt steht in sentimentale Erinnerungen eingerahmt da, aber wie seltsam und anders war es damals. »Eher werden wir unsere eigenen Ohren sehen als ›die Unsrigen‹.« (Das war zur Zeit der russischen Invasion, und die »Unsrigen«, das war das österreichische Heer.) Ich blickte hinauf zum kleinen Ohr meiner Mutter, dem Ohrläppchen, das unter einer Haarwelle hervorschaute, und ich berührte meines und dachte, daß ich es nie würde sehen können, denn das kann man wirklich nicht, nun ja, im Spiegel kann man es wohl betrachten, aber das ist nicht dasselbe. Und sogleich erbebte etwas ganz Fernes in mir, aber ich war mir nicht bewußt, daß es eine Metapher war, eines der vielen übertragenen Bilder, mit denen wir unsere Rede spicken, weil man anders gar nicht reden könnte. Mit einem Blick auf einen nicht verheilten Finger, einen kleinen Wulst auf der inneren Seite des Mittelgelenks, sagte meine Mutter, das sei »wildes Fleisch«, ach, wie wurde mir bei diesem »wilden Fleisch« angst und bange. Ehrlich gesagt habe ich nie wieder von einer solchen Erscheinung gehört. Bei uns zu Hause hieß es, die alte Frau Brasznicka, die wirklich sehr alt war, habe einen »Bärenhunger«, denn sie verschlang alles in unglaublichen Mengen, und wenn sie uns besuchte, war es, als dehnte sie sich aus, als streckte sie die Fühler ihrer Gefräßigkeit bis in die Küche, in die geheiligte Speisekammer – »Ich hab gesehen, Ihre Kinder haben da so ein köstliches Küchlein« (was mochte das gewesen sein, Strudel oder Mürbeteig, mit Kirschen, Mohn, Nüssen, oder eine Bisquitrolle?). Es hieß, Fräulein Kasia sei eine Ruthenin, Fräulein Kasia, die Gefährtin von Frau Wanda Górska, immer unzertrennlich, immer zusammen, Frau Wanda Górska in schwarzer Spitze und neben ihr Fräulein Kasia, schlank, mit

Hut, ein steifer Strohhut, in die Stirn gedrückt, unter dem Kinn eine Schleife am hohen Kragen, und es war seltsam, daß eine Ruthenin eine Dame mit Hut sein konnte, eine Ruthenin war doch immer eine Bäuerin, im Sommer barfuß, mit einer schwarzen Schmutzkruste auf den Füßen und einem ausgefransten Rock und einem Kopftuch, das unter dem Kinn zu einem Knoten gebunden war. Und Fräulein Albina, Albinchen, das war die Näherin, die kam zu uns auf Tagelohn, Fräulein Albinchen, über die Näharbeit geneigt, über die Maschine, mit der rechten Hand bremste sie das sich drehende blitzende Rad der Nähmaschine, und die Maschine selbst war ein Singersches Gewirr von Zapfen, Schräubchen, seltsamen Ösen und Fadenführungen, mit einer raffinierten Vorrichtung zum Aufspulen des Fadens auf eine kleine Spule, die hinterher irgendwie zu dem glänzenden Schiffchen paßte. Und Fräulein Albina läßt mit der linken Hand die Klemme für den Stoff herab, und der Stoff staut sich hinter der Brücke, hinter dem Bogen der Singermaschine, zu einer wirren Landschaft von Falten, und winzig klein, ratternd läuft die gesteppte Naht heraus, wenn sie mit ihrem unter dem Rock verborgenen Fuß das Trittbrett der Maschine traktiert. Und ringsherum diese verstreute kleine Welt aus Ösen, Häkchen, Perlmuttknöpfen, Stoffschnipseln, Fadenspulen mit der »Trojka«, Nadel und Nädelchen, eine kleine Ölkanne ist da und die Aufschrift »Singer« in Girlanden goldener Schnörkel, Fräulein Albinchen erscheint und verschwindet periodisch wie das Mondlicht, ihr längliches Mondgesicht leuchtet uns auch regelmäßig und in bestimmten Intervallen. Manchmal in Verbindung mit einer Vokalise, einer sängerischen Darbietung, gab Fräulein Albinchen gedehnt und mit dünner Stimme die Polonaise von Ogiński oder »Ich nehm den Waffenrock, ich nehm den Waffenrock und schnall den Säbel um«, und unweigerlich endete es mit »goldenen Lettern, goldene Ziffern lassen wir gravieren«, oder »ich werd mir meinen Zopf nicht ringeln«, oder etwas Ruthenisches wie »Es rauscht und raunt, ein feiner Regen fällt …«. Zu anderen Zeiten kamen der Kürschner und sein Gehilfe, und die alten Pelze und

Felljacken wurden hervorgezogen, und mit ihnen kamen die Motten, mit eigenen Augen habe ich die kleinen, widerwärtigen Mottenlarven gesehen, eingekapselt in die langen Hinterleiber, wie sie ruhig und gierig diese Haarwälder abfraßen, und ihre Generalreinigung, und dann schnitten Herr Aszkienazy und sein Gehilfe die Stücke aus und paßten sie aneinander, auf der einen Seite die wunderbaren seidigen Haare, auf der anderen die nach nichts aussehende dicke Haut, und das alles kam in Windeseile unter ihren Händen als ein Ganzes heraus, all diese ehemaligen Waschbären, Füchse und Persianerfelle, und wir, die Kinder, standen da und reckten die Hälse, wenn man uns diese ärmellosen formlosen Unterfutter überzog, und alle ringsum staunten, wie man so wachsen konnte. Oder der Glaser Kimmel kam, und sofort verbreitete sich der Geruch nach Kitt, und seltsam und schrecklich zugleich war es zuzuschauen, wie der Diamant über das Glas kratzte und sich die dünnen Glasspäne unter den Fingern abschälten, die selbst wie aus Glas waren, und die aus den Angeln genommenen Fenster lagen groß und unnatürlich flach auf dem Tisch, und der Glaser klopfte kleine Nägel ein und formte kleine Rollen aus Kitt und dann, ratsch, mit einer einzigen Bewegung des Messers an der Leiste des Fensters entlang verteilte er den Kitt gleichmäßig und strich ihn glatt. Den Kitt konnte man danach noch wochenlang herauspulen und formen, so lange blieb er weich und knetbar.

Und dann gab es noch Stoffläppchen, die »Pröbchen«, die die reisenden Händler brachten, kleine Heftchen mit Stoffproben, an den Rändern reizend gezahnt, Tuch, Kammgarn, Cheviot, Garbardine, und dazu Bänder und Rüschen, bleierne Zechinen zum Einnähen und Beschweren von Jacketts, und Morgenmäntel, Schlafröcke, Toques für auf den Kopf und wer weiß was sonst noch alles, Überwürfe, Kellerfalten, eine Wunderwelt, verschlingende, den nackten Körper umhüllende Materie. Auf den Körper war man übrigens auch von Anfang an neugierig. Da kommt mir die Erinnerung an ein Bad im Seret, einen großen Ausflug an den Seret, und das war ziemlich weit weg, man ging im Sommer, die Luft stand von der Mittagsglut, man ging die schräge Böschung des Seret entlang, wo dünne Schichten »Fels« hervorschauen, die zu Felsstaub zerrieseln, und weit unter die Auwiesen bis an den Fluß, das Gras von den Exkrementen der Gänse verdreckt, die in einer schnatternden, schekkigen zerrupften Herde herumgackerten; und die ebenmäßigen Stufen im Abhang, die die zur Tränke hinabsteigenden Kühe mit den Hufen zu rhythmischen, gleichförmigen Stufen ausgetreten hatten, und der platte Kuhmist, frische spinatgrüne Fladen und alter, holzig gewordener Kot. Und dann kam man irgendwohin, wo in tiefem Schatten, in tiefem Dickicht, im Grünen, eine alte Mühle war, und das Wasser des Mühlgrabens fiel über die Schaufeln des stillstehenden Rads, das mit einer glitschigen Schicht hellgrüner Wasserpflanzen überzogen war, einem grünen, lebendigen Wasserschlamm, und dort war es. Hier ergoß sich das Wasser in Tropfen, Schwällen, Kübeln vom Mühlrad, und hier, mitten in diesem Wasser bis zur Brust, das einem den Atem verschlug und wie tropfender Schweiß auf der Haut perlte, die großen Körper von Frauen zwischen Leintüchern, Leintücher aus grobem Hanfleinen und feucht von dem ausgewrungenen Wasser, und die großen voluminösen Körper der Frauen, ihre Kniekehlen, die Falten ihrer Becken, Veronesesche Körper, Waden, die sich zu den Füßen hin verjüngten wie Keile, und Schenkel wie gedrechselte Walzen und der Geruch von Frauenkörpern im Sommer, nach Schweiß, Seife und Wasser und dem Mühlbach, und die sich kräuselnden Haare, wo die Schenkel schamhaft zusammentrafen, unterhalb des Bauchs, und die festen Brustwarzen breit auf den Brüsten, die Ein- und Auswölbungen der Bäuche auf der Höhe von Taille und Gürtel, die Haare unter ihren Armen, und ihr Lachen wie das Gewieher von Stuten, wenn sie aufgeregt in die Schwemme getrieben wurden, so seltsam und unirdisch, Verwirrung und Schauder und eigensinniges Lachen, und das Wasser, an dem man sich verschluckt. Und hinterher blieb davon eine verwirrte Erinnerung, im Schauer des Einschlafens im Kinderzimmer. Im Kinderzimmer, das nach Windeln und Pisse und Säuglingspuder, nach Veilchenpastillen und Wicken roch.

Umgeben von all dem lerne ich, ob ich will oder nicht, ich sauge alles ringsum mit jeder Pore auf, so wie man mit der Haut atmet oder wie die Glieder eines Bandwurms mit der ganzen Körperoberfläche atmen, mit ihrem ganzen Wurmkörper. Das kommt mir wieder und wandelt sich in mir, und da genau beginnt die Umwandlung der Welt in meine eigene Welt. Die Folklore meiner Mama ist dieselbe, wenn sie wieder in mir aufsteigt, aber in mir verhält es sich anders, die Zeit wird anders gezählt, und mein Puls schlägt anders, obwohl mich die mütterliche Umarmung noch mit einer unsichtbaren Nabelschnur umfängt und fast erdrückt.

Und dann ringsum Stimmen, Stimmen und Sprüche, ein Garten der Worte, zugeschnitten wie die kleinen Pfade in diesem Garten, so ein Zweig aus Worten streckt sich wie ein Jasminzweig, daß einen ein Schauer überläuft, wenn Tautropfen herabregnen. »Jener Garten«, das war ein anderer Garten neben dem Bretterlager von Szor, um das Holzlager roch es nach Sägespänen und dem jüdischen Abfall. »Das klappt wie am Schnürchen«, sagte meine Mama, und ich dachte darüber nach, wie es möglich war, daß etwas so leicht und fügsam klappen konnte wie »am Schnürchen«. »Die Tadeuszowa«, das war ein Wort, das die ganze Welt der Hausmeistersfrau bezeichnete, ihrer Kinder, ihres Mannes, der versoffen und ehrlich gesagt ein Ganove war, ihrer verlotterten Armeleutewohnung; »die Rozlakowskis« hingegen war ein Wort, das eine ganze Bürgerfamilie umfaßte, eine ganze bürgerliche Welt, einen ganzen Kosmos, der sich immer um dieselben festgelegten Bürgerdinge drehte, »geborene, verheiratet mit«, die ganzen Rituale der angesehenen gesellschaftlichen Einrichtung der Ehe, steifer Regeln, Ethik, gesellschaftlicher Ordnung.

Und dann fährt es plötzlich heraus: »Brandstifter!« Und der Brandstifter, ein armer, provinzieller, zwischen den Feldern des Seret verlorener Herostratos, ein Pyromane, der sich aus der Eintönigkeit dieses Lebens mit einer Flasche Petroleum und einer Schachtel Schwefelhölzer in den Herostratos'schen Händen herauswursteln wollte, und dieses Wort bricht mit einem

Widerschein auf, mit dem roten Hahn, flackernd über den Dächern und Baumwipfeln, wenn wir, die Kinder, uns an die Knie der Mutter drängen und selbst nicht wissen, was es ist, aber es ist ganz richtig und wahr, daß es uns erschreckt, daß da ein Brandstifter ist. Und da wir schon mit einem Sprung so mitten in der Angst, der Panik, dem Griff an die Kehle sind, da es schon so schrecklich ist, daß uns der Verstand und das Bewußtsein fliehen, weil da Angst ist, da schließt sich sogleich noch eine andere Angst an, die Angst »tollwütiger Hund«, und der tollwütige Hund jagt durch die interplanetaren Räume, seine speichelsabbernde Schnauze reißt er über unseren Träumen auf, und seinen Schwanz hat er, natürlich nach Hundeart, nach tollwütiger Hundeart, zwischen die Hinterbeine geklemmt, und da ist nur noch der Atem und der Wunsch, bloß im Haus zu sein, in Sicherheit, hoch oben, hinter der Fensterscheibe, aber damit hört es nicht auf, daran schließt sich die Vorstellung an beim Wort »Verrückter«, der kommt vom Dorf, unrasiert, in Hosen, die am Hinterteil zerrissen sind, ein »dummer Hans«, ein Dorfschizophrener oder einer mit *dementia praecox*, die Hände zur verkrampften Klammer verschränkt, trampelt er vor der Hütte auf seinem Verrücktenpfad hin und her, und einen weiten Bogen machen wir um seinen Weg, und da scheinen uns die Alltagsängste leichter, vor den Zigeunern, die Kinder stehlen, vor dem Juden Ćwiok, der kommt, um Lumpen zu holen und den »in den Sack zu stecken«, der nicht artig ist, und noch leichter ist die Angst vor Klym, dem Wasserträger, aber Klym hat einen Bart und trägt einen braunroten Überzieher, wie ein Franziskanerhabit, und den einen Fuß hat er immer mit der Seite nach vorn verdreht, und sein Bauernschuh ist an der Stelle, wo er reibt, mit Schmiedeeisen beschlagen.

Und mit welcher Erleichterung verfällt man nach dieser Angst wieder ins Glück, in den Flaum des Glücks, Sodawasser! Sodawasser! Wie es in kleinen gasigen Perlchen in der Karaffe sprudelt, und wenn man Himbeersaft hineingießt, färbt sich der Saft rosig wie das Glück selbst!

Was ist das – Glück? Es wird einem schwindlig davon, es ist so lieblich, so vertraut, in erster Linie ohne Schmerz. In zweiter Linie ist es ohne Langeweile. Langeweile, das ist frühes Zubettgehenmüssen, gegen das man sich am Abend wehrt wie gegen den Sturz in einen Abgrund. Glück, das ist Erinnerung, ein Stück gelebten Lebens, das einem zum Eigentum geworden ist, das nicht mehr fortgenommen werden kann. Und die Erinnerung daran wird sogleich zu Traum. Man träumt. In dieser Welt der Träume aus Bruchstücken, Fetzen und Abfällen des im Gedächtnis Gebliebenen bildet sich eine andere Form neu. Man lächelt dieser Gestalt zu, das ist etwas Eigenes, etwas, das uns in den ketzerischen Dünkel des Erschaffens aus dem Nichts erhebt, des Erschaffens von Etwas, das noch nie dagewesen ist. Man kann zwischen zerbrochenen Spielsachen sitzen, zwischen Spänen, Kletten und Gras oder mitten in einer Landschaft und aus dieser zerstreuten Welt eine neue Gestalt bilden. Und das erscheint einem als Glück. Natürlich mischt sich auch Kummer hinein, die Betrübnis eines jeden Schaffenden. Daß uns etwas in den Händen schwankt, zu zerfallen droht, sein Gleichgewicht nicht wahrt, aber wir halten uns daran fest. Erinnerung. Erinnerung, und schon in der Erinnerung selbst ist ein Rhythmus, eine Alliteration, eine Wiederholung, deshalb klingt sie wie ein Gedicht. Aber dazu braucht man auch etwas Neues, immer und fortwährend, als ob uns alle Hühneraugen der Seele schmerzten, als wollten wir uns einmal aus Dejaniras Hemd der Alltäglichkeit herausreißen. Wiederholung und Neues. Die Wiederholung, die mit Langeweile droht, und das Neue, das mit Neuheit schreckt.

Was ist das – Glück? Wenn man etwas aus dem offensichtlichsten und selbstverständlichsten menschlichen Begehren und der Habgier ableiten wollte, dann würde man meinen, daß es die Befriedigung von Ehrgeiz ist. Denn scheinbar entsteht all unser gieriges Streben und Ringen und Drängen aus dem brennenden menschlichen Wollen, der Begierigkeit des Menschen, über andere Menschen zu herrschen. Deshalb fängt es schon ganz früh an mit dem »Mein Papa hat dies – aber mein Papa hat jenes«, als hätte man durch diesen Papa, durch die eingebildeten oder tatsächlichen Eigenschaften dieses Herrn, die Gelegenheit, die erste Möglichkeit, sich zu erhöhen und aufzuspielen. Irgendein Psychologe würde das mit der ursprünglichsten, primitiven Kunst von Mimikry und Verstellung gleichsetzen, wenn dieses oder jenes Insekt eine stärkere oder giftigere Gattung verfolgt, dadurch eine psychologische Atmosphäre von Überlegenheit schafft und natürlicherweise aus dieser Überlegenheit sofortigen Nutzen zieht. Wenn ich begabter, klüger, reicher, fähiger, einflußreicher, von besserem Stande und tugendhafter bin, dann ist es nicht nur so, daß ich tugendhafter und begabter bin, sondern gleichzeitig impliziert es auch eine Erhöhung dieser psychologischen Atmosphäre, denn ich bin nicht nur mächtig, ich bin mächtiger. So geht es mit dem Selbstbetrug von Anfang an.

Was ist das – Glück? Wenn auf jedes Hoch, nennen wir es einmal hübsch Hoch, eine natürliche Reaktion zum Düsteren hin folgt, wenn wir eben für so eine elektrische Aufladung nachher mit einer Entladung bezahlen müssen, dann könnte das auch nur einfach eine Täuschung oder eine mechanische Schwankung sein. Wenn man starrsinnig ist, nein, nicht starrsinnig, sondern trotzig, denn für diese Dinge ist ja, wie für den Unabhängigkeitssinn, der Trotz zuständig, dann werden wir immer hinter denen herlaufen, die klüger sind als wir, hinein in eine griechische Ataraxie, ein indisches Nirvana und was es sonst noch alles gibt. Wenn man sich besinnungslos dieser begeisterten Auflösung hingibt, wenn man sich in den Schatten, in die Monotonie der Willensverneinung begibt, der Nabelschau, der Abwendung von den unaufhörlichen Irritationen und Erregungen des körperlichen Lebens, dann stehen wir auf der Schwelle des reinsten und klarsten Augenblicks der Ruhe, des Todes. Aber man lebt jetzt und ist von allen Seiten vom Teig des Lebens eingehüllt. In welche Richtung man sich auch bewegt, wie soll man sich dieser Schwere nicht bewußt sein, wie soll man die Luft nicht in sich aufsaugen, das Leben durchrinnt, durchdringt uns wie kosmische Strahlen. Das volle Leben, das volle Bewußtsein und Zustände der Besinnungslosigkeit, des Komas, geistiger Abwesenheit, Gleichgültigkeit und schließlich der Schlaf. Selbst im Schlaf lebt man, selbst im Schlaf kommen die Träume zu uns, wilde, wirre, uneindeutige Gebilde des Wachens, grausig oder köstlich, wunderlich und unbegreiflich. Ein großer demokratischer Traum, Träume der Reichen und der Armen, Träume der Verbrecher und der sogenannten Heiligen, Träume von Kindern und Erwachsenen, Frauen und Mädchen und Männern, die alle die gleichen Regungen wecken. Vor dem Schlafengehen wiederholte man monoton – von Gähnen unterbrochen, vor dem Bett kniend, die Augen auf den Öldruck von der Mater Dolorosa und dem von sieben Schwertern durchbohrten Herzen oder auf das Muster des Teppichs gerichtet, wiederholte man: »Lieber Schutzengel mein, laß mich nie allein«, und dann wie abgehaspelt: »Morgens, abends, Tag und Nacht halte du bei mir die Wacht ...« Das Muster des Teppichs verschwimmt, der Rahmen des Bettes schimmert, die dicken Wölbungen der Kissen blähen sich auf. Und dann die Tapete an der Wand, der Kreis des Lampenlichts an der Decke, der Geruch des vertrauten Betts, die vertrauten Wände, wie vertraut alles ringsum, das Herz klopft noch von der wilden Jagd in der Dämmerung, aber der Kopf flieht schon, er flieht, und das Wachen mischt sich mit dem Traum, und dann kommt der dunkelgrüne Abgrund – des Schlafs? ...

Und ein anderer seltsamer Zustand ist der des Aufwachens zu ungewöhnlicher Zeit, wenn ich, vor allem im Winter, gegen Morgen erwache, es ist noch Nacht, ein Wintermorgen im Advent, noch ist Nacht, und die Küchenlampe brennt mit ihrem orangeroten, trüben Licht, davon ist es so merkwürdig halbklar, ungewöhnlich. Die dunklen Fenster, von denen man den Tag erwartet, sind schwarz und stumpf, das Licht der Lampe legt sich auf die Wand, die zottige Flamme der Lampe. Und dort – dort drüben tut sich etwas, wie ein Geheimnis, morgendliche Hantierungen; nach der Entspannung des Schlafs sind alle Sinne geschärft, der Geruchssinn, wenn man mit der Nase spürt, wie der Krauthobel riecht, mit dem gestern das Kraut gehobelt und ins Faß geschichtet worden ist, mit

Brettern wurde es abgedeckt und dann mit einem Stein beschwert; der Krauthobel war ausgeliehen, und jemand, ein Bauer, hatte ihn auf dem Rücken hergebracht. Ein Krauthobel ist ein ganz primitiver flacher Holztrog, in der Mitte einer schrägen Leiste sind flache Schneiden angebracht, über die der Krautkopf hin- und herbewegt wird, und so wird der Krautkopf abgerieben wie in einem Mikrotom, und es bleiben die Strünke übrig, die wäßrig und süß schmecken, wenn man hineinbeißt. Aber jetzt brennt die Lampe, und man nimmt Mehlgeruch wahr, denn da wird etwas zum Backen vorbereitet, und Teig wird angemacht, und es flackert ein frühes, ganz junges, noch unreifes Feuerchen unter der Herdplatte, und das ist ungewöhnlich an diesem dunklen nächtlichen Adventmorgen.

An dem Adventmorgen, diesem einen, aus der Kindheit gerissenen, spielt sich alles ab. Wenn man die damit verbundene religiöse, nicht formulierte, liturgische Einimpfung einer Vorstellung von etwas Übergeordnetem außer acht läßt, das die Ungewißheit der Existenz einfach und primitiv erklärt und rechtfertigt, dann bleibt ein Gemisch von Unruhe und Stille einer geordneten, sich aus sich heraus ereignenden Sache: es ist früher Morgen, noch dunkel, eine Winternacht, man ist ausgeruht, und es ist einem wohl von der Starre und Benommenheit im Schlaf, und bei alledem ist etwas Ungewöhnliches, denn dergleichen hat sich nie zuvor ereignet, es hat nie zuvor so einen Morgen gegeben, ein ganz dünner Streifen Dämmerung, das Unnormale der frühen Stunde und die Ruhe, die daraus fließt, das Gutmütige des trüben Lampenlichts.

Denn danach muß man wieder hinaus, der Welt entgegentreten, die in die Folklore der Mama übersetzt ist. Das, was ich errate und was mir in einer schablonenhaften Sprache erzählt wird, in Kürzeln, einzelnen Worten und Sprüchen. Die Angst, die ich in mir herumtrage, die unerklärliche, instinktive Angst wird mir erklärt, in Worten serviert und präpariert. Ich fürchte mich nicht deshalb, weil ich eine bestimmte Erfahrung mache, sondern weil ich den Keim der Angst schon vorher in mir getragen habe. Ich steige nur um vom Unerklärlichen ins Erklärliche, in Worte, die ich außerdem nach meiner Art kleide und zurechtmache. Angst vor körperlichem Zwang. Alles kommt davon. Sie reden, sie erzählen von »Trieben«. Triebe. Triebe. Ich schließe die Augen und sehe sie. Sicher, ich habe irgendwo schon Getriebe gesehen und Antriebsriemen. Das sieht sogar hübsch aus, wenn das Schwungrad eines Lokomobils aufheult und die Speichen der Übertragungsräder sich zu drehen beginnen, zuerst langsam und dann immer schneller, und es ist, als zögerte der Antriebrsriemen, und dann bewegt er sich mit seinem schiebenden Gleiten, die Fuge, die Naht aus Roheisen oder Kupferdrähten gleiten und laufen davon und kehren gleich wieder zurück, der Riemen hat Durchhang und Spiel, und er balanciert aus, schlurrt und wird verdreht zu einer Acht, die dem Unendlichkeitszeichen gleicht, wie eine topologische Oberfläche, die keine zwei Seiten hat, er schwankt einsam und selbstgefällig und treibt sich an im Lärm des Getriebes. Das ist das eine. Aber jetzt erzählen sie von »Trieben«. Die Triebe haben ihn gepackt. Jetzt muß man die ganze Vorstellungskraft aufbieten, aus den verschiedensten Winkeln Hinweise, Eindrücke heranziehen. Geschüttelt von Trieben. Wer? Der Mensch! Dieser unbestimmte, unbekannte, allgemeine Mensch. Der Mensch. Man kann ihn etwas genauer bestimmen, wenn man ein wenig nachdenkt. Natürlich wird es niemand aus unserem Milieu sein, nein, das ist unmöglich. Aber im Grunde ist es doch möglich, es kann jemanden geben, der sich unaufgefordert einem gefährlichen Ort nähert. In jedem Fall aber wird der Mensch, von dem da die Rede ist, eher ein Arbeiter aus den unteren Schichten sein, ein Tagelöhner mit einer Gelegenheitsarbeit, oder vielleicht war es ein Bauer, der Mehl zum Mahlen gebracht hat, ein Fuhrmann, ein Mensch, der eher zu der Vorstellung von der allgemeinen Gattung paßt, der unbenannte, unbestimmte Mensch. Und deshalb ist es schrecklich. Weil es mir nah ist. Ich selbst kann ohne weiteres dieser namenlosen Menschennatur ganz nah sein. Ein Mensch, der mir so nah ist, daß ich mich mit ihm identifiziere. Unsere Menschennatur ist so ähnlich, daß wir ein und derselbe sind. Wir sind ein und derselbe und sind es nicht. Denn wie soll das gehen, denke ich in meiner kindlichen Vorstellung, wie soll es gehen mit diesen Trieben? Die Triebe erfassen einen Menschen, in der Phantasie verwandelt er sich in eine Art Flickenpuppe, einen kaputten Hampelmann, der von den Trieben hin- und hergerissen und -getrieben an die Wand geworfen wird. Die Triebe, die tragischen Wege sich in die Quere kommender Triebe, in deren tragischem Netz und unausweichlichen Bahnen der Mensch gefangen ist, der Mensch, das heißt du und ich und er, jeder von uns, und dann heißt es: O Kraftlosigkeit, o Ohnmacht, o Hilflosigkeit des Menschen! Sich selbst überlassen, wenn das einzige Mitgefühl, das bleibt, der Krampf von Angst und Panik in den Augen anderer ist, der Mensch bleibt in den Augenblicken der Grausamkeit sich selbst überlassen, gefangen in den Speichen des Getriebes wie in sich tragisch kreuzenden Asymptoten, ein musikalisches Symbol auf Notenlinien, ein tragisches Ausrufezeichen der Einsamkeit. Später kann man sich das nur noch schwer vorstellen. Man kann es sich aber plastisch vor Augen führen, das Bauernfuhrwerk im Schlamm, das am Tor des Bezirksspitals wartet, dann lange Monate umgeben von Jodoform, dann die Rekonvaleszenz auf der Ofenbank einer schmutzigen Bauernhütte und schließlich ein menschlicher Stumpf an den ausgetretenen Schwellen der orthodoxen Kirchen oder das wimmernde »Leute, Herren, erbarmt euch« im Jahrmarktsstaub. Aber das ist schon zu viel für so ein noch nicht erwachsenes Hirn. Und es warten auch noch andere Ängste.

Wenn nach den brennenden Stunden eines Sommertags ein Gewitter kommt. Wenn in der Luft Blätter und Grashalme wirbeln und kreiseln, wenn aus den sich zusammenballenden düsteren Wolken der Donner aufrollt, der Blitz aufleuchtet, um den weißen blauen Tag mit der stahlgrauen Wolkendecke zu überziehen, wenn der Regen niederprasselt und mal in Tropfen an die Fensterscheibe schlägt, mal in flachen senkrechten Bächen strömt, und der Tag und das vertraute Haus und der Garten stehen gleichsam verlassen inmitten der senkrechten Meere und hochkant gestellten Ozeane, von der flachen Decke, dem klaustrophobischen Gewölbe der Wolken an die Erde gedrückt. Und umgeben von diesem Element wird es schrecklich. Man möchte meinen, wir würden nie wieder ins Trockene gelangen, die eben noch dagewesene Welt der Sonne und des weiten Atems wäre zu Ende, wir wären ganz allein geblieben. Unser Vertrauen, die Ruhe des Alltags geraten ins Schwanken, wir sind allein inmitten der Wasser, und nur die blecherne Dachrinne gurgelt wütend mit dem Regenwasser wie ein Wasserspeier an der Kathedrale von Notre Dame, und dann peitscht der Regen wieder gegen das Haus, und der Wind biegt die Kirschbäume im Garten. Die Erde im Hof ist überschwemmt, und das Wasser sieht ganz pelzig aus vor lauter spritzenden Tropfen, ein Grollen, ein Donnerschlag und noch ein Donnerschlag. Zusammengekauert blicken wir hinaus auf das Chaos, die Natur, die sich plötzlich aus dem Joch ihrer Ordnung befreit hat, wir sind inmitten einer Katastrophe, als sollten wir von einer heranflutenden Sturmwelle weggeschwemmt werden, oder als wären wir wie durch ein Wunder erwählt, Unglückselige zu sein, so wie die Unglückseligen am Fuß des Mont Pelée auf Martinique. Uns kommt das nicht sehr trostreiche Vokabular der häuslichen Folklore in den Sinn, wo vom »Eisen« die Rede ist, daß man sich immer vom Eisen fernhalten soll, weil das Eisen Blitze anzieht, und dann gibt es Blitze, die wie eine Feuerkugel einschlagen, die erinnern an Benjamin Franklin, den allvermögenden, und seine Flugdrachen, die elektrische Funken anziehen, die Folklore von der loretanischen Glocke, die inmitten der Angst für die Angst geläutet wurde, und so wurde das alles noch potenziert, und die blecherne Regenrinne gurgelt einen dicken Wasserstrahl heraus, und mit zitternden Lippen sagt man sich immer wieder, daß es das früher mal gegeben hat, das war die Sintflut, *déluge*, und danach der Regenbogen zum Zeichen des Bundes und daß es das nie, nie wieder geben würde.

Und dann wird es Abend, und zwischen den düsteren Wolken schimmert ein goldenes, gleichsam schamhaftes Licht, eine Sonne, die rot darüber wird, daß sie uns im Stich gelassen und der Gnade der Angreifer überlassen hat, und alles ringsum glänzt vom Wasser, aber diese Welt ist sich ihrer selbst noch nicht gewiß, sie ist begossen wie ein begossener Pudel, aber ringsum ist alles schlaff und aufgequollen vom Wasser, man möchte meinen, die Dinge hätten ihre Festigkeit verloren und wären wie aus glitschigem Gummi. Warum soll man dieses Feuchte und Unbeständige berühren, ihm vertrauen, es ist eine ungewisse Welt, unwirklich, mit einem Regen hat sie sich geändert, und mit einem Regen kommen Zweifel und Enttäuschung, und man wird sich nie wieder auf etwas verlassen können. Das Regenwasser hat alles Verläßliche abgewaschen, ein seltsames Wasser, das Regenwasser, das »Reglein«, das sich in den dicken Zubern und Fässern an den Regenrinnen der Häuser sammelte, in Pfützen schmutzig auseinanderlief, aus den Gräben trat und jetzt alles mit dunkel-schmutzigen Rinnsalen durchzog.

Aber dann wird es wieder heiter, wieder fröhlich, das ist die Reaktion, denn es herrscht Erleichterung und Auferweckung, die Asche der Angst zerstreut sich hinter uns, und schon sind wir wieder zur Stelle und annektieren das Neue, und das tun wir, indem wir im schmutzigen, trüben Wasser der Flut auf dem Hof und vor dem Haus umherwaten, und es macht mir nicht einmal Kummer, daß ich mir den Fuß an der Scherbe einer zerschlagenen Flasche aufgeschnitten habe, auf dem Boden des Grabens, in dem die wässrige Jauche der Welt schwappt.

So beginnt das Leben. So ist es mit der Einweihung in ein Geheimnis. So reagiert meine Epidermis, das bin ich. Ich werde jetzt gehen, zwischen all dem hier umherirren. Ich werde mich zwischen den Ecken und Kanten abstoßen und abschleifen. Ich lausche auf die Folklore, ergebe mich den Rauschmitteln der Worte anderer, halte mich an den Rockzipfeln anderer fest, ich werde Rippenstöße und Püffe empfangen und schwitzige Handschläge. Ich werde gegen die Herde rebellieren und werde mich ihr ergeben, mich mitten in ihren Haufen drängen. Mal werde ich den scharfen, jungfräulichen Atem des Abgrunds in den Bergen vorziehen, und mich dann zur Abwechslung mit anderen zusammen im Pferch einschließen. Ich werde mich an einer Zaunlatte festhalten, um sie dann loszulassen und nach einer anderen zu greifen. Ich werde denken: Das ist genau das, was sich lohnt, das andere hat sich nicht gelohnt. Ich werde ein Spieler sein, ich werde unwillig Risiken eingehen, mit beiden Händen werde ich nach dem Schicksal greifen. Mal werde ich dieses Schicksal weise, kalkulierend wählen, mal werde ich ein planlos auf den Wellen treibender Korken sein. Mal werde ich ein Einzelner in der Gesamtheit sein, ein andermal werde ich allein sein, ganz allein, nichts anderes wird etwas zählen, nur ich allein. Es wird mir sein, als wäre ich die Welt und die Welt wäre ich. Wenn es mich nicht gibt, gibt es auch die Welt nicht. Ich bin es, der alle Schmerzen und alles Glück der Welt in sich trägt. Ich werde mich selbst fragen, was ich erreicht habe. Dann werde ich ganz resigniert sein. Dann werde ich mich für etwas begeistern, danach kommt wieder die Ermüdung. Aber ich werde sein. Ich werde sein.

Andrzej Stasiuk

Die Barbarei des Sehens und die Kultur des Ausdrucks

Ich frage mich, welche Gegenstände von unserer Welt übrig bleiben werden. Schließlich hat das eine gewisse Bedeutung, denn das Gedächtnis besitzt eine dem Licht verwandte Struktur: es bricht sich an den Rändern der Dinge, wird zerlegt und zurückgeworfen.

Wenn wir in einen alten Spiegel sehen, tritt unser Bild zu all den vergangenen hinzu. Wir stehen ganz vorn, doch hinter uns steht eine unendliche Reihe von Gestalten – wie eine Mahnung oder ein ironischer Trost, daß letztlich, solange der Spiegel existiert, auch wir existieren werden. In friedlichen Zeiten leben Spiegel gewöhnlich länger als die Menschen, die uns im Gedächtnis behalten.

Wie ist das nun mit den Dingen? Oder mit den Substantiven? Denn an ihnen bricht sich ja der Strahl der Erinnerung. An ihnen und den Adjektiven, die die Substantive im Raum verankern. Die Verben sind die Feinde der Erinnerung. Sie beschreiben die Bewegung, sind mit dem Vergehen verbündet, wollen das Gedächtnis für nichtig erklären.

Welche Substantive, welche Adjektive werden wir also in einer nebelhaften Zukunft zur Beschreibung einer vergangenen Welt verwenden müssen, vorausgesetzt, es finden sich überhaupt noch Zuhörer? Einiges spricht dafür, daß unsere Akte des Bezeichnens die Lexik hinter sich lassen werden; es wird uns einfach an Worten fehlen, die Dinge zu benennen. Schon jetzt sieht man, daß die Menge der Gegenstände die Menge der Wörter überschreitet. Die Gegenstände sind frei geworden, die Sprache hat aufgehört, sie zu beherrschen, sie hat keine Kraft mehr, sich die Welt untertan zu machen. Versuchen wir nur mal, eine Straße entlang zu gehen und einen Katalog der verschiedenen Dinge anzufangen, die in den Schaufenstern ausliegen; stellen wir uns dann die Läden hinter diesen Schaufenstern vor und versuchen wir (wenn wir keine Angst haben, wahnsinnig zu werden), uns in Gedanken in die Fabriken zu begeben, die diese Vielfalt von Dingen herstellen. Sprachlos vor Entsetzen werden wir zurückkehren.

Und im Hof ist ein Knipser, das Wasser fließt aus der Wand, und geheizt wird mit Gestank. Eines Tages beschloß ich, den Hof zu suchen, wo vor dem Krieg (dem letzten) Zygmunt Haupt gewohnt hat. Wie er hier Elektrizität, Kanalisation und Gas in diesem Bauerndialekt benennt, das wirkt ganz eigenartig auf meine Phantasie. Außerdem war dieses Szymbark aus der Erzählung *Meine liebe Mutter, sei stolz, ich trage die Fahne* ganz in der Nähe, es war erreichbar. Alle anderen Orte aus Haupts Erzählungen lagen schon lange im Ausland. Die Zeit war in dieser Gegend der Geographie, noch dazu der politischen Geographie unterworfen worden. Der Gutshof, der österreichische Friedhof aus dem ersten Weltkrieg, die Bohrlöcher für Erdöl – das war alles, was es in dieser Erzählung an Topographie gab, und das wollte ich finden.

Es war Nachmittag, im Winter, wir fuhren die Landstraße, die aus Żmigród kam. Diese Straße trennt die Beskiden vom Rest der Welt. Rechts ist »der flache« Norden, links ein Stück Ebene, und dann wächst völlig übergangslos der gewaltige Koloß des Magura-Wątkowska-Berges aus der Erde. Wenn die Vertikale so plötzlich auf die Horizontale trifft, beginnen wir zu ahnen, daß die sichtbare Welt vermutlich nur konstruiert worden ist, um uns leicht verständlich die Idee der Unendlichkeit zu illustrieren. Wie ja auch, um die Idee der Zeit zu veranschaulichen, der Mensch geschaffen wurde.

In Samoklęski, mitten auf einer großen weißen Wiese, stand ein himmelblauer Bus, die Räder halb im Schnee versunken, keine Spur, die zu ihm führte. In Pielgrzymka waren die Schneewehen an der Straße hoch wie Mauern. Bulldozer rissen sie ein, und man fuhr wie durch Ruinen. In so einer Ebene kommt der Wind in Schwung und weht alles in den schmalen Spalt der Straße.

Gedanken und Dinge in Zygmunt Haupts Prosa verflechten

sich zu einem so dichten Gewebe, daß der Verstand die Waffen streckt und seine Herrschaft völlig überflüssig wird. Der diskursive Faden taucht auf, verschwindet, kriecht wieder an die Oberfläche, aber eigentlich könnte er auch fehlen; er ist nur ein Zugeständnis an die Linearität des Geistes, der sich unsicher fühlt, wenn er nicht von hier nach dort streben kann. Das Erzählen beruht in der Regel darauf, ein Stück Zeit anzuhalten, es aus seinem existentiellen Kontext herauszulösen und so in den Bereich der geistigen Wahrnehmung zu übertragen, daß es möglichst wenig von seiner Dynamik verliert. Es kommt darauf an, daß das im Schreibprozeß eingefrorene Leben beim Auftauungsprozeß des Lesens noch möglichst viele seiner charakteristischen Eigenarten und Gerüche bewahrt. Die Zeit ist der Literatur so feind wie den Lebensmitteln. Sie verdirbt vor allem die Prosa: Erstens erklärt sie sie oft einfach für ungültig; zweitens zersetzt sie sie von innen, zerfrißt sie wie Rost, wenn das Gefäß aus einer Sprache minderer Qualität gemacht ist. Die darin enthaltene Erinnerung läuft aus und wird formlos wie ein Kaffeefleck auf einem Kneipentisch. Sie sagt uns nichts, sie ist ein Spiegel, der nur Schwärze zurückwirft.

Und um auch tausend oder zwanzigtausend Meilen weit nichts zu sehen, wenn vor uns Landkarten aufgerollt werden, wenn man vor uns den Mohn der Statistiken ausschüttet, die teuflischen Register, wenn man uns die Gespenster des Spektroskops zeigt und babylonische Karteien und es uns in Stein ritzt und auf Filme bannt und Menschenschädel öffnet, um die Falten der grauen Hirnmasse zu zeigen, wenn man uns ein Wort sagt und noch ein Wort und tausend weitere Worte und noch zweihunderttausend weitere Worte und uns sagt, daß das alles schon gewesen ist, daß dies jetzt nur die Wiederholung dessen ist, was schon war, daß die Vergangenheit sich in die Gegenwart hineinfrißt, daß hier der Kreis ist und da die Grenze, daß dieses gut ist und jenes schlecht, daß dies eine Kugel ist und jenes eine Pseudokugel, daß dies der Vater ist und das der Sohn, daß dies der »Komm Heil'ger Geist, erleucht uns Herz und Sinn ...« ist und jenes »Hochachtungsvoll, Ihr«, dies »Erfahrener Westenschneider ab sofort gesucht. Bedingungen nach Vereinba-

rung« und das »Tanzen wir Ringelreihn, mein liebes Schätzelein«.

So sieht die Rückkehr nach Eden aus. Wissen und Unterschei-
dungsvermögen sind schließlich Ursache und Folge der Sünde.
Wissen und Unterscheiden können nur in der Zeit existieren.
In der Ewigkeit sind sie unnütz. Die präzise Struktur des Gei-
stes ist zur Strafe geworden, zur Voraussetzung unserer Exi-
stenz. Würden wir die Welt auf eine unmittelbare, tierhafte
Weise begreifen, gingen wir kurz nach der Geburt darin unter.
Zygmunt Haupt sucht das verlorene Paradies dort, wo der
Schriftsteller es finden kann: im Innern der Sprache, in jenem
Kosmos, in dem statt der Sterne Wörter kreisen und Klang,
Sinn und Spannung die Umlaufbahnen bestimmen. Wie jeder
echte Utopist glaubt er, die Wirklichkeit der Phantasie und der
Literatur sei reparabel – man muß nur den Fehler finden und
ihn eliminieren, man muß nur den Wurm entdecken, der in der
Schöpfung steckt, man muß nur den ursprünglichen Irrtum
korrigieren, und alles wird wieder am richtigen Platz sein.
Hinzu kommt, daß sein Glaube – anders als bei den Utopisten,
die sich mit der Reparatur der realen Welt beschäftigen – in
Erfüllung geht. Die Zeit, der stille und allgegenwärtige Feind
der Phantasie und des schöpferischen Tuns, wird in seiner Prosa
vernichtet. Wenn die kondensierte, komprimierte Form der
Zeit die Langeweile ist, insbesondere die Langeweile der Lektüre, dann machen wir bei Zygmunt Haupt die umgekehrte
Erfahrung: das Buch fällt uns aus den Händen, weil die Macht
unserer Wahrnehmung zu beschränkt ist, um all das zu begreifen und zu erfassen, was der Autor uns auf einer oder zwei Seiten vorsetzt. Die Sprache – eine im Grunde leichte, launische,
verschwenderische und überflüssige Substanz – verdrängt, entgegen den Gesetzen der Schwerkraft, die schwere und unheimliche Materie der Zeit. Das Wunderbare ist stets die Aufhebung
der physikalischen Gesetze, es negiert – ob wir wollen oder
nicht – den Raum oder die Vergänglichkeit.

Also Pielgrzymka. Wir hielten bei der Kneipe, die damals von
Piotrek Nowak geführt wurde, dem Bassisten aus der ersten

Besetzung der Breakouts. Aber drinnen war es kalt, und nur der Barmann war da, also tranken wir jeder ein Bier und fuhren weiter. Außer uns war niemand auf der weißen, glatten Straße unterwegs. In dieser Einöde taten die Häuser sich zu engen Herden zusammen, als befürchteten sie das Schlimmste. Vor Rozdziele, am Ende der Welt, standen große Hallen aus blauem Blech. Was hier hätte entstehen sollen, hat nie zu funktionieren begonnen. Es ist eine Eigenschaft unserer Welt, daß sie völlig überflüssige Dinge hervorbringt – Dinge, die entweder zum Wegwerfen oder nur zum vorübergehenden Gebrauch gedacht sind. Manche werden schon während des Bauens zu Ruinen, andere verwandeln sich in Müll, sobald wir sie benutzen. Die Betonhalden der Siedlungen, die Milliarden von Bierdosen. Die Dauer solcher Dinge ist auf eine Tätigkeit berechnet – gleichgültig ob es sich um Wohnen oder um Durstlöschen handelt. Man kann sich kaum eine Beschreibung dieser Gegenstände vorstellen, die nicht schon die Ankündigung des Zerfalls in sich trüge. Nicht ausgeschlossen, daß dies der Grund ist, warum die Literatur der letzten Jahrzehnte sich nicht mehr für die Welt interessiert, sondern sich mit dem sogenannten Inneren, der Seele oder Psyche des Künstlers oder Schriftstellers befaßt. Es ist schwer, sich mit etwas zu beschäftigen, das hoffnungslos unbeständig, in Auflösung begriffen und schon bei der Entstehung zum Untergang verurteilt ist. Andy Warhol kann eine Suppendose malen, W. C. Williams ein Gedicht über eine zerbrochene Flasche schreiben, aber niemand außer Graphomanen und Liebhabern der Avantgarde wird zweihundert Seiten Prosa zu diesem Thema ertragen. Die Gegenstände, die Wirklichkeit und überhaupt die sichtbare Welt haben eine gewissermaßen geologische Struktur. Sinn und Bedeutung wächst ihnen erst allmählich zu. An sich sind sie nicht viel wert. Erst durch die Kontinuität der Wahrnehmung werden sie veredelt, das heißt, durch die Menschen, die sie vor uns mit ihren Gedanken, Worten oder Händen berührt haben.

Man kann Haupts Prosa nicht beschreiben. Deshalb schlage ich Haken, kreise umher und flüchte, und als Form habe ich eine

Reise gewählt, die man jederzeit unterbrechen kann, – oder man biegt nach Cieklin oder Wapienne ab. Man kann diese Erzählungen nicht anders beschreiben als durch eine perfide Anti-Beschreibung, das heißt durch Verschweigen oder durch die Darstellung einer Welt, die die Haupt'sche Sprache vielleicht gar nicht berühren wollte oder nur von weitem betrachtet hat, wie in einem umgekehrten Fernrohr. Denn die Wirklichkeit des »Ring aus Papier« und der »Vorhut« ist eine gestaltete und endgültige. Sie ist zwar Vergangenheit, aber heroische Vergangenheit, denn sie ist nicht unter dem eigenen Gewicht zerfallen, sondern vernichtet worden. Die unendlich vielen in seinem Werk erwähnten Gegenstände wurden beschworen, damit sie fortbestehen. Pferde, Geschirre, Gefäße, Jagdwaffen, Holzarten, Ledersorten, Gerüche von Tages- und Jahreszeiten, Licht in allen Spielarten, Meteorologie, Topographie, Architektur, Hab und Gut der ganzen Welt, ein Katalog, eine Aufstellung von allem, was das Auge erfaßt und das Gedächtnis festgehalten hat, die Zeichnung eines Balkongeländers, ein Stoffmuster, der bewegliche Schatten eines Baumes an einem windigen Tag, ein Zug von Verben, eine Karawane von Adjektiven, die das Wörterbuch verlassen haben, um sich in die Zeit einzugraben, sie zu durchbohren wie den Schmetterling in der Vitrine, der – wenn auch bewegungslos – länger existieren wird als sein Bruder in der Freiheit.

Nur manchmal schimmert unter dieser Materie das Gesicht des Autors durch. Doch es verdeckt keinen Augenblick die dargestellte Welt. An dergleichen erkennt man die alten Meister. Ihre Arbeit war von Demut gegenüber der Schöpfung geleitet; die eigene Seele oder Seelenlosigkeit zu beschreiben, hätten sie sicher als Ausdruck von Hochmut empfunden. Oder von Dummheit – denn was hat der Mensch schon Neues zu sagen auf dem Gebiet der sieben Todsünden und der paar Tugenden.

Und hier, rechts, diese Mißgeburt von LPG. Grauer Beton, ein Scheißding, Schrott, schon bevor es in Betrieb genommen wurde, und niemand wird eine Träne darüber vergießen, daß ich gar nicht daran denke, sie in Erinnerung zu behalten. Sie ist so unnütz und gleichgültig wie die Berge jenseits der Straße. Denn auf eine paradoxe Weise werden wir immer naturhafter und wie die Tiere nach und nach auf unsere Gattungsfunktion reduziert. Wir essen, um Energie zu tanken, wir wohnen, um irgendwo zu wohnen, und keine dieser Tätigkeiten hat etwas, das nicht rein utilitaristisch wäre. Die Kultur verwandelt sich in Spaß und Zeitvertreib, die Religion wird zur therapeutischen Technik. Wir produzieren Millionen von überflüssigen Dingen, die sofort unentbehrlich werden. Man muß sich nur die materielle Armut der Menschen vor zwei- oder dreihundert Jahren vergegenwärtigen, um zu begreifen, was für ein Überfluß, was für ein Luxus oder auch was für ein »Kulturgegenstand« jedes Ding gewesen ist, dem man einen individuellen künstlerischen oder handwerklichen Stempel aufdrückte (was damals übrigens auf dasselbe hinauslief).

Man muß sich nur den heutigen Wohlstand ansehen, um zu verstehen, daß fast alle Luxusgegenstände schnell unverzichtbar werden, ohne auch nur das Geringste mit Kultur zu tun zu haben. Es sei denn, wir weichen auf einen Sophismus aus: die technische Kultur. Schließlich ist es kein Zufall, daß wir uns heute statt der Reproduktion eines, sagen wir, Kossak, Bilder der neuesten Automodelle an die Wand hängen. Ähnlich ist es mit der Architektur: Die einzige interessante Ausprägung ist die Architektur der großen Industriebetriebe. Sie ist es, die über der Stadt oder den Vororten thront wie früher Schlösser und Kathedralen, in ihren Monumenten hat sich der Zeitgeist gefangen. Die modernen Kirchen, Museen oder Supermärkte sind nur eine Wiederholung, ein verkleinertes Abbild dieser Architektur. Doch ich kann mir nicht vorstellen, daß Hüttenwerke und Raffinerien einmal zu Denkmälern werden. Mag aber sein, daß nur meine Phantasie nicht ausreicht.

Kein Wunder also, daß der Gegenstand der modernen Literatur der Zerfall ist. Wenn etwas zerstört wird, muß man sich später nicht daran erinnern. Anders gesagt: besser wir zerstören es, als daß wir uns, in Ermangelung eines Besseren, daran erinnern müssen.

Zygmunt Haupt hat für Geld in den Dorfkirchen Podoliens die Stationen der Leidensgeschichte gemalt. Bis ans Ende seines Lebens war er Maler. Die Malerei ist der Barbarei näher. Sie spricht die Sprache von Farbe, Form und Licht: die Sprache der Natur. Ob das Bild den Gekreuzigten darstellt oder eine Landschaft – immer ist es dem Sichtbaren zugeneigt und jenem verwandt, was Hund, Katze oder Fisch sehen können. In Bildern, Skulptur oder Musik findet das Animalische in uns eine sublime Befriedigung. Und wenn die Kontemplation in der Vereinigung mit ihrem Gegenstand besteht, dann kehren wir auf diese Art in die Welt der Materie zurück, aus der wir hervorgegangen sind. Man könnte mutmaßen, daß das Betrachten von Bildern einhergeht mit dem unbewußten Wunsch nach Reduktion auf elementare Formen (das heißt nach Zerfall der eigenen Existenz), aus denen man dieses Bild rekonstruieren könnte. Das Schöne zieht uns immer auf die Seite des Untergangs.

Zum Glück ist der Mensch auch ein kulturelles Wesen, und vor der Regression auf die Stufe der Mineralien oder Pflanzen schützt ihn die Sprache, das heißt seine Fähigkeit, all die Zustände und Wünsche auszudrücken, die er andernfalls unmittelbar durchleben müßte.

Die ungewöhnliche Kraft von Zygmunt Haupts Prosa liegt in der Verbindung dieser beiden Fähigkeiten: der Barbarei des Sehens und der Kultur des Ausdrucks. Ein Maler und Schriftsteller. Das, was allgemein, universell oder kosmisch ist, wird durch die Sprache einer Gattung beziehungsweise durch die Sprache einer recht untergeordneten Gruppe dieser Gattung vermittelt, nämlich auf Polnisch.

Das wunderbar Heidnische dieses Schreibens beruht darauf, daß die Unterschiede in ihm untergehen. Imagination und Expression durchdringen sich in der Materie einer Sprache, die – das wage ich zu behaupten – in der polnischen Literatur des zwanzigsten Jahrhunderts nichts Gleichrangiges zu bieten hat. Allenfalls vielleicht Bruno Schulz. Der schöpferische Prozeß ist immer eine partielle Negation: man muß auf etwas verzichten, damit das, was übrig bleibt, an Bedeutung gewinnt. Aber dieses

Manko ist bei Zygmunt Haupt kaum spürbar. Sein Erzählen entwickelt und gabelt sich unablässig und überzieht die Welt mit einem Netz, ähnlich dem der Längen- und Breitenkreise. Alle Grade, Minuten und Sekunden sind verzeichnet, alles, was existiert, muß eingetragen werden. Für einen Schriftsteller, der aus wirklichen Ereignissen schöpft, ist die Weltkarte immer voll von weißen Flecken. Das ständige Gejammer, die Literatur sei in der Krise, sie habe sich erschöpft, betrifft in Wirklichkeit weniger die Literatur als die Phantasie. Es hat sich gezeigt, daß die Phantasie, auf sich allein gestellt, genauso schnell erschöpft ist wie die Kapazität veralteter Telefonzentralen in zerfallenden Städten. Denn die Wirklichkeit übertrifft selbst die ungewöhnlichste Phantasie. Der Preis der Langeweile, den man für die luziferischen Sehnsüchte der Schriftsteller zu zahlen hat, ist einfach zu hoch. Um so mehr, als sie selbst sich in ihren alternativen und konkurrierenden Wirklichkeiten und Universen am meisten langweilen.

Wir kamen nach Gorlice. Die Straße streifte den Ort nur, stupste mit angewinkeltem Arm Zawodzie und enteilte nach Westen. In Szymbark waren wir bei Anbruch der Dämmerung. Von Chełm, von Bartnia Góra, zog bläulicher Schatten herauf. Es sah aus, als würde die Nacht aus dem Innern der Berge fließen wie Rauch aus fast eingeschlafenen Vulkanen. Wir krochen den steinigen Weg oberhalb des Dorfes hinauf. Von oben sehen die menschlichen Ansiedlungen chaotisch aus, wie eine Kette von Zufällen oder ein Mißverständnis. Man muß warten, bis die Dunkelheit sich so verdichtet, daß nur die Lichter bleiben, die sich und den Musen leuchten. Ich fand weder den Friedhof noch den Gutshof, noch die Feuer der Bohrlöcher. Die Häuser verschwanden, die Luft wurde immer dunkler, sie erfüllte das Tal und entfernte alles Sichtbare aus ihm. Ist eine Landschaft, die sich verbirgt, immer noch eine Landschaft?

Und damals dachte ich, Zygmunt Haupts Prosa sei umgekehrte Dunkelheit – sie erinnert an ein Feuer. Ein Feuer, das sich langsam voranbewegt und nackte, schwarze Erde hinterläßt. Die Beschreibung hat alles vernichtet: die Menschen, ihre Taten und Gefühle, das Grün, die Tiere, Städte, Dörfer, die in den Mauern erstarrte Geschichte, das in Gegenständen und Geräten enthaltene Leben von Generationen, das Gedächtnis und die Zeit; sie hat alles erfaßt, in Rauch verwandelt und aus der Welt in die Literatur gehoben, damit es – auf diese Weise gerettet – weiterexistiert, bewegungslos und dauerhafter als alle sichtbaren Dinge. Wie Feuerschein, der sich in der Dämmerung in den Wolken spiegelt.

Esther Kinsky

»Stimmen, Stimmen – ein Garten der Worte«

Zur Wiederentdeckung von Zygmunt Haupt

Zygmunt Haupt hat ein schmales Œuvre hinterlassen. Zu seinen Lebzeiten erschien der Erzählungsband »Ein Ring aus Papier« im polnischen Exilverlag »Kultura« in Paris, ein paar verstreut publizierte Reportagen und Feuilletonbeiträge in englischer Sprache, und 1989, vierzehn Jahre nach seinem Tod, wieder bei »Kultura«, weitgehend unbearbeitete Erzählungen aus dem Nachlaß unter dem Titel »Vorhut«. Gelegentlich als »polnischer Proust« bezeichnet, ließ er in seinen Kindheits- und Jugenderinnerungen an die entschwundene Welt der *kresy* die östlichen, nach dem zweiten Weltkrieg an die Sowjetunion gefallenen Randgebiete Polens wiederauferstehen. Dennoch wurde Haupts literarischem Schaffen nie die Aufmerksamkeit zuteil, die seiner Originalität in Stil und Thematik gebührt. Für einen großen Teil des Lesepublikums blieb er einer von etlichen der Vergangenheit verhafteten Schriftstellern, die allmählich in Vergessenheit gerieten. Erst 1997 wurde Haupt gleichsam neu entdeckt und der »Ring aus Papier« in einer gründlich redigierten Neuausgabe wieder zugänglich gemacht, das Interesse an seinen außergewöhnlichen Texten lebte auf und vor allem jüngere polnische Schriftsteller erkannten seine poetische Intensität.

Zygmunt Haupt war ein Mensch der *kresy* mit ihrer weiten melancholischen Landschaft und ihrem Grenzlandgemisch von Sprachen und Volksgruppen. 1907 kam er als drittes von fünf Kindern im ländlichen Podolien, dem östlichsten Zipfel der österreichisch-ungarischen Monarchie zur Welt. Als Lehrer gehörten seine Eltern zu den wenigen »Gebildeten«, die im bäuerlich-kleinbürgerlichen Milieu der zumeist ärmlichen Dörfer und Städtchen ein isoliertes Leben führten. Der bei der polnischsprachigen Provinzintelligenzia verbreitete Dünkel gegenüber den »niederen Ständen« und nichtpolnischen Minderheiten, insbesondere der jüdischen Bevölkerung, klingt, wenn auch gleichsam wider Willen, an vielen Stellen seiner Texte an. Eine widerstrebende Bewunderung für den traditionellen Lebensstil des polnischen Landadels verbindet sich mit einer seltsamen Mischung von Verachtung und Mitgefühl gegenüber den darbenden Bauern und den armen jüdischen Schankwirten und Ladenpächtern. Die prägende Erfahrung in Haupts jungen Jahren war der erste Weltkrieg, der sich mit Kampfhandlungen und endlosen Strömen vorbeiziehender Soldaten der unterschiedlichen Nationen und Armeen buchstäblich vor der Haustür abspielte und in mehreren Erzählungen seinen Niederschlag fand. Die allenthalben sichtbaren Anzeichen von Tod und Gewalt hinterließen einen tiefen Eindruck in dem Kind, und Haupts Beschreibungen der ungeordneten, von Grausamkeit und Sinnlosigkeit des Krieges gezeichneten Truppen auf dem Rückzug durch seine Heimatstadt gehören zu den eindringlichsten Passagen in seinen frühen Texten.

1918 starb seine Mutter an Typhus, und ihre unverheiratete Schwester übernahm die Leitung des Haushalts. Zygmunt Haupt besuchte Internatsschulen in Tarnopol, Jarosław und schließlich Lemberg, wo er 1924 sein Abitur ablegte. Mit dem Wechsel auf das Internat muß sich ein erstes, einschneidendes Gefühl des Heimatverlustes verbunden haben. Die Fremdheit im Umgang mit dem Vater und gegenüber der Landschaft seiner frühen Kindheit findet in der Erzählung »Totenmahl im Winter« starken Ausdruck. Allen mehr oder weniger autobiographischen Beschreibungen von Familienszenen bei Haupt haftet etwas Kaltes, Bedrückendes an, später weicht es einem Gefühl permanenter Unzugehörigkeit, die auch unter der betonten Kameraderie seiner Soldatengeschichten spürbar bleibt.

Nach dem Abitur blieb Haupt vorerst in Lemberg. Zwar sah er seine Zukunft in Literatur und Malerei, gab aber dem Druck seines Vater nach und begann ein Studium des Ingenieurwesens und der Architektur. Beide Fächer gab er nach jeweils einem Jahr auf, doch im Architekturstudium hatte er seine zeichnerische Begabung entdeckt, der er auch weiterhin nachging. Zwei Jahre verbrachte er mit Reisen in Podolien und Südpolen und lebte von künstlerischen Gelegenheitsaufträgen. 1928 starb der Vater und hinterließ ein kleines Erbe, das Haupt einen längeren Aufenthalt in Paris ermöglichte. Dort studierte er zwei Jahre an der Université de la Cité Stadtplanung, gab aber auch dies wieder auf. Die Zeit in Paris war offensichtlich von Einsamkeit und Armut geprägt, wovon die Erzählung »In Paris und in Arkadien« Zeugnis ablegt. Auch darin findet sich wieder die für ihn so typische Hin- und Hergerissenheit – einerseits die Suche nach dem Fremden, das Erkunden des Anderen, des Lebens in dieser unvertrauten Großstadt, andererseits die mit leichter Herablassung gemischte Hingezogenheit zum Vertrauten, zu den Lesesälen mit polnischen Zeitungen und den sonntäglichen Treffpunkten der polnischen Gemeinde.

1932 entschloß er sich zur Rückkehr nach Polen, wo er seinen zweijährigen Militärdienst ableistete. Danach ließ er sich wieder in Lemberg nieder, damals ein kulturelles Zentrum des östlichen Mitteleuropa mit etlichen künstlerischen und literarischen Gruppierungen, einer regelrechten »Szene« und dem dazugehörigen Kaffeehausleben. In diese Zeit fällt ein dunkles Kapitel in Haupts Biographie. Er bestritt seinen Unterhalt mit Zeichnungen und kleineren Publikationen – Erzählungen, Skizzen, Reportagen und Rezensionen –, die in der rechtsgerichteten, nationaldemokratischen Zeitung *Dziennik Polski* erschienen. Diese Verbindung hatte Haupt seinem Kontakt mit den »Rybalci« zu verdanken, einem Dichterzirkel, der sich vor allem durch seinen krassen Antisemitismus auszeichnete. Einige seiner Erzählungen wie »Madrigal für Anusia« und »Die Tauben vom Theodorplatz« sind im Lemberg der dreißiger Jahre angesiedelt, und antisemitische Töne sind vernehmbar – Haupt verwendet beispielsweise verächtliche Diminutive wie »Jüdchen« und bedient sich deutlicher Klischees –, doch zugleich spürt man das Bestreben, die Spuren des Ressentiments zu verwischen. Andererseits läßt sich eine seiner schönsten, rätselhaftesten und traurigsten Erzählungen – »Von Stefcia, Chaim Immerglück und den skythischen Armreifen« – als eine Klage über das Schicksal des polnischen Judentums lesen: Als Soldat bei Kriegsausbruch in seine Heimatstadt zurückgekehrt, begegnet der Icherzähler dem sprachlos fragenden Blick des Chaim Immerglück, der ihm mit einem plötzlich aufscheinenden Erkennen und Einvernehmen begegnet, er geht durch die von schrecklicher Leere erfüllten Räume im verlassenen Haus seiner Jugendliebe Stefcia, die offensichtlich mit ihrer Familie geflüchtet ist. Wie so oft bei Haupt, ist auch diese Geschichte voller Widersprüchlichkeit, die sich jedoch in der melancholischen Poesie seiner rastlosen Suche nach der Erinnerung auflöst.

In der zweiten Hälfte der dreißiger Jahre unternahm Haupt wieder Reisen durch Podolien und Südpolen. Seine wiederholten Aufenthalte auf dem Landsitz der Familie Leszczyński verewigte Haupt in seinen Jagdgeschichten, in denen sich unruhige, eigenwillige Landschaftsbeschreibungen mit dem Thema von Scheitern und Vergeblichkeit verbinden.

Im Mai 1939 wurde Haupt als Reservist eingezogen und in Südpolen stationiert. Im September 1939 verschlug es ihn mit seiner Artillerieeinheit nach Ungarn, für Haupt wurde dies der endgültige Abschied von seiner Heimat, die er nie wiedersah. Von Ungarn aus gelangte er nach Frankreich, wo er in der dort gebildeten polnischen Armee kämpfte, bis er sich 1940 auf einem der letzten Schiffe nach England absetzen konnte. Die kurze Zeit als Soldat in Frankreich gab Anlaß zu einer Reihe von Geschichten, die sich im Ton deutlich von den vorherigen unterscheiden. Man kann sich kaum des Eindrucks erwehren, daß mit diesem durch den Kriegsausbruch erzwungenen Verlassen des Heimatlandes auch eine gewisse Erleichterung verbunden war. Nirgendwo klingen Heimweh oder Schmerz an, stattdessen stellt sich ein bemüht heiterer Ton ein, wo es um die Beschreibung gemeinsamer Erlebnisse und kollektiver Erfahrungen geht. Der Gedanke liegt nahe, daß Haupt ein gewisses Zusammengehörigkeitsgefühl und die gleichsam heroische Rolle, die er als Mitglied der Exilarmee in dem Land spielte, das er wenige Jahre zuvor resigniert verlassen hatte, als positiv empfand. Aber auch diese Texte sind durchsetzt von einsamen, aller Gruppenjovialität zuwiderlaufenden Beobachtungen und Reflexionen über die Grausamkeit des Krieges vor dem Hintergrund detaillierter, impressionistischer Landschaftsbeschreibungen.

1944 heiratete Zygmunt Haupt in England die Amerikanerin Edith Norris, 1946 kam sein Sohn Arthur zur Welt. Im darauffolgenden Jahr verließ er mit seiner Familie Europa, um sich in den Vereinigten Staaten niederzulassen. Von 1946 bis 1951 lebte die Familie in New Orleans, und Haupt versuchte, seinen Unterhalt mit Schreiben und Malen zu verdienen, was sich aber trotz regelmäßiger Beiträge für polnische Exilzeitschriften und mehreren Einzel- und Gruppenausstellungen als unmöglich erwies. 1951 nahm Zygmunt Haupt daher eine Stelle bei dem regierungseigenen Sender *The Voice of America* an und zog mit seiner Familie erst nach New York und dann nach Virginia, wo er bis zu seinem Tod im Jahre 1975 lebte.

Die neue Heimat spielt nur selten eine Rolle in seinen polnischen Texten. In »Henry Bush und sein Flugzeug« beschreibt Haupt einen Flug über das Mississippidelta. Der schiefe, verzerrende Blick aus dem Flugzeug auf diese aufgefaltete, gekippte Welt am Boden verstärkt den Eindruck der Fremdheit des Betrachters, der sich einer wenig einladenden Ödnis ausgesetzt sieht. Aufschlußreich ist die Erzählung »Aus der Chronik vom fliegenden Haus«, wo ein von einem Hurrikan aus den Fundamenten gerissenes und halb zerstörtes Haus am Ufer eines bleiernen Meeres Erinnerungen an das Haus der Kindheit weckt. Einerseits das aus den Angeln und Fugen geratene, der blinden und unberechenbaren Gewalt der Natur und der trostlosen Unendlichkeit des Meeres ausgesetzte Häuschen, das nichts und niemanden mehr beherbergt, andererseits das Heim der Kindheit im Sonnenlicht, der Ort der Mutter und der Schwester, eine Idylle, die von der ebenso blinden und unberechenbaren Gewalthandlung eines einzelnen Menschen zerrissen wird: Weder die verlorene Heimat noch das neue Land können ein Gefühl von Zuhause vermitteln, jede tiefere Geborgenheit ist unmöglich gemacht worden.

Alle Texte Haupts sind aus der Perspektive eines Ich-Erzählers geschrieben und drehen sich vorwiegend um dessen Erleben, seine Erfahrungen und Erinnerungen. Die Stationen in Haupts Biographie lassen sich an den Erzählungen zwar ablesen, doch bei der Spärlichkeit der Fakten, die über sein Leben bekannt sind, bleibt es unklar, wo die Grenze zwischen Autobiographie und Fiktion verläuft. Es sind Texte, in denen Handlung und Fabel im Hintergrund stehen, es geht vielmehr um Betrachtungen, Beschreibungen, Impressionen, Reflexionen, ein Tasten nach der vergangenen Erfahrung, die durch Sprache wieder erlebbar gemacht werden soll. Doch weder der – wenn auch schmeichelhafte – Vergleich mit Proust noch die Kategorisierung Haupts als Chronist einer entschwundenen Gegend und Zeit werden ihm gerecht. Was sich durch alle seine Geschichten hindurchzieht, ist das Thema von Verlust und Tod und die Frage nach dem, was weniger an Greifbarem als an Begreifbarem von einem Leben bleibt. Der Verlust der Mutter, der frühe Tod seiner Lieblingsschwester Helena und eine unglückliche Liebe, die mit dem Selbstmordversuch seiner Geliebten endete, waren einschneidende Erlebnisse, die auf unterschiedliche Art und Weise thematisiert werden, wie zum Beispiel in »Madrigal für Anusia«, »Was gibt es Neues im Kino?« und »Aus der Chronik vom fliegenden Haus«. Haupts Auseinandersetzung mit der Erfahrung von Verlust und Heimatlosigkeit ist weniger von Sehnsucht getragen als von dem ruhelosen Kreisen um den Prozeß des Erinnerns, um Erinnerbarkeit und die Möglichkeiten, Vergangenes, Entschwundenes festzuhalten, es nicht im »Lärmen jener großen und leeren Volière, im Aviarium meines unruhigen Bewußtseins« untergehen zu lassen.

Dieses »unruhige Bewußtsein« ist durchsetzt von Selbstzweifel und Hader mit der eigenen Person, wie es in den Erzählungen immer wieder zum Ausdruck kommt. Es gibt einige wunde Punkte in Haupts Biographie, die offensichtlich damit verbunden sind. Das schwierige Verhältnis zu einem unsicheren, gefühlskalten Vater wird in seinen frühen Erzählungen mehrmals angesprochen, ebenso die erotisch gefärbte Beziehung zu seiner früh verstorbenen Schwester Helena, der er bezeichnenderweise den »literarischen« Namen Elektra gibt, außerdem ein offenbar chronisch unglückliches Liebesleben und damit verbundene Schuldgefühle. Seine Universitätsstudien blieben, wie bereits erwähnt, erfolglos, und nicht von ungefähr sind Scheitern, Versagen oder zumindest eine zähe, gelegentlich quälende Ziellosigkeit typisch für den Erzähler und Helden. Haupt empfand schon früh, daß Sinn und Berufung seines Lebens darin lagen, Künstler zu sein, seine Auseinandersetzung mit der Welt fand im Malen und im Schreiben statt, und beide Formen des künstlerischen Ausdrucks blieben sein Leben lang wichtig für ihn. Während die Malerei anfangs die größere Rolle spielte, gewann in Amerika das Schreiben mehr und mehr Bedeutung, was vielleicht auch damit zusammenhing, daß dort die Muttersprache und die verlassene Heimat zunehmend wichtiger wurden. Er verfaßte regelmäßig Beiträge für die polnischen Exilzeitschriften *Kultura* und *Wiadomości*, die mit zwei wichtigen Preisen gewürdigt wurden: 1963 mit dem *Kultura*-Preis und 1971 mit dem Preis der Kościelski-Stiftung. Neben dem Schreiben betätigte sich Haupt auch als literarischer Übersetzer sowohl ins Englische – vorwiegend seiner eigenen Erzählungen, die in einer Reihe wichtiger amerikanischer Literaturzeitschriften erschienen – als auch ins Polnische.

Als Maler schuf Haupt farb- und stimmungsintensive Aquarelle und Ölbilder in postimpressionistischem Stil, die sich mit den Jahren zunehmend von einer gegenstandsbezogenen Darstellung entfernen. Seine von der Malerei beeinflußte Sichtweise findet auch im Schreiben ihren Niederschlag. Visuelle Eindrücke nehmen in Haupts Schaffen einen wichtigen Platz ein, Himmel, Licht und Farben werden in feinsten Nuancen wahrgenommen und beschrieben, und aus den Worten entstehen Bilder, die mit seiner Malerei eng verwandt sind. Überall sieht sich der Icherzähler gleichsam konfrontiert mit der Welt als Landschaft, und sein Blick sucht die Weite und den Horizont. Die Beschreibungen versuchen nicht, ein objektives Bild zu zeichnen, sondern sind ganz bewußt von den Empfindungen des Betrachters geprägt, düster oder grell, die sich ausdehnende

Landschaft und der Himmel haben fast immer etwas Bedrohliches an sich, was die menschliche Gestalt klein, einsam, fremd erscheinen läßt.

Neben der Malerei zeichnete Haupt auch. Er illustrierte gelegentlich seine eigenen Texte für die *Wiadomości* und fertigte etliche Zeichnungen von Kavallerieszenen an, die in dem 1995 – fünfzig Jahre nach seiner Entstehung – veröffentlichten Buch »Zakopany Sztandar« von Chełkowski erschienen sind. Diese Arbeit lag Haupt auch deshalb am Herzen, weil er damit seiner Leidenschaft für Pferde Ausdruck verleihen konnte, eine Passion, die sich in der im übrigen ganz untypischen Titelerzählung »Ein Ring aus Papier« widerspiegelt.

Haupts Texte zeichnen sich dadurch aus, daß sie sich gegen jede Einordnung in ein Genre sträuben. Angesiedelt zwischen Erzählung, Betrachtung, Studie und Reminiszenz, entziehen sie sich auch Vergleichen mit den Werken anderer zeitgenössischer Autoren. Da Haupts Korrespondenz, seine Rezensionen und publizistischen Beiträge weitgehend ungesichtet sind, ist kaum etwas über seine Lektüre bekannt. Hier und da nennt Haupt eher beiläufig einzelne Autoren oder Werke – an zwei Stellen beispielsweise Jakob Wassermanns international erfolgreichen Roman »Der Fall Maurizius« –, doch die einzige Spur, die einen für Haupts Werk relevanten Bezug herstellt, ist die Erwähnung von Knut Hamsuns »Hunger« in den »Tauben vom Theodorplatz«. Anlaß zu diesem Verweis gibt eine rein äußerliche Parallele: Wie der Icherzähler in Hamsuns »Hunger« verdient auch hier der Protagonist seinen Lebensunterhalt mehr schlecht als recht mit kleinen Zeitungsbeiträgen, doch was Haupt viel wesentlicher mit Hamsun verbindet, ist beispielsweise die Bedeutung von Reflektion und Betrachtung, denen die Handlung untergeordnet ist, und die radikal subjektive Perspektive des Ich-Erzählers. Ähnlich wie bei Hamsun ist es auch die Originalität der sprachlichen Gestaltung und der Auseinandersetzung mit der eigenen Wahrnehmung, die Fabel und Inhalt sowie Fragen der biographischen Relevanz in den Hintergrund treten lassen.

Die Konzentration auf die manchmal geradezu hermetische Sicht der Welt bei Haupt hat nichts von Selbstbespiegelung an sich, sondern läuft immer auf existentielle Fragen nach Gültigkeit und Bedeutung der Spuren hinaus, die jeder einzelne in der Welt hinterläßt. Mit programmatischer Deutlichkeit manifestiert sich dieser Prozeß in der Geschichte »Regen«, die einen für den Leser mit allen Sinnen spürbaren frühsommerlichen Regentag in einem Provinzstädtchen heraufbeschwört, gleichzeitig die Verbindlichkeit jeder Aussage untergräbt und die Frage aufwirft, was es denn ist, das uns als Erinnerung bleibt.

Grundzüge dieser Erinnerungsarbeit sind Ungewißheit und ein Erstaunen über die Welt, ein Zustand der Unsicherheit, der auf vielfältige Weise in der Sprache seinen Ausdruck findet. »Merkwürdig«, »seltsam« und »sonderbar« sind Formulierungen, die sich in seinen Texten ebenso häufen wie die einschränkenden Floskeln »Es scheint«, »man könnte meinen«, »wohl«, »vielleicht«, »angeblich« und dergleichen. Alles ist relativ, abhängig von Stimmung und Perspektive: »Mein Sonnenuntergang, der mich mit hellgrünem und orangefarbenem Licht überströmt, ist für einen anderen, auf der anderen Seite, ein melancholischer oder heiterer Sonnenaufgang«, wie es in »Bruchstücke« heißt, einer systematischen Befragung des eigenen Gedächtnisses auf der Suche nach dem Punkt, an dem sich das Ich die Welt zu eigen gemacht hat, an dem es die Dinge nicht mehr bei übernommenen, sondern den selbstgefundenen Namen zu nennen beginnt.

Wie aus Haupts Korrespondenz mit Jerzy Giedroyc, dem Verleger von »Kultura« hervorgeht, war er äußerst unwillig, seine Texte zu überarbeiten und einer Korrektur zu unterziehen. Häufig finden sich Widerprüche und Ungenauigkeiten, irritierende, scheinbar unbeabsichtigte Wiederholungen, Abschweifungen, Andeutungen, die im Dunkeln bleiben, kaum verständliche, fast willkürlich anmutende Bezüge auf Folklore und Antike, doch stellt sich die Frage, wie weit das nicht ein unerläßlicher Bestandteil von Haupts Stil ist. Sein Schreiben ist ein Spiegel des Denk- und Erinnerungsprozesses, der nicht geradlinig verläuft. Was als scheinbare Plauderei beginnt, offenbart sich bald als deren Gegenteil, als eine Antiplauderei, die sich jenseits von Anekdoten, Pointen oder gar moralischen Botschaften entwickelt und keineswegs, wie es der Ton der ersten Absätze zu versprechen scheint, dahinplätschert, sondern schnell zu einer zähen Arbeit an der Erinnerung und zu einer damit verbundenen Infragestellung der eigenen Wahrnehmung wird.

Zygmunt Haupt ist kein einfacher Autor. Auf eine seltsame Weise mischt sich bei ihm die Neigung zu Tradition und Konvention, wie sie in den Jagdgeschichten zum Ausdruck kommt, mit einem Hang zur unterwandernden Regellosigkeit. Seine Geschichten erscheinen oft wie aus Bruchstücken unvollkommen zusammengesetzt, beim Lesen kann man sich gelegentlich des Eindrucks einer gewissen Planlosigkeit nicht erwehren, man spürt den von ihm selbst zur Sprache gebrachten »Widerwillen gegen Ordnung und Harmonie«, und erst im Nachhinein klärt sich der Text zu einem Bild, und die Lücken zwischen den Fragmenten schließen sich.

Als ich Haupts »Ring aus Papier« vor etlichen Jahren in der polnischen Buchhandlung in Wien entdeckte, hatte ich noch nie etwas von diesem Autor gehört, doch schon die ersten Sätze von »Totenmahl im Winter« faszinierten allein durch die Sprache. Mit wenigen Strichen wird ein Bild entworfen, das sich durch die Sprödigkeit des Stils und die kompromißlose Subjektivität der Betrachtung umso tiefer einprägt. Haupts idiosynkratischer Sprachgebrauch ist ein wesentliches Element seiner Originalität und Spiegelbild der scheinbaren Zusammenhanglosigkeit und Sperrigkeit der gesamten Komposition. Dazu gehört nicht nur eine Vorliebe für seltsame Vergleiche und Bilder, die Neigung zu langen, disparaten, geradezu ausufernden Aufzählungen und abwegigen Diminutiven, sondern auch eine Fülle von Worten und Wendungen, die in keinem Wörterbuch verzeichnet sind. Etliche entstammen dem Sprachgemisch seiner Kindheit – neben polnisch wurde in Podolien auch ruthenisch (d. h. ukrainisch), deutsch, jiddisch und russisch gesprochen –, doch es gibt auch ganz eigentümliche Prägungen, die offenbar teils vom Englischen beeinflußt, teils auf eine zunehmende Privatisierung der Muttersprache in der Emigration zurückzuführen sind. Haupt schrieb aus der Erinnerung, in der Fremde, umgeben von einer anderen Sprache, wo nicht nur Landschaft und Begebenheiten, sondern auch die Worte selbst der Vergangenheit angehörten und immer wieder im Gedächtnis gesucht und gefunden werden mußten.

Die Übersetzung dieser sprachlichen Beschaffenheit ist eine schwierige Aufgabe. Zum einen fehlen einfach die Voraussetzungen, weil dieses Sprachgemisch in das nur auf Ämtern und von einer kleinen Elite gesprochene österreichische Deutsch nicht eindrang, zum anderen bietet das Polnische eine ganz andere Flexibilität der Wörter, die auch einen anderen Umgang mit Wiederholungselementen ermöglicht. Manche entfernt jiddisch oder österreichisch klingenden Ausdrücke im Polnischen haben in der deutschen Übersetzung durch die Sprachverwandtschaft zwangsläufig einen ganz anderen Effekt, und die Wiederholungen mögen in den starreren deutschen Formen einen weniger klangvollen Eindruck vermitteln als im Original, sind aber als sprachlicher Ausdruck des suchenden Erinnerns unverzichtbar. Die Diminutive schließlich, die Haupt mit großem Einfallsreichtum bildet und einsetzt, sind immer ein heikler Punkt bei der Übersetzung. Im Deutschen ist die Verkleinerung auf Substantive beschränkt und dient fast nur der Verniedlichung, was sie in einem solchen literarischen Kontext oft irritierend und deplaziert wirken läßt. Sie müssen deshalb zum großen Teil umschrieben werden oder wegfallen, auch wenn es den Verlust eines wesentlichen Stilelements bedeutet. Auch manches Inhaltliche entzieht sich wegen der Undurchsichtigkeit der Anspielungen dem Verständnis, und eine direkte Übertragung ist die einzige Möglichkeit, selbst wenn man damit in Kauf nehmen muß, daß dem Leser einiges unklar und dunkel bleibt. Glättungen und Klärungen – über die gelegentlichen Anmerkungen hinaus – hätten einen zu großen Eingriff in den Text dargestellt. Die Aufgabe der Übersetzung muß es bleiben, den assoziativen Charakter der Sprache und das Spröde der Struktur zu wahren, weil sich gerade darin die Schwierigkeit bis hin zur Schmerzlichkeit des allmählichen, einsamen Erinnerungsprozesses und die Auseinandersetzung mit dem Verlust dokumentiert. Die Annäherung an Haupts Schreiben, der Prozeß des Verstehens seiner Texte, seiner kreisenden, sich verzweigenden und gelegentlich verirrenden Sprache vollzieht sich nicht auf dem analytischen Weg. Es geht dabei vielmehr um ein intuitives Erfassen der Bilder und Worte, um das Nachvollziehen eines Vorgangs, der sich auf die eine oder andere Weise in jedem Denken und Erinnern abspielt.

Zygmunt Haupts Originalität und Bedeutung sind lange unterschätzt worden, was sicher auch daran liegt, daß sein Werk so wenig umfangreich und so schwer einzuordnen ist. Haupt war nie ein »Professioneller«, im Malen wie im Schreiben blieb er ein Dilettant im besten Sinne des Wortes. Vielleicht ist es gerade dieser Außenseiterrolle, dem Umstand, daß er am Rande der literarischen Szene stand, zu verdanken, daß er sowohl in seiner Sprache als auch in der Auseinandersetzung mit Wahrnehmung und Erinnerung eine Literatur von so großer poetischer Eigenständigkeit geschaffen hat, die bis heute den Leser, der sich darauf einläßt, bewegt und fasziniert.

Anmerkungen

Der vorliegende Band folgt in Auswahl und Anordnung der vom Autor betreuten Ausgabe *Pierścień z papieru*, die 1963 im Instytut Literacki in Paris erschien. Ausgelassen wurden die Erzählungen »Poker in Gorgany« und »Der Kavalier aus Meerschaum«; die Erzählung »Totenmahl im Winter« erscheint hier in der längeren Fassung, die dem postum erschienenen Band *Szpica* (Vorhut) entnommen ist.

S. 7 *Totenmahl im Winter*
Erstveröffentlichung dieser Version in *Kultura* 1951, Nr. 2/3 u. d. T. »Totenwache und Totenmahl«

S. 21 *Ein steifer Preuße* Im Original *Prusak*, abfällig gemeint; wurde auch als Wort für Kakerlake benutzt.

S. 26 *Was gibt es Neues im Kino?*
Erstveröffentlichung in *Nowa Polska* 1944, Heft 8 u. d. T. »Elektra«

S. 44 *Coup de grâce*
Erstveröffentlichung in *Wiadomości* 1950, Nr. 4

S. 48 *In Paris und in Arkadien*
Erstveröffentlichung in *Nowa Polska* 1945, Heft 4

S. 67 *Von Stefcia, Chaim Immerglück und den skythischen Armreifen*
Erstveröffentlichung in *Wiadomości* 1953, Nr. 6

S. 81 *Meine liebe Mutter, sei stolz, ich trage die Fahne*
Erstveröffentlichung in *Wiadomości* 1951, Nr.15 u. d. T. »Verlorene Jugend«
Der Titel ist ein ungenaues Zitat aus Rainer Maria Rilkes »Die Weise von Liebe und Tod des Cornets Christoph Rilke« (1899). Dort lautet die Briefzeile: »*Meine gute Mutter,/ seid stolz: Ich trage die Fahne, / seid ohne Sorge: Ich trage die Fahne, / habt mich lieb: Ich trage die Fahne —*«

S. 83 *kobieta*: poln.: Frau

S. 89 *Madrigal für Anusia*
Erstveröffentlichung in *Wiadomości* 1949, Nr. 49

S. 98 *Borotra* Jean Borotra, französisches »Tennisgenie«, Idol der zwanziger und dreißiger Jahre, vielmaliger Champion internationaler Turniere, bekannt dafür, daß er mit der rechten und der linken Hand abwechselnd spielen konnte und für seine beispiellose Fairneß im Spiel.

S. 99 *Odrodzenie* Bewegung der Polnischen Nationalen Wiedergeburt, in den zwanziger Jahren in Teilen Ostgaliziens aktiv, insbesondere in Wolhynien, das zeitweise unter ukrainischer Verwaltung stand.

S. 106 *Regen*
Erstveröffentlichung in *Wiadomości* 1953, Nr. 26

S. 109 *matajotes, matajoton, ta panta matajotes* – griech: Eitelkeit der Eitelkeiten, alles ist eitel

S. 111 *Auf der Jagd mit Maupassant*
Erstveröffentlichung in *Wiadomości Polskie Polityczne i Literackie* 1943, Nr. 51/52 u. d. T. »Weihnachtsjagd und Maupassant«

S. 122 *Der weiße Masur*
Erstveröffentlichung in *Wiadomości* 1949, Nr. 2/3 u. d. T. »Terra del Fuegho oder Der weiße Masur«
Der weiße Masur ist der letzte Masur eines Ballabends.

S. 124/5 *Coleridges alter Seefahrer The Ancient Mariner*, Versgedicht von Samuel Taylor Coleridge (1798)

S. 125 *UNR* Ukrainische Nationalrepublik

S. 128 *Formisten* die polnischen Expressionisten, 1917-22 in Krakau, ursprünglich Gruppierung bildender Künstler, der sich dann auch Literaten der Avantgarde anschlossen (Jasieński, Stern, Wat). Die Formisten lehnten die realistische und naturalistische Tradition ab und forderten eine Lyrik der losen Assoziationen und Bildverbindungen, die eine »Wirklichkeit der Empfindungen« schaffen sollten und Traum, Instinkt, Unterbewußtes als reale Erscheinungen des täglichen Lebens sahen.

S. 138 *Standard* Forstwirtschaftlicher Terminus: Musterexemplar eines Baumes, der nicht beschnitten und gefällt wird und deshalb höher steht als die anderen Bäume ringsum.

S. 140 *Schrimir* Die germanische Göttin Freya hatte immer einen Eber bei sich.

S. 144 PIM
Erstveröffentlichung in *Nowa Polska* 1944, Heft 12 u. d. T. »Menschen auf dem Lande«
P.I.M. Abkürzung für *Państwowy Instytut Meteorologiczny* (Staatliches Meteorologisches Institut)

S. 148 *Chasaka* Terminus aus dem Talmud, der soviel wie »Besitzrecht« bedeutet.

S. 148 *Maslosojuz* Ölproduktionskooperative

S. 149 *Karin Michaelis* 1872-1950 dänische Schriftstellerin und Pädagogin

S. 149 *Slöjdschulen* Schulen mit handwerklichen und kunstgewerblichen Fächern

S. 156 *Soplica* Geburtsort von Chopin, gilt als Idylle

S. 158 *Wie der Frühling kam*
Erstveröffentlichung in *Wiadomości* 1951, Nr. 22
»Frühling«, *wiosna*, ist im Polnischen weiblich, was für das Verständnis des Textes eine gewisse Rolle spielt.

S. 164 *Die Tauben vom Theodorplatz*
Erstveröffentlichung in *Wiadomości Polskie Polityczne i Literackie*, 1944, Nr. 7

S. 175   *Seltsamkeiten*
Erstveröffentlichung in *Wiadomości*, 1947 Nr. 27 unter dem Titel »Krzemieniec«

S. 177   *Und wenn die Himmel schweigen, singt der Chor ...*
Aus Juliusz Słowackis Tragödie *Lilla Weneda* (1840)

S. 188   *milanesischen Fuß* Bona Sforza d'Aragona, 1494-1557, war eine Tochter des Fürsten von Mailand, die zweite Frau von Sigismund dem Alten und Königin Polens

S. 192   *Hasmonäer* Jüdische Studentenverbindung. Um die Jahrhundertwende entstanden etliche jüdische Sport- und Studentenverbindungen (meistens »Makkabäer« oder »Hasmonäer«), die ähnliche Sitten pflegten wie die nichtjüdischen, zumeist deutschnationalen Studentenverbindungen, aus denen sie ausgeschlossen waren.

S. 197   *Reiter ohne Kopf*
Erstveröffentlichung in *Wiadomości* 1958, Nr. 32

S. 205   *Die Marseillaise*
Erstveröffentlichung in *Wiadomości* 1948, Nr. 41 u. d. T. »Begegnung mit einer Marseillaise«

S. 224   *»Das Mädchen mit den Halbmondschuhen«*
Erstveröffentlichung in *Kultura* 1952, Nr. 6
Der Titel spielt vermutlich an auf Maupassants Novelle *Les Sabots* (Die Pantinen).

S. 238   *Die Barbaren betrachten die Landschaft des unterworfenen Landes*
Erstveröffentlichung in *Wiadomości* 1949, Nr. 29, 40, 43, 45

S. 257   *Landschaft mit Sonnenuntergang und Objekten aus Stahl*
Erstveröffentlichung in *Kultura* 1961, Nr. 10

S. 264   *Henry Bush und sein Flugzeug*
Erstveröffentlichung in *Wiadomości* 1948 Nr. 43

S. 271   *Stuart Chase* Linksgerichteter Wirtschaftsjournalist und Schriftsteller (1888-1985), der vor allem durch seine politisch-philosophische Kritik der kapitalistischen »Verschwendung« – waste – bekannt wurde, in der er eine Wirtschaftsform anprangerte, die auf der Überproduktion und Vergeudung von Material (Müll) und Energie (Arbeitskraft) basierte.

S. 275   *Vaihingersches »Als ob«:* In seiner populären »Philosophie des Als ob« (1911) unternimmt Hans Vaihinger (1852-1933) in Anknüpfung an Schopenhauer den radikalen Versuch, unser Denken und Vorstellen als vollkommen abhängig von Willen und Sinneseindruck zu beschreiben.

S. 284   *Aus der Chronik vom fliegenden Haus*
Erstveröffentlichung in *Wiadomości* 1959, Nr. 18

S. 293   *Ein Ring aus Papier*
Erstveröffentlichung in *Kultura* 1962, Nr. 11

S. 300   *Bruchstücke*
Erstveröffentlichung in *Wiadomości* 1950, Nr. 21 u. d. T. »Fünf Jahre einer Kindheit«

S. 300   *KOP*   Polnischer Grenzschutz an der ukrainischen Grenze

S. 311   *Dejaniras Hemd*   Deianeira, die »männervernichtende« Geliebte des Herakles, die aus Eifersucht sein Gewand mit dem Blut des von H. getöteten Kentauren Nessos bestreicht, was Herakles Todesqualen bereitet.

Inhalt